AF289416

Peter Aquin – oder
der große Peter auf der Suche nach dem Glück

Der dicke, fette, große Mann

Lustlos saß Peter auf der Couch und aß Chips. Die Tüte war fast leer. Peter fischte sich die letzten größeren Teile heraus und schaltete sich mit der Fernbedienung durch die Programme. Mal rauf, mal runter. „Immer das Gleiche", seufzte er, sah in die Tüte und kippte sich die letzten Chipskrümel in den Mund. Dann warf er die leere Tüte auf den Couchtisch und fingerte nach der vollen Tüte Gummibärchen. Er riss sie auf und nahm sich eine Hand voll heraus. Mit der anderen Hand suchte er zunächst alle Gelben und steckte sie nacheinander in den Mund, dann folgten die Grünen, die Orangen, die Weißen und zuletzt die Roten. Zügig aß er die Bärchen. Nach kurzer Zeit war auch die Tüte Gummibären leer. Peter hatte immer noch nicht die richtige Sendung gefunden und warf die Tüte zu der leeren Chipstüte auf den Couchtisch. Er sah auf die Uhr. Es war 12.30 Uhr – also Zeit, um für das Mittagessen zu sorgen. Peter schob sich langsam zum Couchrand und drückte sich ächzend hoch. Dann schlurfte er in die Küche. Er öffnete den Kühlschrank und griff nach einer Pizza. Salami – seine Lieblingssorte. Peter schaltete den Backofen auf 200° Grad und riss den Pappkarton auf. Danach nahm er eine Schere von der Wand, schnitt die Folie auf, nahm die Pizza heraus und legte sie auf den Rost. Dann ging er zu einem Küchenschrank, in dem sich nur noch zwei große Dosen mit Bohnensuppe befanden. Peter nahm beide Dosen, öffnete sie und schüttete den Inhalt in einen Topf. Er stellte ihn auf den Herd und erwärmte die Suppe. Aus einem anderen Schrank nahm er ein Brot und schnitt sich fünf dicke Scheiben ab. Er trug die Schnitten zum Esstisch, holte sich einen Teller, sowie Butter und Weichkäse. Dann öffnete er den Kühlschrank und nahm sich eine Flasche Bier heraus. Peter rührte die Suppe um und schaltete den Herd ab. Er stellte den Topf auf seinen Teller und holte sich einen Löffel, Messer und Gabel, sowie ein großes Bierglas. Ächzend setzte er sich auf seinen Stuhl und löffelte die Suppe aus dem Topf. Dazu aß er eine trockene Scheibe Brot. Nachdem er fertig war, stellte er den Topf zur Seite und schüttete das Bier in sein Glas. Dann stand er auf, stellte den Backofen aus und nahm mit einem Wender die Pizza vom Rost. Er legte sie auf einen großen Teller und schlurfte zu seinem Platz zurück. Peter ließ sich auf den Stuhl plumpsen und aß die Pizza. Mit der Fernbedienung schaltete er das Radio ein.

1

Musik wurde gespielt und seine Laune besserte sich. Er summte zwischen den großen Bissen mit. Als die Pizza aufgegessen war, trank Peter sein Glas Bier in einem Zug aus und schüttete sich nach. Dann aß er die restlichen vier Schnitten mit Butter und Weichkäse.

„Das Leben ist so langweilig", dachte Peter.
Der Kühlschrank war fast leer. Er hatte keine Pizza mehr, nur noch eine Flasche Bier und einen Rest Brot. Der verhasste Gang zum Supermarkt stand also bevor.
Alle zwei Tage musste Peter dorthin gehen. So lange hielten seine Lebensmittelvorräte nur. Er hasste es, einkaufen zu müssen. Wie die Leute ihn immer anstarrten; als wenn er ein Monster wäre oder ein Außerirdischer. Man, die paar Kilos, die er schwerer war, als andere Männer. Er konnte nicht arbeiten gehen, weil er ständig Schmerzen in den Knien hatte. Er wurde ausgelacht (meist hinter vorgehaltener Hand), aber er spürte die Blicke der Anderen. Und er hasste sie. Er hasste sie alle. Am meisten hasste er seinen Sachbearbeiter beim Sozialamt, der ständig meinte, er solle abnehmen.
Wie denn, wenn man immer Hunger hat? Wenn die Hormone einfach das Essen verlangen? Er war halt krank. Er konnte nicht aufhören zu essen. Das ist doch eine Krankheit? Das war ganz sicher eine Krankheit. Doch die Ärzte waren einfach nicht fähig, die richtige Diagnose zu stellen und ihm ein passendes Medikament aufzuschreiben. Und die Sozialhilfe reichte hinten und vorne nicht.

Peter schlurfte durch den Supermarkt. Er schob den Einkaufswagen und stützte sich darauf. Acht große Dosen Suppe hatte er schon und sechs Pizzen. Jetzt stand er vor der Brottheke und hörte hinter sich das Kichern von zwei Teenagern. Wütend sah er sich um. Die beiden Mädchen bekamen rote Köpfe und gingen rasch an ihm vorbei.
Als Peter durch die Kasse war, packte er seine Dosen und sein Bier in den Rucksack. Brot, Pizzen und die anderen Sachen packte er in vier Baumwolltaschen und schlurfte Richtung Ausgang.
Die Sonne schien und daher entschloss er sich durch den Park zu gehen. Da konnte er sich in Abständen auf die Bänke setzen und Pause machen.
Auf einer Bank sitzend sah er missmutig auf die spielenden Kinder, die bei ihrem Ballspiel ständig Lachkrämpfe bekamen. Ein Jugendlicher, der Handzettel austrug, kam durch den Park gelaufen. Als er an Peters Bank vorbeikam, drückte er ihm einen seiner Handzettel in die Hand. Mechanisch nahm Peter das Blatt und las:

Zusatzverdienst zu Hartz IV
Biete 1 € Job für einfache Tätigkeit – 200 € im Monat. Bei Erfolg
gegebenenfalls Festeinstellung möglich.
Melden Sie sich bei Interesse bei der Firma „Globetreter"
Essener Str. 3 in Oberhausen.

Peter wollte den Zettel in den nächsten Mülleimer werfen und stopfte ihn erst einmal in seine Einkaufstasche. Dann stützte er sich ab und stand langsam auf. Ebenso langsam schlurfte er nach Hause. Er packte die Sachen in die Schränke, nahm eine Tüte Chips und rollte die Taschen zusammen. Als er nach der letzten Tasche griff, fand er den Handzettel. Peter dachte an seinen Hunger und an einen Zusatz-Verdienst. 200 € für Essen. Er sah auf die Uhr. Es war 16.30, also für heute zu spät.

Einige Tage später war der Kühlschrank wieder leer. Aber Peter hatte ein Problem. Er hatte nämlich inzwischen fast sein ganzes Geld für diesen Monat ausgegeben. Keiner seiner Nachbarn oder Bekannten war mehr bereit, ihm noch etwas zu leihen, denn Peter hatte dieses Problem in jedem Monat.
Missmutig und mürrisch stand er auf. Zum Frühstück gab es nichts.
Die Sonne schien und Peter schlurfte in den Park. Er wollte beobachten, wenn jemand Essensreste in einen Mülleimer warf. Die würde er sich dann holen und essen. Im Park kam das bei gutem Wetter häufig vor. Er konnte auf der Bank sitzen und sich ausruhen.
Es war ein warmer Frühlingstag, als Peter bei seiner Lieblingsbank ankam. Erschöpft ließ er sich fallen. Er schnaufte vor Anstrengung.
Nach einer Weile kamen Schüler, die sich in der Pause beim nahe gelegenen Bäcker etwas gekauft hatten. Sie warfen Abfall in den Mülleimer am Parkeingang. Peter stand auf und schlurfte dorthin. Leider hatten die Schüler nur Papiermüll in die Tonne geworfen. Da fiel sein Blick auf einen roten Karton, der etwas zerbeult aussah. In der Hoffnung, darin etwas Essbares zu finden, zog ihn Peter heraus.
In dem Karton befand sich zwar nichts zum Essen, dafür verschiedene Zettel, Karten, Briefe und Bildchen mit Sprüchen. Jemand musste dies mal mit Liebe gesammelt haben. Neugierig nahm Peter ihn mit zu seiner Lieblingsbank. So konnte er sich die Zeit besser vertreiben. Er ließ sich wieder fallen und öffnete den Karton erneut.

„Morgenstund hat Gold im Mund.
Was du heute kannst besorgen, das verschiebe nicht auf Morgen.
Übung macht den Meister.
Es ist noch kein Meister vom Himmel gefallen.
Dumm kann man sein, aber Rat muss man sich wissen.

Wem nicht zu raten ist, dem ist auch nicht zu helfen.
Mit Geduld und Spucke zum Ziel... "

Viele dieser Sprichwörter fand er auf kleinen Zettelchen. Verschiedene Karten lagen auch in dem Karton. Sie waren alle gewidmet.
„Ich wünsche Dir alles Gute zur bestandenen Prüfung und viel Glück für Deinen beruflichen Lebensweg", stand auf einer.
„Nutze den Tag und lebe jeden Einzelnen, als wäre es der Letzte.
Nächster Tag, neues Leben, neues Glück. – Stefan.
Alle Wünsche werden klein, gegen den: Gesund zu sein.
Wenn's am besten schmeckt, soll man aufhören. – Josef Seifert... "

Peter fand wieder eine Karte:
„ Wenn Du heute unglücklich bist, frage nicht, wer daran schuld ist. Tue etwas, damit Du wieder glücklich wirst. Handle und verharre nicht in Selbstmitleid oder Melancholie. Nur Du kannst jeden Tag Dein Leben so gestalten, dass es Dir gefällt.
Vergiss nicht, dass es immer Menschen gibt, denen es noch schlechter geht. Du kannst ihnen helfen, dann geht es Dir selbst besser und alle werden glücklicher. "

Nachdenklich hielt Peter den Karton auf seinem Schoß. Wieder kamen Menschen in den Park. Sie warfen nichts in den Mülleimer. Sie gingen an Peter vorbei und schauten verschämt zur Seite. Peter wusste, dass sie schon registriert hatten, wie dick er war und deshalb wegsahen.

Er konnte selbst etwas ändern. *„Handle, verharre nicht; es gibt Menschen, denen es noch schlechter geht"*. Er las weiter:

„Freu dich über jede Stunde, die du lebst auf dieser Welt,
freu dich, wenn die Sonne aufgeht und auch, wenn der Regen fällt... "

Über Regen hatte er sich noch nie gefreut. Er hasste den Regen. Er hasste ihn, weil er dann nass wurde und sich umziehen musste. Und das Umziehen dauerte immer so lange.
‚Bin ich schwermütig?', fragte sich Peter.

„Die kürzeste Verbindung zwischen zwei Menschen ist ein Lächeln. "
Er dachte darüber nach. Es stimmt. Überall auf der Welt können sich Menschen mit einem Lächeln verständlich machen. Peter lächelte. Er sah zur Sonne hin und spürte auf einmal ihre Wärme unter seiner Winterjacke. *„Freu dich, wenn die Sonne aufgeht... "*

Wieder kamen Leute in den Park. Zwei junge Frauen schoben Sportwagen. Peter lächelte noch, als sie an ihm vorbei kamen. Die Kinder sahen ihn an und lächelten zurück. *„Die kürzeste Verbindung zwischen zwei Menschen ist ein Lächeln."*
Die Frauen schoben die Wagen an ihm vorbei. Sie waren in ihr Gespräch vertieft und beachteten ihn nicht. Ein Kind warf ein Spielzeug aus dem Wagen.
„Hallo! Sie haben was verloren!", rief Peter.
Die Frauen hielten an und sahen zu ihm.
„Ihr Kind hat seinen Hund aus dem Wagen geworfen!" Peter zeigte auf den Stoffhund.
„Oh! Danke, dass Sie das gesagt haben. Ohne den hätte es nämlich Tränen gegeben. Fips muss immer mit ins Bett. Ich habe das gar nicht bemerkt." Die junge Frau lächelte Peter an und der lächelte zurück. Sie hob Fips auf und legte ihn in den Korb vom Sportwagen. Dann schoben die jungen Frauen ihre Kinder weiter und diesmal warf das Kind aus dem anderen Wagen sein Brötchen raus. Wieder waren die beiden Mütter so in ihr Gespräch vertieft, dass sie nicht darauf achteten und es nicht bemerkten. Aber diesmal meldete sich Peter nicht. Er bekam etwas zum Essen. Sein Frühstück bestand aus einem trockenen Brötchen.
„Die kürzeste Verbindung zwischen zwei Menschen ist ein Lächeln. Handle und verharre nicht in Selbstmitleid."
‚Ich wollte mir doch 200 € dazu verdienen', dachte Peter.
Er stand auf und ging langsam in seine Wohnung zurück. Der Zettel lag dort noch irgendwo und heute war der Tag, an dem er sein Glück selbst in die Hand nehmen wollte. Die junge Frau hatte ihn angelächelt.

Der 200 EURO - Job

Peter stand vor einem Haus mit einigen Parkplätzen. Er fand den Eingang der Firma Globetreter. Zögernd trat er ein und kam in eine prächtige Empfangshalle. Der Boden war aus Granitstein, der sauber und edel vor sich hin glänzte. An der Rezeption saß eine gut aussehende junge Frau. Sie blickte auf, als sie merkte, dass jemand herein kam und fragte mit einem freundlichen Lächeln:
„Kann ich Ihnen helfen?"
„Ja", antwortete Peter und lächelte zurück. Er zog das Faltblatt aus seiner Jackeninnentasche und faltete es auseinander. „Ich wollte mich nach Ihrem 200 Euro Job erkundigen."
„Einen Moment bitte", sagte die Frau. „Ich frage mal, wer das bearbeitet. Bitte setzen Sie sich doch solange dorthin." Sie deutete mit der rechten Hand auf eine kleine Sitzgruppe am Fenster.

Peter ließ sich vorsichtig auf einem Stuhl nieder. Er hatte immer Angst, ein Möbelstück könnte zusammenbrechen, wenn er sich darauf setzte. Der Stuhl hielt.

Die Frau an der Rezeption führte mehrere Telefonate und kam nach einigen Minuten zu Peter.

„Es tut mir leid, der zuständige Kollege ist krank geworden und kein anderer hat an seinem Projekt mitgearbeitet. Also: Niemand anders weiß darüber Bescheid."

Peter fühlte einen Kloß im Magen. Er war es gewohnt, dass die Menschen so mit ihm umgingen, aber dass sie es auch bei einem 200 Euro Job taten, kränkte ihn sehr und machte ihn traurig.

„Ich habe mit der Vorzimmerdame unseres Chefs gesprochen. Der Chef ist natürlich informiert, aber er befindet sich gerade in einer Besprechung, die vielleicht noch dreißig Minuten dauern kann. Möchten Sie solange hier warten?"

Darauf war Peter nicht gefasst. „Natürlich, ich hab Zeit", antwortete er nach einer schrecklichen Glückssekunde.

„Darf ich Ihnen derweil einen Kaffee anbieten?", fragte die junge Frau.

„Gern", antwortete Peter verwundert und erneut überrascht und lächelte wieder zurück.

„Einen Moment bitte." Die Empfangsdame verschwand hinter der Rezeption. Peter hörte eine Espressomaschine zischen und kurz darauf kam sie mit dem Kaffee zu ihm.

„Bitte schön. Ist das heute nicht ein herrlicher Tag? Jetzt war es so lange kalt. Heute scheint die Sonne und es ist schon richtig warm draußen. Da wird man doch automatisch glücklich. Finden Sie nicht?"

„Ja, das stimmt!", erwiderte Peter. Die junge Frau verschwand.

Nach ungefähr vierzig Minuten telefonierte sie erneut und kam danach wieder zu Peter.

„Herr Berger, unser Chef, möchte Sie jetzt sprechen. Bitte kommen Sie mit."

„Der Kaffee war vorzüglich", sagte Peter und bemühte sich schnell aufzustehen. „Vielen Dank. Er hat gut getan." Er bemerkte jetzt, dass die junge Frau ein Schild auf ihrem Blazer trug, auf dem „Tanja Berger" stand.

Peter bemerkte die Namensgleichheit. „Sind Sie die Tochter vom Chef?"

„Ja, das bin ich. Ich mache hier mein Praktikum. Eigentlich studiere ich Betriebswirtschaftslehre. - Wir sind da. Frau Böhmert, hier ist der junge Mann, der sich für den 200 Euro Job interessiert."

„Wie ist denn Ihr Name?"

„Aquin. Peter Aquin."

„Ich melde Sie an, Herr Aquin."

6

Peter wurde angemeldet und folgte der Sekretärin in das Büro des Chefs. Der saß an seinem Schreibtisch und stand auf, als beide eintraten. Der Chef sah aus wie seine Tochter und er war genauso freundlich. Er reichte Peter die Hand und sagte:

„Berger. Guten Morgen Herr Aquin. Sie interessieren sich für den Job auf 200 € Basis? Bitte nehmen Sie dort Platz."

Peter setzte sich wieder vorsichtig hin und nachdem sich Herr Berger auch wieder gesetzt hatte, erklärte der ihm, dass er einen neuen Schuh entwickelt hatte und aus Marketing technischen Gründen zunächst über einen Hausverkauf von Vertretern erproben wollte, wie er von den Kunden angenommen wird.

Peter hörte zu und registrierte, dass er für 200 Euro im Monat von Haustür zu Haustür laufen sollte, um Schuhe zu verkaufen.

„… es handelt sich um ein Produkt, dass es bisher noch nicht auf dem Markt gibt. Mit einem viskoelastischen Schaumstoff, der ursprünglich für die Raumfahrt entwickelt wurde, haben wir einen Schuh entworfen, der genau für den Menschen gemacht ist, der ihn trägt. Dieser Schaumstoff drückt sich entsprechend des Fußes ein und ist daher für alle Füße extrem angenehm zu tragen. Er stützt quasi jeden Fuß ganz individuell in dem Schuh. Sie müssen den Leuten Folgendes erklären…"

Peter hörte sich alles an und ging schließlich mit einem Satz Musterschuhe von Größe 36 bis Größe 47 und einem Paar Schuhe für sich selbst nach Hause. Er hatte vom Chef persönlich einen Vertrag über den 200 Euro Job erhalten mit dem Hinweis, dass er, sofern er sich als guter Verkäufer erweisen würde, einen Festvertrag bekommen könnte.

„Viel Erfolg", verabschiedete sich Herr Berger von Peter.

„Danke."

Herr Berger öffnete die Bürotür und begleitete Peter ins Vorzimmer. Dort hatte die Sekretärin für Peter eine Personalakte angelegt. Später hatte sie die Musterschuhe geholt, die sich in einer speziellen Karre befanden, die Peter hinter sich herziehen sollte, um von Haustür zu Haustür zu gehen. Peter verließ das Büro. Als er draußen war, sagte Herr Berger zu seiner Sekretärin: „Ich würde mich wundern, wenn wir den noch mal wieder sehen."

Zu Hause dachte Peter über den Tag nach. Er stellte fest, dass die Tochter des Chefs und der Chef selbst zu ihm sehr freundlich gewesen waren. Und dass sie ihn nicht wegen seines Gewichts blöde angeguckt hatten.
Er ließ sich auf seine Couch fallen. Er hatte einen Job. Er war glücklich. Er hatte einen Job bekommen, obwohl er fett war. Er war freundlich behandelt worden. Er wollte ihnen zeigen, dass er fähig war, den Job auszuüben.

Peter hatte immer noch nichts gegessen. Er spürte in dem Moment der Euphorie keinen Hunger und registrierte dies.

‚Ich habe nur ein trockenes Brötchen gegessen und eine Tasse Kaffee getrunken. Ich verspüre keinen Hunger und es ist 15 Uhr am Nachmittag. Ich muss dies für mich nutzen. Ich will den Job schaffen. Ich will die 200 € pro Monat bekommen.'

Peter ging am nächsten Morgen los. Er zog seinen Einkaufsshopper mit den Musterschuhen hinter sich her. Er fuhr mit der Straßenbahn in einen anderen Stadtbezirk, weil er nicht erkannt werden wollte. Er trug sein persönliches Paar Schuhe und fühlte sich sehr wohl darin. Er lief von Haustür zu Haustür. Meist öffnete niemand und wenn jemand öffnete wurde er abgewimmelt. „Brauche ich nicht. Ich kaufe nichts an der Haustür…" waren die Absagen.

Peter registrierte das und spürte seinen Hunger nagen. Er wollte unbedingt diese 200 €, um sich Essen zu kaufen. Er dachte nach. Da fielen ihm seine Sprichwörter ein. *„Ohne Fleiß, kein Preis. Es ist noch kein Meister vom Himmel gefallen. Übung macht den Meister. Mit Geduld und Spucke…* Peter erinnerte sich auch wieder an die Freundlichkeit der Tochter des Chefs und des Chefs selbst. Er änderte sein Verhalten. Er bemühte sich besonders freundlich zu sein.

„Guten Morgen", sagte er mit fröhlicher Stimme. „Ich möchte Ihnen ein ganz neues Produkt vorstellen. Ich verkaufe Schuhe der Firma „Globetreter". Es handelt sich um ein ganz neues Produkt. Sehen Sie sich diesen Schuh an."

„Entschuldigen Sie bitte, aber ich kaufe keine Schuhe an der Haustür", entgegnete die Hausfrau.

„Das kann ich gut verstehen", antwortete Peter und lächelte sie an. „Ich an Ihrer Stelle würde genauso handeln. Ich kaufe auch nichts an der Haustür. Aber diesen Schuh können Sie bisher nicht im Geschäft kaufen. Es handelt sich um eine Weltneuheit, die erst noch getestet werden soll. Ich würde Ihnen gerne ein Paar Schuhe in Ihrer Größe zeigen. Sehen Sie hier", fuhr er ohne die Möglichkeit der Unterbrechung fort: „Ich trage selbst solche Schuhe. Der untere Teil der Sohle ist aus Leder, innen sind sie mit einem viskoelastischen Schaum gepolstert. Dieser Schaum stammt aus der Raumfahrt. Er wurde für die Astronauten entwickelt, um dort Stöße abzufedern. Durch diesen Schaum passt sich der Schuh ganz genau dem Fuß an. Beobachten Sie meinen Schuh. Ich ziehe ihn jetzt aus. Sie können sehen, wie sich der Schaum wieder gerade zieht. Er passt sich ganz genau meinem Fuß an und bildet so ein Fußbett, dass Sie sonst beim Orthopäden anfertigen lassen müssen. Achtung: Ich starte."

Peter zog seinen Fuß aus dem Schuh und die Frau sah, wie sich die Innensohle glatt zog. Da, wo zuvor ein Fußbett war, begann sich die Sohle gerade zu ziehen.

„So etwas habe ich noch nie gesehen."

„Das ist ja auch brandneu. Unsere Firma hat ein Patent auf dieses System und um es am Markt populär zu machen entschieden, die Schuhe per persönlichen Kundenkontakt zu verkaufen. Darf ich Ihnen ein Paar in Ihrer Größe zum Probieren zeigen?"

„Ja. Ich habe Größe 38."

Peter holte aus der Karre die entsprechende Größe heraus. Er gab das Paar Schuhe der Frau und die war begeistert. Peter konnte sein erstes Paar Schuhe verkaufen und wurde in die Wohnung gebeten. Er füllte den Vertrag aus und zeigte der Frau die verschiedenen Modelle, die sie bestellen konnte.

„Sehen Sie, wir führen auch Sandalen für den Sommer, Slippers, Mokassins und Turnschuhe. Denken Sie daran, dass bald Sommer ist und überlegen Sie, dass Sie die meiste Zeit Ihres Lebens zwar im Bett verbringen, aber auch sehr viel Zeit auf den Füßen. Tun Sie Ihren Füßen Gutes."

Die Frau bestellte tatsächlich zwei Paar Schuhe und Peter ließ ihr seine Handy-Nummer da. - Für alle Fälle, falls auch ihre Freundinnen Interesse hätten.

Peter lief den ganzen Tag von Haus zu Haus. Er war erfolgreich. Das Produkt überzeugte die Leute. Er hatte am ersten Tag zwanzig Paar Schuhe verkauft. Er hatte keinen Hunger verspürt. Der kam und nagte schwer an ihm, als er nach Hause fahren wollte. Peter hatte bis auf einen kleinen Rest für diesen Monat kein Geld mehr. Er konnte sich nichts mehr zum Essen kaufen. Auf dem Hinweg war er mit der Straßenbahn in den anderen Stadtbezirk gefahren. Jetzt überlegte er, sich für die Rückfahrt lieber drei Brötchen zu kaufen und zu laufen.

Die Schuhe waren sehr bequem. Er hatte normalerweise immer Schwierigkeiten beim Gehen gehabt und fühlte sich nach wenigen Schritten schlapp und erschöpft. Doch an diesem ersten Arbeitstag fühlte er sich trotz seines langen Tages nicht müde. Zwanzig Paar Schuhe – das war doch gar nicht so schlecht, dafür, dass die meisten Menschen weder öffneten noch zuhörten, sondern ihn sofort abwimmelten.

Peter kam an einer Bäckerei vorbei, die gerade schließen wollte.

„Kann ich noch Brötchen bekommen?", fragte er.

„Kommen Sie rein", antwortete die Verkäuferin.

Peter sah in der Auslage „Sachen von gestern zum halben Preis" und fragte, was er bezahlen müsste, wenn er alles nehmen würde, da die Sachen am nächsten Tag ja von „Vorgestern" wären. Die Verkäuferin ließ ihm sieben Teilchen und fünf Brötchen für drei Euro. Peter freute sich und ging nach Hause. Er hatte noch sechs Kilometer zu laufen.

Kaum näherte er sich der Haustür, fühlte er sich wieder schlecht. Er wurde langsamer und schleppte sich die Treppe zu seiner Wohnung im zweiten Stock hoch, den Wagen hinter sich herziehend.

Er schloss auf und ging in sein Wohnzimmer. Dort öffnete er die Tüte aus der Bäckerei und aß die letzten beiden Brötchen und ein Teilchen beim Fernsehen. Peter war erschöpft. Kaum dass er saß, taten seine Beine weh. Er legte sie hoch und schlief ein.

Als er erwachte, war alles dunkel. Sein Fernseher war ausgeschaltet, so dass Peter wusste, dass es später als ein Uhr nachts sein musste. Er hatte das Gerät so programmiert. Peter lag in der Dunkelheit und wollte nicht aufstehen.

Er dachte über seinen ersten Tag nach. Er fand, dass er mit zwanzig Paar Schuhen einen guten Start gemacht hatte. Er ließ den Tag Revue passieren und dabei fiel ihm auf, dass er am Morgen kaum Schuhe verkauft hatte, weil die Menschen nicht die Türen öffneten. Vermutlich waren viele berufstätig oder einkaufen. Also war es doch vernünftiger, die Schuhe erst ab Mittag bis zum Abend hin anzubieten. Bestimmt würde er dann mehr Interessenten finden.

Er dachte auch über sich selbst nach.

Bei den ersten Versuchen hatte er zaghaft und zögerlich geklingelt und war schüchtern gewesen. Je mehr Schuhe er verkauft hatte, desto mehr war er selbst von dem Produkt überzeugt und je mehr er selbst überzeugt war, desto besser konnte er seine Kunden überzeugen. Außerdem war es ihm leichter gefallen, freundlich zu sein. Er klein-gelbe mit einem Lächeln auf den Lippen und wünschte den Menschen, selbst, wenn sie ihn abgewimmelt hatten, noch einen schönen Tag.

Peter war auch mit dem einen oder anderen Kunden beim Vertragsabschluss ins Gespräch gekommen. Sie hatte ihm von ihren Proble-men oder Sorgen erzählt.

„Ich muss das nutzten", dachte er. „Je mehr ich zuhöre und mitfühle, desto mehr werde ich verkaufen."

Fehler in der Buchführung?

Herr Berger sah sich die Verkaufszahlen der letzten drei Monate an.

„Wir haben im März mehr Umsatz als im Februar und im April eine weitere Umsatzsteigerung von zehntausend Euro. Auf wen entfällt diese Umsatzsteigerung?"

Herr Papen, der Chefbuchhalter öffnete ein Programm auf seinem Laptop und sah sich die Verkaufszahlen der Außendienstmitarbeiter an. „Ich kann es mir hiernach nicht erklären", sagte er. „Die Außendienstler haben alle ungefähr den Umsatz wie in den Vormonaten gemeldet. Nach diesen Zahlen hat aber keine Umsatzsteigerung stattgefunden."

„Aber wir haben doch den Bankzufluss. Danach stehen im April zehntausend Euro mehr Eingang auf unserem Konto als in den Vormonaten. Es muss doch ein Außendienstler gewesen sein. Überprüfen Sie die Zahlen noch mal."

Der Bilanzbuchhalter verließ das Chefzimmer. Herr Berger ging kurz nach ihm in das Vorzimmer und holte sich dort einen Kaffee.

Während er Milch und Zucker nahm, sagte er zu seiner Sekretärin: „Wir haben im letzten Monat einen Bankzufluss erhalten, der zehn-tausend Euro höher ist, als in den Vormonaten. Papen will die Unterlagen überprüfen. Es muss doch zu klären sein, wer für diesen Betrag verantwortlich ist." Er nahm seinen Kaffee und verschwand wieder in seinem Büro.

Doch an diesem Morgen konnte nicht geklärt werden, wer für den Mehrumsatz verantwortlich war.

Die Ich-AG

Peter stand um vier Uhr dreißig auf. Er hatte sich eine Reise-gewerbekarte geholt. Bei seinen Überlegungen, wie er mehr Schuhe verkaufen könnte, kam ihm der Gedanke, auf den Markt zu gehen. Da er eh erst mittags mit seinen Haustürverkäufen anfangen wollte, erkundigte er sich, welche Erlaubnis er brauchte, um dies tun zu dürfen.

Er musste bei der Stadt ein Gewerbe anmelden und sich bei dem Finanzamt ein Heft für Reisegewerbetreibende besorgen. Nachdem er einen Vormittag bei der Stadt war, um sich zu erkundigen, ging er zum Arbeitsamt. Dort erklärte man ihm, dass er Übergangsgeld bekommen würde. Ihm wurde ein sofortiger Zuschuss ausgezahlt.

Peter stand mit hundertfünfzig Euro in der Brieftasche vor einer Bäckerei. Er kaufte sich eine Tüte voll, bevor er wieder zur Stadtverwaltung fuhr und sein Gewerbe anmeldete.

Mittags ging er mit vollem Bauch wieder von Haus zu Haus. Er verkaufte fünfzehn Paar Schuhe und war zufrieden mit sich. Auf dem Rückweg kaufte er wieder in einer Bäckerei die „Sachen vom Vortag" zum reduzierten Preis und ging nach Hause.

Am nächsten Tag erkundigte er sich beim Finanzamt nach dem Reisegewerbe. Er bekam ein Heft, in das er seine Umsätze eintragen muss und damit die Erlaubnis, die Schuhe auf dem Markt verkaufen zu dürfen.

Um fünf Uhr fünfzehn verließ Peter seine Wohnung. Seine Karre stellte er mittlerweile in den Keller. So musste er sie am Morgen nur vierzehn Stufen hochziehen. Er lief auf den Markt und stellte sich neben einen Obsthändler. Peter öffnete den Reisverschluss seines Einkaufshoppers und begann die Musterschuhe vor sich aufzureihen. Sein Nachbar, der seit Jahren den Stand dort hatte, äugte misstrauisch über sein Obst und kam auf Peter zu.

„Wat soll dat denn?", fragte er. „Haben Se'n Jewerbeschein? Sie können doch nicht einfach hier Schuhe aufbau'n und verkoof'n."

„Guten Morgen", schmetterte ihm Peter laut und fröhlich entgegen. „Hier ist mein Gewerbeschein. Bei der Stadt hat man mir gesagt, dass ich neben Ihnen stehen soll. Sie haben doch Platz Nummer 26? Ich habe 26 a erhalten, weil ich so wenig Platz brauche." Peter lächelte seinen Nachbarn an.

Der sah sich den Schein an, guckte auf die Schuhe und da Peter keine Konkurrenz für ihn darstellte, murmelte er:

„Ja, jut. Dann tun Se dat mal. Wat sind dat denn für Schuhe?"

„Das erkläre ich Ihnen gerne."

Peter suchte Blickkontakt, lächelte, machte Späße über das Wetter und das allgemeine Leben und zeigte dem Obsthändler seine Schuhe. Er verkaufte zwei Paar an ihn selbst und zwei weitere Paar an seine Mitarbeiter.

Um sieben Uhr hatte Peter schon sechs Paar Schuhe verkauft. Ab sieben Uhr kamen erst die Kunden. Er musste alle ansprechen. Viele gingen weiter, aber diejenigen, die er durch das Ansprechen zum Stehen bleiben brachte, konnte er oft überzeugen. Er verkaufte bis zwölf Uhr und Marktende fünfundzwanzig Paar Schuhe und bekam von dem Obsthändler eine große Plastiktüte mit „vermatschten Früchten".

„Kannste haben. Die kann ich eh nich mehr verkoof'n. Nur wenn'de willst, natürlich nur."

Und ob Peter wollte.

Er stellte die Tüte auf seine Karre und ging nach Hause. Dort stellte er sie in die Küche und aß fünf Äpfel und zwölf Bananen.

Dann machte er sich auf den Weg von Haustür zu Haustür. Da er inzwischen Erfahrung gesammelt hatte, an diesem Tag im eigenen Viertel.

Herr Berger saß mit seinem Chefbuchhalter und dem Personalchef in seinem Büro.

„Wir sind alle Buchungen noch einmal durchgegangen", berichtete Herr Mauer, der Buchhalter. „Alle Außendienstler haben ihre Belege eingereicht. Sie sind ähnlich zu denen der Vormonate. Aber keiner kommt auf einen Umsatz von zehntausend Euro und Sie können sicher sein, wenn die Außendienstler Umsätze in dieser Höhe machen würden, dann würden sie die auch abrechnen. Sehen Sie sich die Belege an: Es fehlen Daten zum Aussteller. Der Kopf ist auf dem Auftrags-glatt nicht von dem Vertragsabschließenden ausgefüllt worden und die Unterschrift kenne ich nicht."

„Zeigen Sie mal her. Auin. Hm. Wir haben doch keinen Mitarbeiter mit diesem Namen. Herr Pohl, Sie sollten das überprüfen. Was haben Sie herausgefunden?"

Der Personalchef zuckte mit den Achseln. „Ich habe auf Grund unseres Gesprächs von gestern sämtliche Personalakten durchsehen lassen. In den letzten drei Monaten wurden drei neue Mitarbeiter eingestellt. Aber kein Außendienstler. Es handelt sich um einen Elektriker und zwei Frauen, die in der Verpackung arbeiten. Auch der Name: Ain oder Aun sagt mir gar nichts. Ich kenne keinen Mitarbeiter mit diesem Namen."

Es klopfte an der Tür. Die Sekretärin Frau Böhmert trat ein und ging auf Herrn Berger zu.

„Mir ist da wohl ein Fehler unterlaufen", sagte sie schuldbewusst. „Es tut mir leid, Herr Berger. Als Sie vor einigen Monaten nach Leuten suchten, die einen 1 Euro - Job übernehmen wollten, haben Sie Herrn Aquin eingestellt. Erinnern Sie sich? Den großen, kräftigen Herrn, dem Sie keinen einzigen Umsatz zutrauten. Ich stellte damals die Personalien zusammen und wollte sie der Personalabteilung zuleiten. Durch einen Anruf von Herrn Deutschmann wurde ich abgelenkt und heftete den Vorgang Aquin versehentlich zusammen mit dem von Herrn Deutschmann ab. Hier sind die Unterlagen."

„Danke", sagte Herr Berger. „Da scheint sich ja das Geheimnis zu lüften. Ain oder Aun heißt wohl Aquin. Ich habe diesem Herrn tatsächlich keinen Umsatz zugetraut. Ich dachte, er wolle lediglich zweihundert Euro im Monat zu seiner Sozialhilfe haben, um sich satt essen zu können. Hat er sich denn nicht gemeldet? Er hat ja zwei Monate lang kein Geld von uns erhalten, wenn die Personalabteilung keine Daten über ihn hatte."

„Anscheinend nicht. Ich habe jedenfalls keinen Anruf von Herrn Aquin erhalten. Soll ich bei der Zentrale nachfragen?", fragte Frau Böhmert.

„Ja, bitte und auch in der Personalabteilung. Bestellen Sie Herrn Aquin zu mir. Ich möchte mit ihm sprechen. Ich versprach ihm eine Festeinstellung, wenn er erfolgreich wäre. Dies ist mehr als ich selbst je erwartet hätte."

Die Sekretärin verließ das Büro.

Peter hatte sich durch seine neue Tätigkeit aus seinem Phlegma herausgezogen. Er hatte etwas geschafft, dass nur ganz wenige Menschen können. Für einen sehr geringen Verdienst hatte er sich so engagiert, dass er jetzt nicht mehr aufhören konnte zu arbeiten. Jeden Morgen stand er früh auf und fuhr auf einen Markt. Bis zwölf Uhr stand er dort und verkaufte Schuhe, indem er die Menschen ansprach und seine Modelle zeigte.

Nach Marktschluss fragte er bei seinen Nachbarständen nach Essensresten und bekam immer reichlich. Er setzte sich meist irgendwo damit auf eine Bank und aß sich satt. Nach dieser Pause begann er dann durch die Straßen zu laufen und klapperte Haustür um Haustür ab. In manchen Vierteln hatte es sich schon herumgesprochen und da Peter immer besser mit Menschen umgehen konnte und durch seinen Erfolg immer sicherer wurde, wurde er wegen seiner freundlichen Art immer öfter angehört. Wenn die Menschen ihm erst zuhörten, kauften sie auch oft die Schuhe.

Peter füllte die Bestellzettel ohne seine Daten als Aussteller aus. Er hatte keine Personalnummer. Herr Berger hatte ihm nicht gesagt, dass er seine Angaben machen sollte und er dachte, die Angaben wären für die Firma nicht wichtig, weil es sich um einen 200 € - Job handelte. Abends schickte er alle Aufträge in einem Briefumschlag per Post an die Firma Globetreter. Er wusste, dass es sich um „Haustürgeschäfte" handelte. Daher konnten seine Kunden innerhalb von vierzehn Tagen den Vertragsabschluss widerrufen.

Peter sah zwar, dass er täglich viele Verträge abschloss, aber er hatte keine Ahnung, wie hoch sein Umsatz tatsächlich war.

Die Sekretärin hatte sich die Finger wund gewählt. Sie erreichte Peter nicht. Egal, ob sie morgens, vormittags oder nachmittags anrief, es ging niemand ans Telefon. Frau Böhmert ging zum Chef und berichtete ihm davon.

„Schreiben Sie ihn an und bestellen Sie ihn für Mittwoch um zehn Uhr hierher", sagte der und Frau Böhmert erstellte das Schreiben.

Peter kam nach Hause und fand es in seinem Briefkasten. Er erkannte sofort am Briefkopf, dass es von der Firma Globetreter war. Als er den Brief las, war er erstaunt und überrascht. Der Chef wollte ihn sehen. Ob er zu wenige Umsätze gemacht hatte? Ob er ihn feuern wollte?

Peter hatte sich angewöhnt, wenn er nach Hause kam, aus dem roten Karton, den er im Müll gefunden hatte, den obersten Zettel, Karte oder Brief zu nehmen. Er liebte diesen Kasten inzwischen. Es waren so viele schöne Sprichwörter und nette Wünsche darin. Sein neues positives Denken hatte er daraus. Bevor er ihn fand, war er fett, faul und gefräßig gewesen. Jetzt, nachdem er alle Sprüche, Wünsche oder Briefe gelesen hatte, war er fröhlicher und konnte besser auf Menschen zugehen. Seine Lebensqualität hatte sich so sehr verbessert. Er war glücklich.

Peter nahm den obersten Brief.

Sprichwörter und neue Kleidung – machen Mut

Liebe Mia,
ich wünsche Dir alles Gute zu Deinem 21. Geburtstag. Jetzt bist Du
großjährig und kannst tun und lassen, was Du möchtest. Denke ab und zu
an Deinen alten Opa und an seine Worte, die er Dir heute mit auf Deinen
Weg gibt:
Du gehst jetzt in das Leben hinaus und wirst dort manches erleben
müssen, das nicht so schön ist. Ich wünsche Dir, dass Du ein schönes
Leben hast, vor allem, dass Du immer gesund bleibst. Aber es gibt eben
immer Tage, an denen alles schief zu gehen scheint. Wenn Du traurig
bist, dann lasse die Traurigkeit zu, aber wenn Du wieder glücklich sein
möchtest, dann schau in die Natur. Freu Dich über die Sonnenstrahlen,
die Dich wärmen. Wenn es nur regnet, dann freue Dich über das Leben,
das er sprießen lässt. Alles kann nur durch den Regen wachsen. Freue
Dich an einer kleinen Blume am Wegesrand oder an einer Wiese voller
Gänseblümchen. Wenn Du dich freust, wirst Du eine geheimnisvolle
Wirkung auf die Menschen ausüben. Du bekommst ein Strahlen, das die
Anderen fast zwingt, Dich freundlich anzunehmen. Denn: Wie man in den
Wald ruft, so schallt es zurück.
Als ich vor 55 Jahren bei Wörmann als Geselle meine Lehre begann, trug
der Chef immer einen Anzug, weißes Hemd, Schlips und Weste. Seine
Schuhe glänzten, dass man sich darin spiegeln konnte. Es war ein feiner
Herr. Ich habe nie vergessen, wie er mir erzählte, dass er Waise war und
nach seiner Lehre sich das Geld vom Mund absparte, um einen Anzug zu
bekommen. Er wollte seriös aussehen. Herr Wörmann war sehr belesen
und konnte zu jeder Ware, die er verkaufte, eine Geschichte erzählen.
Dadurch fand er den Zugang zu den Herzen seiner Kunden. Er konnte mit
den Menschen umgehen. Von ihm habe ich viel abgeguckt, das sowohl
Dein Vater als auch Du schon übernommen habt: Die Höflichkeit und die
Freundlichkeit.
Wenn Du jetzt in die Welt hinausgehst, liebe Mia, so wünsche ich mir,
dass Du ein so fröhlicher, freundlicher Mensch bleibst, wie Du es immer
warst. Bewahre Dir Deine Unschuld und mache Dich nicht mit schuldig
am Leid der Menschen.
So lange ich lebe, will ich trotzdem für Dich da sein. Was immer Du mit
mir besprechen möchtest, welche Sorgen oder Freuden Du haben wirst,
lasse mich daran teilhaben. Ich bin immer für Dich da. Geh mit Gottes
Segen, mit offenen Augen und Ohren in die Welt hinaus.

Dein Dich liebender Opa Hans.

Peter steckte den Brief in den Kasten zurück. Was für ein Opa das gewesen war? Ob er noch lebte? Er hatte nie jemanden gehabt, der ihm so nette Briefe geschrieben oder so nette Worte gesagt hatte. *„Ich werde immer für dich da sein."* Die Sache mit dem Anzug gefiel ihm. Er hatte vom Arbeitsamt wieder Geld überwiesen bekommen. Was wohl ein Anzug in seiner Größe kosten würde? Ob es überhaupt einen gab?

Seriosität – Ob er mehr Schuhe verkaufen könnte, wenn er dies mit Schlips und Kragen versuchen würde?

Der nächste Tag war ein Samstag. Peter wollte nach dem Markt in der Stadt nach einem Anzug schauen. Er vermutete, dass es ohnehin keinen in seiner Größe geben würde.

Nach dem Markt aß er die dort erhaltenen Lebensmittel auf einer Bank. Er hatte eine große Tüte voll gesammelt. Inzwischen kannten ihn die „Kollegen". Einige gaben ihm gerne die Obst- oder Gemüse-beste, die sie ohnehin nicht mehr verkaufen konnten.

Peter war irgendwie unruhig und nervös. Er hatte keinen richtigen Hunger und stand daher nach nur zwei Bananen von der Bank auf, um seinen Einkaufshopper mit den Musterschuhen und der Lebensmitteltüte durch die Stadt zu ziehen. Er ging in das erste Kaufhaus und suchte die Anzugabteilung.

Die Leute sahen ihn wie immer an. Aber Peter lächelte inzwischen zurück. Manche Menschen erwiderten sein Lächelten, andere schauten einfach nur zur Seite. Jedenfalls störte Peter dieses Anstarren nicht mehr so. Er hatte gelernt, dass die Menschen, wenn er sie ansprach, in der Regel nett waren.

Peter fand die Anzugabteilung, aber wie er vermutet hatte, gab es keinen Anzug in seiner Größe. Ein Verkäufer kam:

„Kann ich Ihnen helfen?"

„Ja, ich hätte gerne einen Anzug, aber ich sehe nicht, dass Sie meine Größe führen."

Der Verkäufer musterte Peter, lächelte freundlich und sagte dann: „Sie sind in der Tat sehr groß. Ich fürchte tatsächlich, dass wir keinen Anzug in Ihrer Größe haben. Wie sieht es denn mit einer Kombination aus? Ich könnte mir vorstellen, dass wir da was Passendes finden."

‚Eine Kombination – Jacke und Hose in unterschiedlicher Farbe. Das ist in der heutigen Zeit sogar passender', dachte Peter und antwortete daher: „Das ist eine gute Idee. Zeigen Sie mir doch mal, was Sie da haben."

Es war auch nicht einfach, für Peter eine passende Kombination zu finden. Er war nicht nur sehr dick, er war auch wirklich fast zwei Meter groß. Daher brauchte er eine sehr weite Hose mit langen Beinen und eine sehr weite Jacke mit langen Ärmeln. Natürlich sollte alles auch gut sitzen, keine Falten werfen und Peters Unförmigkeit kaschieren. Es gab nur eine einzige Hose, deren Länge und Weite Peters Umfang fast gerecht wurde. Allerdings war sie ein wenig eng. Der Knopf ging gerade eben zu. Und Peter fühlte sich etwas eingeengt. Andererseits fühlte er sich in der Kombination wie ein anderer Mensch. Er sah wirklich seriös aus. Als ihm der Verkäufer dann noch erklärte, dass zurzeit eine Aktion wäre, bei der man bei Abnahme von einem Anzug oder einer Kombination fünfunddreißig Prozent Rabatt bekäme, entschloss er sich zum Kauf. Außerdem suchte er sich noch ein passendes Hemd und eine Krawatte aus.

Der Verkäufer war natürlich die ganze Zeit über sehr höflich und aufmerksam zu Peter. Als der den Laden verließ, sagte er zu seinem Kollegen an der Kasse:

„Nie hätte ich gedacht, dass die Hose und die Jacke, die Sanders versehentlich bestellt hat, tatsächlich weg gehn. Aber der sah ganz anders darin aus. Kleider machen wirklich Leute."

„Sowieso", antwortete der Kollege.

Früher hasste Peter alles: Die Menschen, von denen er sich immer angestarrt fühlte, das Wetter: Wenn es regnete musste er sich umziehen, wenn die Sonne schien wurde ihm heiß, wenn es schneite, war es ihm zu glatt und rutschig. Jetzt, nachdem er die Kombination trug, fühlte er sich wie ein anderer Mensch. Es schien, als würden die Leute ihn ernster nehmen. Er sah wichtig aus. Wie ein erfolgreicher Geschäfts-Mann.

Eine Festanstellung

Mittwoch verließ Peter um acht Uhr seine Wohnung. Er trug die neue Kombination und machte sich auf den Weg zur Firma Globetreter. Um acht Uhr dreißig hatte er einen Termin bei seinem Friseur. Der stutzte, als Peter eintrat.

„Herr Aquin! Fast hätte ich Sie nicht erkannt! Sie sehen ja ganz verändert aus."

„Guten Morgen Herr Hundertmark", antwortete Peter.

„Möchten Sie's wie immer?"

„Nein, diesmal nicht. Sie sehen ja an meiner Kleidung, dass ich jetzt einen Job habe. Ich möchte eine andere Frisur. Eine, wie sie Geschäftsleute tragen."

„Ich hol mal mein Vorschlagsheft und wir schauen zusammen", sagte Herr Hundertmark. Er verschwand hinter einem Vorhang und kam Sekunden später mit einer dicken Kladde wieder zurück.

„Hier schauen Sie erst mal selber, was Ihnen so gefällt oder vorschwebt." Er gab Peter die Kladde und ging an die Kasse, um ihn in Ruhe gucken zu lassen. Nach einigen Minuten kam er wieder zu Peter, der seine dicken Finger als Lesezeichen zwischen fünf Seiten hielt, während er mit der anderen Hand die letzten Blätter umdrehte.

„Haben Sie was gefunden?"

„Ja. Können Sie dies hier kombinieren? Ich hätte gerne die Seiten so, wie auf diesem Bild und auf diesem hier und den Nacken recht kurz geschnitten und das Deckhaar auf dem Kopf etwas länger, aber nicht zu weit in die Stirn fallend."

„Das ist kein Problem. Und Sie haben in dieser schlechten Zeit eine neue Arbeitsstelle gefunden? Das freut mich aber. Was machen Sie denn?"...

Herr Hundertmark begann mit dem Haarschnitt und als er fertig war, war aus Peter wirklich ein anderer Mensch geworden. Sein Äußeres hatte sich ganz und gar verändert. Durch die Kombination wirkte er wie ein erfolgreicher Geschäftsmann. Der neue Haarschnitt war modern und stand ihm sehr gut. Er wirkte richtig flott und sympathisch. Außerdem lächelte er sein Spiegelbild an und hatte, wie seit Wochen, eine positive Ausstrahlung auf die Menschen.

Um neun Uhr dreißig stieg Peter aus der Straßenbahn. Er lief die fünfhundert Meter bis zum Firmengelände und zog den Einkaufshopper hinter sich her. Um neun Uhr fünfundvierzig erreichte er den Eingang der Firma Globetreter.

An der Rezeption saß eine Frau, die aufsah, als er eintrat.

„Guten Morgen", grüßte sie und lächelte freundlich. „Was kann ich für Sie tun?"

Frau Berger, die Tochter des Chefs hatte wohl ihr Praktikum beendet. Diese Empfangsdame trug den Namen: Samira Wind. Sie erkannte den Einkaufshopper und daher die Zugehörigkeit des ihr fremden Herrn zu der Firma Globetreter.

„Mein Name ist Aquin. Ich habe um zehn Uhr einen Termin mit Herrn Berger", antwortete Peter.

Frau Wind sah in den Computer und fand den Termin. Sie rief im Vorzimmer an und teilte mit, dass Herr Aquin angekommen war.

„Herr Berger erwartet Sie. Kennen Sie den Weg zu seinem Büro?"

„Ich war nur einmal dort und bin mir nicht sicher. Es ist im ersten Stock, nicht wahr?"

„Ja, nehmen Sie den Aufzug und gehen dann rechts den Flur entlang. Zimmer vier ist das Vorzimmer von Frau Böhmert. Die erwartet Sie."

„Vielen Dank", sagte Peter und ging mit seinem Einkaufshopper zum Fahrstuhl.

Als er zum Büro der Sekretärin kam, war die Tür offen. Frau Böhmert saß an ihrem Schreibtisch und arbeitete am PC.

„Guten Morgen Frau Böhmert", grüßte Peter.

„Guten Morgen." Frau Böhmert sah auf und erkannte Peter nicht. „Kann ich Ihnen helfen?

„Ich bin Peter Aquin. Frau Wind hat mich eben angemeldet."

„Ja richtig. Entschuldigen Sie bitte, Herr Aquin. Ich habe Sie nicht erkannt. Sie haben sich verändert." Frau Böhmert stand auf und ging auf das Chefzimmer zu. Herr Berger erwartet Sie. Er kommt in wenigen Minuten. Bitte nehmen Sie schon mal Platz." Sie war durch die Tür gegangen und zeigte auf zwei Stühle, die vor dem Schreibtisch standen. Peter ging hinter ihr durch die Tür und setzte sich auf einen der Stühle. Frau Böhmert verließ das Chefzimmer und schloss die Tür. Peter wartete. Nach wenigen Minuten betrat Herr Berger sein Büro durch die andere Tür, die sich in seinem Büro befand. Er stutzte einen Moment.

„Berger", stellte er sich vor. „Kann ich Ihnen helfen?" Er ging auf Peter zu und reichte ihm die Hand. Peter stand auf und sagte:

„Herr Berger, mein Name ist Peter Aquin. Ich habe Post von Ihnen bekommen, dass ich heute um zehn Uhr bei Ihnen sein soll."

„Herr Aquin! Entschuldigen Sie bitte, ich habe Sie nicht erkannt. Sie sehen so anders aus, als bei Ihrem Vorstellungstermin."

„Ich habe gedacht, eine Kombination macht mehr her", entgegnete Peter. Er war wieder schüchtern und verlegen und bekam einen roten Kopf. War er overdressed?

„Bitte nehmen Sie wieder Platz."

Herr Berger ging hinter seinen Schreibtisch und setzte sich ebenfalls.

„Herr Aquin, uns ist ein Fehler unterlaufen…", begann er das Gespräch. Peters Magen durchzuckte ein Schreck. ‚Hatte er umsonst gearbeitet? Wollten Sie ihn vielleicht nicht? Was für ein Fehler?', dachte er in Bruchteilen von Sekunden.

„…Meine Sekretärin hat Ihre Personaldaten versehentlich falsch abgeheftet. Sie haben bisher von uns kein Geld erhalten. Dafür möchte ich mich persönlich entschuldigen.

Peter atmete innerlich auf. Er war also doch angestellt worden.

„Herr Aquin, ich habe hier einige Aufträge, auf denen nicht der Name des Mitarbeiters vermerkt ist, der sie erteilt hat. Schauen Sie bitte mal, sind das Ihre? Ist das Ihre Schrift?"

Herr Berger reichte Peter einige Blätter Papier. Peter erkannte sofort seine Schrift.

„Ja, die habe ich ausgefüllt."

„Herr Aquin, Sie sind unser erfolgreichster Außendienstmitarbeiter des letzten Monats. Durch Ihre Arbeit konnte unser Umsatz erheblich gesteigert werden. Ich biete Ihnen daher eine feste Anstellung an und rückwirkend für die Zeit, seit Sie für unser Unternehmen arbeiten, die gleichen Konditionen, wie den anderen Außendienstmitarbeitern. – Ich habe nicht erwartet, dass unsere neuen Schuhe, die Sie bisher alleine verkauft haben, so guten und erfolgreichen Anklang finden. Sagen Sie mir bitte, wie Sie es geschafft haben, so viele Schuhe zu verkaufen."

Peter war verblüfft. Er war sprachlos. Vor seiner Tätigkeit als Vertreter hatte er selten mit Menschen gesprochen. Er war wortkarg gewesen. Ein Gespräch mit ihm zu führen war schwer möglich. Er war auf Grund seines Gewichts wohl so verklemmt, dass er sich so sehr schämte und die Menschen mied. Er wollte wie eine Maus immer so schnell wie möglich in sein sicheres Loch.

Seit er für zweihundert Euro diese Schuhe verkaufte, hatte er sich aus diesem Loch befreit. Er genoss es mit Menschen zu reden. Da er zuvor viele Reportagen gesehen hatte, verfügte er über ein recht hohes Wissen. Er hatte sich auch aus dem Fernsehen Redewendungen und Redegewandtheit abgeguckt und versucht einzusetzen. Da er inzwischen seit neun Wochen tätig war, antwortete er nach dieser positiven Schrecksekunde der Verblüffung:

„Vielen Dank, Herr Berger, ich freue mich sehr über Ihr Angebot und nehme es gerne an. – Ja, wie habe ich es angestellt, die Schuhe zu verkaufen? Zunächst einmal haben Sie da ein wirklich hervorragendes Produkt entwickelt, das so einmalig ist, dass die Leute es schon kaufen, wenn Sie erst einmal zuhören. Sie haben mir selbst ein Probe-Exemplar zum Laufen gegeben. Ich trage diese Schuhe jetzt seit neun Wochen - Tag für Tag. Ich bin weite Strecken gelaufen, ohne Blasen zu bekommen. Sie sehen ja, dass ich nicht gerade leicht bin. Ich habe bisher immer Schwierigkeiten gehabt, Schuhe zu bekommen. Meist taten mir die Füße nach einer kurzen Strecke weh. Bei Ihren Schuhen ist das nicht der Fall. Dieser viscoelastische Stoff unterstützt den Fuß so gut, dass auch nach vierzehn Stunden keine Blasen oder Laufschmerzen entstehen."

„Entschuldigen Sie die Unterbrechung. Haben Sie vierzehn Stunden täglich gearbeitet?"

„Na ja, so in etwa. Ich habe mir einen Gewerbeschein besorgt, mit dem ich auf den Markt gehen kann. So habe ich hier in dieser Stadt alle Märkte inzwischen abgeklappert. Um fünf Uhr verlasse ich meist das Haus und bin bis zwölf Uhr auf dem Markt. Ab dreizehn Uhr bis etwa neunzehn Uhr laufe ich in der Regel von Haustür zu Haustür. Ich habe festgestellt, dass vormittags viele Leute nicht zu Hause sind. Nachmittags hat man oft mehr Glück Jemanden anzutreffen."

„Dann waren Sie ja sogar länger als vierzehn Stunden außer Haus."

„Manchmal schon."

„Also Herr Aquin, alle Achtung. Ich muss schon sagen, so viel Engagement hätte ich Ihnen bei einem zweihundert Euro Job nicht zugetraut. Sie haben ja so viele Auftragszettel ausgefüllt und uns zugeschickt. Sie haben bisher kein Porto und auch durch den Fehler meiner Sekretärin keine zweihundert Euro erhalten. Wie haben Sie das denn bisher finanziert?"

„Ich habe ja mein Gewerbe angemeldet und vom Arbeitsamt einen Vorschuss erhalten. Außerdem bekomme ich Hartz IV."

„Moment. Das müssen wir klären. Sie haben vermutlich eine Ich-AG gegründet."

„Das ist richtig."

„Haben Sie seit Sie die Ich-AG gegründet haben weiterhin Hartz IV erhalten?"

„Ja. Aber ich habe das bei der Gewerbeanmeldung mitgeteilt. Der Sachbearbeiter wollte das mit dem Arbeitsamt klären."

„Einen Moment bitte." Herr Berger drückte einen Knopf an seiner Telefonanlage. „Frau Böhmert, rufen Sie bitte Frau Kaiser und Herrn Mauer in mein Büro. – Herr Aquin, wenn Sie weiterhin alle staatlichen Leistungen erhalten haben, ist da sicherlich etwas schief gegangen. Wir werden gleich mit dem Buchhalter Herrn Mauer und Frau Kaiser aus der Lohnabteilung klären, wie zu verfahren ist, damit weder Sie noch wir Ärger bekommen hinsichtlich der Leistungen, die Sie bisher von staatlicher Seite erhalten haben. Ich denke, dass das Geld zurückzuzahlen ist. Das werden wir für Sie übernehmen und Ihnen die Differenz dann schnellst möglichst auszahlen. Sind Sie damit einverstanden?"

„Herr Berger, Sie glauben ja gar nicht, wie sehr es mich freut, nach so vielen Jahren Arbeitslosigkeit wieder einen Job zu haben. Ich hatte gedacht, dass ich alles richtig gemacht hätte. Wenn ich bei Ihnen angestellt bin, darf ich dann nicht mehr auf den Markt gehen, um dort die Schuhe zu verkaufen?"

„Doch, die entsprechende Erlaubnis besorgen wir für Sie."

Es wurde angeklopft und Herr Mauer, der Buchhalter trat ein. Kurz darauf erschien Frau Kaiser aus der Personalabteilung. Herr Berger schilderte seinen Mitarbeitern die Situation und bat um Klärung bei den Ämtern und um Auszahlung der Differenz auf Peters Konto.

„Herr Aquin", fragte Herr Mauer, „haben Sie Quittungen für die Ihnen entstandenen Portokosten?"

„Nein. Ich habe die Briefmarken aus dem Automaten an meiner Straßenecke gezogen und die Aufträge dann sofort in den Briefkasten geworfen."

„Ich werde Ihnen Briefmarken besorgen. Wenn Sie künftig Aufwendungen haben, so müssen Sie die Rechnungen aufbewahren, damit wir Ihnen die Spesen erstatten können. Andernfalls bleiben Sie auf den Kosten sitzen.", sagte Herr Mauer.

„Herr Aquin, für unsere Buchführung und Unterlagen sind diese Belege wirklich wichtig", sagte auch Herr Berger. „Da Sie für die gesamte Zeit mehr Geld bekommen werden, als wir ursprünglich vereinbart hatten, denke ich, dass diese Kosten damit abgegolten sind. Sind Sie damit einverstanden?"

Peter dachte kurz nach. Natürlich war er einverstanden. Er hätte sich ja die Marken in der Postfiliale mit Belegen holen können. Es leuchtete ihm ein, dass seine Spesen ohne Belege nicht erstattet werden konnten. Er war ja ohnehin froh, die Festanstellung erhalten zu haben. Eine Festanstellung und rückwirkend ein richtiges Gehalt; das hätte er nie und nimmer erwartet.

Herr Mauer und Frau Kaiser verabschiedeten sich und verließen das Büro. Wenig später erhielt Peter von der Sekretärin einen Block voll Briefmarken. Herr Berger wollte noch weiter mit ihm sprechen. Er wollte genau wissen, wie Peter es geschafft hatte, so viele Schuhe zu verkaufen.

„Sie haben wirklich ein gutes Produkt entwickelt, Herr Berger", sprach Peter, lächelte und sah seinem Chef mit festem Blick in die Augen. „Und weil es so gut ist, verkauft es sich eigentlich von alleine. Diese Sohle überzeugt die Leute. Gut, der Preis ist zwar hoch, aber Sie sind mit dieser Idee zurzeit alleine auf dem Markt und die Schuhe haben eine gute Qualität. – Können Sie sich vorstellen, noch mehr Modelle zu produzieren?"

„Nein, dann würde die Qualität leiden. Wir sind ausgelastet."

„Haben Sie eigentlich ein Patent auf diese Sohle?"

„Nein, ich zahle sogar an den Erfinder des viskoelastischen Schaums, um die Sohle herstellen zu können."

„Aber, Sie könnten doch auch nur die Sohlen herstellen, die dann in alle Schuhe gelegt werden. Dann könnten Sie die Produktion doch erheblich erhöhen. Und Sie könnten dann über Werbung im Fernsehen ganz viele Sohlen verkaufen und einen gigantischen Umsatz machen.

Herr Berger dachte einen Moment nach. Er sah Peter ernst an und lächelte dann.

„Unser Unternehmen zeichnet sich durch gute Qualität aus. Und ich will weiterhin diese Qualität liefern. Aber die hat, wie Sie eben erwähnten, auch Ihren Preis. Unsere Schuhe kann sich vielleicht nicht jeder leisten, aber diejenigen, die es tun, sehen die Schuhe als eine Art Statussymbol an. Bei einer Massenfabrikation sinkt zwar der Herstellungspreis, aber oft auch die Qualität. – Kommen Sie, Herr Aquin, ich zeige Ihnen den Betrieb."

Herr Berger ging mit Peter durch den gesamten Betrieb und stellte ihn den Mitarbeitern vor. Peter erkannte, dass der Chef von allen gemocht wurde. Offensichtlich war er nicht nur ihm gegenüber großzügig. Es schien ein sehr gutes Arbeitsklima zu herrschen.

‚Dass es so etwas noch gibt', dachte Peter. ‚Es gibt doch immer Menschen, die unzufrieden sind. Bestimmt auch hier. Sie zeigen es nur nicht, wenn der Chef kommt.'

Nach der Betriebsführung ging Peter in die Personalabteilung, zwecks weiterer Klärung seiner persönlichen Angaben. Als er an diesem Tag nach Hause ging, hatte er einen Arbeitsvertrag in seinem Einkaufshopper. Seine Angelegenheit beim Arbeitsamt war geklärt worden und er hatte sogar noch eine sofortige Auszahlung von zunächst eintausend Euro auf sein Konto erhalten.
Peter fühlte sich so frei, so leicht. Er war fassungslos. Es war wie im Märchen. Zweihundert Euro pro Monat hatte er bekommen sollen. Und jetzt war es viel mehr. Gut - sein Gehalt war erfolgsabhängig. Das heißt: Je mehr Umsatz er machen würde, desto mehr Geld würde er bekommen. Auf dem Nachhauseweg kaufte Peter sich zehn Pizzen und acht Dosen Suppe. Dazu noch ein Brot, Butter, seinen heiß geliebten Weichkäse und drei Flaschen Bier. Er brachte seinen Shopper in den Keller und stapfte dann mit den Einkäufen in seine Wohnung. Es war ein schöner Tag. Die Sonne schien und er setzte sich mit einer Flasche Bier auf seinen Balkon. Er hatte seine neue Hose noch an. Der Knopf drückte. Peter zog sich um. Er nahm eine Jogginghose und trank eine weitere Flasche Bier. Er hatte seinen ersten freien Nachmittag seit neun Wochen. Morgen würde er wieder zum Markt gehen.

Als um vier Uhr fünfzehn der Radiowecker ansprang, war Peter ganz verschlafen. Den letzten Nachmittag und Abend war er euphorisch gewesen. Immer wieder war er gedanklich sein Gespräch mit dem Chef durchgegangen. Was für ein Glück. Er hatte eine feste Anstellung bekommen. Er war sogar der erfolgreichste Schuhverkäufer des Unternehmens.
Peter stand langsam auf und ging unter die Dusche. Er aß einige Scheiben Brot mit seinem geliebten Weichkäse und zog zum zweiten Mal seine Kombination an. Er wollte testen, ob er in dieser Kleidung mehr verkaufen konnte.
Als Peter am Markt ankam, sahen ihn die anderen Verkäufer und Markthändler verwundert an. Peter nahm seinen Platz ein und baute die Schuhe vor sich auf. Bevor er fertig war, kam schon der erste Kunde.
„Tach auch. So schick heute. Is wat besonderes?"
„Guten Morgen. Kalt ist es wieder, aber ansonsten nichts Besonderes."
„Ich dachte nur, weil Se sich so in Schale jeworfen ham."
„Ich probiere mal, ob ich so mehr verkaufen kann", erwiderte Peter.
„Vor vierzehn Tagen hab ich mir Schuhe bei Ihnen bestellt. Die sin super. Meine Frau will jetzt auch welche hab'n."

23

„Gerne doch. Welche Größe hat die denn?"

„Die hat 39."

„Wissen Sie, welches Modell Ihre Frau haben möchte? Hier, den festeren Halbschuh, Pumps, Sandalen, Mokassins oder Turnschuhe?"

„Oh, da hab ich jar nich dran jedacht, die zu fragen. Hm. Wat trägt die denn so... Also, Turnschuh schon mal nicht. Ja – ich nehm die Mokassins. Die Mokassins in Größe 39."

Peter füllte den Bestellschein aus. Er benutzte den neuen Block – mit seinem Namen und hoffte, dass er weiterhin den hohen Umsatz machen würde.

„Möchten Sie eventuell den Prospekt mitnehmen, damit Ihre Frau sich die Modelle ansehen kann?"

„Ne, dann will die womöglich noch'n Paar haben. Dat muss ja nicht sein. Die kosten ja Jeld jenuch."

„Sie haben Recht. Preiswert sind die Schuhe nicht, aber überlegen Sie doch mal, wir gehen und stehen doch den ganzen Tag. Frauen möchten gut aussehen und die Füße sollen doch nicht wehtun. Was nutzt es, wenn sie später mal die Füße kaputt hat, nur weil man jetzt Geld sparen will."

„Da haben Se eigentlich Recht. Ich nehm dat Prospekt doch mit."

Peter verkaufte auf dem Markt etwa so viele Schuhe wie vorher. Seine Kleidung änderte nichts an seinen Verkaufszahlen. Für jedes Paar Schuhe, das er verkaufte, musste er die Leute ansprechen. Viele hatten es eilig und hörten gar nicht zu. Diejenigen, die stehen blieben kauften allerdings häufig ein Paar. Manchmal allerdings erst nach einer oder zwei Wochen, wenn sie es sich überlegt hatten. Der Preis war, wie Herr Berger sagte, eben hoch. Öfters kam auch mal ein Kunde und erzählte, wie zufrieden er mit den Schuhen war. Das wunderte Peter nicht weiter, denn er trug sie ja selbst. Und obwohl er so schwer und ja seit Wochen täglich lange auf den Beinen war, taten ihm seine Füße abends nicht weh. Der viscoelastische Schaum richtete sich auch bei ihm am Abend nach wenigen Minuten wieder auf und zog sich glatt.

Wir essen, um zu leben. Wir leben nicht, um zu essen

Bei den Haustürgeschäften hatte er den Eindruck, dass die Menschen ihn etwas wichtiger nahmen. Dennoch verkaufte er den Tag nach seiner Festeinstellung nicht wesentlich mehr, als zuvor. Als Peter an diesem Tag nach Hause ging, klingelte er bei seiner Nachbarin. Die öffnete, wunderte sich, als sie ihn sah und sagte:

„Guten Abend Peter. Wie siehst du denn aus? So schick. Ist was passiert?"

„Guten Abend Annemarie. Ja, es ist was passiert. Ich habe einen Job bekommen und wollte dir meine Schulden zurückzahlen. Ich schulde dir noch hundert Euro."

„Ja, das stimmt. Bei hundert Euro wollte ich dir nichts mehr leihen. Komm doch rein."

Peter trat in die Nachbarwohnung und gab Annemarie die hundert Euro zurück. Dann erzählte er bei einem Bier von seiner neuen Anstellung und den Schuhen und verkaufte Annemarie und ihrem Sohn auch sofort je ein Paar. Später kehrte er in seine Wohnung zurück und schob zwei Pizzen in den Backofen. Während die backten, nahm er die oberste Karte aus dem Karton.

Lerne was du kannst, so kannst du was. – Agnes Richter

Blöd, dachte Peter. Was soll das denn. Ist doch doppelt gemoppelt.

Er nahm die nächste Karte:

Wir leben nicht, um zu essen, sondern wir essen, um zu leben.

Peter hielt die Karte einen Moment in der Hand und sah zum Backofen. Zwei Pizzen – Wir essen, um zu leben. Wie viel isst man, um zu leben? Peter war als Kind schon dick gewesen. Er war, solange er denken konnte, deswegen gehänselt worden und hatte vielleicht auch aus Wut und Enttäuschung so manches Kilo angefressen, bevor das Essen – ja zur Sucht führte.

Wir essen, um zu leben.

Die Pizzen waren fertig und Peter schaltete den Backofen aus. Er nahm eine Pizza mit dem Wender auf einen Teller und setzte sich auf seinen Stuhl. Er begann zu essen. Hastig schnitt er die Pizza klein und steckte sich ein großes Stück in den Mund.

Wir leben, um zu essen. Nein. Wir essen, um zu leben und wir leben nicht, um zu essen.

Peter hörte auf zu kauen. Er bemühte sich, die Pizza zu genießen. Er schloss die Augen und stellte sich vor, er wäre in Venedig.

Er war noch nie verreist, denn er hatte noch nie viel Geld gehabt. Alles was er an Geld bekam, hatte er immer für die Miete und Essen ausgegeben. Venedig, andere Städte und andere Länder kannte er nur vom Fernsehen. Arbeitslos war er ja lange genug gewesen. Selbst in Deutschland kannte er nur Oberhausen und die Orte, in denen er auf Klassenfahrt war. Miete und Essen waren eben kostspielig.

Er hatte jetzt so viel geschafft in den paar Wochen. Er hatte sich vom zweihundert Euro Jobber zu einer Festanstellung hochgearbeitet. Er besaß zum ersten Mal in seinem Leben eine Kombination und er war in den letzten neun Wochen mehr gelaufen, als im ganzen Jahr davor. Außerdem merkte er, wie seine Kondition besser wurde. Er kam nicht mehr so schnell aus der Puste.

Wir essen, um zu leben.

25

Peter stellte sich vor, er säße am Markusplatz und der Wind würde um ihn wehen. Er spürte den salzigen Geruch in der Luft und sah einen Sonnenuntergang. Er kaute bewusst ganz lange an seinem Bissen. Er hatte nicht gewusst, dass man so lange einen Bissen im Mund behalten konnte. Als alles nur noch Brei war und nach fast nichts schmeckte, schluckte er. Den nächsten Bissen schnitt er kleiner und kaute wieder so lange. Diesmal stellte er sich vor, er wäre in Rom. Dort auf einem großen Platz, an dem die Menschen an ihm vorbeigingen. Alle sahen zu ihm, aber nicht, weil er so dick war, sondern, weil er so schöne Schuhe hatte.

‚Blödsinn!', dachte er selbst. ‚Das ist zu viel des Guten.'

Wir essen, um zu leben.

Peter aß langsam die Pizza. Er versuchte zu genießen. Als sie aufgegessen war, holte er sich die zweite aus dem Ofen. Wieder schnitt er kleinere Stücke als sonst und wieder stellte er sich vor, er wäre in Italien. Er dachte an weitere italienische Produkte – Parmaschinken, Parmesan, Eis, Espresso, Capuccino, Lasagne und italienische Schuhe fielen ihm ein und er lächelte mit geschlossenen Augen.

Wenn Herr Berger in Italien Schuhe mit der viscoelastischen Sohle produzieren lassen würde, so könnte er mehr verkaufen. – Aber darüber wollte er sich nicht weiter Gedanken machen. Er war Verkäufer und nicht Produzent.

Eine neue Strategie

Die nächsten Tage und Wochen verbrachte Peter wie zuvor. Meist trug er die Kombination, doch seine Verkäufe steigerten sich dadurch nicht. Allerdings verkaufte er auch nicht weniger Schuhe. Aber er fühlte sich besser. Er war selbstsicherer geworden. Dadurch, dass er gelernt hatte, mit Menschen umzugehen und ihnen freundlich zu begegnen. Dadurch, dass er so freundlich war und so viele Schuhe verkaufte, steigerte sich sein Selbstwertgefühl. In der Kombination kam er sich seriöser und wichtiger vor – wertvoll eben.

Nach einigen Wochen drückte der Knopf nicht mehr. Die Hose passte besser. Peters Fitness steigerte sich, sein Hunger wurde schwächer. Obwohl er sich mehr bewegte und täglich viele Kilometer lief, wurde sein Appetit geringer.

Wir essen, um zu leben.

Seit er diese Karte gelesen und sie danach wieder zu den anderen nach unten in den Karton gelegt hatte, hatte Peter über fast jeden Bissen, den er tat, nachgedacht. Aß er eine Banane, so stellte er sich jetzt vor, wo sie wohl gewachsen war, wie sie mit Containerschiffen im Hamburger Hafen ankam und dann mit Lastwagen in die Geschäfte oder auf den Markt kam.

Seine Ausgaben für Lebensmittel sanken, weil er viel vom Markt gratis bekam und sich in den Bäckereien vom Vortag kaufte. Als er das erste Mal auf seinem Konto sein Gehalt sah, war er wieder so glücklich, wie an dem Tag, als Herr Berger ihn fest angestellt hatte.

Peter überlegte, was er sich kaufen wollte. Er entschied sich für eine weitere Kombination. Außerdem hatte er noch nie einen Anzug besessen. Er wollte unbedingt einen Anzug haben. Am nächsten Samstag ging er daher nach dem Markt wieder in die Stadt und wurde fündig.

Zu Hause kochte er sich Spaghetti und während das Wasser kochte, nahm er wieder eine Karte aus seiner Kiste:

Alle Dinge werden zur Quelle einer Lust, wenn man sie liebt. Thomas von Aquin

Thomas von Aquin? Peter hieß mit zweiten Namen auch Thomas. Ihm gefiel daher der Spruch seines Namenspatrons. Wer war Thomas von Aquin?

Alles was man liebt wird zur Quelle der Lust.

Peter liebte es inzwischen, die Menschen anzusprechen und ihnen seine Schuhe zu verkaufen. *Die Quelle der Lust.*

Das Wasser kochte und er schüttete ein ganzes Kilo Nudeln hinein. Dann öffnete er eine Dose fertige Tomatensoße und eine Packung Parmesankäse. Als das Essen fertig war, setzte er sich und dachte:

,Wir essen, um zu leben. Alles, was man liebt, wird zur Quelle der Lust.'

Er hatte mit Erfolg gearbeitet und sich erneut neu eingekleidet – richtig schick war er jetzt.

Peter war so glücklich über seine neue Garderobe, dass er sich überlegte, wie er noch mehr und effektiver Schuhe verkaufen konnte. Er wollte direkt am nächsten Montag in eine Nachbarstadt fahren, um dort durch die Geschäftsstraßen zu gehen. Er wollte versuchen, in Schuhgeschäften die Nachfrage nach diesen Schuhen anzukurbeln. Peter wusste nicht, dass er damit in das Ressort eines Kollegen eindrang.

Da er selbst so sehr von den Schuhen überzeugt war, trat er entsprechend selbstsicher und ruhig auf, dass er in mehreren Filialen Erfolg hatte. Als er am Montag nach Hause fuhr, hatte er bei zwölf Schuhgeschäften seine Karte gelassen und Bestellungen für jeweils einen Mustersatz Schuhe von Größe 36 – 47 in seinem Shopper.

Die Betriebserweiterung

Herr Berger befand sich mit seinem Chefbuchhalter in der monatlichen Besprechung. Unter anderem sprachen sie über die Auftragslage. Seit Peter Aquin in der Firma Globetreter als Mitarbeiter tätig war, war der

Umsatz ständig gestiegen. Anfang Juli war auch der Steuerberater Anton Gut bei dieser Besprechung anwesend.

„Durch Herrn Aquin haben wir jetzt so viele Aufträge, dass wir mit der Produktion nicht mehr nachkommen. Wir sind nicht nur kurzfristig, sondern auf Monate hin überlastet und überlegen daher, ob und wie die Produktion gesteigert werden kann", erklärte der Chefbuchhalter dem Steuerberater die Situation. Der hatte gerade erst die neuen Zahlen erhalten.

„Ich habe gestern mit der Firma Müller in Bonn telefoniert. Die stellt Fertigungsstraßen her. Sie haben dort ein neues System entwickelt, womit die Produktion von Schuhen, so wie wir sie benötigen erfolgen kann. Der Bau einer solchen Anlage würde cirka sechs Monate dauern und zwar inklusive der Erstellung einer neuen Halle im Fertigbau", berichtete Herr Berger. „Herr Müller will mir ein Angebot machen und zuschicken. Heute früh habe ich den Prospekt zugefaxt bekommen und mir schon mal einige Anlagen angesehen. Die Herstellungskosten sind schon sehr hoch. Allerdings ist es die einzige Firma, die sofort mit dem Bau beginnen kann und vor allem, die die Produktionsstraße baut, die wir benötigen. Andere Firmen müssten da erst noch Entwicklungsarbeit leisten."

Herr Berger legte Herrn Gut die Zahlen vor. Der sah auf die Beträge.

„Ja, das sind schon erhebliche Summen, die auf Sie zukommen werden. Allerdings erscheinen mir die Preise nicht überteuert zu sein."

„Das habe ich mir auch gedacht."

„Auf Grund der derzeitigen Auftragslage empfehle ich Ihnen die Gründung einer neuen GmbH, und zwar nur für diese neue Produktserie. Sie können für 25.000 € Stammkapital die Haftung mit Ihrem Privatvermögen ausschließen. Das heißt, wenn sich die Auftragslage verschlechtern sollte, wenn sich nach dieser kurzen Aufschwungphase nicht die weiter zu erwartenden Umsätze eintreten sollten, ist Ihr privater Verlust nicht so hoch, als wenn Sie eine Zweigstelle der jetzigen Firma gründen."

„Das leuchtet mir ein. Ich bin erstaunt über die derzeitigen Absatzzahlen, doch ich möchte mich in meinem Alter nicht zu sehr verschulden. Vor allem möchte ich, dass meine Familie abgesichert bleibt und wir nicht unser ganzes Vermögen verlieren können."

„Haben Sie darüber nachgedacht, in Asien produzieren zu lassen? Die Lohnkosten sind dort viel günstiger und Sie hätten eine erheblich höhere Gewinnspanne. Wir sprachen vorgestern telefonisch darüber", sagte Herr Gut.

„Herr Gut, mein Vater und mein Großvater haben immer auf gute Qualität gesetzt. Wir haben jetzt mit den viskoelastischen Schuhen eine Marktlücke entdeckt. Aber die Produktion von Sohle, Leder und so weiter soll wie bisher mit der Güte unserer Marke vereinbar sein. Ich möchte nicht, dass meine Kunden asiatische Schuhe für teueres Geld kaufen müssen. Sehen Sie sich doch die Konkurrenz an, die dort produzieren lässt. Sicher machen die einen erheblich höheren Gewinn als wir, schon alleine deshalb, weil sie weltweit verkaufen und nicht nur innerhalb Deutschlands. Aber ich habe die Schuhe mal im Labor durchchecken lassen. Nach der Analyse wurden Kleber verwendet, die zum Teil gesundheitsschädlich sind. Teilweise löste sich im Testlabor bereits nach kurzer Zeit die Sohle von den Schuhen. - Unser Unternehmen steht umsatz- und gewinnmäßig gut dar. Unsere Kunden konnten sich immer auf gute Qualität verlassen und ich möchte weiterhin hier am Wohnort produzieren. Unsere Kunden leben in Deutschland und daher zahlen wir auch die Löhne in Deutschland. Die Arbeitserleichterung durch die Fertigungsstraße und die damit verbundene geringere Personaldichte reicht mir aus. Sonst muss ich mir nur wieder überlegen, wie ich an höhere Betriebsausgaben komme, damit ich nicht so viel versteuern muss. Ich möchte dieses Geld an meine Mitarbeiter hier am Ort zahlen." Herr Berger zwinkerte Herrn Gut zu.

„Haben Sie nur das eine Angebot für die Fertigungsstraße?"

„Ja, alle weiteren Hersteller, die ich angerufen habe, sind nicht auf Schuhe dieser besonderen Art spezialisiert und bräuchten erst einmal Zeit eine entsprechende Anlage zu entwickeln. Ich habe bis nach Italien hin telefoniert, da die Italiener ja in der Schuhherstellung Experten sind. Die Art der Fertigungsanlage, die die Bonner Firma zurzeit herstellt, ist von der Produktivität einmalig in Europa – und vor allem ist es extrem kurz, die Anlage in sechs Monaten hier produktionsfertig stehen zu haben."

„Wo wollen Sie die Halle bauen?"

„Ich habe mir gedacht in einer Stadt in Ostdeutschland. Haben Sie mir nicht mal erklärt, das würde subventioniert?"

„Ja. Wenn Sie dahin gehen wollen, erhalten Sie in jedem Fall Subventionen, und zwar sowohl von der Bundesregierung als auch von der EU. Das muss ich aber noch genau nachlesen. Außerdem werde ich nach einer Stadt suchen, in der die Gewerbesteuer gering ist. Welche Qualifikationen benötigen die Arbeiter dort?"

„An der Fertigungsstraße reichen angelernte Kräfte. Ich vermute, dass auf jeden Fall ein Ingenieur und vielleicht noch zwei Techniker gebraucht werden. Das habe ich mit Herrn Müller noch nicht geklärt."

Im weiteren Gespräch riet der Steuerberater zu einem großen Grundstück, um möglicherweise weitere Hallen bauen und so die Produktion steigern zu können.

„Haben Sie sich die viskoelastischen Schuhe patentieren lassen?", fragte er.

„Das ist deshalb nicht möglich, da die Entwicklung aus der Raumfahrt kommt. Herr Berger nutzt doch selber das Patent. Nur die Einlage an sich ist nicht fähig patentiert zu werden, weil ja hier der entscheidende Stoff nicht entwickelt wurde. Selbst, wenn Herr Berger die Eintragung als Patent versuchen würde, so könnte jede andere Firma zum Beispiel Einlegesohlen aus dem viskoelastischen Material herstellen. Wenn die Konkurrenz erst einmal mitbekommen hat, was wir so erfolgreich herstellen, ist die weltweite Produktion meiner Meinung nach nur eine Frage der Zeit.", antwortete der Buchhalter.

„Genau das Gleiche denke ich auch", sagte Herr Berger. „Die Konkurrenz hat von unserem neuen Produkt bisher noch nicht viel mitbekommen. Sie fühlt sich noch nicht beunruhigt. Am meisten verkauft nach wie vor der neue Außendienstmitarbeiter Aquin."

Die Beförderung

Peter war inzwischen fünf Monate in der Firma und zu einem Workaholic geworden. Im gesamten Ruhrgebiet hatte er inzwischen alle Schuhgeschäfte abgeklappert und auch an den Haustüren mit seinen Musterschuhen oft erfolgreich geworben. Heute sollte er wieder zum Chef kommen.

Peter fuhr mit der Straßenbahn und lief schnellen Schrittes zur Firma. Sein Laufstil und Tempo hatten sich in den vergangenen Monaten beschleunigt. Peter trug an diesem Tag seinen Anzug. Er hatte diesmal nicht den Shopper mitgenommen. Der Termin war um zehn Uhr und beim letzten Mal war er erst am späten Nachmittag nach Hause gekommen. Peter konnte vor dem Termin beim Chef keine Verkaufsgespräche führen und danach wollte er sich nach neuer Kleidung umsehen. Er wollte an diesem Tag nicht weiter arbeiten. Da er überwiegend auf Provisionsbasis arbeitete, wusste er auf Grund seiner Kontoeingänge, dass er erfolgreich war.

Auch an diesem Tag war der Chef nicht da, als Peter in sein Büro geschickt wurde.

„Nehmen Sie bitte schon mal Platz. Herr Berger kommt in wenigen Minuten. Er ist noch in einer Besprechung", sagte die Sekretärin.

Peter ging in das Büro. Er setzte sich aber nicht, sondern ging zum Fenster. Er schaute hinaus und sah auf den Verkehr. Da kam ein kleiner roter Wagen auf das Firmengelände gefahren. Tanja Berger stieg aus. Sie lief zum Eingang der Firma.

„Kann ich Ihnen helfen?", fragte hinter seinem Rücken die Stimme des Chefs. Peter drehte sich um.

„Herr Aquin! Das ist jetzt schon das zweite Mal, dass ich Sie fast nicht erkenne!", rief der Chef. Er lächelte und reichte Peter die Hand. „Guten Morgen. Bitte nehmen Sie Platz."

„Guten Morgen Herr Berger", antwortete Peter und lächelte zurück. „Danke schön."

„Wie geht es Ihnen denn?", begann der Chef das Gespräch mit Small Talk.

„Danke gut. Ich freue mich jeden Monat über Ihre Überweisung auf mein Konto. Ich freue mich, dass Sie mir damals die Chance für den zweihundert Euro Job angeboten haben. Wissen Sie das noch?"

„Natürlich. Damals waren Sie ein ganz anderer Typ. Ich muss gestehen, dass ich Ihnen nicht zugetraut habe, dass Sie so erfolgreich werden. Sie haben sich auch äußerlich sehr verändert. -Herr Aquin, haben Sie einen Führerschein?"

„Ja, den habe ich. Allerdings bin ich seit Jahren nicht mehr Auto gefahren. Sie wissen ja, dass ich lange arbeitslos war."

Herr Berger nickte. Die Telefonanlage klingelte.

„Entschuldigen Sie bitte einen Moment." Herr Berger nahm den Hörer ab. „Ja? Was gibt es Frau Böhmert?"

„Ihre Tochter ist gekommen und fragt, ob sie der Unterredung beiwohnen darf."

„Selbstverständlich. Schicken Sie sie bitte rein."

Tanja Berger betrat das Büro. Sie war braun gebrannt und lachte.

„Guten Morgen, Herr Berger", grüßte sie Ihren Vater und gab ihm die Hand. „Guten Morgen, Herr Aquin." Sie reichte auch Peter die Hand und lachte ihn an.

Peter und stand auf, erwiderte den Händedruck und sagte ebenfalls fröhlich: „Guten Morgen Frau Berger."

„Sie haben sich aber sehr verändert", sagte Tanja Berger und setzte sich. „Hätte ich nicht gewusst, dass Sie heute einen Termin bei meinem Vater haben, so hätte ich Sie nicht wieder erkannt. Sie haben stark abgenommen."

„Ja, das auch."

„Herr Aquin", Herr Berger nahm das Gespräch wieder auf. „Wie Sie eben selbst gesagt haben, sehen Sie wie erfolgreich Sie für unsere Firma tätig waren an Hand Ihrer monatlichen Kontoauszüge. Ich beabsichtige die Expansion der Firma in die neuen Bundesländer. Um die Produktion dort festigen zu können, bitte ich Sie als Außendienst-mitarbeiter für ganz Deutschland tätig zu werden. Sie bekommen dafür einen weiteren Gehaltszuschlag zum unabhängigen Ergebnis und natürlich darüber hinaus weiterhin die Abrechnung auf Provisions-Basis wie bisher. Außerdem biete ich Ihnen einen Firmenwagen an. Die entstehenden Übernachtungskosten und Spesen werden ebenfalls von unserer Firma übernommen."

Herr Berger erklärte Peter seine Ideen. Gemeinsam erarbeiteten sie ein Konzept, nach dem Peter künftig tätig werden sollte.

„Bevor Sie sich entscheiden, möchte ich, dass Sie mindestens eine Nacht über mein Angebot schlafen. Es kommt sehr plötzlich und ist für Sie und Ihre Familie möglicherweise mit erheblichen Änderungen verbunden. Ich bitte Sie daher um Ihre Entscheidung bis zum zehnten dieses Monats."
Herr Berger stand auf. Peter und Tanja standen ebenfalls auf. Herr Berger reichte Peter die Hand. „Sie haben sehr viel für unsere Firma getan. Ich würde mich wirklich freuen, wenn Sie das Angebot annehmen. - Meine Tochter hat eine Bitte an Sie. Sie schreibt ihre Diplomarbeit und würde gerne von Ihnen wissen, wie Sie es geschafft haben, in den paar Wochen so erfolgreich zu werden."
An Tanja gewand sagte er: „Der kleine Sitzungssaal ist frei für dieses Gespräch."

Peter und Tanja verließen das Chefzimmer und gingen in den kleinen Sitzungssaal.
„Setzen wir uns", sagte Tanja und deutete mit der Hand auf einen Stuhl. Peter nahm Platz und Tanja setzte sich ihm gegenüber hin.
„Mein Vater erzählte mir, dass Sie als der neuste Mitarbeiter die erfolgwirksamsten Umsätze machen. Aus diesem Grund haben Sie ja auch die neue Stelle als Außendienstmitarbeiter für ganz Deutschland und die ganzen Vergünstigungen angeboten bekommen. Herzlichen Glückwunsch dazu. - Herr Aquin, ich bin BWL-Studentin und möchte meine Diplomarbeit über Marketing und wirkungsvolle Strukturen und Möglichkeiten der Produktvertreibung schreiben. Als mein Vater mir von Ihrem Erfolg erzählte, bat ich ihn daher, mir die Möglichkeit zu geben, ein Gespräch mit Ihnen zu führen.
Erzählen Sie mir bitte, wie Sie es geschafft haben, Ihre Umsätze so zu steigern. - Ich kann mich daran erinnern, als ich Sie in den Semesterferien wegen des zweihundert Euro Jobs zum Büro meines Vaters führte. Wie? – Ja wie haben Sie es in der kurzen Zeit geschafft, so hohe Umsätze zu erzielen?"
„Ihr Vater hat mit dem viskoelastischen Schuh ein gutes Produkt entwickelt und deshalb verkauft es sich fast von alleine."
Peter war in Gegenwart von Tanja Berger etwas gehemmt.
„Aber Sie stellen es doch vor. Wie machen Sie es, dass Sie so viele Schuhe verkaufen? Können wir vielleicht ein Verkaufsgespräch simulieren?"
„Ja, durchaus."
„Also, soweit ich informiert bin, wurden Sie eingestellt, um über Haustürgeschäfte ein vollkommen neuartiges Produkt anzupreisen. Sie sollten Schuhe mit der viskoelastischen Sohle verkaufen. Ich bin jetzt eine Hausfrau, die Ihnen die Tür öffnet und Sie sind er Verkäufer. Was sagen Sie denn so?"

Peter stand auf und ging um den Tisch zu Tanja.

„Klingeling!", sagte er und grinste.

Tanja lachte. Sie öffnete eine vermeintliche Haustür und stand etwa einen Meter von Peter entfernt.

„Guten Tag, ich heiße Peter Aquin und komme im Auftrag der Firma Globetreter. Darf ich Ihnen ein neuartiges Schuhprodukt einmal zeigen?"

„Nein, danke. Ich kaufe keine Schuhe an der Haustür", entgegnete Tanja schnippisch und wollte provokativ die vermeintliche Tür wieder schließen.

„Das kann ich gut verstehen, aber dieses Produkt bekommen Sie nicht im Handel. Ich sage auch nicht, dass Ihre Nachbarin es gekauft hat, die ist nämlich gar nicht da, aber vielleicht darf ich Ihnen die Schuhe einmal zeigen. Sehen Sie." Peter zog einen Schuh aus. Dieses Paar Schuhe habe ich vor einundzwanzig Wochen als Muster erhalten. Ich laufe jeden Tag viele Kilometer damit und sehen Sie die Innensohle? Haben Sie gesehen, wie sie sich glatt zieht? Es handelt sich nämlich um eine Weltneuheit, die es zudem nur in Deutschland gibt. Sehen Sie sich die Sohle an."

„Halt!", rief Tanja. „Ich hab doch schon die Tür geschlossen."

„Nein, das haben Sie nicht. Sie haben nur gesagt, dass Sie niemals Schuhe an der Haustüre kaufen. Sie stehen noch in der Tür und hören mir zu. – Also: Es handelt sich um eine Weltneuheit, die eigentlich für die Raumfahrt konstruiert wurde. In den Schuh eingearbeitet ist eine Sohle aus viscoelastischem Material. Dieses Material reagiert auf Wärme und Druck. Es passt sich ganz genau Ihrem Fuß an und unterstützt ihn so im Schuh. Sehen Sie sich meine Statur an und schätzen Sie mein Gewicht. Wäre es schlechte Qualität, so würden die Schuhe nach drei bis vier Wochen ihre Elastizität aufgeben. Ich zeige es Ihnen gerne noch mal mit dem anderen Schuh."

Peter blickte Tanja in die Augen und lächelte. Tanja schaute freundlich zurück. Peter zog den ersten Schuh an, sagte „Achtung" und zog den zweiten Schuh aus. Zuerst sah man den kompletten Fußabdruck Dann begann die viscoelastische Sohle sich langsam gerade zu ziehen. Tanja sah interessiert zu.

„Mit diesem neuen Material sparen Sie sich teuere orthopädische Einlagen. Es unterstützt jeden Fuß individuell. Sehen Sie, wie sich das Material glatt zieht? Wenn Sie den Schuh jetzt anziehen, passt er sich Ihrem Fuß genau an. Möchten Sie das probieren?"

Tanja war fasziniert. Dieser dicke, schwere Mann hatte keinerlei Abdruck auf der Sohle hinterlassen. Ja, sie wollte probieren, ob sie merken konnte, dass der diesen Schuh seit so vielen Wochen trug. Es musste doch irgendeinen Hinweis darauf geben. Tanja zog den Schuh an und spürte sofort, wie sich die Sohle ihrem Fuß anpasste. Sie hatte zweifellos viel kleinere Füße. Und dennoch hatte sie das Gefühl, dass ihr der Schuh passen würde.

„Das ist ja fantastisch!", rief sie spontan.

„Sehen Sie", entgegnete Peter. „Sie haben ein gutes Produkt. Es verkauft sich quasi gesehen fast von alleine. Viele Menschen, die mir eigentlich die Tür zumachen wollten, haben mich in ihre Wohnung gebeten, wenn ich diese paar Sätze noch sagen konnte. Einige haben dann sofort Halbschuhe, Sportschuhe und Sandalen bestellt. Daher kommt der Erfolg."

Tanja dachte einen Moment nach. Sie hatte natürlich auch schon vorher diese neuen Schuhe anprobiert. Aber in ihrer eigenen Größe. Da haben sie gepasst, was ja auch zu erwarten war. Doch drei Schuhnummern größer waren die von Peter Aquin mindestens. Und auch diese Schuhe waren bequem. Vor allem waren sie nicht ausgelatscht. Sie spürte genau, wie dieser Schuh ihren Fuß stützte. Tanja zog den Schuh aus und hielt ihn unter die Nase. Sie roch daran. Der Schuh roch nicht mehr neu, aber nach einundzwanzig Wochen Dauerschweiß roch er auch nicht.

„Sie verkaufen also so viele Schuhe, indem Sie von Haustür zu Haustür gehen?"

„Nein. So habe ich angefangen." Peter erzählte Tanja, dass er auf Märkten war und inzwischen die Schuhgeschäfte mit großem Erfolg abklapperte.

Lerne was du kannst, so kannst du was

Peter saß in seiner Küche. Er hatte sich Poster gekauft. Poster vom Mittelmeer und sah sie an, während er eine seiner heiß geliebten Pizzen aß. Den roten Kasten hatte er neben sich auf dem Tisch stehen. Nachdem er inzwischen bereits mehrfach alle Karten gelesen hatte, hatte er sich vorgenommen, willkürlich jeden Tag eine Karte oder einen Zettel zu ziehen. Diesmal nahm er den obersten Spruch.

„Lerne was du kannst, so kannst du was" stand auf dem Zettel.

‚Den fand ich doch schon mal blöd', erinnerte sich Peter. Aber diesmal dachte er darüber nach. *Lerne was du kannst.* Der Chef hatte ihm eine neue Stelle angeboten. Eine sehr verantwortungsvolle sogar. *Lerne, was du kannst.* Nimm die Chance wahr zu lernen. Lerne was du kannst – so kannst du was.

Peter nahm einen weiteren Zettel aus dem Kasten.

Lieber Peter,

dem Mutigen gehört die Welt.

„Der Riese Bubu"

Ohne Mut, mutlos. – Mutlos war Peter, als er fett, faul und gefräßig gewesen war. Er hatte keinen Antrieb gehabt, den nächsten Tag zu leben.

Jetzt hatte er eine Riesenchance erhalten. Welcher Chef gab dem zuletzt eingestellten Mitarbeiter eine so verantwortungsvolle Aufgabe? Er wäre ein Feigling, wenn er diese Chance nicht wahrnehmen würde. ,Dem Mutigen gehört die Welt? Na, dann will ich dich kennen lernen – Welt', dachte Peter. ,Und dabei lernen, was ich kann. Der Spruch ist wirklich gar nicht so doof.'

Als Peter Herrn Berger seinen Entschluss über die Annahme der neuen Aufgabe mitteilte, freute der sich sehr.
„Wir haben ja bereits alles soweit besprochen. Ich werde Ihnen zeigen, wo Ihr künftiger Firmenwagen steht. Dann können Sie sofort losfahren und schon mal wieder ein wenig Fahrpraxis erlangen. Sie sagten ja, Sie wären seit Jahren nicht mehr Auto gefahren."
Peter folgte Herrn Berger auf den Firmenparkplatz und staunte nicht schlecht, als er die Autoschlüssel für einen neuen Passat Variant er- hielt.

Zwei Jahre später: Die zweite Expansion

Wie zu erwarten war, arbeitete Peter auch in ganz Deutschland sehr erfolgreich. Die Schuhe verkauften sich so gut, dass Herr Berger beschlossen hatte, eine weitere Produktionsstätte im Ausland zu gründen.
Tanja Berger, die inzwischen als Diplomkauffrau mit in der Firma arbeitete, hatte nach Recherche über steuerliche Vergünstigungen und Subventionen, sowie über die Kaufkraft der Menschen, die USA ausgewählt. Nach Prüfung der ihm vorgelegten Unterlagen hatte Herr Berger wieder eine Konferenz einberufen.
„Also auf Grund Tanjas Aufbereitung der Unterlagen, habe ich mir überlegt, in St. Louis eine Fertigungsstraße zu errichten. Dort herrscht hohe Arbeitslosigkeit und wir werden hohe Subventionen erhalten.", teilte er seine Entscheidung mit. „Die Produktionsstätte in Güstrow ist sehr erfolgreich."
„Ja, da hat sich Herr Gut wirklich ins Zeug gelegt. Nicht nur, dass es dort in der Mecklenburgischen Schweiz besonders schön ist, er hatte wirklich ein Händchen für die richtige Zweigstelle. Wie oft habe ich damals mit Frau Zimmermann telefoniert, die uns doch intensive Hilfe geleistet hat.", sagte Tanja.
„Das stimmt. Ich hätte vorher nie gedacht, dass von einer Behörde eine so intensive und umfassende Hilfe für Investoren angeboten wird. Frau Zimmermann hat Kontakte zu allen erforderlichen Institutionen, wie Arbeitsamt, Wirtschaftsfördergesellschaften und Bauaufsichtsbehörde. Selbst bei der Grundstückssuche hat sie geholfen.", sagte Steuerberater Gut.

„Ja, und welche Tipps sie uns gegeben hat, bei der Akquirierung von Fördermitteln und damals im Baugenehmigungsverfahren. Ohne Frau Zimmermann wären die Bearbeitungszeiten für die Baugenehmigung sicher viel länger gewesen. Sie hat die Unterlagen zusammengestellt und persönlich dort abgegeben. Papa, und vergiss nicht, dass die Gewerbesteuer dort unter 300 % liegt. Das war ein ganz entscheidender Faktor, um nach Güstrow zu gehen."

„Ja, aber auch da ist der Hebesatz inzwischen angehoben worden. 300% haben wir längst überschritten."

„Schon, aber in den anderen Städten lag der Hebesatz damals schon höher. – Und überleg mal, wie schön es dort ist. Die vielen Seen! Meine letzten Ferien waren dort so erholsam. Ich hätte mir nie gedacht, dass ich in Mecklenburg mal Urlaub machen würde."

„Ja, das hat mich auch gewundert, aber auch gefreut. – Jedenfalls hat Güstrow sich bewährt. Mit relativ wenigen Arbeitnehmern können wir eine erhebliche Menge an Schuhen täglich produzieren. Die Qualität ist so hoch, wie ich sie erwarte und verlange. Aber durch die hohe Produktivität konnten tatsächlich die Preise gesenkt werden, was die Verkaufszahlen weiter erhöht hat."

„Und die Elchlederschuhe als Luxusgut gehen auch gut. Hier bekommen die Kunden die extra teueren, aber sehr gut verarbeiteten Schuhe mit der viskoelastischen Sohle. Das Leder ist so weich. Ich hätte nie gedacht, dass ich mal so für die Qualität von Schuhen schwärme.", sagte Tanja.

Herr Berger warf ihr einen Blick zu und machte eine Handbewegung, von der Tanja wusste, dass er weiter über seine neue Idee sprechen wollte.

„In den USA möchte ich zunächst mit einer Fertigungsstraße beginnen. Problematisch finde ich den Vertrieb. Ich kann mir nicht vorstellen, dort über Haustürgeschäfte erfolgreich zu sein. Ich denke, dass wir über Zeitungsannoncen Werbung in Illustrierten und Tageszeitungen machen werden."

„Wie wäre es denn mit einer landesweiten Fernsehwerbung?", fragte Herr Gut. „Ich sehe Ihre erheblichen Mehrgewinne zwar mit großer Freude, aber Sie haben auch eine hohe Steuerlast. Durch hohe Werbekosten würde die erheblich verringert."

„Die Kosten für Fernsehwerbung wurden von Tanja analysiert. Danach wären diese Kosten gerade in den USA so immens hoch, dass sich die Aufnahme der Produktion nicht lohnen würde. Fernsehwerbung in den USA kann man eigentlich nur machen, wenn man bereits einen Namen oder eine Marke hat. Als Newcomer kann ich das nicht bezahlen."

Tanja Berger schaltete sich ein. „Ja, ich habe diese Analyse durchgeführt. Die Kosten für Fernsehwerbung würden sich auf mehrere Millionen Dollar belaufen. Und es ist die große Frage, ob die Amerikaner ein deutsches Produkt annehmen werden. Gerade in den USA herrscht großer Nationalstolz. Zwar kaufen die Amis einerseits fast alles. Aber Produkte, die noch keinen Namen haben, werden dort sehr sehr kritisch betrachtet. Wenn wir nicht sofort mit Millionenverlusten scheitern wollen, sollten wir mit Zeitungsannoncen beginnen. Allerdings vertrete ich auch die Meinung, dass wir die Haustürgeschäfte dort fortführen sollten. Sie laufen hier mit hohem Erfolg. Unsere Schuhe haben einen Marktanteil von zwei Prozent. Das ist auf das gesamte Schuhangebot mit allen Anbietern weltweit doch gar nicht so schlecht. Ich bin der Meinung, wir sollten hier in Deutschland mit Fernsehwerbung beginnen."

„Ich möchte keine Fernsehwerbung machen. Wir haben unseren Marktanteil bisher immer mit den Außendienstmitarbeitern behauptet und sind dabei gut gefahren. Wenn wir die Massenproduktion starten, so werden wir ein Abklatsch von vielen anderen Anbietern. Wer, wie ich, sich einmal einen Namen, der für Qualität steht gemacht hat – und bewusst nicht für Quantität, will auch dabei bleiben", sagte Herr Berger.

„Das sehe ich anders", entgegnete seine Tochter. „Bisher hat die Firma über mehrere Generationen Schuhe mit hoher Qualität verkauft. Jetzt werden mehr Schuhe in genauso guter Qualität hergestellt. Wir haben als erste Firma weltweit diese Chance erkannt und sollten sie auch nutzen. Viele der Konkurrenzfirmen stellen in Billiglohnländern her und erwirtschaften enorme Gewinne. Mein Vorschlag ist es, gezielt in den jeweiligen Ländern, in denen wir unsere Schuhe anbieten, auch zu produzieren. Ich bin der Meinung, dass wir rasend expandieren sollten, um uns diesen Marktanteil zu sichern, und zwar gleichzeitig in den USA, in Mexiko, Brasilien, China und…"

„Jetzt ist es aber genug!", schnitt der Vater ihr das Wort ab. „Ich bin doch hier kein Goldesel. Wie soll ich das denn finanzieren? Das wird mir viel zu groß!"

„Lass es mich doch probieren. Ich bin von Anfang an mit dem Projekt vertraut. Ich kenne alle seine Schwächen und vor allem seine Stärken. Wir brauchen die Produktion von ganz ganz vielen Schuhen und können durch dieses Haustürgeschäft wie ein Schneeballsystem in kurzer Zeit sehr viele Schuhe verkaufen."

„Mir reicht der Marktanteil und der Gewinn, den ich erziele. Ich bin schuldenfrei und kann mir ein sorgenfreies Leben leisten. Ich will nicht durch solche Hirngespinste ruiniert werden. Wir bleiben in Deutschland und produzieren die Schuhe so weiter wie bisher. Ich bin bereit dahingehend einzuwilligen, dass wir die Fertigung und den Verkauf in den USA probieren, aber in die anderen Länder – gleichzeitig global, das kommt überhaupt nicht in Frage!"

Herr Gut schaltete sich ein:

„Herr Berger, Sie haben mit den viskoelastischen Schuhen eine Marktlücke entdeckt. Ich bin der Meinung, dass Sie Millionen Schuhe verkaufen können. Meine Mitarbeiterin hat Ihre Umsätze in den letzten beiden Jahren analysiert. Während die herkömmlichen Exemplare den gleichen Umsatz wie seit Jahren erbringen und somit Ihre Stammkundschaft symbolisieren, sind die Umsätze mit den viskoelastischen Schuhen explodiert. Vor allem im letzten halben Jahr, wo Sie sich entschlossen haben, noch mehr Modelle herzustellen. Ich kann mir nicht vorstellen, dass Sie sich übernehmen. Im Übrigen können wir das Risiko durch entsprechende Kapitalgesellschaften recht gering halten."

„Nein, nein! Ich will das nicht. Das wächst mir über den Kopf. Dafür bin ich einfach schon zu alt. – Wissen Sie, Herr Gut, ich habe einen Bekannten, den ich aus dem Golfclub kenne. Der war früher auch gut situiert. Durch falsche Beratung hat der jetzt alles verloren. Zurzeit wird sein privates Wohnhaus gepfändet. – Außerdem braucht man sehr gute und engagierte Mitarbeiter, um weltweit erfolgreich zu sein. Ich wüsste nicht, in wessen Hände ich die Verantwortung, die mit der Betriebsleitung verbunden ist, legen sollte. Hier in Oberhausen will ich die Firmenleitung weiter machen. In den USA soll Tanja Fuß fassen. Aber in anderen Ländern? – Möglicherweise bekomme ich Mitarbeiter, die sich selbst nur bereichern wollen. Prokura, abkassieren und ab und davon. Es tut mir leid. Ich werde dem nicht zustimmen. Ich habe mein Leben lang hart gearbeitet. Jetzt geht es an den Ruhestand – und nicht in die Aufregung. Daher ist mein letztes Wort: Nein."

„Nur eine Frage: Würden Sie dem Bekannten die Leitung einer Firma im Ausland anvertrauen? Sie haben wirklich ein Produkt, das sich alleine verkauft. Sie haben gesagt, er wurde falsch beraten und hat alles verloren. Machen Sie so jemand zum Teilhaber. So kann er sein Haus retten und bekommt eine Chance. Wenn die Person Ihrer Meinung nach immer erfolgreich war und tüchtig ist, glaube ich nicht, dass das schief geht.", sagte Herr Gut.

Herr Berger dachte einen Moment nach. „Das muss ich mir erst überlegen. Das wäre in der Tat ein guter Mann. Aber ob er ins Ausland gehen würde, weiß ich nicht."

Wo ist Zuhause?

Peter war in seinem neuen Leben ehrgeiziger denn je. Anhand seiner Kontoauszüge konnte er erkennen, wie sehr er die Leute überzeugt hatte. Er saß an seinem Küchentisch und nahm wieder mal eine Karte aus dem roten Kasten.

... Freu dich über jede Stunde, die du lebst auf dieser Welt.
Freu dich, wenn die Sonne aufgeht und auch wenn der Regen fällt
Du kannst leben, du kannst atmen, du kannst...
...freu dich, dass du ein Zuhause hast.

Ein Zuhause. Was war sein Zuhause? Wo war sein Zuhause? Seit Peter in Gesamtdeutschland tätig war, war er kaum noch in Oberhausen. Er tingelte von einer Stadt zur nächsten und schickte von dort aus seine Auftragsbögen an die Firma. Er war seit Monaten nicht mehr in seiner Wohnung gewesen. Er hatte zwar noch die kleine Wohnung in Oberhausen, aber wo war „zu Hause"?
‚Bin ich einsam?', fragte er sich und schweifte von seinem eigenen Gedanken ab. - Wenn er darüber nachdachte, so wie jetzt - vielleicht. Aber wenn er den ganzen Tag arbeitete, war er abgelenkt, kam unter Menschen und fühlte sich nicht einsam. Abends aß er alleine. Meist in dem Restaurant seines Hotels.
Wie viel?
Viel weniger, als er gegessen hatte als er noch wenig Geld hatte. Er konnte zwar die Spesen abrechnen, aber Peter war bescheiden. Er wollte der Großzügigkeit seines Chefs gegenüber nicht unverschämt sein. Er war immer noch so dankbar über die Chance, die er bekommen hatte, dass er bei den Spesenabrechnungen nicht negativ auffallen wollte.
Seitdem er gelesen hatte: „Wir leben nicht um zu essen, sondern wir essen, um zu leben" hatte er ohnehin seine Einstellung zum Essen geändert. Er hatte gelernt zu genießen und nicht aus Langeweile und Frust Essen in sich hineinzustopfen.
In den zwei Jahren, die er für ganz Deutschland tätig war, hatte er viel Gewicht verloren. Insgesamt bestimmt vierzig Kilogramm. Die erste Hose, die er sich von seinem Geld gekauft hatte, passte schon lange nicht mehr. Der Knopf war nicht mehr zu eng. Alles war zu weit geworden.
Peter kaufte sich in den Städten, die er gerade besuchte regelmäßig neue Kleidung. Die alten Sachen warf er in einen Container vom Roten Kreuz. In jeder Stadt gab es welche.
Heute war er in seiner Wohnung in Oberhausen - zu Hause.
Zu Hause? - Er dachte wieder darüber nach.
Was war Zuhause?
Seine Wohnung bestand aus zwei Zimmern, einer Küche, Diele, Bad und Balkon und war genau 52,31 Quadratmeter groß. Peter hatte sie vor mehr als acht Jahren mit seinem Ausbildungsbeginn bezogen. Damals war er schon dick gewesen. Er hatte immer sein ganzes Geld für Miete und Essen ausgeben müssen. Als er arbeitslos wurde und später Sozialhilfe bekam, lebte er nur noch um zu essen.
Wir essen, um zu leben.

Wo war sein Zuhause? Diese kleine Wohnung war seine Höhle. Da er nie viel Geld gehabt hatte, war sie spärlich eingerichtet. Im Schlafzimmer standen ein breites Bett (für alle Fälle hatte er es in 1,60 m Breite gekauft), ein Nachttisch und ein großer Kleiderschrank. Das Wohnzimmer war mit einer Couch, zwei Sessel und einer kleinen Schrankwand, in die er seinen Fernseher und die Stereoanlage gestellt hatte, eingerichtet und in der Küche hatte er eine billige Zeile stehen mit Kühl- und Gefrierkombination, Herd und Backofen, Spüle und Spülmaschine, sowie einigen Oberschränken. Außerdem hatte er Platz für einen kleinen Tisch mit zwei Stühlen. Bad und Diele waren sehr klein. Daher stand in der Diele gar nichts und im Bad befanden sich nur eine Dusche, Toilette und Waschbecken. Über dem Waschbecken hing ein Einbauschrank, daneben hatte er die Waschmaschinen- / Trocknerkombination stehen. Wegen früheren ständigen Geldmangels besaß Peter kaum Bücher, CDs oder andere persönliche Dinge. Die Lebensmittel hatte er stets durch Essen vernichtet.

Dadurch, dass er so spärlich möbliert war und auch sonst nicht alles voll stand, wirkte die Wohnung sogar großzügig. War sie sein Zuhause? War er hier glücklich und geborgen? In der Zeit, als er sich nicht unter die Menschen getraut hatte, war das so. Ja, da war die kleine Wohnung sein Zuhause. Und jetzt?

Er war seit Monaten nicht mehr da gewesen. Die paar Pflanzen, die er gehabt hatte, waren verwelkt. Staub lag überall. Die Wohnung war nicht gelüftet und roch nicht mehr nach zu Hause. Aber er war doch kein Rumtreiber. Also musste dies sein Zuhause sein.

Freu dich, dass du ein Zuhause hast.

Doch, es was schön in diese kleine Wohnung zurückzukommen. Er hatte gelüftet und Staub gewischt. Da er ordentlich war und nicht viel auf den Möbeln stand, war er schnell fertig gewesen. Nachdem er noch die Böden gesaugt und zwei Pizzen in den Backöfen geschoben hatte, roch es auch wieder wie zu Hause.

Peters Pizzen waren fertig. Er holte sich eine auf den Teller und aß mit Bedacht. Wie er früher immer geschlungen hatte. Ohne Sinn und Verstand. Wieso hatte er das gemacht? Es war doch viel schöner, das Essen zu genießen. *Wir essen, um zu leben.* Peter hatte sich eine Kanne mit Leitungswasser auf den Tisch gestellt. Er betrachtete das Wasser. − Die Kraft, die Leben spendet.

Früher hatte er nie Wasser getrunken. Jetzt dachte er an Quellen oder an Bäche, wenn er Wasser trank.

Dem Mutigen gehört die Welt

Herr Berger hatte ihn nach Oberhausen bestellt. In regelmäßigen Abständen fanden Treffen mit allen Außendienstmitarbeitern statt. Am nächsten Morgen hatte Peter den Termin.

Er stand auf dem Balkon seiner kleinen Wohnung und blickte hinunter. Er sah auf die Rasenfläche und die anderen Wohnblocks.

‚Bin ich einsam?', fragte er sich wieder.

Wenn er morgens im Hotel oder einer Pension aufwachte und sein Frühstück einnahm, war er meist alleine. Doch oft nutzte er die Möglichkeit mit einem der Kellner zu sprechen. Danach ging er los und klapperte die Schuhgeschäfte ab. Auch dabei kam er ständig mit Menschen zusammen. Regelmäßig machte er aber auch noch seine Haustürgeschäfte und er ging auf Märkte. Er war daher ständig mit Menschen zusammen und redete den ganzen Tag über. Abends beim Essen im Restaurant, sprach er wieder mit dem Kellner. Nach dem Essen zog er sich meist in sein Zimmer zurück. Er legte die Beine hoch und sah oft vom Bett aus fern.

War er einsam?

Nein. Er genoss das Alleinsein. Die Abwechslung hatte er während seiner Arbeit – danach brauchte er Ruhe für sich. Er musste den Tag verarbeiten und wollte daher gar nicht mit jemandem die restliche Zeit verbringen.

Peter hatte gelernt, die Menschen zu beobachten. Wenn er seine Haustürgeschäfte machte, wusste er nach wenigen Sekunden, wer ihm weiter zuhören und wer ihm die Tür zumachen würde. Er hatte gelernt auf junge Mütter mit kleinen Kindern einzugehen, auf alte Menschen, auf Dicke und Dünne, auf Behinderte... Peter hätte ein Buch über die Verhaltensmuster der Menschen schreiben können.

Wenn er abends auf seinem Zimmer war, sah er sich immer die Nachrichten an und gerne Reportagen. So fühlte er sich ausreichend informiert. Sein Wortschatz und seine Wortgewandtheit hatten sich in den letzten drei Jahren erheblich verbessert. Auch das konnte er an Hand seiner Kontoauszüge ablesen.

Lerne was du kannst, so kannst du was. Er hatte gelernt und er war kein Anfänger mehr. Er war Profi und zum Workaholic geworden.

„Guten Morgen Frau Wind. Ich habe einen Termin bei Herrn Berger", sagte er am nächsten Morgen als er sich wie immer zuerst an der Rezeption der Firma Globetreter meldete.

„Guten Morgen Herr Aquin. Einen Moment bitte: Ich melde Sie im Vorzimmer des Chefs an."

Die Empfangsdame Samira Wind telefonierte mit Frau Böhmert, der Chefsekretärin. „Sie werden im kleinen Sitzungssaal erwartet."

„Ja, danke", antwortete Peter und ging zu dem angegebenen Raum. Er war der Erste. Bisher war er immer sehr pünktlich gewesen, wenn er zum Chef musste. Peter ging zum Fenster und sah hinaus auf die Straße und den Parkplatz. Tanja Berger fuhr gerade mit ihrem kleinen roten Flitzer auf den Parkplatz. Sie war längst mit dem Studium fertig und seitdem in der Firma tätig. Sie trug ein rotes Kostüm und sah sehr attraktiv aus.

Tanja Berger grüßte einen Außendienstmitarbeiter, der wohl etwas erledigt hatte und auf dem Weg zu seinem Auto war. Sie plauderten kurz und Tanja lachte herzlich. Sie hatte die Freundlichkeit und die Fröhlichkeit ihres Vaters übernommen. Peter hatte sie noch nie mürrisch erlebt.

Das Arbeitsklima in der Firma Globetreter war wirklich gut. Jeder Mitarbeiter, den Peter inzwischen kennen gelernt hatte, arbeitete gerne und wie es schien mit vollem Einsatz.

Der Chef legte großen Wert auf Teamarbeit. Wenn jemand Urlaub hatte, bemühten sich die anderen, die Arbeit aufzufangen. Eventuell anfallende Überstunden wurden bezahlt. Es schien, dass jeder Mitarbeiter sich für den Betrieb mit verantwortlich fühlte. Sie waren mehr als Kollegen - fast wie eine große Familie.

Der Buchhalter und der Steuerberater erschienen im Sitzungssaal. Beide begrüßten Peter mit Handschlag. Man unterhielt sich über belanglose Dinge.

Tanja kam und grüßte ebenfalls. Nach wenigen Minuten erschienen Herr Berger und ein weiterer Herr, den Peter noch nicht kannte. Nachdem sich alle mit ihrem Nachnamen vorgestellt und begrüßt hatten, nahmen sie um den Tisch Platz. Peter wunderte sich, dass keiner seiner Außendienstkollegen dabei war.

Herr Berger eröffnete die Besprechung: „Ich freue mich, dass ich Sie zu diesem besonderen Gespräch hier begrüßen darf. Da Herr Aquin unsere viskoelastischen Schuhe mit so großem Erfolg verkauft, wollen wir wieder expandieren. Diesmal möchte ich in den USA mein Glück versuchen. Ich hoffe, auch dort einen guten Start zu bekommen. Herr Smith ist aus Saint Louis gekommen und hat in meinem Auftrag bereits das geplante Projekt analysiert. Herr Smith, bitte erläutern Sie uns, was Sie erarbeitet haben."

„Well, ich heiße Robert Smith, bin zweiunddreißig Jahre alt und in den USA geboren. Meine Großmutter ist aus Deutschland. Deshalb habe ich die Sprache gelernt. Ich arbeite bei der Firma General Jonson LTD. Wir suchen für Firmen, die neu gegründet werden oder die expandieren wollen nach geeigneten Räumlichkeiten, nach Personal und versuchen bereits zu ermitteln, ob das Unternehmen oder Vorhaben Erfolg haben kann. Dazu werden in verschiedenen Städten Umfragen gemacht. Herr Berger hat sich an unsere Firma gewandt und ich habe mir Ihr Produkt angeschaut. Ich denke, wie Frau Berger, dass es sich um eine Marktlücke handelt und dass Sie bei entsprechender Vermarktung auch in den USA großen Erfolg haben werden."

Herr Smith machte eine kleine Pause.

„In Saint Louis gibt es zurzeit eine sehr interessante Subvention: - Nämlich das Programm der Absatzmarkt-Steuergutschrift. Abgekürzt nenne ich es NMTC. NMTC ist ein Bundesprogramm, bei dem die ökonomische Entwicklung in Gebieten mit niedrigem Einkommen angeregt werden soll. Das heißt: Investoren erhalten nach Abschnitt 45d des Staatseinkünfte-Codes über den Zeitraum von sieben Jahren Bundessteuergutschriften für das Bilden von Investitionen, und zwar dann, wenn zum Beispiel Arbeitsplätze in Regionen mit hoher Arbeitslosigkeit geschaffen werden.

Ich habe eine alte Industriehalle ausfindig gemacht und eine Firma, die die entsprechenden Fertigungsanlagen so schnell herstellen kann, dass Sie mit der Produktion Ihrer Schuhe voraussichtlich in wenigen Monaten beginnen könnten. Die Halle liegt, wie vorgeschrieben, um Fördermittel zu erhalten, in einem Bereich mit hoher Arbeitslosigkeit und Bewohnern mit geringen Einkommen.

Unter dem NMTC Programm empfangen Investoren eine 39 % Steuergutschrift über die bereits schon erwähnten sieben Jahre. Für die ersten drei Jahre gibt es je fünf Prozent und sogar sechs Prozent für die letzten vier Jahre. Ich habe auch schon mit Bürgermeister Francis G. Slay über Ihr Projekt gesprochen und kann Ihnen eine mündliche Zusage erteilen."

Herr Smith endete seinen Vortrag. Er wusste, dass seine Zuhörer nicht noch mehr aufnehmen konnten.

„Herr Aquin", übernahm Herr Berger wieder das Gespräch. „Sie haben uns durch Ihr immenses Engagement hinsichtlich des Verkaufs der Schuhe mit viscoelastischer Sohle groß gemacht. Besonders wegen Ihrem ständigen Einsatz werden diese Schuhe so erfolgreich inzwischen sogar in ganz Europa verkauft. Ich bitte Sie daher, für unsere Firma in die USA zu gehen und die Menschen dort zu schulen, dass wir auch in dem Land der unbegrenzten Möglichkeiten erfolgreich werden."

Peter durchzuckte es. War es Freude oder Schreck? Er hatte dem Vortrag des Amerikaners nur mit Mühe folgen können. Da es sich nicht um sein Aufgabengebiet handelte, war es ihm schwer gefallen, sich zu konzentrieren. Herrn Bergers direkte Ansprache nach Herrn Smith Monolog und seine gezielte Frage ob er in die USA gehen würde – damit hatte er überhaupt nicht gerechnet. Er hatte nicht gewusst, dass die Firma Globetreter eine Expansion in den USA anstrebte.

Peter war sprachlos.

Nach Amerika? Amerika war für ihn immer so weit weg gewesen. Einfach unerreichbar. Und jetzt? Sollte er wirklich dorthin gehen?

Alle Teilnehmer sahen ihn an. Sie warteten auf seine Antwort. Tanja Berger lächelte zu ihm, sah in die übrige Runde und sagte:

„Ich werde mit Herrn Smith zusammen in die USA reisen und nach geeignetem Personal fürs Büro suchen. Außerdem wollen wir wie in Europa Außendienstmitarbeiter einstellen, die von Haustür zu Haustür laufen und unsere Schuhe in dem von Ihnen perfektionierten Verfahren verkaufen sollen. Herr Aquin, wir können nicht von Ihnen erwarten, durch die gesamte USA zu laufen. Das Projekt, für das Sie verantwortlich sein sollen, ist die Schulung von neuen Mitarbeitern mit Ihrem Erfolgsrezept. Sie bekommen in Saint Louis eine Wohnung und würden die neuen Mitarbeiter in kleinen Gruppen nach Ihrer bewährten Methode schulen. Was sagen Sie dazu?"

Peter war immer noch so erschrocken über diese gravierende Änderung für sein Leben, dass er eigentlich nicht so recht wusste, wie er antworten sollte. Die Gruppe ließ ihm den Moment. Alle warteten gespannt darauf, was er sagen würde.

„Ich habe nur Schulenglischkenntnisse von der Realschule. – Ich weiß gar nicht, wie ich den Amerikanern irgendetwas erklären soll. – Also, ich fürchte, dass ich nicht die richtige Person für diese Tätigkeit bin. Nein, ich kann mir wirklich nicht vorstellen, in den USA erfolgreich Ihre Schuhe zu verkaufen." Peter blickte Herrn Berger an. Er registrierte, dass der ihn gespannt angesehen hatte und jetzt enttäuscht aussah. Peter hatte eine riesige Chance erhalten und nutzte sie nicht. Ihm war das zwar schon klar, doch er war nie gut in Englisch gewesen. Er wusste, dass er sich überfordern würde.

Peter sah wieder in die Runde. Einen Moment lang sagte niemand etwas. Tanja lächelte ihm zu.

„Herr Aquin, ich bin überzeugt, dass Sie mit einem Crash-Kurs in Englisch in kurzer Zeit sprachlich so fit sind, dass Sie den Job machen können. Ich selbst hatte mich für so einen Kurs angemeldet. Auch meine Englischkenntnisse mussten aufgefrischt werden. Sie glauben gar nicht, wie schnell man eine Sprache mit einem Privatlehrer lernen kann. Ich würde mich persönlich sehr freuen, wenn Sie den Job annehmen würden. Sie haben eine so positive Ausstrahlung und ich finde, dass gerade Sie auch für die Schulungen die am besten geeignete Person sind, die ich mir für unsere Firma vorstellen kann. Herr Aquin, wenn Sie die Schuhe vorstellen und anpreisen, dann sind Sie einfach so überzeugend, dass man sie kaufen muss. Sie sind der perfekte Multiplikator. – Ich würde fast denken: Ohne Sie geht das Unternehmen in den USA lange nicht so schnell in die Gewinnphase, wie mit Ihnen."

44

Herr Smith lachte: „Die Sache mit dem Sprachkurs kann ich bestätigen. Meine Oma hat mit mir Deutsch gesprochen, aber ich war nicht so oft bei ihr. Ich konnte viel verstehen, aber wenig ausdrücken und sprechen. Als ich von Herrn Berger den Auftrag bekam, habe ich meinen Urlaub bei meiner Oma gemacht. Sie hat sich so gefreut. Wir haben von morgens bis abends Deutsch gesprochen und danach habe ich auch in den USA noch einen Crash-Kurs gemacht. Meiner Oma fehlen ja die Ausdrücke, die Geschäftsleute benutzen. Wenn Sie täglich viele Stunden die fremde Sprache sprechen müssen, werden Sie sie schnell lernen."

„Herr Aquin, unsere Firma kann frühestens in sechs Monaten mit der Schuhproduktion beginnen. Wenn Sie sich bereit erklären würden, können Sie bestimmt sprachlich schnell fit und sicher werden. Nachdem Sie den Kurs hier absolviert haben, könnten Sie bereits in die USA reisen, um Land und Leute kennen zu lernen. Bevor Sie mit den Schulungen beginnen, würden Sie mindestens vier Monate Englisch sprechen – und glauben Sie mir, dann werden Sie es sehr gut können." Tanja lächelte Peter wieder an. „Überlegen Sie es sich. Es ist eine Herausforderung. Doch ich glaube an Sie. Ich bin davon überzeugt, dass Sie in den USA genauso viele Schuhe verkaufen können, wie in Deutschland." Tanja sprach sachlich, aber ihre Augen lächelten.

„Herr Aquin, Sie wissen, dass ich nie sofortige Entscheidungen erwarte", sagte Herr Berger. „Ich denke auch, dass Sie der beste Mann sind, den wir in die USA zum Aufbau dieses Projektes schicken können. Aber ich möchte Sie nicht drängen. Denken Sie in Ruhe nach, ob Sie das Angebot annehmen möchten. Ich habe mir gedacht, dass Sie bei Annahme ein Festgehalt von fünftausend Dollar bekommen und weiterhin jährlich eine erfolgsabhängige Tantieme. Reisekosten und Spesen werden wie bisher von uns übernommen."

Peter hatte sich Urlaub genommen, um über das Angebot nachzudenken. Es war eine große Chance, das war ihm klar. Aber auch eine große Herausforderung, für ihn und die Firma. Würde er das Angebot annehmen, so würde er auch eine große Verpflichtung eingehen. Er hielt seinen roten Kasten mit den Sprichwörtern und schönen Sprüchen auf dem Schoß und sortierte alles aus, das er irgendwie passend fand oder besonders mochte. Der Reihe nach las er seine Zettel und Karten:
Der frühe Vogel frisst den Wurm.
An Tagen hat's noch nie gefehlt. Ist einer vorbei, so kommt der Nächste.
Auch aus Steinen, die dir in den Weg gelegt werden, kannst du etwas bauen. Erich Kästner
Wir essen um zu leben, wir leben nicht, um zu essen.
Lerne was du kannst, so kannst du was. – Agnes Richter

Peter betrachtete die letzten Worte. Er hatte sie immer blöd gefunden – so doppelt gemoppelt. Doch jetzt schienen sie in seine Situation zu passen. Wenn er Englisch lernen würde, wenn er die Chance nutzen würde, so könnte er immerhin eine weitere Sprache gut. – Egal, wie er mit den Amerikanern und dem Schulungsprojekt klar kommen würde.

Nutze deine Chancen – Oma.
Nie hatte ihm jemand eine Chance gegeben. Jedenfalls nicht vor Herrn Berger. Was würde schon passieren, wenn er versagen würde? Immer hatten ihn alle als Versager, als Idiot gesehen. In der Schule war er nicht er Schnellste gewesen. Weder im Sport, da er immer schon dick war und sich nicht bewegen mochte, noch in den anderen Fächern. Die anderen hatten ihn immer gehänselt. Peter hatte sich zurückgezogen. *„Wenn sie nichts mit ihm zu tun haben wollten, so wollte er auch nichts mit ihnen zu tun haben – Pech für die."* Mit dieser so dummen Einstellung hatte er so viele Jahre gelebt.
Herr Berger hatte ihm eine Chance gegeben. Für zweihundert Euro hatte er mit Begeisterung angefangen zu arbeiten, um Essen kaufen zu können. Inzwischen konnte er sich viel Essen kaufen und brauchte es nicht mehr. Er hatte in den paar Jahren mehr als vierzig Kilo abgenommen. Aber schlank war er noch lange nicht.
Jetzt hatte Herr Berger ihm fünftausend Dollar geboten. Bei zweihundert Euro hatte er nicht gezögert. Bei fünftausend Dollar musste er so viel überlegen? Wieso nur? Es gab doch nur eine Antwort auf so ein Angebot. Er musste es einfach annehmen. Er musste diese Chance nutzen. Nie wieder würde irgendjemand mit einem solchen Angebot, einer solchen Möglichkeit auf ihn zugehen. Er hatte sich noch nicht mal bewerben müssen. Wie viele wohl sofort zugreifen würden? Wie viele wohl gar keine Probleme hätten, diese Tätigkeit spielend aus dem Stand zu erfüllen? Und dennoch hatte Tanja ausdrücklich gesagt, dass sie ihn haben wollte. Wieso nicht einen von den studierten Mitarbeitern? Wieso nahmen sie keinen Amerikaner? War er doch gut? War der Chef tatsächlich von seinen fachlichen Fähigkeiten überzeugt?

Peter stand auf und ging auf den Balkon. Er blickte auf Rasenflächen einer Siedlung der Wohnstätte. Sechs Häuserblocks mit je sechs Wohnungen standen sich gegenüber. Zwischen den Häusern waren große Rasenflächen. Vor Peters Haus war ein Sandkasten. Kinder spielten darin. Daneben auf der Wiese spielten andere Fußball. Um die Häuser herum standen Bäume, die inzwischen sehr hoch gewachsen waren. Die Baumkronen ragten schön begrünt in den Himmel.
Es war nicht luxuriös, aber Peter kannte keinen Luxus.

Ein Gehalt von fünftausend Dollar plus Tantieme hatte er nie in Erwägung gezogen. Das war wie ein Lottogewinn!

Er musste doch annehmen! Was hielt ihn denn hier? Peter hatte keine Familie, keine Freunde. Die kleine Wohnung konnte er doch aufgeben – oder?

Er ging zurück ins Wohnzimmer und setzte sich wieder. Er nahm die nächste Karte:

Freue dich an jedem Abend, dass du ein Zuhause hast.

Wo war sein Zuhause? Was war seine Heimat? Er war in Deutschland geboren. Er hatte einen deutschen Pass. War Oberhausen seine Heimat? War diese kleine saubere aber einfache Wohnung sein Zuhause? Würde es immer noch sein Zuhause sein, wenn er fünftausend Dollar verdienen würde?

Peter entschloss sich, einen Spaziergang zu machen. Er zog seine Schuhe an – das erste Paar, das Herr Berger ihm damals gegeben hatte. Peter hatte inzwischen mehrere viscoelastische Schuhpaare, aber er wollte an diesem Tag die „Chancenschuhe" anziehen. Er lief die Treppe hinunter. Er war nicht mehr langsam und kurzatmig. Er war zwar noch immer dick, aber inzwischen hatte er eine gute Kondition. Peter ging zu dem nahe gelegenen Park. Schon lange brauchte er keine Pause mehr. Er lief durch den ganzen Park, lief weiter durch die angrenzenden Häuserzeilen bis er zu einer Gaststätte kam. Da Mittagzeit war, ging er hinein und setzte er sich an einen Tisch. Er bestellte sich ein großes Bier und einen Schweinebraten mit Kartoffeln und Rotkohl. Wie seit Jahren, kaute er jeden Bissen mit Genuss. Er sah, wie ihn der Wirt musterte. Es störte ihn nicht mehr. Er war inzwischen „Normal dick".

Nach Amerika gehen. – Er wäre doch wirklich dumm, wenn er diese Chance nicht nutzen würde. Er bekommt einen Englischkurs, darf danach auf Kosten der Firma das Land ansehen, um die Leute zu studieren und soll dafür ein Gehalt bekommen, von dem er nie zu träumen gewagt hätte.

Lerne was du kannst, so kannst du was.

Was war seine Überzeugung?

Freu dich, dass du ein Zuhause hast.

Wo war sein Zuhause? Hatte jeder ein Zuhause? War er jemand, der niemandem wichtig war und der kein Zuhause und keine Heimat hatte?

Ein Freund

Peter saß mit einem etwa gleichaltrigen Mann in einem kleinen Raum, in dem sechs Schreibtische standen. Es war sein neuer Englischlehrer Mark. Und Peter lernte das, was schon viele vor ihm gelernt hatten: Wenn man etwas mit Freude und vor allem freiwillig tut, lernt man viel leichter. Man kann sich vieles besser merken und man nimmt die Dinge anders auf. Peter war überrascht, wie viel von seinen Schulenglischkenntnissen doch noch vorhanden war.

Mark war Doppelsprachler. Seine englische Mutter hatte immer nur in Englisch mit ihm gesprochen. Genau das tat Mark jetzt mit Peter. Die Chemie zwischen den beiden stimmte außerdem. Dies erleichterte es Peter zusätzlich, die Sprache intensiv und leicht zugleich zu lernen. Er ging um 9 Uhr zu den Schulungsräumen der Sprachenschule und lernte dort mit Mark bis ungefähr 16 Uhr.

Da sie sich so gut verstanden, hatten sie danach den einen oder anderen Nachmittag oder Abend gemeinsam verbracht. Auch dann sprachen sie nur in Englisch zusammen. Peter konnte nach drei Wochen Intensivtraining besser Englisch, als in seiner gesamten Schulzeit. Er war sehr erstaunt darüber und freute sich sehr.

Mit Herrn Berger hatte Peter besprochen, wie er durch Amerika reisen sollte. Er würde zunächst nach St. Louis fliegen und dort Tanja treffen. Die war bereits mit dem Aufbau des Büros beschäftigt. Zusammen mit ihr würde er in verschiedene Städte fahren, um die Mentalität der Menschen kennen zu lernen.

Nach geplanten sechs Wochen sollte er sich in St. Louis eine Wohnung suchen und mit Marks Hilfe ein Schulungskonzept erarbeiten. Er beabsichtigte einen vorgefertigten Text auswendig lernen. So, wie er in Deutschland ständig das gleiche Sprüchlein mit Erfolg vortrug, wollte er es auch in den USA versuchen.

Amerika, ich komme!!

Es war soweit. Peter wagte den großen Schritt. Es war die richtige Entscheidung. Um sie zu untermauern, hatte er seine Wohnung gekündigt und seine Möbel in Oberhausen eingelagert. Wenn er jemals ein Zuhause besessen haben sollte, so war es jetzt nicht mehr da – aufgelöst.

Peter und Mark gingen durch den Finger des Düsseldorfer Flughafens. Sie sprachen wie immer zusammen in Englisch

„Guck ma, zwei Amis", sagte ein Teenager zu seiner Mutter. „Wenn ich doch auch bloß so gut Englisch könnte."

Peter hörte dies und lächelte. *‚Lerne was du kannst, so kannst du was.'*, dachte er. Wie auch immer das in Amerika ausgehen wird: ‚Englisch habe ich jetzt gut gelernt. Wer weiß, wofür ich das sonst noch gebrauchen kann.'

Der Flug verlief ohne Zwischenfälle. Da Peter mit Mark in ein Gespräch vertieft war, machte er sich keine Gedanken darüber, dass er sein Heimatland verließ. – Für voraussichtlich eine lange Zeit. Sein Zuhause.
In St. Louis wurden Peter und Mark von Tanja vom Flughafen abgeholt. Auch sie sprach Englisch.
„Hi, Mark, nice too meet you."
Sie begrüßten sich mit Wangenkuss. Dann gab sie Peter die Hand. „I'm Tanja", sagte sie. In Amerika ist es üblich sich mit dem Vornamen anzusprechen.
„Ich heiße Peter", sagte Peter in Englisch.
Dann traten sie in die Sonne von St. Louis. Tanja und Mark gingen vor. Peter blieb mit Absicht zurück. Er wollte jeden Schritt bewusst gehen. Er hatte sich vorgenommen, sich so viel wie möglich zu merken. Den ersten Eindruck, den dieses Land auf ihn machte.
Die Sonne schien ‚welcome' zu sagen. Peter registrierte die vielen Schwarzen. Das war neu für ihn. Er hatte einiges über St. Louis gelesen. Er wusste, dass dort viele Schwarze lebten und dennoch nahm er sie jetzt bewusst wahr. In Deutschland sieht man erheblich seltener schwarze Menschen. Und wenn, dann meist nur ein oder zwei Personen, selten eine ganze Familie.
Peter atmete tief ein. Wie roch es in St. Louis? Würde dies sein Zuhause werden? Würde er heimisch werden? Wie lange würde er hier wohl leben? Wird Deutschland für immer seine Heimat bleiben?
Peter hörte wie Tanja und Mark zusammen plauderten. Ein schönes Paar gaben die beiden ab, fand er. Tanja ging auf ein Auto zu. Sie öffnete es per Funkbedienung und Mark setzte sich auf den Beifahrersitz. Peter quetsche sich nach hinten. Tanja fuhr durch die Stadt und erzählte über die Sehenswürdigkeiten, an denen sie vorüber kamen.
Sie hielt vor einem Motel und Peter und Mark stiegen aus.
„Hier sind euere Zimmer", sagte sie und gab jedem einen Schlüssel. Peter schloss auf und fand ein kleines, aber sauberes Zimmer vor. Er trug seine Koffer hinein und ging dann zum Auto zurück. Tanja wollte mit ihm und Mark in die neue Firma fahren.

Drei Tage später fuhr Peter mit Tanja nach Springfield. Sie sprachen die ganze Zeit über in Englisch zusammen. Peter war ganz stolz. Er war nie ein guter Englischschüler gewesen. Er hatte schlechte Noten geschrieben und sich daher nie bemüht, die Sprache besser zu erlernen. Nach der

Schule war er froh, dass er nichts mehr mit Englisch zu tun hatte. Entsprechend hatten sich natürlich seine wenigen Kenntnisse reduziert. Umso erstaunter war er am ersten Tag, als er mit Mark bereits ganz gut im Small Talk zu Recht kam, wie viel sein Gehirn noch gespeichert hatte. Jetzt, nach mehreren Wochen Intensivenglisch, konnte er es wirklich gut. Seine ehemaligen Lehrer wären begeistert gewesen. Durch das ständige Sprachtraining erlernte er neue Wörter, aber alte Vokabeln waren wieder da. Eine tolle Leistung, die unser Gehirn erbringt.

Anders als ursprünglich geplant, fuhren Peter und Tanja nur etwa drei Wochen gemeinsam durch das Land. Auf Grund von Peters guten Sprachkenntnissen war Tanjas Anwesenheit für ihn nicht länger erforderlich. Daher kehrte Tanja zurück nach St. Louis, während Peter weiter alleine durch die USA reiste.

An jedem Tag ging er meist zwei bis drei Stunden durch die Straßen und versuchte seine Schuhe anzubieten und zu verkaufen. Er machte dies genau so, wie er es in Deutschland getan hatte. Und ebenso wie in Deutschland feilte er an seiner Verkaufstechnik. Sein Wortschatz wuchs ständig und nach diesen drei Wochen hatte er eine Art Programm, mit dem er fast mechanisch funktionierte. Er hatte sich in den Jahren seiner Vertretertätigkeit eine Freundlichkeit und ein Selbstbewusstsein angeeignet, das in den USA gut ankam. Die Amerikaner sind ohnehin besonders freundliche Menschen. „Welcome", begrüßen sich die Leute. Als Vertreter hat man es aber auch dort schwer. Und dennoch fand Peter in kürzester Zeit den Schlüssel, wie er die Menschen dazu brachte, ihn anzuhören.

Hörten sie ihm nur wenige Minuten lang zu, so war er sich sicher, dass er mindestens ein Paar Schuhe verkaufen würde. Das Produkt, das er anbot, war einfach gut – und immer noch einmalig. Was aber ebenso wichtig war, war die Tatsache, dass er ein Produkt anbieten konnte, das in den USA hergestellt wird. Für die Amerikaner verkaufte daher er kein deutsches Produkt, sondern ein amerikanisches. Die Herstellung fand in den USA statt und der viscoelastische Schaum wurde ebenfalls für die amerikanische Raumfahrt entwickelt. Ein ausländisches Produkt verkaufen zu müssen, wäre zweifellos schwerer gewesen.

Als Peter nach St. Louis zurückkehrte, waren die Produktionsstraßen fertig. Tanja hatte bereits Mitarbeiter gefunden, die wiederum inzwischen Fabrikarbeiter angeworben hatten. Die Produktion der Schuhe konnte also beginnen.

Ein Unternehmen wird aufgebaut

Die Firma hatte auch um Außendienstmitarbeiter geworben. Die Bewerbungsgespräche sollten nach Peters Rückkehr stattfinden, denn er sollte die entsprechenden Mitarbeiter auswählen.
Es hatten sich fünfundsiebzig Menschen für die Stelle interessiert.
Zusammen mit Tanja betrat Peter den Raum, in dem alle Bewerber warteten. Peter war überrascht. Von den fünfundsiebzig Personen waren nur fünf weiß. Zwar war ihm bewusst, dass St. Louis zu den Südstaaten der USA gehört und dass ein hoher Anteil der Bevölkerung schwarz ist, doch mit fast 100 % schwarzen Außendienstmitarbeitern hatte er nicht gerechnet.

Peter war nie Rassist gewesen. Aber dennoch verschlug ihm der Anblick der vielen Schwarzen vor Überraschung fast die Sprache. So war er dankbar, dass Tanja mit ihm den Raum betreten hatte und sofort mit der Begrüßung begann. Sie stellte Peter und sich selbst vor und erzählte über die Firma und von der Tätigkeit, die die Bewerber erwartete.
Wie bei Peters Einstellung damals in Oberhausen, wollte die Firma mit geringem Grundlohn beginnen, den sich jeder Mitarbeiter durch entsprechende Provisionen erheblich erhöhen konnte.
Da Peter sich sehr genau an seinen ersten Tag bei der Firma Globetreter erinnern kann, wollte er, dass alle Bewerber eine Chance bekommen sollten. Sie wollten Mitarbeiter für die gesamte USA haben. Somit waren seiner Meinung nach fünfundsiebzig Bewerber nicht zu viele. Jeder sollte die Möglichkeit bekommen, angenommen zu werden und sich zu beweisen.
Tanja würde die Verträge ausfüllen, nachdem jeder Bewerber mit Peter ein Einzelgespräch geführt hatte.
Peter nahm den ersten Interessenten mit. Sie gingen in ein Büro und Peter setzte sich vor den Schreibtisch, der darin stand. Er bot seinem ersten Bewerber Platz an. Es war ein Weißer, ungefähr 1,80 m groß und dürr. Während er sich setzte, grinste er und Peter sah mit Erschrecken, dass ihm sowohl im Unterkiefer, als auch im Oberkiefer Zähne fehlten. Der Mann war vielleicht fünfunddreißig Jahre alt.
Peter erzählte, dass es sich um einen schweren Job handeln würde und dass man nur dabei satt werden kann, wenn man wirklich sehr fleißig ist. Der Mann grinste ihn die ganze Zeit über an.
„I'll get the job, man", sagte er.
Peter nickte, lächelte und stand auf. Er zeigte ihm Tanjas Büro und rief den nächsten Bewerber zu sich.

Alle Bewerber, die Peter an diesem Tag noch in sein Büro bat, waren schwarz. Es waren sowohl Männer, als auch Frauen, dicke und dünne Menschen, ganz junge und auch Rentner dabei.

Alle bekamen einen Vertrag. Allen war klar, dass es sich um eine Tätigkeit im Außendienst handelt und dass sich die Höhe des Einkommens nach der Anzahl der abgeschlossenen Verträge richtet. Die Menschen sollten sich bereit erklären, in den gesamten USA zu arbeiten. Als Beginn der Schulungen wurde der nächste Montag festgelegt.

Peter hatte ein kleines Appartement gemietet.

Zu Hause – wo war das?

Das Appartement erinnerte ihn an seine langjährige kleine Wohnung in Oberhausen. Er hatte in Amerika eine Wohnküche, ein Schlafzimmer, ein Bad und ein Gäste-WC. In Oberhausen hatte er ein Wohnzimmer und eine Küche gehabt. Hier kam man von der Wohnungstür direkt in die Wohnküche. Von ihr gingen alle anderen Räume ab.

Die Wohnung war möbliert gemietet, so dass Peter nur seine Koffer auspacken musste.

Er sah sich um und fühlte sich wohl. Er hatte sich sofort bei der ersten Besichtigung schon wohl gefühlt und die Wohnung ohne weitere Suche genommen. Sie war preiswert und sauber. Peter sah aus dem Fenster. Unten im Garten spielten Kinder Ball. Er lächelte. Überall auf der Welt wurde Ball gespielt.

Am folgenden Montag ging er in die Firma, um mit den Schulungen zu beginnen. Achtundsechzig Personen saßen in dem großen Raum. Mit Hilfe von Mark, der im Falle von Verständigungsschwierigkeiten einspringen sollte, begann Peter mit seinem Vortrag.

Am Nachmittag machten sie Rollenspiele, damit die neuen Mitarbeiter sich auf Situationen einstellen konnten, die Peter in seiner bisherigen Tätigkeit bereits erlebt hatte. Dabei waren die neuen Mitarbeiter die Vertreter und er der Kunde.

Peter war freundlich, unfreundlich, bohrte in der Nase, kratzte sich, spielte einfach Situationen nach, an die er sich gut erinnern konnte. Wer mit Menschen zu tun hat, kann eine Menge erzählen.

Nach einer Woche waren nur noch neunundvierzig Mitarbeiter da. Die anderen hatten kein Interesse mehr. Mit diesen Mitarbeitern sprach Peter über ihr gewünschtes Einsatzgebiet. Achtzehn wollten in unmittelbarer Umgebung tätig werden. Sie hatten Familie und Freunde in St. Louis und wollten abends, zumindest aber am Wochenende zu Hause sein. Die anderen einunddreißig Menschen waren bereit, auch in anderen Bundesländern tätig zu werden.

Peter sprach mit den neuen Kollegen über die Abrechnung und die Erstattung der Spesen. Alle bekamen einen Mustersatz Schuhe und ein Paar in der eigenen Größe. Und alle waren sehr motiviert. Sie kannten Peters Geschichte. Sie hatten zusammen gelacht, als er erzählte, dass er selbst für nur zweihundert Euro den Job angenommen hatte, und zwar nur aus dem einfachen Grund, etwas zum Essen kaufen zu können.

Nach drei Monaten waren von den neunundvierzig Mitarbeitern nur noch sechzehn aktiv. Die anderen hatten mangels Rentabilität ihre Tätigkeit aufgegeben. Innerhalb dieses Zeitraums hatte die Firma Globetreter weiterhin nach Mitarbeitern gesucht, geschult und eingestellt. Doch es liegt eben nicht jedem, im Außendienst tätig zu sein.

Paul

Als Peter an einem Montag die neuen Interessenten schulte, fiel ihm sofort ein Mann auf, der noch viel dicker war, als er selbst jemals. Er schätzte ihn bei einer Größe von 1,80 m auf 175 Kilogramm. Paul - so hieß der Mitarbeiter - konnte sich kaum bewegen. Einige junge Frauen, die sich ebenfalls beworben hatten, kicherten und blickten oft in seine Richtung. Paul hatte Schweiß auf der Stirn und schnaufte.
Peter begrüßte die Leute und ging auf Paul zu.
„Hallo", sagte er zu ihm. „Ich freue mich ganz besonders, dass Sie den Mut aufbringen, und sich für diesen Job beworben haben. Sehen Sie mich an: Ich war genauso dick wie sie, als ich vor ungefähr drei Jahren damit anfing. – Durch das Laufen habe ich etwa vierzig Kilo abgenommen. – Ich wollte mir damals für die zweihundert Euro, die ich erhalten habe, mehr Essen kaufen. Tatsächlich gebe ich seitdem weniger für Essen aus, mehr für Kleidung und durch das viele Laufen habe ich eine gute Kondition bekommen. Sehen Sie auf meine Schuhe. Das sind die ersten, die ich damals erhalten habe. Ich weiß nicht, wie viele Tausend Meilen ich schon damit gelaufen bin. Bestimmt über 3000 – und ich habe inzwischen natürlich mehr Paare, die ich trage. Doch immer in der ersten Stunde trage ich diese Schuhe, um zu zeigen, dass es sich wirklich um „Wunderschuhe" handelt."
Peter machte eine Pause und sah die Teilnehmer an.
„Ja – es sind Wunderschuhe. Nämlich genau deshalb, weil dieses Paar Schuhe, dass Sie am Ende des Kurses erhalten, Ihnen den großen Traum ermöglichen kann. Sie fangen an als Schuhverkäufer und können, wenn Sie viel Umsatz machen, genau wie ich zum Multiplikator mit Festanstellung werden. Die Firma Globetreter beginnt erst sich am Markt in den USA zu etablieren. Es handelt sich um eine Firma, die Schuhe in

sehr guter Qualität liefert. Die Schuhe werden hier in St. Louis hergestellt. Amerikanische Arbeiter fertigen diese Schuhe für Amerikaner. Und Sie, meine Damen und Herren, dürfen sie verkaufen. Machen Sie diese Aufgabe mit Liebe, denn jede Tätigkeit, die einem nicht zu schwer ist, gelingt. Mit Freude zu arbeiten, erhöht nicht nur die eigene Lebensqualität, sondern ist auch für die Menschen – für Ihre Kunden sichtbar. Ein fröhlicher und freundlicher Verkäufer wird vielleicht eingelassen. Ein mürrischer nicht. Wenn Sie hinter dem Produkt, das Sie verkaufen, stehen, wenn Sie von der Qualität, die amerikanische Fabrikarbeiter produziert haben, überzeugt sind, dann können Sie diese Schuhe mit entsprechender Überzeugung anbieten. Es handelt sich um Qualitätsprodukte und nicht um Billigwaren.

Unsere Firma muss sich auf dem amerikanischen Markt erst einen Namen machen. Möglicherweise werden wir in einigen Jahren über Funk und Fernsehen werben. Dazu kommt es aber nur dann, wenn Sie und die anderen Außendienstmitarbeiter erfolgreich sind... Leben und verwirklichen Sie den amerikanischen Traum: Vom Schuhverkäufer zum Millionär.", so beendete er seinen Vortrag.

Und er überzeugte die neuen Mitarbeiter. Sein Englisch war inzwischen so gut, dass er genauso gut in Englisch wie in Deutsch Schuhe anbieten und verkaufen konnte. Als er am Mittwochnachmittag mit der Arbeit fertig war, traf er Tanja auf dem Flur. Sie kamen ins Gespräch und unterhielten sich eine Weile. Dann hatte Peter *die Idee*. Tanja hörte zu und war sofort begeistert.

„Peter, das ist wirklich eine tolle Sache. Wenn das klappt, wäre es wunderbar. - Es ist so schönes Wetter heute. Ich brauche ein bisschen Bewegung. Ich will joggen gehen. Haben Sie Lust mitzukommen?"

Peter lachte. „Ich bin ja schon viel schlanker geworden, aber für Jogging fehlt mir wohl doch noch etwas Puste. Ich glaube, das ist auch nichts für meine Knie."

„Gut, dann lassen Sie uns langsam gehen. Walking – Das belastet die Knie nicht so sehr, aber fördert die Kondition, ist gut für Herz und Kreislauf und hält uns fit. Außerdem finde ich Jogging alleine auch nicht so schön. Zu zweit macht es mehr Spaß. Abgemacht?"

Peter zögerte einen Moment.

„Gut", sagte er. Ich komme mit, wenn ich Ihnen nicht zu langsam bin. Und ich laufe in meinen alten Tretern."

Tanja und Peter verabredeten sich nach dem Walken in einem Restaurant. Dort besprachen sie Peters Idee.

Am nächsten Tag rief Peter Paul nach dem Kurs zu sich. Schwerfällig stand Paul auf und schlurfte mit Peter zusammen in dessen Büro.

„Setzen Sie sich", sagte Peter und zeigte auf einen Sessel vor seinem Schreibtisch. „Paul, Sie erinnern mich sehr an mich selbst, als ich bei Globetreter angefangen habe. Ich habe Ihnen ja schon gesagt, dass ich genauso dick war wie Sie. Genau wie Sie, konnte ich mich kaum bewegen und ich kann mir denken, dass Sie sich nicht so gerne vor Leuten auf Stühle setzen. Ich hatte immer Angst, der Stuhl würde zusammenbrechen und alle lachen. Kennen Sie das Gefühl?"
Paul nickte. Er blickte auf seine Füße.
„Ich habe mehr als vierzig Kilogramm Gewicht verloren, seit ich für Globetreter arbeite. Und ich wollte das Geld, um mehr zu Essen kaufen zu können. Wie ist das bei Ihnen? Wovon leben Sie?"
Paul war das Gespräch peinlich. Er war dreiunddreißig Jahre alt und lebte bei seinen Eltern. Dort hatte er ein Zimmer. Die Eltern wollten, dass er arbeitet und so jobbte er mal hier, mal da. Weil er so langsam und schwerfällig war und weil er ähnlich wie Peter wegen seines Gewichts sich Fremden gegenüber schämte, verlor er ständig seine Jobs wieder sehr schnell. Peter wollte, dass dieser Mann die gleiche Karriere machen würde, wie er.
„Paul. Ich hatte gestern eine Idee und die bereits mit Frau Berger besprochen. Wir würden Sie jetzt gerne filmen. Wenn wir dann auch auf dem amerikanischen Markt so erfolgreich werden, wie auf dem deutschen, dann wollen wir in vielleicht zwei Jahren einen Werbespot im Fernsehen drehen. Sie sollen darin der Hauptdarsteller sein. Sie, wie Sie jetzt sind – dick, schwerfällig und unbeweglich – und wie Sie es in zwei Jahren sein werden.
Sind Sie bereit dazu? Sie brauchen keine Angst zu haben. Sie müssen nicht vierzig Kilo abnehmen. Bei mir ist das durch die Bewegung von alleine gegangen. Wenn Sie fleißig sind, dann können Sie durch das viele Laufen so viel abnehmen, dass Sie in den zwei Jahren erheblich weniger wiegen, dafür aber mehr Lebensqualität haben.
Sehen Sie, ich esse immer noch gerne. Aber ich esse anders. Seit ich meinen Job habe, esse ich bewusster. Wir essen, um zu leben. Wir leben nicht, um zu essen. Dieser Spruch hat mir geholfen. Ich schreibe Ihnen das mal auf. Überlegen Sie sich das Angebot. Wenn Sie durch- halten und durch den Verkauf der Schuhe auch so viel abnehmen wie ich, werden Sie am Umsatz beteiligt. Und zwar an dem Mehrumsatz, der auf Grund des Werbespots entstehen wird. – Und das sollte doch eine ordentliche Summe sein, oder?
Paul sah Peter an. Er war wirklich schüchtern. Er war anders als Peter. Pauls Augen waren anzusehen, dass er das Angebot nicht ernst nehmen konnte. Er konnte sich nicht vorstellen, erfolgreich zu sein. Er war immer abgelehnt worden in seinen Jobs. Aus Enttäuschung aß er dann. Allerdings hatte er, anders als Peter, private Kontakte. Paul war in der

Familie, in der Nachbarschaft, bei Verwandten und Freunden beliebt. Schüchtern und unsicher war er bei seinen Jobs. Dort hatte er noch nie Anerkennung erfahren.

Peter spürte, dass Paul ihm nicht glauben konnte.
„Sie glauben mir nicht? Ich werde mit Frau Berger sprechen. Wir werden sicher für morgen einen Termin bekommen und dann können wir einen entsprechenden Vertrag abschließen. Dann sind Sie nicht auf meine Versprechungen angewiesen, sondern haben schwarz auf weiß, dass Sie der Star des künftigen Werbespots werden. OK?"
Paul nickte. Dann stand er schwerfällig auf und ging langsam schlurfend aus dem Raum. Peter wartete, bis die Tür geschlossen war, dann stand er schwungvoll auf und verließ im zügigen Schritt sein Büro. Er ging zu Tanja und bat sie um einen Gesprächstermin mit Paul für den nächsten Tag.
Dann walkten sie wieder zusammen.

Paul bekam einen tollen Vertrag. Neben einem Festbetrag verpflichtete sich die Firma Globetreter ihm für jedes Kilo, das er in den nächsten zwei Jahren verlieren würde fünfhundert Dollar zu zahlen. Außerdem soll er eine Provision erhalten, die sich anteilig nach dem Mehrumsatz berechnet, der sich auf Grund der Ausstrahlung des Werbespots ergeben würde. Der erste Termin für die Dreharbeiten mit einem Kamerateam wurde bereits für die nächste Woche festgelegt. Paul war übrigens schwarz.
Pauls Drehtag verlief gut. Die Kamera lief, als er sich auf den Stuhl setzte, wie er sich die Globetreter Schuhe anzog, sich ächzend aufsetzte, dann aufstand und schlurfend zu einem Tresen ging, um dort einen Kaffee zu bestellen.
Außerdem filmten sie, wie er gegen Peter einen Sprint hinlegte. Peter lief ungefähr zwanzig Meter und zeigte dann seine Globetreter – Schuhe in die Kamera, während Paul nach nur zehn Schritten stehen blieb und nach Luft schnappte.
Peter bedankte sich für den Spot. Er machte Paul Mut. Er zeigte auf sich selbst und sagte, dass es kein Problem sei, abzunehmen, wenn man Bewegung hat und bewusster isst. Paul lächelte verlegen. Wäre er nicht schwarz gewesen, so hätte man einen hochroten Kopf gesehen.

Der Schuhverkauf war in den USA schleppend. Die Umsätze, die Peter in seinen ersten Wochen erbracht hatte, kamen kaum zusammen. Dabei waren in den USA Haustürgeschäfte ja auch nicht unbekannt.
Peter und Tanja konnten sich das kaum erklären. Peter schulte und schulte, aber viele Mitarbeiter schieden trotz allem nach kurzer Zeit aus.

Dreihundert Leute hatte die Firma Globetreter eingestellt. Herrn Berger war bewusst gewesen, welches Risiko er eingehen würde. Gut, er haftete mit der neu gegründeten Kapitalgesellschaft in den USA und nicht mit seinem Privatvermögen. Peter, der ja ein sehr gutes Gehalt bekam, wollte aber, dass die amerikanische Firma dieses Gehalt tragen und aufbringen konnte. Er fühlte sich verantwortlich. Er wollte, dass die Firma auch in den USA Erfolg hatte.

War die Firma sein Zuhause?

Tanja arbeitete ebenfalls viel. Sie hatte den Vater zu dem Auslandsunternehmen überredet. Sie hatte sich aber nicht vorgestellt, dass es so schwer und hart ist, ein Unternehmen aufzubauen. Sie hatten doch ein sehr gutes Produkt.

Peter sprach mit Tanja. Er bat um Aussetzung der Schulungen. Er wollte selbst wieder Schuhe verkaufen. Er wollte wissen, wieso die neuen Mitarbeiter kaum Erfolg hatten. Den ersten Montag nach der letzten Schulung fuhr er nach Detroit. Er kam gegen Mittag dort an und fuhr in das vorbestellte Motel. Dort brachte er sein Gepäck auf das Zimmer und fuhr zu einem Fast Food Restaurant. Er bestellte sich ein Menu und aß, wie inzwischen gewohnt langsam, ohne Hast und jeden Bissen lange kauend. Wie er es sich angewöhnt hatte, benutzte er seine fünf Sinne: Er sah sich um, hörte auf die Geräusche um ihn herum und die Musik, er fühlte den Luftzug, der durch den Propeller an der Decke entstand und schmeckte und roch sein Essen. Das Restaurant war zur Mittagszeit gut besucht.

Nach dem Essen fuhr Peter in einen Wohnbezirk. Er parkte sein Auto und nahm seinen Einkaufshopper aus dem Kofferraum. Er zog von Haustür zu Haustür und machte ähnlich gute Abschlüsse, wie in Deutschland. Auch in den nächsten Tagen waren seine Abschlüsse gut.

Als Peter nach einer Woche nach St. Louis zurückkehrte, hatte er mehr Umsätze gemacht, als fünf andere Mitarbeiter zusammen.

Er besprach sich mit Tanja.

„Ich verstehe das nicht. Wir schulen hier die Menschen. Sie sind wirklich motiviert, wenn sie in die Städte fahren und machen keine Umsätze. Ich weiß nicht, was wir anders machen sollen", sagte er.

Tanja nahm alle Vertragsunterlagen und sah sie durch. Sie fand heraus, dass 95 % der Außendienstmitarbeiter schwarz sind.

„Kann das an der Hautfarbe liegen?"

„Wir leben doch im 21. Jahrhundert. Ich kann mir nicht vorstellen, dass ein Weißer einem Schwarzen nicht zuhört", entgegnete Peter.

„Ich fürchte, dass Rassismus immer noch existent ist", sagte Tanja.

„Aber das ist doch unfair. Wenn wir jetzt nur noch weiße Mitarbeiter einstellen, könnten wir ausprobieren, ob deine Theorie richtig ist", sagte

Peter. „Allerdings waren in der Vergangenheit nur wenig Weiße interessiert."

„Leider ja. Du hast Recht. Es muss noch andere Lösungen geben."

„Wenn wir herausfinden, in welchen Vierteln viele Schwarze wohnen, dann schicken wir die farbigen Mitarbeiter zuerst dort hin. – Ah! Ich hab's! Na klar! Die haben vermutlich so wie ich irgendwo angefangen. Vielleicht in einem weißen Viertel und wurden dort abgewiesen. Da hat sie der Mut verlassen und sie machen die Sache nur noch halbherzig und hören auf."

„Du, das kann sein. Wir müssen in den einzelnen Städten die Viertel mit der entsprechenden Hautfarbe ausfindig machen. Wenn die Mitarbeiter Erfolg haben, werden sie so selbstbewusst sein, dass sie auch in die anderen Viertel gehen können."

Bei den neuen Schulungen gab Peter diese Tipps weiter.

Paul hatte es sehr schwer. Er versuchte die Schuhe in Orlando zu verkaufen und schleppte sich von Haustür zu Haustür. Am ersten Tag hörte ihm wohl niemand zu. Er wurde gemustert, von oben bis unten angestarrt und dann wurde ihm meist die Tür vor der Nase zugehauen. Paul war in einem preiswerten Motel untergekommen und hatte sich an seinem ersten Tag nach nur zwei Stunden dorthin zurückgezogen. Er hatte Proviant von zu Hause dabei und aß alles auf. Er war wütend und enttäuscht. Bestimmt war Peter gar nicht so dick gewesen. Er wollte nicht mehr glauben, dass der so schwer gewesen war, wie er selbst. Paul wurde noch wütender. Die wollten ihn doch nur benutzen. Für einen Hungerlohn sollte er die dämlichen Schuhe verkaufen. Aber ohne ihn. Er würde den nächsten Tag wieder nach Hause fahren. Das stand für ihn fest.

Als Paul allerdings am nächsten Tag aufstand, dachte er an seine Eltern. Die hielten zwar zu ihm, aber ihm war klar, dass sie irgendwie von ihm erwarteten, dass er diesmal durchhielt. Die Mutter hatte sofort allen Bekannten und Nachbarn erzählt, dass er ins Fernsehen kommen würde. Wenn er jetzt nach Hause fuhr, wäre nicht nur er blamiert, sondern auch seine Mutter. Und die sollte auch einmal stolz sein. Ständig erzählten die anderen von ihren Kindern, von deren Erfolg im Beruf oder von Enkelkindern. Paul konnte nichts dergleichen vorweisen. Bisher jedenfalls. Nein, er konnte nicht aufgeben. Nicht nach einem Tag. Er musste durchhalten. Selbst, wenn er nicht ein Paar Schuhe verkaufen würde, so könnte er durch das Gehen von Haustür zu Haustür tatsächlich seine Kondition stärken. Er dachte an die „Fernsehkarriere". Er dachte an das viele versprochene Geld. Und das war nicht nur versprochen. Er hatte einen Vertrag unterschrieben. Einen Vertrag, in dem ihm viel Geld zugesichert wurde, wenn die Firma erfolgreich sein sollte und in zwei

Jahren entsprechend viel Umsatz machen würde und wenn er selbst einfach nur fitter wäre. Er brauchte noch nicht einmal abzunehmen.

Paul stand schwerfällig auf. Er schlurfte zur Tür, ging zu seinem Auto und fuhr zu einem Wohngebiet. Auf dem Weg dorthin kam er an einem großen Supermarkt vorbei. Paul hatte eine Idee. Der Ausbilder hatte davon gesprochen, dass ihm morgens seltener Leute die Tür geöffnet hatten, weil sie arbeiten waren. Im Supermarkt konnte er doch die Menschen an- sprechen. Wenn sie herauskamen.

Paul parkte im vorderen Bereich. Niemand wollte weit laufen. Er öffnete seinen Kofferraum und hatte Glück. Gerade, als er die Musterschuhe darin aufgereiht hatte, kam eine junge Frau mit ihrem Einkaufwagen zurück, die neben ihm stand. Paul sprach sie an.

Die Frau musterte ihn und sah in den Kofferraum. Sie hätte Paul sicher nichts abgekauft, aber er hatte genau die Schuhe, die sie sich wünschte. Ein Paar hellbraune Mokassins. Nachdem Paul ihr erklärte, dass die Schuhe bestellt werden müssen und sie nur die Schuhe in ihrer Größe anprobieren müsste, war der Kauf unter Dach und Fach. Er hatte sein erstes Paar Schuhe verkauft – am zweiten Tag nach fünf Minuten.

Der Reisende

Tanja hatte den erfolgreichsten Außendienstmitarbeiter in ihr Büro bestellt. Der sollte Peter ablösen und für ein Festgehalt die Schulungen in St. Louis durchführen. Peter hingegen wollte in den großen Städten der USA Anzeigen aufgeben und dort nach Außendienstmitarbeitern suchen. Sprachprobleme hatte er schon lange nicht mehr. Er träumte inzwischen bereits in Englisch.

Peter ging nach Minneapolis. Dort ist der Anteil der weißen Bevölkerung höher als der der Farbigen. Per Annonce suchte er Außendienstmitarbeiter. Es meldeten sich zwanzig Interessenten. Peter führte wie schon gewohnt die Schulung durch und bat die neuen Mitarbeiter entsprechend ihrer Hautfarbe in den jeweiligen Vierteln zu beginnen.

Die Methode hatte Erfolg. Die Mitarbeiter verkauften gut, nutzten nach den guten Anfängen ihr neu gewonnenes Selbstvertrauen und wurden dann auch in anderen Stadtbezirken gute Verkäufer.

Inzwischen waren neun Monate vergangen und Peter kannte einige Städte der USA. Die meisten sogar besser, als deutsche Städte, weil er durch die Schulungen viel längere Aufenthalte hatte. Als Reisender in Deutschland war er meist nur einen Tag lang in einer Stadt unterwegs gewesen.

In der Adventszeit wimmelte es überall von „Santa Kläusen". Peter bekam ein Fax von Tanja, in dem sie anfragte, ob sie für ihn auch einen Flug nach Düsseldorf buchen sollte, um Weihnachten mit der Familie verbringen zu können. Sie selbst würde Weihnachten nach Hause fahren. ‚Nach Hause. Wo war Zuhause?', fragte Peter sich wieder einmal. Er hatte keine Vergangenheit. Er hatte alle Erinnerungen verdrängt.

Wo war sein Zuhause?

In Oberhausen lagerten seine Möbel. In St. Louis hatte er zwar noch das Appartement angemietet, es aber seit Monaten nicht mehr aufgesucht. Seid er in den verschiedenen Städten nach Mitarbeitern suchte und schulte, war er nicht mehr da gewesen. Seit Monaten telefonierte er regelmäßig geschäftlich mit Tanja oder er bekam Faxe oder E-Mails. Wo war sein Zuhause? Wo würde er Weihnachten verbringen? Zurzeit war er in Phoenix. Er würde wohl hier bleiben. Das Klima war sehr angenehm. Er konnte sich über die Feiertage mal ausspannen. – Urlaub auf Kosten der Firma. Er rief Tanja an:

„Ich fliege nicht nach Deutschland", sagte er. „Ich bin in einer sehr schönen Stadt, die ich besser kennen lernen möchte. Das Klima ist super hier."

„Werden Ihre Eltern nicht enttäuscht sein?" Bisher hatten Tanja und Peter sich nicht über Peters Privatleben unterhalten. Sie wusste deshalb nicht, dass Peter keine Vergangenheit hatte.

„Ich habe keine Eltern", sagte der.

„Oh, das tut mir leid", antwortete Tanja betroffen. Sie waren jung und sie kannte niemanden, dessen Eltern gestorben waren. „Sind sie schon lange tot?"

„Tanja, ich spreche nicht darüber." Peters Stimme war anders als sonst. Tanja erkannte eine Kälte darin, die sie traurig machte. „Sind Sie denn Weihnachten ganz allein? Können Sie nicht zu Freunden fahren?"

„Nein." Peter fühlte sich beklommen. Das war ihm schon lange nicht mehr passiert. Seit Jahren interessierte sich niemand, wie er Weihnachten verbringen würde. In der Zeit er als Vertreter in Deutschland unterwegs gewesen war, hatten ihm öfters Menschen von ihren Problemen mit den Familien erzählt. Gerade zu Weihnachten schimpften viele. Er wusste seitdem, dass viele Menschen das Fest des Friedens nicht mit der Familie verbringen, dass viele untereinander verkracht sind. Damals hörte er sich die Sorgen und Probleme seiner Kunden an. Er war sich teilweise wie ein Psychologe vorgekommen. Er hatte sich damals angewöhnt, die besonders schönen Sprichwörter zur Aufmunterung zu benutzen. Die Menschen waren so mit sich selbst beschäftigt, dass er nie über sich selbst und seine Probleme mit der Familie zu erzählen brauchte. Niemand hatte ihn danach gefragt, jeder interessierte sich nur für sich selbst. Bei Tanja war das anders. Er spürte ihre Betroffenheit und sogar Mitgefühl.

Tanja gegenüber wollte er aber kein Mitleid erregen.

„Es ist schon OK. Ich bin das gewöhnt." Seine Stimme klang wieder normal. „Wenn Sie mit Ihrer Familie im kalten Deutschland sitzen, dann lasse ich mich in irgendeinem Schwimmbad verwöhnen. Wenn Sie wieder kommen, bin ich braun gebrannt und gut erholt."

Tanja lachte. „Na, wenn Sie meinen." Sie plauderten noch eine Weile und wünschten sich gegenseitig ein frohes Fest.

Paul hatte in dem halben Jahr, in dem er für die Firma Globetreter im Außendienst tätig war, zehn Kilo an Gewicht verloren. Jedes Wochenende, wenn er nach Hause kam und mit der Familie oder Freunden irgendwo gefeiert wurde, sprach man ihn auf die Dreharbeiten zu dem Fernsehspot an. Seine Mutter war besonders stolz auf ihn.

„Es sind schon fünftausend Dollar!", scherzte Paul gegenüber seiner Familie und strich sich über seinen Bauch.

In diesen sechs Monaten war Paul auch erheblich fitter geworden. Die Schuhe, die er trug, unterstützten sein Fußbett und ebenso wie Peter seinerzeit, keuchte er nicht mehr, wenn er hundert Meter gehen musste. Paul konnte schneller vom Stuhl aufstehen und das Beste war: Er fühlte sich wohler. Er verkaufte lange nicht so viel Schuhe, wie Peter, aber er fühlte sich anerkannt. Er war jetzt nicht mehr der erwachsene Sohn, der den Eltern auf der Tasche lag und nur aß, er verdiente sein Essen jetzt selber. Paul war innerhalb der Familie ein sehr lustiger und unterhaltsamer Mensch. Diese Eigenschaften trug er langsam, aber immer mehr nach außen zu seinen Kunden. Daher bekam auch er mit jedem verkauften Paar Schuhen mehr Selbstbewusstsein.

In den nächsten zwei Jahren reiste Peter weiter durch die USA, um Mitarbeiter im Außendienst anzuwerben und zu schulen. Die Schuhe verkauften sich inzwischen so gut wie in Deutschland. Die gute Schuhqualität hatte sich herumgesprochen, weshalb es die Verkäufer inzwischen leichter hatten. Die Firma Globetreter fertigte inzwischen im kompletten Schuhmodellbereich: Damen-, Herren-, Kinderschuh, vom Sportschuh, Wanderschuh bis zum Pumps und Highheels war alles vertreten. Jedes Jahr gab es mehrere Modelle, die in Farbe, Form oder Riemchen hier oder da, vom Vorgängermodell abwichen.

Pauls Zuhause

Paul verlor in den beiden Jahren tatsächlich vierzig Kilo an Gewicht. Er machte halbjährliche Werbespots, die natürlich noch nicht gesendet wurden. Seinen hundert Meter Lauftest absolvierte er inzwischen problemlos. Die Zeit war nebensächlich, aber er kam an. Paul schnaufte zwar dann und japste nach Luft, doch er war stolz auf sich.

Peter war auch mal wieder in St. Louis. Er war zu den letzten Drehaufnahmen eingeladen worden. Tanja plante die TV-Ausstrahlung für Februar des nächsten Jahres.

Peter hatte durch die Schulungen weniger Bewegung und daher wieder zugenommen. Paul lachte und schlug ihm auf den Bauch. Peter lachte auch.

Seine Wohnung in St. Louis hatte Peter in der Zwischenzeit längst gekündigt. Da er stets für längere Wochen in verschiedenen Städten schulte, war er nur noch selten in St. Louis. Wenn er dorthin musste, wohnte er im Motel.

Wieder einmal fragte er sich, wo sein Zuhause war. Er hatte keine Freunde. Er war seit Jahren überall in Deutschland und jetzt in den USA unterwegs gewesen. Er hatte viele Menschen kennen gelernt. Peter war ein sehr sympathischer Mann geworden. Man kannte ihn nur mit guter Laune. Stress schien er nicht zu kennen. Ein Motto war: „Wem nichts zu schwer ist, dem gelingt alles." Durch die Schulungen war sein Arbeitstag begrenzt. Er arbeitete weniger, als zu seiner Zeit als Außendienstmitarbeiter. Abends ging er meist ins Restaurant – er verdiente ja gut. Doch in den USA geht man nur zum Essen dorthin. Er bekam den Platz durch einen Kellner zugewiesen, aß und fuhr ins Motel. Dort legte er sich auf sein Bett und schaltete den Fernseher ein.

War dort sein Zuhause? War sein Leben dazu bestimmt, dass er einsam war? War er denn einsam? Er war doch täglich mit so vielen Menschen zusammen. Die gingen nach dem Unter- richt zu ihren Freunden, ins Fitnessstudio oder sonst wo hin. Braucht man nicht auch Zeit für sich? Zum Abspannen? Wieso muss man ständig unterwegs sein?

Peter hatte seinen roten Karton immer dabei. Seine Habseligkeiten bestanden nur aus zwei Koffern und einer Reisetasche. Alles andere war in Oberhausen eingelagert. Wie lange wohl noch? Wenn er mal melancholisch wurde, dann nahm er einen Zettel oder eine Karte aus dem kleinen Karton. Ab und zu ging er in eine Buchhandlung und kaufte sich ein Buch. Aber meist sah er eben fern.

Nachdem Peter mit Paul diese letzten Dreharbeiten beendet hatte, lud der ihn zu sich nach Hause ein. Das Wochenende stand vor der Tür. Peter sagte gerne zu. Es war egal, ob er am Montagmorgen oder Freitag in Seattle ankommen würde. Es war eh kalt dort und er wäre wieder alleine. Außerdem war er neugierig, wie diese amerikanische Familie das Wochenende verbrachte.

Paul ging zum Parkplatz und Peter folgte ihm. Sie fuhren nach East Saint Louis. Paul wohnte dort in einer Siedlung, die aus lauter

Einfamilienhäusern bestand. Auf der Straße spielten Kinder Fußball. Als sie Pauls Auto erkannten, liefen sie auf den Bürgersteig. Paul parkte und sie stiegen aus. Sofort kamen alle Kinder auf sie zu gerannt. Und Peter wusste bald, wieso. Paul liebte Kinder und daher kaufte er ihnen immer Kaugummis. Als jeder eins hatte, liefen sie auf die Straße zurück und spielten weiter Ball. Eine Weile sahen die Männer den Kindern zu. Paul lachte Peter an.

„Früher, ja früher, als ich das hier noch nicht tragen musste", er stippte auf seinen Bauch, „habe ich auch gerne gekickt."

Peter grinste. Er hatte nie mitgespielt. Er war immer einsam gewesen. Schüchtern, ausgelacht, ohne Selbstbewusstsein und er hatte Sport und Sportunterricht gehasst.

Sie gingen ins Haus. Pauls Mutter war in der Küche.

„Hi", begrüßte sie Peter. „Du bist der andere Dicke? Paul hat gesagt, du wärst viel dünner." Sie lachte. „Aber das stimmt wohl bald nicht mehr?" Sie fasste an Peters Bauch.

Der lachte auch. Er hatte noch nie gelacht, wenn ihn jemand auf sein Gewicht angesprochen hatte. Aber Paul war wirklich noch viel dicker gewesen, als Peter zu seinen schwersten Zeiten. Doch jetzt hatte Paul wohl fünfzig Kilo abgenommen. Peter hingegen hatte wieder zugenommen. Er war etwa fünfundzwanzig Zentimeter größer als Paul und daher nicht so dick, wie der. Aber die Mutter hatte Recht. Paul war nicht mehr viel dicker als Peter.

Peter folgte Paul in den Garten. Dort war ein großer Pavillon aufgebaut, in dem ohne Probleme fünfundzwanzig Leute sitzen konnten. In der Nähe stand ein Grill, auf dem Pauls Vater bereits siebzehn große Hähnchenschenkel grillte.

Peter begrüßte Pauls Vater. Die Chemie stimmte. Sie verstanden sich auf den ersten Blick.

„Call me Pa", sagte der Vater bei der Begrüßung zu Peter. „Alle nennen mich so. Ich bin das Familienoberhaupt und weiß gar nicht mehr, wie ich wirklich heiße." Er lachte.

„OK, Pa", antwortete Peter und grinste zurück.

„Thank you, dass du Paul damals eingestellt hast. Der hat uns bis dahin die Haare vom Kopf gefressen. Look at me!" Er zeigte auf seine beginnende Glatze und lachte wieder. Paul und Peter stimmten ein. Dann erzählten sie über alles Mögliche. Pa wollte wissen, wie Seattle so ist und Peter berichtete begeistert. Er mochte diese Stadt sehr und fühlte sich wirklich wohl. Auch Paul erzählte von seinen wöchentlichen Erlebnissen. Wenn man mit Menschen arbeitet, erlebt man ständig neue Situationen. Manche sind lustig, andere ärgern einen. Paul hatte in der letzten Woche einige ärgerliche Situationen erlebt. Er erzählte sie, als die gesamte Familie und Nachbarn da waren. Mit allen Kindern, die sich ab und zu blicken ließen, waren sie fast dreißig Personen. Zumindest reichte der Pavillon nicht für alle. Paul hatte Geburtstag gehabt und bekam Geschenke. Er bekam neue Hemden, Krawatten und Strümpfe.

‚Wie originell', dachte Peter.

Da die Kinder einen Kindertisch hatten, saßen die Erwachsenen alle im Pavillon. Paul erzählte so lustig und anschaulich über seine unangenehmen Erlebnisse und schmückte sie noch aus, dass alle lachten. Es war ein herrlicher Abend. Nach Mitternacht waren die Gäste gegangen. Peter half der Familie beim Aufräumen. Dann wollte er sich verabschieden.

„Peter, du kannst hier schlafen", sagte Pa. „Du bist unser Gast und wir haben genug Platz."

Peter ließ sich nicht lange bitten. Er hatte in seinem ganzen Leben noch nicht einen so schönen Abend verbracht. Er fühlte sich dieser Familie zugehörig. Es war, als wäre er nach Hause gekommen.

Peter verbrachte mit Paul und seinen Freunden den Samstag und Sonntag. Er hatte einen Flug am Montagmorgen reserviert und genoss die beiden Tage. Paul und seine Freunde fuhren mit Peter in den Shawnee National Forest und am Sonntag an eine wunderschöne Stelle vom Missouri. Sie alberten und scherzten die beiden Tage zusammen. Peter und Paul waren die Dicken. Pauls Freunde waren Normalgewichtig. Sie frotzelten über die Dicken, die sich im Spaß verbündeten und gegen die Dünnen am Sonntag Tauziehen wollten. Entweder waren die Dünnen in der Überzahl oder die Dicken nicht in Form. Jedenfalls gewannen die Dünnen und die Dicken forderten zum nächsten Mal Revanche.

Paul brachte Peter am Montag früh zum Flughafen. Als er sich verabschiedete, sagte er: „Bei unserem nächsten Treffen bin ich dünner als du."

„Das werden wir ja sehen", antwortete Peter. „Danke für das tolle Wochenende."

In Seattle erwachte Peter aus seinem bisherigen Trott. Er begann nach der Arbeit zu Fuß zu gehen. Er erkundete die Stadt und lief jeden Tag mindestens fünf Kilometer. Er setzte sich in dem bevölkerungsreichsten Staat der USA oft an einen der Seen (Lake Union, Lake Washington und Green Lake). Am Wochenende erkundete er im Westen die Berge des Olympic Nationalparks und im Osten die Kaskadenkette mit dem Mount Rainier. Er merkte förmlich, wie seine Kondition wieder besser wurde. Er atmete tief ein, wenn er in der Natur stand und dachte an sein Lieblingsgedicht:

„Freu dich über jede Stunde, die du lebst auf dieser Welt.
Freu dich, wenn die Sonne aufgeht und auch wenn der Regen fällt.
Du kannst leben, du kannst atmen…"

Peter atmete dann ganz tief ein, schloss die Augen und versuchte sich die Stelle mit allen fünf Sinnen einzuprägen. Er konnte sich dann vor seinem geistigen Auge an diese Stellen gut erinnern. Wenn er die Berge sah, den Wind oder Regen fühlte, die Vögel oder Wasser hörte und Blumen roch, dann breitete er oft die Arme aus und genoss seine Freiheit.

Er – Peter – der arme, dicke, ständig gehänselte Mensch war jetzt glücklich. Er liebte die Sonne und hatte auch nichts mehr gegen den Regen. Es ist der Regen, der alles wachsen lässt.

Er hatte sich vorgenommen, bei dem nächsten Treffen mit Paul, wieder dünner zu sein. Und dennoch genoss er das Essen. Er bestellte sich gerne ein großes Steak und aß dazu am liebsten eine „Gigant-Potatoe". So riesige Kartoffeln, wie es hier gab, hatte er vorher noch nie gesehen. Seine Lebensqualität war so hoch, wie nie zuvor. Dabei dachte er oft an den Spruch: *„Wir essen um zu leben, wir leben nicht, um zu essen."* Seit er sich damals darüber Gedanken gemacht hatte, aß er anders. Zwar immer noch viel, aber bewusster und er aß die Speisen mit mehr Achtung. Wenn er, wie jetzt im Restaurant saß, dachte er an die Cowboys, die die Rinder gehütet hatten. Er freute sich darüber, dass sie nicht in Ställen aufwachsen mussten und nicht mit Mastfutter gefüttert wurden, denn in den USA gibt es riesige Weideflächen. Peter dachte an die Köche, die sein Steak zubereitet hatten. Er stellte sich vor, wie sie das Fleisch zuschnitten, würzten und auf den Grill legten. Wenn er auf seinen Teller sah, betrachtete er die Anordnung von Steak, Kartoffel und Salatblatt. Er schnitt seine Bissen kleiner als früher und kaute länger. Er hatte abends nichts vor und ließ sich daher Zeit beim Essen. *„Wir essen um zu leben".*

Im November trafen sich Peter und Paul das nächste Mal. Paul lachte und strahlte über das ganze Gesicht. Er war in den Südstaaten erfolgreich für die Firma Globetreter unterwegs und hatte durch das Laufen in den letzten Monaten genau wie Peter weiter Gewicht verloren.

Paul hatte seit dem letzten gemeinsamen Treffen fast zehn Kilo weniger. Peter, der angefangen hatte, mehr zu laufen, hatte dadurch ebenfalls Gewicht verloren. Paul war daher nicht, wie von ihm angekündigt, dünner als Peter.

Weil beide Werbekandidaten sichtbar schlanker waren, als bei den ursprünglich geplanten letzten Aufnahmen, entschied Tanja sich noch einmal zu weiteren Aufnahmen. Anschließend trafen sie sich, um zu überlegen, wie die Spots zusammengestellt und im Werbefernsehen der USA gesendet werden sollten.

Der Regisseur hatte schon verschiedene Zusammenstellungen vorbereitet. Als Paul sah, wie dick er etwa zweieinhalb Jahre zuvor gewesen war, lachte er laut und rief:

„Das bin ich, nicht wahr? – Ich kann es kaum glauben!" Er lachte und krümmte sich. „That's me!"

Peter lachte mit. Tanja und der Regisseur wussten nicht, ob sie auch mitlachen sollten. Sie trauten sich nicht recht.

Gemeinsam entschieden sie sich für mehrere Spots. Bei dem längsten handelte es sich um einen Zusammenschnitt, in dem Paul alleine auf einer Bank im Park saß, dann mühsam aufstand und schwerfällig zu gehen anfing. Da kam Peter auf ihn zu und sagte:

„So dick wie du war ich auch mal. Schau, seit ich diese Schuhe trage (er zeigte seinen Fuß in die Kamera, die den Schuh in Großaufnahme erfasste), geht es mir viel besser. Ich bin dünner und fitter denn je und kann sogar wieder rennen. Wenn du die Schuhe von Globetreter trägst, wirst du genauso fit sein, wie ich es bin. Hier, teste sie mal." (Peter reicht Paul ein Paar Schuhe).

Dann sieht man, wie schwerfällig Paul sich die Schuhe anzieht. Danach kommt ein Schnitt und Peter sagt:

„Dies war vor einem Jahr. Jetzt ist mein Freund Paul genauso schnell, wie ich. Sehen Sie selbst, dass die Schuhe mit dem viscoelastischen Schaum fast ein Wunder bewirken."

Paul sitzt auf der gleichen Bank und grinst in die Kamera. Dann steht er, jetzt sichtlich dünner, auf und beide rennen, nachdem jemand „Achtung, fertig, los" ruft und ein Startschuss zu hören ist, auf dem Parkweg davon. Beide laufen gleich schnell. Am Ende des Spots kommen beide gleichzeitig am Ziel an und Paul sagt:

„Ich habe nicht geglaubt, dass ich jemals wieder so fit sein würde. Ich trage nur noch Schuhe mit dem viscoelastischem Schaum der Firma Globetreter. Sie werden in Amerika hergestellt. Und ich spiele wieder Fußball mit den Jungs in meiner Straße!"

„Kaufen Sie die Schuhe der Firma Globetreter. Es gibt sie in großer Auswahl und alle mit der viscoelastischen Sohle. Die arbeitet so:" Peter zieht einen Schuh aus und hält ihn in die Kamera. Der Zuschauer sieht, dass sich der Fußabdruck auflöst und sich die Sohle wieder glatt zieht.

„Und sie werden in Amerika produziert", ruft Paul zum zweiten Mal in die Kamera.

Danach hört man beide Männer zu einer heiteren Abspann-Musik: „Nur mit den viskoelastischen Schuhen der Firma Globetreter wird man richtig fit und läuft gesund!"

You'll become faster and healthier while wearing these shoes", sagen beide Werbekandidaten in die Kamera und grinsen sich an.

Mit dem Satz von Paul: „Jetzt bin ich schneller!" und dem Beginn von einem weiteren Wettlauf endet der Spot endgültig.

Dieser lange Spott sollte zu Anfang während der Hauptsendezeit in mehreren Programmen gezeigt werden. Nach einigen Tagen sollte er schon seltener gesendet werden. Dafür wollte man Paul zeigen, wie er ganz dick war und die Schuhe auszog. Er hielt einen Schuh in die Kamera und man konnte sehen, wie sich die Sohle glatt zog. Dann kam ein Schnitt und Paul wurde vom letzten Drehtag gezeigt. Er war erheblich dünner, hielt den Schuh weiter in die Kamera und sagte:

„Durch das Tragen dieser Schuhe bin ich so fit wie nie zuvor und fühle mich so wohl, wie nie zuvor. Ich kann laufen, laufen, laufen, laufen…"

Dabei geht er aus dem Bild in immer schnellerem Tempo.

Noch kürzere Spots sollten danach gezeigt werden:

Der „dünne Paul" der mehrere Schuhmodelle um sich herumstehen hat, darauf zeigt und sagt:

„Nie wieder trage ich andere Schuhe. Sie machen fit und werden in Amerika produziert."

Und:

Der ganz dicke Paul zu Anfang zieht sich die Schuhe an und steht auf. Er geht einen Parkweg lang. Der Spot wurde so geschnitten, dass Paul beim Gehen immer dünner wird. Die halbjährlichen Aufnahmen wurden eingearbeitet, so dass der Zuschauer in 12 Sekunden sieht, wie Paul schlanker und schneller wird. Unter dem Parkweg läuft das Logo der Firma Globetreter und der Hinweis, dass die Schuhe in den USA produziert werden.

Der Regisseur hatte eine neue Musik komponieren lassen, die als Erkennungszeichen für die Schuhe bei jedem der Spots zu hören war. Sie wollten für die Gesundheit und Fitness werben, da vielen Amerikanern dies besonders am Herzen liegt. Gesund und fit. Dafür gibt man gerne Geld aus. Suggeriert werden sollte: Die Dicken werden dünn, die Schlanken werden fit.

Die Ausstrahlung des ersten Fernsehwerbespots war für den kommenden Februar geplant.

Tanja, Paul und Peter gingen nach diesem Meeting noch gemeinsam essen. Tanja erzählte, dass Sie Weihnachten wieder in Deutschland verbringen würde. Paul war natürlich bei seinen Eltern, die viele Gäste erwarteten. Peter sagte nichts.

„Was machst du denn?", fragte Paul.

„Nichts", antwortete Peter.

„Du bist alleine? Du fährst nicht nach Deutschland?", fragte Paul.

„Nein. – Wie lange wirst du denn frei haben?", wollte Peter ablenken.

Doch Paul ließ sich nicht ablenken. „Weihnachten ist man nicht alleine. Du kommst zu uns. Du bist mein persönlicher Gast. Wir haben immer viel Besuch und Pa und Mom mögen dich. Sie werden sich freuen."

Peter war überrascht und gerührt, aber auch sprachlos. Daher schwieg er. Eine Pause entstand.

„Ich habe bis zum zweiten Januar frei", beantwortete Paul nun doch noch Peters Frage.

Als die Runde auseinander ging, fragte Paul Peter, was der am nächsten Tag machen würde.

„Ich fliege nach Seattle zurück."

„Nein, Peter. Bleib das Wochenende bei uns. Hast du schon das Hotel gebucht?"

„Ja, für heute Nacht."

„Wir fahren hin. Vielleicht kannst du das Zimmer abbestellen. Dann kannst du bei uns über- nachten. Lass uns so ein tolles Wochenende verbringen, wie damals."

Die beiden fuhren zum Hotel. Peter konnte das Zimmer tatsächlich zurückgeben. Er fuhr mit Paul nach Hause und wurde dort herzlich empfangen. Pa schlug ihm auf die Schulter und bot ihm sofort einen Platz an. Mom war schon schlafen gegangen.

Peter, Paul und Pa erzählten und diskutierten fast die ganze Nacht. Sie waren sich so nah. Und auch bei diesem zweiten Besuch war es für Peter so, als würde er nach Hause kommen. Es war so, als wäre Pauls Zuhause auch seins. Obwohl er Pa nur das eine Wochenende kennen gelernt hatte, war er wie ein guter, langjähriger Freund. Es war ein herrlicher Männerabend.

Als Peter am Sonntag nach Seattle flog, war er glücklich. Mom und Pa hatten ihn zu Weihnachten eingeladen. Er würde bis Neujahr bleiben.

Als Peter im Flugzeug saß, dachte er wieder über sein Zuhause nach. Hatte er eins? Wo war es? Hatte er überhaupt Freunde? Paul hatte am Samstag und Sonntag mehrere Freunde getroffen. Er hatte Peter stets mitgenommen. Mit welcher Herzlichkeit Paul immer begrüßt wurde.

Paul hatte von dem Fernsehspot erzählt und dabei auf seinen dicken Bauch gezeigt. Er machte stets Witze über sein Gewicht. Zusammen mit seinen Freunden und seinen Eltern lachte er darüber. Auch Peter lachte mit. Er hatte sich genauso wohl gefühlt, wie bei seinem ersten Besuch. Diese Herzlichkeit, mit der er aufgenommen worden war, tat seiner Seele gut.

Weihnachten und ein neues Unternehmen

Tanja reiste am 20. Dezember bereits nach Deutschland. Sie wollte auch ein paar Tage Urlaub haben und vor allem Zeit, um alte Freunde zu besuchen. Doch am 22. Dezember bat ihr Vater sie in die Firma zu kommen. Er hatte einen Besprechungstermin mit dem Steuerberater und wollte, dass Tanja an diesem Gespräch teilnahm.

Während Herr Berger bereits um acht Uhr zur Firma fuhr, schlief Tanja aus. Die Besprechung fand um 10 Uhr statt. Tanja begrüßte die Empfangsdame Samira Wind und ging danach zu Frau Böhmert, der Sekretärin des Vaters, um sich anzumelden und ihr schöne Feiertage zu wünschen.

Dann ging sie in den kleinen Besprechungssaal, in dem bereits Herr Papen, der Chefbuchhalter und auch Anton Gut der Steuerberater in ein Gespräch verwickelt waren. Tanja begrüßte die beiden Herren und erzählte von Amerika. Sie unterhielten sich über die Fernsehspots, die auch die beiden Männer gut gelungen fanden. Kurz vor 10 Uhr kam Herr Berger mit zwei weiteren Herren in das Besprechungszimmer. Unmittelbar nach ihnen erschien Florian, Tanjas jüngerer Bruder, der seit neun Monaten mit der Ausbildung zum Diplomkaufmann fertig geworden war und seit dem ebenfalls in der Firma arbeitete. Florian schloss die Tür. „Guten Morgen zusammen", begann Herr Berger. „Ich möchte Sie zuerst einmal vorstellen. Dies ist meine Tochter Tanja, mein Sohn Florian, mein Steuerberater Herr Gut und unser Chefbuchhalter Herr Papen. Und dies hier sind Herr Aretz von der DEG und Herr Martinez von der Bank of Brasilia."

Nach der Begrüßung bat Herr Berger: „Bitte nehmen Sie Platz."

Als alle saßen, fuhr er fort: „Wie alle wissen, war ich vor einigen Wochen auf der weltgrößten Schuhmesse in Sao Paulo. Die brasilianische Stadt hat sich zum führenden Messestandort Lateinamerikas entwickelt. Brasilien ist der drittgrößte Schuhimporteur weltweit. Und auf dieser Messe ist Joaquim Zilah, ein Schuhfabrikant aus Sao Paulo, auf unsere Firma aufmerksam geworden. Er hatte die Idee, dass sich unsere Firma und seine zusammentun und wir gemeinsam die Schuhe mit der viskoelastischen Sohle in Brasilien produzieren. Herr Aretz hat sich sofort mit verschiedenen Ämtern und Banken in Verbindung gesetzt und herausgefunden, dass unser Unternehmen mit Hilfe der DEG Fördergelder erhalten kann. – Aber das kann Herr Aretz besser erklären. Bitte Herr Aretz."

Der nickte Herrn Berger zu, blickte in die kleine Runde und sagte gleichzeitig: „Also ich heiße Benjamin Aretz, bin achtunddreißig Jahre alt und arbeite für die DEG, was Deutsche Investitions- und Entwicklungsgesellschaft bedeutet. Die DEG wurde bereits 1962 von der damaligen Bundesregierung gegründet. Wir haben unseren Sitz in Köln und unsere Aufgabe ist die Unterstützung privatwirtschaftlicher Investitionen in Schwellenländern, mit einer Präferenz für deutsche Unternehmen. – Das heißt: Wir unterstützen mit langfristigen Darlehn und teilweise sogar durch die Beteiligung am Kapital von Unternehmen zu Marktkonditionen neue Produktionskapazitäten mit. Seit Mitte 2002 ist der Bund indirekt Anteilseigner der Kreditanstalt für Wiederaufbau.

Die Kreditanstalt für Wiederaufbau wurde 1948 als Anstalt des öffentlichen Rechts mit Sitz in Frankfurt am Main gegründet. Anteilseigner der KfW sind mit 80 % der Bund und zu 20 % die einzelnen Bundesländer.

Sinn und Zweck oder Ziel der DEG ist es unter anderem im Rahmen von maßgeschneiderten Projektfinanzierungen zur volkswirtschaftlichen Entwicklung der Länder in Lateinamerika, Afrika, Asien und Osteuropa beizutragen. Die Unternehmen können deutsch / europäische Tochtergesellschaften, lokale Firmen oder auch Joint Ventures zwischen diesen Gruppen sein. Wir unterstützen sowohl Neugründungen, als auch den Ausbau bestehender Unternehmen. Dem Schutz der Umwelt und der Ressourcen sowie der Schaffung neuer Arbeitsplätze kommt dabei eine besondere Rolle zu. Die geförderte Firma kann zwischen Krediten in EURO, US-Dollar oder einer anderen Währung und zwischen festen oder variablen Zinssätzen wählen. Außerdem bietet die DEG darüber hinaus noch verschiedene Förderprogramme des Bundes wie PPP – Public Private Partnership an.

In Ihrem Fall, Herr Berger, bedeutet das, dass ich nach Rücksprache mit unserer Geschäftsleitung für Sie die Zusage erhalten habe, dass Sie neben einer günstigen Kreditaufnahme auch einen Kapitalzuschuss erhalten werden. Den Zuschuss bekommen sie dafür, dass Sie beabsichtigen in Brasilien Arbeitsplätze zu schaffen und eine neue Fabrik in Sao Paulo zu errichten."

„Danke, Herr Aretz. – Ja, Tanja und Florian. Ich habe tatsächlich vor, dieses Angebot anzunehmen und nach Brasilien zu expandieren. Es ist ein Abenteuer, auf das ich mich einlassen will, aber ich bin inzwischen so von unseren viskoelastischen Schuhen überzeugt, dass ich in meinem Alter bereit bin, dieses neue Risiko einzugehen. Doch hören wir noch Herrn Martinez an. – Bitte."

„Ich bin Pasquale Marinez und arbeite für die Bank of Brasilia. Außerdem bin ich im Aufsichtsrat für Brasilien bei der Deutsch-Brasilianischen Auslandshandelskammer. Herr Zilah kam während der Messe in Sao Paulo zu mir, um sich über Fördergelder zu informieren. Die Bundesregierung Ihres Landes fördert die Teilnahme deutscher Firmen an dieser bedeutenden Schuhmesse. Weltweit liegen wir in Sao Paulo an dritter Stelle. Ich setzte mich daraufhin mit der DEG in Deutschland in Verbindung und wir können Ihrem Unternehmen nach meiner Auffassung ein wirklich sehr gutes Angebot machen. Die Zahlen wurden Ihnen ja bereits zugeschickt und von Herrn Gut überprüft. Auf Grund dieser Prüfung findet dieses Gespräch heute statt."

„Ich möchte noch etwas zu der Kreditanstalt für Wiederaufbau sagen", übernahm Benjamin Aretz von der DEG wieder das Gespräch. „Sie hat im Wesentlichen vier Aufgaben, nämlich die Investionsfinanzierung,

Export- und Projektfinanzierung, die Förderung und Beratung der Entwicklungsländer, sowie andere Dienstleistungen.

Die Repräsentanz der KfW in Sao Paulo vertritt den Bereich der Export- und Projektfinanzierung. Im internationalen Wettbewerb ist die Auftragsvergabe häufig von einem für den ausländischen Kunden günstigen Finanzierungsangebot abhängig. Deshalb vergibt die KfW langfristige Kredite – in Ihrem Fall für ein deutsches Unternehmen, das ein Projekt im südamerikanischen Ausland beabsichtigt. An diesem Projekt besteht ein erhebliches deutsches Interesse, nämlich die Schaffung von Arbeitsplätzen in einem Entwicklungsland vor Ort. Sie leisten also im Prinzip „direkte Entwicklungshilfe" und die KfW unterstützt diese Hilfe durch die Fördergelder."

Dann erläuterte der Steuerberater die Zahlen und meinte auch, dass es sich zum einen um ein sehr gutes Angebot handeln würde und zum anderen bei dem Produkt der viskoelastischen Schuhe um ein Wirtschaftsgut, für das sich die Investition bezahlt machen und auch in Brasilien mit großer Wahrscheinlichkeit mit guten Profit enden wird.

„Wie ihr wisst, wollte ich ja nie in Billiglohnländern produzieren.", erläuterte Herr Berger seine Meinungsänderung. „Ich werde die Fabrikstandorte hier in Deutschland und auch in Sankt Louis beibehalten. Aber langfristig, das hat mir Herr Zilah klar gemacht, werden Billighersteller den Markt mit viskoelastischen Schuhen überschwemmen. Da der viskoelastische Schaum nicht von unserer Firma entwickelt wurde, sondern aus der Raumfahrt stammt, haben wir keine Rechte daran und können daher weder ein Patent, ja nicht einmal einen Gebrauchsmusterschutz beim Patentamt beantragen.

Die Firma Globetreter leistet allerdings bei einer Fabrikationsanlage in Sao Paulo direkte Entwicklungshilfe, in dem wir dort Arbeitsplätze schaffen. Aus diesem Grund bin ich der Meinung, dass wir der Konkurrenz aus anderen Billiglohnländern in Form der Nachahmung unserer Produktion zuvorkommen sollten.

Dass wir hier zusammensitzen hat natürlich noch einen weiteren Grund: Ich brauche gute Leute, die den Aufbau in Brasilien organisieren und durchführen. Florian möchte ins Ausland."

Herr Berger sah seinen Sohn an.

„Florian, ich möchte dir als Anfänger noch nicht das Projekt in Brasilien anvertrauen. – Du bist erst seit diesem Jahr fertig und schnupperst noch. Ich dachte an Tanja, die inzwischen Erfahrung hat und wie wir alle wissen mit großem Erfolg bewiesen hat, dass sie es kann. Der schnelle Erfolg des Unternehmens in den USA war nur möglich, weil wir ein gutes Produkt haben und natürlich, weil Tanja sich sehr engagiert hat. –

Tanja, ich möchte, dass Florian dich in den USA ablöst und du nach Sao Paulo gehst und dort die neue Firma aufbaust. Ihr kennt meine Meinung hinsichtlich der Zu- oder Absagen, daher will ich jetzt noch von keinem etwas hören. Schlaft darüber und denkt nach. – Florian: Auch für dich ist das kein leichter Job. Du bist Anfänger und würdest eine Firma übernehmen, die jetzt die ersten Schritte in den Erfolg macht. Und Tanja: Du weißt, wie schwer es ist, ein Unternehmen aufzubauen. Daher weißt du, was es bedeutet wieder ganz von vorne anfangen. Du weißt, wie schwer es war in den USA Fuß zu fassen. Du kommst erneut in eine ganz andere Kultur."

Rückruf nach Deutschland

Anfang Januar bekam Peter einen Anruf von Tanja, die ihm zunächst ein frohes Neues Jahr wünschte und ihn dann bat so schnell wie möglich nach Deutschland zu kommen.

Peter hatte ohnehin vor Seattle am zehnten Januar zu verlassen. Die Schulungen waren dann beendet. Die Mitarbeiter waren eingearbeitet und das Büro soweit aufgebaut, dass seine Hilfe nicht mehr nötig war. Er hatte mit Tanja bereits abgesprochen, dass er nach Seattle nach Manchester in den Bundesstaat New Hampshire fliegen und dort ein neues Büro aufbauen wollte.

Peter besaß nach wie vor nur seine beiden Koffer und eine Reisetasche. Er kaufte sich neue Kleidung und gab die alte weg. Persönliche Dinge kaufte er sich nur sehr selten. So flog er am zehnten Januar mit seinem Gepäck von Seattle nach Frankfurt und von dort nach Düsseldorf. Hier wurde er von Tanja abgeholt. Über die Feiertage hatte Peter sichtbar zugenommen. Er lachte, als er Tanja begrüßte. Sie fuhren nach Oberhausen, aber nicht in die Firma, sondern in das private Wohnhaus der Familie Berger.

Herr und Frau Berger begrüßten Peter und luden ihn zum Abendessen ein. Peters Gepäck wurde in der Diele deponiert, bevor er mit der Familie in ein Restaurant fuhr. Dort war ein Tisch für zehn Personen bestellt worden. Sie unterhielten sich im Small Talk und lachten viel. Erst nach dem Essen kam Herr Berger zur Sache.

„Herr Aquin, ich freue mich, dass es Ihnen so gut geht. Sie sehen blendend aus. Für dass, was ich Ihnen jetzt anbieten möchte, brauche ich jemanden in guter körperlicher und geistiger Verfassung."

Herr Berger sah von Peter zu Tanja und dann auf seinen Sohn Florian.

„Ich möchte, dass mein Sohn Florian Tanja in den USA ablöst. Florian wollte auch immer im Ausland Erfahrungen sammeln. Er soll daher nach St. Louis gehen, und sich dort sowohl um die Produktion, als auch um den Verkauf und den Vertrieb kümmern. - Dank Ihrer Hilfe konnte unsere Firma verteilt über die gesamte USA ein gut funktionierendes Netzwerk aufbauen, so dass ich denke, dass ein engagierter Anfänger eine optimale Grundlage vorfindet, um dort mit Erfolg weiterzumachen."

Peter wurde es mulmig im Magen. Er hatte das Gefühl, dass etwas Schreckliches mit ihm passieren würde. *„Der Mohr hat seine Schuldigkeit getan, der Mohr kann gehen"*. Dieses Sprichwort fiel ihm ein. War sein Vertrag für die USA nicht befristet gewesen? Was würde gleich auf ihn zukommen? Peter hatte die Ahnung, dass das nichts Gutes sein würde.

„Um es vorweg zu nehmen. Danke für diese Arbeit. Ich hatte noch nie einen Mitarbeiter, der so selbstlos gearbeitet hat wie Sie. Herr Aquin, Ihre Arbeit ist eine hervorragende Leistung, auf die Sie sehr stolz sein können. Die kleine Firma Globetreter hat sich am amerikanischen Markt einen festen Namen gemacht – in kürzester Zeit. Das ist zum einen passiert, weil Sie unermüdlich Schulungen durchgeführt haben und dabei Mitarbeiter gefunden haben, die ähnlich engagiert sind, wie Sie. Zum anderen hängt es damit zusammen, dass unsere Firma in den USA produziert und die Amerikaner die Schuhe als eine Art eigenes Produkt ansehen.

Auch in Europa konnten wir weiter expandieren. Unsere Fertigungsstätten befinden sich zurzeit in St. Louis und in Güstrow. Da die Schuhe so gut ankommen und die Konkurrenz bisher noch nicht mitbekommen hat, dass wir mit so großem Erfolg die viskoelastischen Schuhe verkaufen, möchte ich jetzt nach Lateinamerika gehen."

Herr Berger machte eine Pause. Peter bemerkte, wie ihn alle ansahen.

„Ich habe mit meinem Steuerberater und verschiedenen Finanzberatern gesprochen und mit deren Empfehlung entschieden, eine neue Zweigstelle der Firma Globetreter in Sao Paulo zu gründen. Tanja soll die Leitung und den Aufbau dort übernehmen, doch die will das nur dann tun, wenn Sie, Herr Aquin, sich bereit erklären, wieder die Ausbildung der Mitarbeiter zu übernehmen. Sie sagt, dass sich nur mit Ihnen zusammen im Team vorstellen kann, diese neue und schwere Aufgabe zu meistern."

Peter sah Tanja an. Die hatte einen merkwürdigen Gesichtsausdruck. Er hatte jetzt Jahre lang mit ihr zusammen gearbeitet. Sie hatte noch nie so ausgesehen. Er kannte Tanja überwiegend als sehr freundlich, aber er hatte sie inzwischen halt auch genervt, gestresst und sogar kratzbürstig erlebt. Doch den Gesichtsausdruck, den sie jetzt machte, kannte er nicht. Es war eine Mischung aus gespannter Neugierde auf seine Antwort und aus Furcht, dass er ablehnen würde. Ein bisschen Abenteuerlust glitzerte auch noch in ihren Augen.

Peter wusste, dass man von ihm eine Antwort erwartete. Er schüttelte den Kopf.

„Was soll ich sagen?", fragte er und sah zu Herrn Berger. „Ihr Angebot kommt für mich völlig unerwartet. – Ich bin davon ausgegangen, nach Manchester zu gehen, wie es mit Ihrer Tochter besprochen war. Nach Sao Paulo..."

Peter schüttelte wieder den Kopf. In Tanjas Augen schien Wasser zu steigen. Sie sah nach unten. Sie fing sich, blickte Peter an und sagte:

„Für mich ist das auch neu, Peter. Als ich Weihnachten nach Hause kam, erfuhr ich zum ersten Mal von diesen Plänen. Florian wollte immer schon ins Ausland. Und ich bin auch der Meinung, dass er die Firma in den USA so weiterleiten kann, wie wir sie zusammen aufgebaut haben. Wenn er sich nicht ganz dumm anstellt, dürfte eigentlich nichts schief gehen. Sie haben so viele Menschen in den letzten beiden Jahren fast im ganzen Land geschult, von denen alle gute Arbeit machen. Außerdem kommen ab ersten Februar die Fernsehspots mit Ihnen und Paul. Davon erhoffen wir uns, dass die Schulungen weiterer Mitarbeiter sich erübrigen. In Gesprächen zwischen Weihnachten und Neujahr wurde dann der Gedanke, nach Brasilien zu gehen, ganz konkret. Brasilien ist der drittgrößte Schuhimporteur der Welt und Sao Paulo ist eine sehr wichtige Industriestadt und außerdem die bevölkerungsreichste Stadt des Landes. Nach den bisherigen Vorbereitungen werden wir keine Probleme bei der Firmengründung und Finanzierung bekommen. Im Gegenteil."

Tanja berichtete über die geplante Teilhaberschaft mit Joaquim Zilah.

„Da Herr Zilah zum Einen seine Produktionsstraßen nahezu ausgeschöpft hat und wir zum Anderen diese speziellen Fertigungsstraßen benötigen, soll in Sao Paulo eine ganz neue Fabrik gebaut und wie in St. Louis ein Vertriebszentrum errichtet werden. Wir beabsichtigen die Fernsehspots mit Ihnen und Paul sofort nach Fertigstellung der Anlagen und dem Beginn der Produktion im Fernsehen senden zu lassen. Erstens sind die Produktionskosten bereits entstanden und zweitens finde ich die Spots wirklich gut gelungen. Alle sind witzig und zielen auf die Fitness und Gesundheit ab. Wir hoffen, dass wir mit der Fernsehwerbung die Leute schneller erreichen, so dass sie neu-gierig werden. Wenn sich dann noch die Qualität unserer Schuhe herumspricht, erhoffen wir uns den so genannten Jojo-Effekt."

Brasilien

Peter saß neben Tanja im Flugzeug des Direktfluges: Düsseldorf – Sao Paulo. Die Stewardess brachte die Tabletts mit Essen. Peter wurde es heiß. Tanja hatte den Fensterplatz, er saß daneben und füllte den gesamten Platz aus. Seine Beine sind sehr lang und trotz der erheblichen Gewichtsabnahme, war er immer noch dick. Die Stewardess lächelte und reichte Tanja das Tablett. Peter zog den Bauch ein. Er nahm es an und reichte es weiter. Schweiß stand ihm auf der Stirn. In solchen Momenten war ihm sein Gewicht wieder peinlich. Tanja stellte ihr Tablett auf den Tisch. Peters Problem war, dass er seinen Bauch einklemmte, wenn er seinen Tisch ganz runterklappte. Wenn er ihn aber nur zum Teil herunterklappte, verschütteten die Getränke oder die Suppe. Er zog den Bauch ein und klemmte den Tisch fest. Die Stewardess reichte ihm sein Tablett und er bedankte sich mit einem genauso strahlenden Lächeln.

„Guten Appetit!", wünschte ihm Tanja.

„Danke gleichfalls", antwortete Peter und suchte auf dem Tablett die Servierte um sich seinen Schweiß abzuwischen. An sein Taschentuch in der Hosentasche kam er nicht mehr.

Tanja begann die Suppe zu löffeln. Peter tat das auch und trank danach sein Wasser aus. Er hatte hastig gelöffelt und getrunken. Dann nahm er das Tablett und hob es hoch, um den Tisch wieder hochzuklappen. Er hielt das Tablett mit der linken Hand fest und aß mit der Gabel den Reis. Während er aß, rutschte das Tablett in eine gerade Position. Peter konnte es auf seinem Schoß und dem Bauch so balancieren, dass er mit dem Messer schneiden konnte und seine Hähnchenbrust zerkleinern konnte.

Tanja grinste. Sie hatte keine Platzprobleme. Sie war schlank und kam bestens mit dem Essen zurecht. Peter schwitzte die ganze Zeit. Entgegen seiner Angewohnheit, langsam zu essen und zu genießen, schlang er alles in sich hinein. Er wollte dieses schreckliche Tablett loswerden. Immer wenn er flog, schwitzte er beim Essen. Er war diesmal besonders angespannt, weil Tanja neben ihm saß. Ihr reichte der Platz, doch Peter stieß mehrfach an sie und an seinen anderen Nachbarn, einen Herrn, der ebenfalls geschäftlich nach Sao Paulo flog.

Peter und Tanja standen am Flughafen und winkten nach einem Taxi. Herr Berger hatte ein Appartement für sie mieten lassen. Es bestand aus vier Zimmern, einer Küche und einer Gästetoilette. Zu jedem der drei Schlafzimmer gehörte ein Bad mit Dusche und WC. Dieser Wohnblock war speziell für europäische und amerikanische Firmen errichtet worden. Die Mitarbeiter wohnten dort häufig in Wohngemeinschaften. Das siebzehnstöckige Haus lag mitten in Sao Paulo und verfügte über einen Portier, der ständig anwesend war und darauf achtete, dass nur Angehörige in das Gebäude kamen. Besucher mussten vorher angemeldet werden oder sie wurden beim Eingang befragt, zu wem sie wollten. Dann wurde der Wohnungsinhaber telefonisch informiert. Wenn der den Besucher kannte und sehen wollte, durfte er erst ins Haus.

Tanja und Peter meldeten sich bei dem Portier an. Tanja zeigte ihm den Mietvertrag und der Portier gab ihr und Peter je einen Wohnungsschlüssel. Ihr Appartement lag in der dritten Etage. Peter schloss auf und hielt Tanja die Tür auf. Sie stellte ihren Koffer in die Diele und riss die Arme hoch!

„Endlich sind wir da! Ich dachte schon, wir kommen heute nicht mehr an. Puh, bin ich geschafft!", sagte sie.

In der Tat hatten sie einen langen Flug hinter sich. Tanja hatte am Vortag mit all ihren Freunden eine Abschiedsparty gegeben und bis in die Nacht gefeiert. Sie war so aufgekratzt gewesen, dass sie nicht mehr schlafen ging, sondern mit dem verbliebenen harten Kern durch den Park joggte und auf dem Rückweg für alle Brötchen kaufte. Nach einem gemütlichen Frühstück mit den Eltern und dem jüngeren Bruder, sowie ihrem Freund Mark und zwei Freundinnen mit Partnern brachte Herr Berger sie und Peter zum Düsseldorfer Flughafen. Tanja war immer noch aufgeregt und wollte im Flugzeug schlafen. Es gelang ihr immer nur für wenige Minuten.

Während der Taxifahrt überfiel sie die Müdigkeit. Doch durch das Einchecken war sie wieder hellwach.

„Lass uns mal die Wohnung ansehen", sagte sie zu Peter und ging vom Flur aus auf die erste geöffnete Tür zu. Wie bei den meisten Wohnungen in diesem Haus, handelte es sich um eine möblierte Wohnung. In diesem Zimmer standen eine Sitzecke, ein moderner, sehr großer Plasmafernseher, eine Stereoanlage und zwei Sideboards. Tanja öffnete die Schranktüren und fand Gläser darin.

Sie ging weiter in die anderen Zimmer. Zwei Zimmer waren circa vierzehn Quadratmeter groß, das dritte sogar zwanzig. Alle drei Schlafzimmer hatten ein eigenes Bad. Die drei Bäder waren alle gleich groß und mit Dusche, Toilette und Waschbecken ausgestattet.

„Welches Zimmer möchtest du haben?", fragte Tanja.

Peter zeigte auf das Zimmer neben dem Wohnzimmer. Es war eins der kleineren Schlafräume, denn Peter war der Meinung, die Tochter des Chefs sollte das Größte bekommen.

„Ich nehme dies." Tanja zeigte auf das andere kleine Zimmer.

„Möchten Sie denn nicht das Große haben?", fragte Peter überrascht.

„Nein. Wenn Sie es nicht möchten, dann lassen wir es für Gäste, Geschäftsfreunde oder für meine Eltern, wenn die uns hier besuchen. Wir werden unsere Zimmer ohnehin fast nur zum Schlafen nutzen. Fernsehen können wir im Wohnzimmer, essen in der Küche und arbeiten sowieso im Büro."

Tanja ging in ihr Zimmer und öffnete die Balkontür. Sie trat in die Spätnachmittagssonne hinaus.

„Schauen Sie sich die Stadt an, in der sich unser neuer Arbeitsplatz befindet!", rief sie.

Peter trat neben sie auf den Balkon. Lauter Verkehrslärm dröhnte hinauf. Rings um sie herum standen hohe Häuser und von der dritten Etage aus konnte man nicht wirklich weit sehen. Er roch bis hier oben hin die Auspuffabgase und dachte an die wunderbare Stelle, wo er mit Paul und seinen Freunden zum Grillen war. Wie herrlich es dort ist. Welche Ruhe. – Aber gut. Hier war Stadt. Und was für eine Stadt. Nicht die Großstadt Oberhausen, in der er aufgewachsen war, sondern eine 10 - Millionenstadt. – Sein neues Zuhause.

Tanja war in ihr Zimmer gegangen und kramte in ihrer Handtasche nach dem Handy. Sie rief ihren Freund Mark an, um ihm zu sagen, dass sie gut angekommen waren. Sie flirtete mit ihm, doch Peter bekam es nicht mit. Er stand auf dem Balkon und fragte sich wieder, wo sein Zuhause war.

Hier in Sao Paulo war sein neuer Arbeitsplatz. In Deutschland lagerten zwar immer noch seine Möbel. Er hatte dort aber keinen Wohnsitz mehr. ,Wo ist mein Zuhause?', dachte er mal wieder. ,Und wo ist meine Heimat?'

Er sah wieder auf die breite, dreispurige Straße herunter, auf der pausenlos Autos fuhren. Er sah die angepflanzten Bäume und die Geschäfte auf der gegenüberliegenden Straßenseite. Wie würde sich wohl hier sein Leben verändern? Es war laut. Er verstand die Sprache nicht. Hatte er sich zu viel zugemutet? Würde er die Erwartungen von Tanja und ihrem Vater erfüllen können?

Peter wurde es flau im Magen. Er trat einen Schritt nach hinten und sah Tanja, die nur kurz auf dem Balkon gestanden hatte, auf dem Bett liegend telefonieren. Sie plauderte immer noch mit ihrem Freund und flirtete und neckte ihn. Peter lächelte sie an und ging durch das Zimmer in den Flur. Er nahm seinen Koffer, ging in sein Zimmer und packte aus. Schnell war er fertig. Als er die USA verlassen hatte, hatte er Paul die meisten seiner Kleidungsstücke geschenkt.

Der hatte gelacht, denn sie waren ihm zu lang und zu eng.

„Wenn ich wiederkomme, passen sie", hatte Peter zu ihm gesagt.

Paul hatte immer noch gelacht und nur „Vielleicht" geantwortet. „Wahrscheinlich sind sie dann zu weit!" Dann hatte er sich den Bauch vor Lachen haltend die Anzüge genommen und alle in seinen Schrank gehängt. Den letzten versuchte er anzuziehen, doch er scheiterte an der Hose. Dafür passte ihm die Jacke ganz gut. Pauls Beine waren kurz, sein Oberkörper lang. Die Jacke passte daher von der Länge und sie passte schon über die Schultern. Nur bekam Paul noch keinen Knopf zu.

Er hatte gelacht, auf seinen Bauch gezeigt und gesagt: „Wenn wir uns das nächste Mal sehen, bin ich so dünn, dass die Jacke schlackert."

Peter waren die verschenkten Kleidungsstücke tatsächlich inzwischen zu weit geworden. Er erinnerte sich an den Kauf seines ersten Anzugs in Oberhausen. Auch den hatte er Paul vor Monaten bereits geschenkt. Peter wollte ihn zuerst für alle Ewigkeiten als Erinnerung behalten, doch er dachte, dass dieser Anzug Paul am schnellsten passen würde. Er selbst besaß jetzt nur einen Anzug und mehrere Jacketts, Hemden und Hosen. Da er viel arbeitete, besaß er kaum Freizeitkleidung. Er fühlte sich inzwischen im Jogginganzug nicht mehr angezogen. Nach weniger als dreißig Minuten hatte er seine Koffer ausgepackt und alle Sachen im Schrank verstaut. Dort war noch jede Menge Platz.

Peter stellte den Koffer unten in den Schrank und schloss ihn dann. Er trat an sein Fenster und öffnete es. Auch von hier sah man nur Häuser. Viele waren höher als das, das sie bewohnten. Aber der Straßenlärm erschien ihm leiser.

Peter schaute nach unten. Die Straße war nur zweispurig. Unten waren keine Geschäfte und die Luft kam ihm auch nicht so benzinhaltig vor. Er stellte sein Fenster auf Kippe, zog die Gardine davor und ging in die Küche. Dort öffnete er alle Schränke und den Kühlschrank. Die Küche war sehr gut ausgestattet. Von Herd, Backofen, Mikrowelle, Kaffeeautomat, Eierkocher und Orangensaftpresse gab es noch weitere elektrische Hilfsmittel. Der Kühlschrank war natürlich leer.

Peters Magen knurrte und er hatte ein ganz flaues Gefühl. Aus einem Schrank holte er ein Glas, ließ es unter dem Wasserhahn vollaufen und trank es mit großen Schlucken aus. Er füllte es noch zweimal. Dann kam Tanja in die Küche. Sie schien nicht mehr müde zu sein. Sie wirkte wie aufgekratzt.

„Sie trinken das Wasser aus der Leitung? Haben Sie keine Angst vor Bauchschmerzen und Durchfall?"

Peter hatte gar nicht mehr daran gedacht, dass er das Wasser nicht trinken sollte.

„Ich hatte so ein flaues Gefühl im Magen", antwortete er daher nur. „Mir wurde richtig schlecht."

„Ich habe Hunger. Wollen wir ein Restaurant in der Nähe suchen?", fragte Tanja. „Ich möchte Sie im Namen der Firma Globetreter einladen und freue mich auf unsere Zusammenarbeit in Sao Paulo."

„Gerne", antwortete Peter.

Sie fuhren mit dem Aufzug ins Erdgeschoss und fragten den Portier auf Englisch nach einem nahe gelegenen Restaurant. Sie erreichten es nach einem Fußmarsch von nur neun Minuten. Peter und Tanja setzten sich an einen Fensterplatz. Tanja bestellte eine Flasche Wein. Als sie sich die Speisekarte ansahen, übersetzte Tanja die Gerichte für Peter. Sie hatte Französisch in der Schule gehabt und konnte viele Gerichte ableiten. Beide aßen ein Steak mit Kartoffeln und Salat. Sie tranken den Wein und Tanja prostete Peter zu:

„Auf eine gute Zusammenarbeit in unserer neuen Heimat!", sagte sie.

„Ja. Hoffentlich sind wir so erfolgreich wie in den USA."

„Ich habe da gar keine Sorgen bei Ihrem Talent. Da wir eine Wohngemeinschaft bilden, bin ich der Meinung, dass wir uns duzen sollten."

„Danke schön. Also gut. Prost Tanja. Auf gute Zusammenarbeit."

„Ja, auf dass es uns gelingt, auch hier erfolgreich zu sein. Prost Peter."

„Aber ich bin hier sprachlos. Ich weiß nicht, ob ich Portugiesisch sprechen lernen werde. In der Schule war ich nie gut in Sprachen."

„Mach dir keine Sorgen. Morgen kommt der Sprachlehrer, der nur uns beide unterrichten soll. Er wird uns auch die Stadt zeigen und über das Leben, die Mentalität, die Geschichte der Menschen hier in Sao Paulo erzählen. Es ist so aufregend. Ein Abenteuer! Ach! Ich freue mich so!"

Sie plauderten vergnügt und Peter stellte fest, dass Tanja den Wein sehr hastig trank. Wie er, hatte sie wohl nach dem langen Flug auch Durst. Als das Essen kam, aß er langsamer als sie und war daher später fertig. Während der Unterhaltung kaute Peter genussvoll wieder jeden Bissen. Er dachte an die letzte Mahlzeit im Flugzeug zurück und kaute noch dreimal länger als sonst. Er, Peter Aquin war in Südamerika als höherer Angestellter. Er saß mit der Tochter des Chefs in einem Restaurant und aß Steak, das die Firma zahlte. Er durfte die Chefin duzen.

Peter grinste innerlich und genoss jeden Bissen. Er wollte diesen Abend, seinen ersten Abend auf diesem quasi neuen Kontinent mit allen Sinnen spüren. Er lauschte Tanjas Worten, die immer blödsinniger wurden, je mehr Wein dass sie trank. Sie kicherte und alberte herum, so wie er sie noch nie erlebt hatte. Er sah sie an und fand sie wunderschön. Ihr Aussehen und ihre Ausstrahlung zogen ihn an, wie am ersten Tag. Damals in Oberhausen, als sie ihr Praktikum in der Firma machte und einfach nur freundlich zu ihm, dem dicken arbeitslosen Mann war. Er fühlte die angenehme Raumtemperatur im Restaurant, das mit Klimaanlage gekühlt wurde. Er roch den Wein und Tanjas Parfüm und er schmeckte das Essen. Er kaute lange und hörte Tanja zu. Wie sie wurde er immer lustiger, auch wenn er kaum etwas trank. Als sie nach etwa einer Stunde fertig gegessen hatten, bezahlte Tanja und sie verließen das Restaurant.

„Lass uns die Gegend erkunden", sagte Tanja.

Sie gingen bis zur nächsten Straße. Dann wollte Peter umkehren. Er spürte ein Rumoren in seinem Magen. Als sie an ihrem Haus ankamen, wollte Tanja noch in die andere Richtung bis zur nächsten Straße weiterlaufen, aber Peter bat sie, mit ihm ins Haus zu kommen. Er bekam Bauchschmerzen.

Tanja war angetrunken und zog ihn auf. Sie kam aber mit ihm mit und zusammen fuhren sie in die Wohnung. Im Aufzug lehnte Tanja sich an Peter. Er fühlte ihre warme Haut und roch den Duft ihrer Haare und ihres Parfüms. Ihm wurde es noch flauer im Magen. Er bekam einen Brechreiz und hielt sich die Hand vor den Mund. Gerade noch rechtzeitig öffnete sich die Aufzugtür und Peter lief zur Wohnung. Doch er schaffte es nicht. Mitten im Flur überkam ihn der Brechreiz. Tanja schloss die Wohnung auf. Peter rannte hinter ihr her, lief in sein Bad und Tanja hörte ihn sich wieder übergeben.

Nach einer Weile kam Peter aus seinem Bad. Er war kreidebleich. Seine Knie zitterten. Er setzte sich auf sein Bett und beugte sich vorne über. Tanja klopfte an.

„Geht es dir besser? Soll ich einen Arzt rufen?"

„Nein. Es geht. Danke. Ich bin ja selbst schuld, dass ich das Wasser hier getrunken habe."

„Ich gehe mal runter zum Portier und frage, was man tun kann und wo die nächste Apotheke ist."

„Entschuldige!" Peter lief ins Bad. Tanja hörte, wie er sich erneut übergab. Sie hatte Peters Spuren im Flur beseitigt und ging in die Diele, wo eine Sprechanlage war. Auf einer Taste stand „Portier". Sie klingelte und schilderte dem Portier in Englisch über Peters Probleme. Der rief einen Arzt, der nach wenigen Minuten kam und Peter eine Elektrolytlösung verschrieb. Tanja fuhr mit einem Taxi zur nächsten Apotheke und besorgte diese Medizin. Peters erste Nacht in Südamerika war alles andere als romantisch. Er würde sich sein ganzes Leben lang daran erinnern können. Alle paar Minuten lief er ins Bad, wo er sich entweder übergeben musste oder Durchfall hatte. Sein Körper warf alles, was er gegessen hatte wieder raus, und zwar aus beiden dafür vorgesehenen Öffnungen. Teilweise kam es gleichzeitig, so dass Peter inzwischen mit einer Schüssel auf der Toilette saß.

Wäre ihm nicht so elend gewesen, hätte er über sich selbst gelacht. Er musste an Paul denken und die Sprüche, die der mit seinen Freunden über ihn machen würden. Doch er hatte so starke Bauchschmerzen, dass er nur innerlich grinsen konnte.

Immer, wenn er aus dem Bad kam, saß Tanja in dem Zimmer. Sie hatte neben den Medikamenten Mineralwasser besorgt und Tee gekocht. Doch Peter konnte nichts bei sich halten. Selbst die Elektrolytlösung kam sofort wieder raus. Er setzte sich auf die kleine Couch, da er die Halbliegeposition der Couch besser ertragen konnte als Liegen oder Sitzen. Erst weit nach Mitternacht ging es ihm so, dass er zu Tanja sagte, er wolle versuchen zu schlafen. Sie wünschte ihm gute Besserung und ging in ihr Zimmer.

„Ich lasse meine Tür offen", sagte sie. „Wenn du meine Hilfe brauchst, dann ruf mich."

„Danke", antwortete Peter matt. Er ging wieder ins Bad, diesmal um sich für die Nacht fertig zu machen. Er putzte sich die Zähne, da fiel ihm sein

Malheur vom Aufzug ein. Er nahm seine Schüssel und suchte nach einem Aufnehmer. Tanja hörte ihn in der Diele.

„Was brauchst du, Peter?"

„Ich suche einen Aufnehmer. Ich muss noch den Flur draußen säubern."

„Das habe ich vorhin schon gemacht." Tanja trat im Nachthemd in die Diele. „Draußen ist alles sauber. Du kannst ruhig schlafen gehen." Sie lächelte ihn an.

„Danke." Peter lächelte zurück. „Vielen Dank. Mir zittern immer noch die Knie."

Peter ging in sein Zimmer zurück. ‚Wie süß Tanja aussieht', dachte er. ‚Und wie nett sie sich verhalten hat. – Wie eine richtige Freundin.'

Mehrmals in der Nacht musste Peter noch ins Bad. Doch insgesamt ging es ihm besser. Als er gegen zehn Uhr am nächsten Morgen aufwachte, saß Tanja wieder in seinem Zimmer. Sie las in ihrem Portugiesischbuch und lächelte Peter wieder an.

„Guten Morgen. Geht es dir besser?"

„Viel besser. Danke."

„Du siehst aber noch ziemlich blass aus. Ich habe dir neuen Tee gekocht." Sie wies auf die Thermoskanne auf Peters Tisch. „Soll ich den Arzt noch mal rufen lassen?"

„Nein, das ist nicht nötig. Danke für den Tee und danke für deine Hilfe gestern – ich meine, dass du den Flur für mich sauber gemacht hast."

„Jetzt habe ich einmal Kotze wegwischen bei dir gut!", lachte Tanja.

Peter wollte auch lachen, aber sein Magen tat weh. Er lächelte daher und sagte: „Ja."

Es war zehn Uhr Ortszeit, so dass Peter trotz der Durchfallaktion in der Nacht verhältnismäßig lange geschlafen hatte. Er fühlte sich zitterig. Er duschte und als er fertig angezogen war, ging er in die Küche. Dort saß Tanja jetzt. Sie hatte den Tee mitgenommen. Peter setzte sich zu ihr und trank zunächst seine Elektrolytlösung. Vorsichtig, nur schluckweise und ganz langsam. Ihm fiel ein Huhn ein und er lächelte vor sich hin. Tanja bemerkte dieses Lächeln und fragte nach dem Grund.

„Ich muss gerade an ein Huhn denken."

„Wieso denn an ein Huhn?"

„Weil es sich für jeden Wassertropfen bei Gott bedankt."

„Wie?"

„Ein Huhn kann Wasser nur schluckweise trinken, so wie ich jetzt. Immer wenn es einen Schluck getrunken hat, schaut es zum Himmel, damit das Wasser durch die Kehle fließen kann. So ähnlich komme ich mir halt vor, weil ich auch nur schluckweise trinke."

„Bedankst du dich auch bei Gott?"

„Dass ich diese Nacht überstanden habe? Auf jeden Fall. Aber wer weiß, was gleich passiert. Hoffentlich bleibt jetzt alles drin."

Es blieb drin. Peter verließ an diesem Tag nicht die Wohnung. Er hatte noch Bauchschmerzen, aber er musste sich nicht mehr übergeben. Er fühlte sich sehr schwach und verzog sich rasch in sein Zimmer, um sich dort auf sein Bett zu legen.

Tanja hatte um zwölf Uhr einen Intensivsprachlehrer bestellt. Als der Lehrer kam, führte Tanja ihn ins Wohnzimmer. Sie unterhielt sich mit José, indem sie Englisch und er eine Kombination aus Englisch und Portugiesisch sprach. Es war lustig. Peter nahm an diesem Unterrichtstag nicht teil.

Er begann erst am nächsten Tag portugiesisch zu lernen. Im Gegensatz zu Tanja, die in der Schule Französisch und Spanisch gelernt und zudem einen Privatcrashkurs in Deutschland gemacht hatte, hatte Peter keine Vorkenntnisse.

José redete sehr schnell und Peter hatte große Schwierigkeiten ihn zu verstehen. Er bat José langsamer zu reden, doch der hörte nicht auf ihn. Er plapperte in der schnellen Sprechweise weiter und Peter verstand im Gegensatz zu Tanja nichts. Nach kurzer Zeit bekam er Kopfschmerzen vor Anstrengung und entschuldigte sich. Sein Magen war ja noch nicht in Ordnung, die Zeitumstellung machte ihm zu schaffen und im Übrigen fühlte er sich so matt und müde, dass er Brasilien überhaupt nicht mochte.

Schuster bleib bei deinen Leisten
Oder: *Nimm nicht jeden Job an, wenn er dich überfordert*

Nach sechs Wochen in Sao Paulo sprach Tanja ganz gut portugiesisch. Peter sprach gebrochen. Er konnte sich die Vokabeln nicht merken.

Geplant war nach dem absolvierten Crashkurs, in der Zeitung zu inserieren und mit den Schulungen zu beginnen. Peter sollte wieder die Mitarbeiter anlernen. Er konnte sich aber absolut nicht vorstellen, wie er künftig seinen Job machen sollte. Wie er erfolgreich sein könnte. Denn sein Wortschatz war viel zu klein. Er hatte zwar mit Hilfe von José einen Text ausgearbeitet und den auswendig gelernt, doch er wusste genau, dass er keine Frage der künftigen Bewerber beantworten können würde.

Aus diesem Grund schlief Peter schlecht und aß viel. Er hatte sich seinen Schutzpanzer wieder angefuttert. Er wollte sich in Südamerika ohnehin neu einkleiden, aber nicht in einer höheren Kleidergröße. Peters Laune wurde schlechter. Er wirkte manchmal fast depressiv auf Tanja, die mit Leichtigkeit mit der neuen Sprache jonglierte. Machte José sie auf einen Fehler aufmerksam, so flirtete sie mit ihm und alberte herum.

Tanja bemerkte Peters Veränderung. Sie hatte den schweren Mann bisher nie traurig erlebt. Er war ihr immer freundlich und oft lächelnd begegnet. Er hatte einen Erfolg gehabt, zu dem nur wenige Menschen fähig sind. Peter war zwar weiterhin freundlich zu Tanja, doch die spürte seine Unzufriedenheit. Am Abend, drei Tage bevor sie für Mitarbeiter annoncieren wollten, sprach Tanja ihn darauf an. Peter war erstaunt, dass Tanja so sensibel war und dies bemerkt hatte, denn er hatte sich bemüht, sich ihr gegenüber wie immer zu verhalten.

„Ich bin noch nicht so weit. Tanja, du siehst, wie schlecht ich sprechen kann. Es ist mir nicht möglich in wenigen Tagen zu schulen. Ich brauche einfach noch mehr Zeit. Entschuldige mich jetzt bitte. Ich möchte nachdenken."

Peter ging in sein Zimmer und legte sich auf sein Bett.

Er war so ruhelos – nervös und unzufrieden. Was hatte ihn dazu bewogen mit Tanja nach Brasilien gehen? Seine Tätigkeit in Deutschland hatte ihn ausgefüllt. Auch in den USA hatte er gerne gearbeitet. Inzwischen sprach er Englisch fast ebenso gut wie Deutsch. Was hatte ihn geritten, als der Chef ihn bat mit Tanja nach Brasilien zu gehen, um dort ebenfalls vor Ort die Globetreter Schuhe zu verkaufen.

Peter überlegte. Es war reizvoll gewesen mit Tanja zusammen zu arbeiten. Er mochte und verehrte die Tochter des Chefs. Tanja war es gewesen, die er zuerst in der Firma getroffen hatte. Und obwohl er sich damals so fett und unansehnlich fand, war sie immer sehr freundlich zu ihm gewesen. Nie hatte er irgendeine bissige Bemerkung über sein Gewicht von ihr gehört.

Der Chef hatte ihm eine weitere Gehaltserhöhung versprochen. Die Provisionen, die er bei guten Abschlüssen erhalten würde, waren viel versprechend. Er hatte gedacht, ebenso einfach wie in den USA an seinen Verkaufserfolg anknüpfen zu können. Doch jetzt war er deprimiert. Während er nur gebrochen sprechen konnte, erschien es ihm, dass Tanja Portugiesisch ebenso leicht und flüssig sprach wie Deutsch oder Englisch. Er kam sich vor wie in der Schule. Da hatte er sich auch so schwer getan, wenn in der Klasse neue Grammatik besprochen wurde. Meist hatte er in den Klassenarbeiten die Ausnahmen nicht erkannt und er fühlte sich genauso überfordert wie damals.

Peter wusste nicht, dass Tanja sehr sprachbegabt war. Er wusste nicht, dass sie in der Schule Latein und Französisch gelernt hatte und in einer AG für zwei Jahre Spanisch. Er wusste nicht, dass Tanja zwischen dem Abitur und dem Beginn ihres Studiums drei Monate lang in Spanien gewesen war und deshalb sehr viel bessere Vorkenntnisse der romanischen Sprachen hatte als er. Er wusste nicht, dass sie in vielen Urlauben in Länder gefahren war, in denen spanisch gesprochen wird, um ihre Kenntnisse nicht zu verlernen. Hätte er es gewusst, hätte er vielleicht nicht diese Minderwertigkeitskomplexe entwickelt.

Wenn er jetzt sah, dass Tanja in Brasilien nach der kurzen Zeit portugiesisch so gut sprechen konnte, fühlte er sich wie früher: Der Versager in der Schule. Er gab sich selbst keine Chance. Er wollte genauso gut sein wie Tanja. Als er sah, dass sie besser war, dass sie viel schneller lernte, fühlte er sich wie in der Schule unter Druck gesetzt. Er hatte das Gefühl alles falsch zu machen. Er wurde ständig korrigiert, während Tanja das Meiste richtig machte.

War er eifersüchtig?

War er neidisch?

‚Tanja hat ja Abitur und studiert‘, sagte er sich. ‚Ich war auf der Realschule. Sie muss das ja alles schneller lernen.‘

Und dennoch wurmte es ihn. Er hielt sich für dümmer und für zu langsam. Er bekam eine Denkblockade und konnte gar nichts mehr, wenn der Lehrer José ihn auf seine Fehler ansprach.

Heute war er schwermütig. Die Hose ging kaum noch zu. Peter bewegte sich seltener und hatte wieder angefangen aus Langeweile und Enttäuschung zu essen. Er dachte nicht mehr an den Genuss. Er stopfte das Essen in sich hinein, und zwar in den Mengen, die er gar nicht mehr gewöhnt war. Er dachte auch nicht mehr an die Sprüche, die ihm einst so geholfen hatten, wie: *„Wem nichts zu schwer ist, dem gelingt alles“*, *„Übung macht den Meister oder: Auch ein Berg besteht aus vielen kleinen Steinen."*

Er stand vom Bett auf und sah aus dem Fenster. Dann nahm er seine Jacke und verließ die Wohnung. Tanja telefonierte mit ihrem Freund. Peter hörte sie sprechen und wollte nicht stören. Er sagte nicht, dass er ging.

Als Peter am Portier vorbei kam, grüßte er ihn freundlich. Vor dem Haus drehte er sich nach rechts und lief los. Es war zunächst der Weg zur Firma. Peter grübelte wieder über sein Leben nach. Er war immer noch unzufrieden, doch je länger er lief, desto besser fühlte er sich. Er hatte offensichtlich die Bewegung vermisst. Peter hatte sich im Laufe der letzten Jahre eine recht schnelle Gangart angeeignet. Er lief daher sofort zügig los und legte in kurzer Zeit eine erhebliche Wegstrecke zurück. Er merkte sich nicht, wohin er ging. Er war noch nie in diesem Stadtteil gewesen. Die Häuser sahen anders aus. Sie waren kleiner und manche wirkten schmuddelig. Peter lief weiter. Er grübelte vor sich hin und achtete auf nichts.

‚Wenn ich zurück gehe? Ich kann wieder nach Hause gehen und dort arbeiten.‘ Aber dann kamen wieder die anderen Gedanken. Wo war sein Zuhause? Er hatte in Deutschland nichts mehr. Keine Wohnung und da er keinen Kontakt zu den wenigen Menschen gehalten hatte, die ihm damals wichtig waren, auch inzwischen keine Freunde mehr. Wohin sollte er also zurückkehren?

Peter lief. Er hatte nicht bemerkt, dass er verfolgt wurde. Einige Jugendliche hielten sich in Abstand zu ihm und warteten auf ihre Gelegenheit. Sie würden ihn nicht mit heiler Haut aus dem Viertel lassen. Soviel stand für sie fest.

In den Favelas von Sao Paulo

Peter blieb stehen. Er hatte Durst bekommen und sah sich um. Wo konnte er sich etwas zum Trinken kaufen? Erst jetzt bemerkte er in welche Gegend er gelaufen war. Er drehte sich um und sah die Jugendlichen auf sich zu kommen. Es waren fünf Jungen. Peter schätzte sie zwischen 15 – 21 Jahre alt.

„Entschuldigung", sprach er sie auf Portugiesisch an. „Gibt es hier ein Cafe oder ein Restaurant in der Nähe?"

Die Jugendlichen umringten Peter. Sie stellten sich ganz nah vor ihn hin. Peter war es egal. In seiner Stimmungslage nahm er die Bedrohlichkeit der Situation nicht wahr.

„Könnt ihr mir sagen, wo ich ein Cafe finde oder ein Restaurant?" Peter suchte nach Worten in Portugiesisch.

Die Jungen grinsten. Sie kreisten um Peter, der weiterhin dachte, die Jungen würden ihn nicht verstehen. Sie kamen immer näher. Da hob der erste den Arm und griff an Peters Jacke. Genau in dem Moment kam ein Polizeiauto mit Blaulicht die Straße herauf gefahren. Vier Jungen liefen weg. Derjenige, der die Hände an Peters Jacke hielt, ließ die langsam los und sah hinter dem Polizeiauto her. Dann sagte er zu Peter: „Ich brauche Geld. Gib mir dein Geld!"

Erst jetzt hatte Peter realisiert, dass die fünf Jungendlichen ihn ausrauben wollten. Er taxierte den Jungen. Der war etwa 1,70 m und schmächtig – ein Hungerhaken. Körperlich fühlte sich Peter ihm überlegen. Er könnte ihn an die Wand schubsen und weglaufen.

Doch wohin?

Er hatte nicht auf den Weg geachtet und war bei seinem schnellen Gehen in die Favelas, die Elendsviertel, geraten. Um den Weg zurück zu finden, musste er sich konzentrieren. Er konnte nicht einfach drauf los laufen. Außerdem, so hatte José ihm erklärt, sollte er bei einem Überfall den Räubern sein Geld geben. Die seien sehr arm und daher oft so gewalttätig, dass ihnen alles egal ist. Viele nehmen auch einen Totschlag oder Mord in Kauf. Daher zog Peter langsam seine Brieftasche aus seiner Jacke. Er öffnete sie und nahm die Geldscheine heraus. Er hatte immer 100 US - Dollar bei sich – als Reserve. Außerdem hatte er noch 150 Real.

Peter reichte dem Jugendlichen die Scheine und hielt gleichzeitig seine Brieftasche mit der anderen Hand fest. Er hoffte, sie behalten zu können. Der Junge riss ihm die Scheine aus der Hand und stopfte sie in seine Jeans. Peter steckte langsam seine Brieftasche wieder ein und beobachtete den Jungen. Der taxierte Peter und grinste.

„Was wollen Sie dafür?", fragte er.

Peter war überrascht. Er betrachtete den Jungen. Der trug wie viele in seinem Alter eine Jeans und ein T-Shirt. Er war verschwitzt und wirkte nervös.

„Ich möchte hier raus."

„Mehr nicht? – Kommen Sie."

Der Junge ging, wie es Peter schien, weiter in die Favelas. Daher drehte er sich um und ging in die andere Richtung. Er wollte zurücklaufen. Er wollte versuchen ein Taxi zu bekommen. Der Jugendliche folgte ihm. Peter lief länger als eine halbe Stunde und der Junge schlenderte hinter ihm her. Mal ließ er einen größeren Abstand, mal war er nur wenige Schritte von Peter entfernt. Peters Puls ging schnell. Seine Depressivität war verschwunden. Er wollte aus diesem Viertel. Er wollte in die gesicherten Stadtteile, in denen mehr Polizeipräsenz war. Doch er hatte sich irgendwie verlaufen. Und der Junge war hinter ihm. Der bemerkte Peters Unruhe und verringerte seinen Abstand.

„Wollen Sie immer noch hier raus?"

Peter sah den Jungen an. „Ja."

„Dann kommen Sie, dies ist der falsche Weg. Wo wollen Sie hin?"

Peter blieb stehen und überlegte. Er konnte den Straßennamen nicht aussprechen. Er nahm seine Brieftasche wieder aus der Jacke und zog eine Visitenkarte heraus. Die reichte er dem Jungen. Als Anschrift war die Adresse der Firma aufgedruckt.

„Weißt du wo das ist?"

Der Junge überlegte einen Moment. Dann nickte er und sagte: „Ich glaube schon. Kommen Sie. Wir müssen da lang gehen."

Er zeigte auf die Straße zurück und lief nach Peters Meinung wieder in die entgegen gesetzte Richtung. Dieses Mal ging Peter mit ihm mit. Sie liefen nebeneinander. Peter betrachtete den Jungen wieder. Er war sehr schmal. Im Gegensatz zu ihm bekam der nicht genug zu essen. Peter war nervös. Er achtete jetzt besser auf den Weg. Er fürchtete, dass der Junge ihn in eine Falle locken würde. Möglicherweise warteten die anderen Jungen dort auf ihn, wo ihn dieser hinführte. Bestimmt wollten sie ihn in einem Hinterhof ausrauben. Seine Uhr stehlen und seine Kreditkarte. Den Führerschein hatte er noch dabei und seinen Reisepass. Also genug an Wertgegenständen für Menschen die nichts haben.

„Wohnen Sie dort?"
„Ja. Wohnst du hier?"
„Ich wohne nirgends."
Peter bekam einen Schrecken. Das war ja schlimmer, als er befürchtet hatte. So ein Junge ist sicherlich zu allem fähig. Aber er sah keine Möglichkeit ohne ihn die Favelas zu verlassen.
„Wie lebst du denn?"
Der Junge zuckte die Schultern.
„Was ist mit deinen Eltern?"
Wieder nur ein Schulterzucken.
„Haben Sie Kinder?"
Wollte der ihn ausfragen? Peter war auf der Hut. Auch Entführungen sind in Sao Paulo nicht selten. Was plante dieser Junge.
„Nein. Und du? Hast du Geschwister?"
„Acht."
„Haben die auch keine Wohnung?"
„Die wohnen zu Hause bei Mama."
„Wieso wohnst du da nicht?"
„Ist halt so."
Peter sah das schmale Profil. Der Junge sah jetzt traurig aus.
„Was ist mit deinem Vater?"
Schulterzucken. „Arbeitslos."
Die Häuser sahen anders aus. Sie wurden schöner und gepflegter. Offensichtlich führte der Junge Peter tatsächlich aus den Favelas. Peter fühlte sich jedenfalls etwas wohler und schon sicherer. Er rechnete jetzt nicht mehr damit, an der nächsten Ecke in einen unbelebten Flur gezogen zu werden.
„Wie heißt du?"
„Tomaz."
Tomaz führte Peter zu der neuen Schuhfabrik. Die Hallen standen fertig da. Die Büros waren noch unbesetzt. Sie wurden gerade eingerichtet. In wenigen Tagen würde Tanja mit der Arbeit beginnen. Und er? Was würde er tun? Sein Portugiesisch war zu schlecht, um Schulungen durchzuführen. Er fühlte sich wieder unglücklich und überfordert.

Tomaz

Das Betriebstor war geschlossen. Peter und Tomaz standen vor dem Tor.
„Hier wohnen Sie?", fragte der Junge wieder.
„Nein. Aber von hier aus komme ich zu meiner Wohnung. Danke für deine Hilfe." ‚Komisch', dachte Peter. ‚Der hat mich beklaut und ich

empfinde noch Mitleid mit ihm, anstatt Wut. Ich könnte ihm jetzt das Geld wieder abknöpfen. Ich bin viel stärker als er.'

Aber er wollte sein Geld nicht wiederhaben. Der Junge tat ihm leid. Wenn es stimmte, was er erzählt hatte, musste er sich ganz schön hart durch sein Leben schlagen. Da konnten ein paar Dollar als Direkthilfe nicht schaden.

„Wie alt bist du?"

„Quinze (fünfzehn)."

„Und du bist ganz alleine. Du gehst nicht zu deinen Eltern? Du gehst nicht nach Hause?"

Tomaz Miene wurde finster.

„Nein. - Nie mehr!"

Peter fühlte sich vor der Fabrik der Firma Globetreter sicher. Er wollte dem Jungen helfen, denn er sah sich selbst in ihm wieder. Sich selbst, als er fünfzehn Jahre alt gewesen war. - Verlassen, allein. Er wusste, wie das ist. Er wollte Tomaz deshalb helfen, weil ihm damals niemand geholfen hatte.

„Vamos comer juntos hoje à niote? Queria convidálo convidarte. (Wollen wir heute Abend zusammen essen? Ich möchte dich einladen) Komm mit", sagte Peter daher.

Tomaz sah ihn verwundert an, doch er freute sich und unter seinem schüchternem Lächeln kam sein "sim (ja)" laut und deutlich.

Peter lief die Straße nach Westen und schwenkte dann rechts in die nächste. Drei Straßen weiter kamen Geschäfte und auch Restaurants. Er betrat mit Tomaz ein Restaurant, in dem er mit Tanja schon öfters gegessen hatte. Der Kellner erkannte ihn und schaute verwundert, sagte aber nichts. Peter und Tomaz bekamen einen kleinen Tisch am Fenster.

Peter fragte ihn: „Kannst du mir etwas empfehlen? Was ist besonders lecker in Brasilien?"

Tomaz sah Peter an. Dann öffnete er die Speisekarte.

Sogleich fiel Peter ein, dass er ein Analphabet sein könnte. Ein Junge aus den Slums – das ist doch nicht so selten.

„Du kannst doch lesen?", fragte er deshalb.

„Sim (ja)", antwortete Tomaz und blätterte die Karte um. Er wählte Fejajada, ein typisches brasilianisches Gericht, das aus schwarzen Bohnen und Trockenfleisch besteht.

Peter bestellte. Er wollte mehr wissen über diesen einsamen Jungen. Behutsam erfragte er nach dem Grund, weshalb der nicht nach Hause könne.

Der Vater war arbeitslos und trank. Er hatte die Kinder und die Mutter geschlagen. Tomaz hatte den Vorabend eingegriffen und der Vater hatte er ihn am Arm gepackt und aus dem Haus geworfen.

„Ich kann nicht mehr zurück", sagte Tomaz.

Peter war entsetzt über das, was Tomaz ihm erzählt hatte. Vielmehr über das, was er verstanden hatte. Dieser Junge war jetzt auf sich selbst angewiesen. Er würde ohne Hilfe untergehen.

„Gehst du noch zur Schule?"

„Nein."

„Machst du eine Ausbildung?"

„Nein."

„Hast du Arbeit?"

„Nein."

„Wovon willst du denn leben?"

Tomaz zuckte erneut seine Achseln.

„Tomaz, du und die vier anderen – ihr habt mich überfallen! Das geht nicht."

„Ich habe Sie nicht überfallen."

„Natürlich hast du das getan. Du und die vier anderen. Ich hatte keine Chance."

„Das sind nicht meine Freunde. Ich habe sie getroffen und gehört, dass sie Sie überfallen wollten. Ich bin mitgegangen. – Sie sind weggelaufen, als die Polizei kam."

„Du hast mir mein Geld weggenommen."

„Sie haben es mir gegeben, dafür, dass ich Ihnen den Weg gezeigt habe. Sie wären sonst überfallen worden. Ich habe Sie beschützt."

Peter war sprachlos. So konnte man das auch sehen.

„Hast du das schon öfters gemacht?

Tomaz zuckte die Achseln. Nach einigen Sekunden schüttelte er den Kopf.

„Möchtest du von mir eine Arbeitstelle bekommen?"

Tomaz sah Peter fragend an und nickte sofort. „Natürlich. Ich mache alles. Ich hatte schon viele Jobs."

„Ich gebe dir einen guten Job." Peter erklärte Tomaz, dass er Angestellter der Firma Globetreter war und wie Tomaz Job aussehen würde. Er hatte bei dem Überfall und kurz danach nur in kurzen Sätzen gesprochen. Durch das Gespräch mit Tomaz merkte er, dass er doch besser Portugiesisch sprach, als er gedacht hatte. Er suchte zwar oft nach Worten, doch die Verständigung klappte erheblich besser, als er befürchtet hatte. Um Tomaz von der Arbeit bei Globetreter zu erzählen, erinnerte Peter sich an die antrainierten Floskeln, die José ihm beigebracht hatte, und sprach dabei sogar richtig gutes Portugiesisch.

Tomaz Augen leuchteten. Er wollte den Job haben. Er wollte diese Chance nutzen und stimmte daher sofort zu.

„Wann kann ich anfangen?", fragte er.

„Mit dem Schuhverkauf starten wir frühestens in sechs Wochen", antwortete Peter.

Tomaz Miene verfinsterte sich.

„Was hast du?"

„Ich brauche Geld, um zu überleben."

„Die Zeitungsannoncen für die Schulungen sollen eigentlich in wenigen Tagen erscheinen. Aber mein Portugiesisch ist zu schlecht. Du merkst ja, wie ich nach Worten suche. Ich brauche noch Zeit um euere Sprache zu lernen. Wahrscheinlich verzögert sich alles noch um einige Wochen."

Peter schwieg. Er wollte Tomaz nicht erzählen, dass er mit dem Gedanken spielte, die Sache in Sao Paulo abzubrechen. Dass er den ersten Teil seines Weges, als er in die Favelas gelangte darüber nachgegrübelt hatte, ob es nicht besser für ihn und die Firma wäre, wenn er entweder nach Deutschland oder wieder in die USA gehen würde. Er hatte sich vorgenommen, mit Tanja über seine Sorgen zu sprechen und er war sich eine Stunde zuvor ganz sicher gewesen, dass er nicht in Sao Paulo bleiben wollte.

Während er jetzt mit Tomaz zusammen saß und merkte, dass seine Sprachfähigkeiten gar nicht so schlecht waren, schwankte er in seinem Entschluss. Gut, er würde noch Zeit brauchen, das war sicher. Aber er hatte auch noch seinen gesamten Urlaub. Zurzeit war er nicht fähig die Schulungen durchzuführen. Mit drei weiteren Wochen Intensivtraining würde es vielleicht schon gehen.

Peter dachte schweigend nach. Tomaz sah ihn an und schwieg auch. In seinen dunklen Augen schimmerte ein wenig Hoffnung. Er könnte Arbeit finden. Hoffentlich gab der Mann ihm wirklich die versprochene Stelle.

Peter sah Tomaz an und lächelte.

Das Essen kam. Beide aßen schweigend.

Da hatte Peter eine Idee. „Ich werde für drei Wochen durch Brasilien reisen. Möchtest du mich begleiten und mir Portugiesisch beibringen? Ich kann deine Sprache noch nicht gut. Du wärst dann mein Lehrer. Willst du das?"

„Ja."

„Die Fahrt beginnt am nächsten Freitag. Du kannst mich unter der Anschrift erreichen, die auf der Visitenkarte steht. Komm am Donnerstag in das Büro um zu erfahren, ob alles geklappt hat. Bis dahin musst du mit dem Geld auskommen, das ich dir vorhin gegeben habe. Bist du einverstanden?"

Tomaz war einverstanden.

Peter freute sich. Er wollte diesem Jungen helfen. Er wollte ihm eine Chance geben. Er wollte ihm Mut und Hoffnung machen. Darauf, dass das Leben schön sein kann. Als er fünfzehn Jahre alt gewesen war, war sein Leben nicht schön gewesen. Er hatte niemanden gehabt, der ihn verstand, aber es gab viele, die ihn nicht verstanden. Er war untergegangen.

Peter dachte einen Moment an sein Leben, als er immer dicker wurde und als er schließlich so dick war, dass er sich fast nicht mehr rühren konnte und vor allem, dass er keinem wichtig gewesen war. Selbst heute hatte er niemanden, dem er sich anvertrauen konnte. Er hatte keinen Freund – oder?

Paul vielleicht. – Ja, Paul war ein Freund und auch Pa, Pauls Vater, mit dem sich Peter vom ersten Blick an sehr gut verstanden hatte. Und Tanja? Sie war die Chefin, obwohl sie sich jetzt duzten. Sie war seine Vorgesetzte, sie war in allem besser als er. Sie war freundlich, aber keine Freundin. Und sonst gab es Niemanden. Er war Reisender geworden. Er war überall nur kurz – zu kurz, um Freunde zu finden. Zwar hatte er sich eine freundliche Art zugelegt, aber Peter wusste auch, dass diese Freundlichkeit, mit der er auf die Menschen zuging und die zu ihm zurückkam, seit er „Die kürzeste Verbindung zwischen zwei Menschen ist ein Lächeln" praktizierte, nicht mit Freundschaft zu vergleichen war.

In den USA hatte er hart gearbeitet und in den wenigen Stunden seiner Freizeit das Alleinsein genossen. Er liebte es an einem See zu sitzen, ein Buch zu lesen oder fern zu sehen. In Brasilien lebte er mit Tanja in einer Wohngemeinschaft. Sie war immer da. Keiner von ihnen war oft alleine. Und Peter fühlte sich zum ersten Mal Tanja unterlegen. Die Tochter des Chefs, die alles konnte und vor allem in allem besser war, als er.

Tomaz könnte in Sao Paulo ein Freund werden. Tomaz war jedenfalls jemand, der Hilfe brauchte. Wie ein Vogel, der aus dem Nest gefallen war. Tomas musste noch flügge werden. Und Peter spürte, dass dieser Junge nicht kriminell war.

Peter zahlte mit seiner Kreditkarte und verabredete sich mit Tomaz für den nächsten Donnerstag um 10 Uhr. Zusammen verließen sie das Restaurant, gingen dann aber in unterschiedliche Richtungen. Peter wurde nicht mehr von Tomaz verfolgt.

Peter betrat das Haus, in dem er mit Tanja wohnte. Er grüßte den Portier und ging zum Aufzug. Sein Bauch drückte ihn. Er fühlte sich erschöpft und müde. Doch da fiel ihm ein, dass er sich besser fühlen würde, wenn er Treppen stieg. Bewegung, so hatte er in den letzten Jahren gelernt, war gut für ihn. Da seit Tagen schon die neue Hose spannte, entschloss er sich zu Fuß zu gehen.

Tanja saß im Wohnzimmer und schaute fern.

„Darf ich dich mal sprechen?", fragte Peter.

„Hat das Zeit bis morgen? Der Film ist so spannend."

„Ja. – Gute Nacht dann."

„Gute Nacht."

Am nächsten Morgen sprach Peter mit Tanja darüber, dass er sich überfordert fühlte und bat sie um Urlaub. Während der Nacht hatte er seinen Plan geändert. Er wollte jetzt seinen gesamten Jahresurlaub nehmen und sechs Wochen lang durch Brasilen reisen um Land und Leute und auch die Sprache besser kennen zu lernen.

Tanja war nicht begeistert. Sie fühlte sich im Stich gelassen. Gerade jetzt wo sie mit der Arbeit beginnen wollten, bat Peter um Urlaub. Er forderte ihn. Gut, den Anspruch darauf hatte er, aber mussten es gerade jetzt sechs Wochen am Stück sein?

Tanja fühlte sich überrumpelt und im Stich gelassen. Peter war unfair! Im ersten Impuls wollte sie daher seinen Urlaubsantrag ablehnen. Doch sie spürte, dass etwas mit ihm geschehen war.

Eigentlich war geplant gewesen, dass Peter Brasilianer mit Englischkenntnissen schulen sollte und diese Multiplikatoren danach ihre Landsleute. Peter benötigte daher keine sehr guten Portugiesischkenntnisse. Ein Grundwortschatz war vorhanden. Der war bereits ausreichend, um in Brasilien zurechtzukommen. Das hatte Peter ja mit seinem Gespräch mit Tomaz und seiner Bestellung im Restaurant und anderen Alltagssituationen bewiesen.

Tanja war daher zuerst wütend gewesen. Wie hatte sie Peter gefördert. Was war aus dem 200 € Jobber für ein Mann geworden? Und jetzt wollte er nach Deutschland oder in die USA zurück. Tanja hatte aber auch Management und Menschenführung studiert. Nach dem ersten Aufwallen ihrer Wut, atmete sie daher tief ein und versuchte sich zu beruhigen und Peters Situation aus dessen Sicht zu sehen.

Sie hatte seine Veränderung bemerkt. Er war ihr gegenüber zwar freundlich und zuvorkommend wie immer gewesen, aber sie hatte gespürt, wie er sich von ihr distanzierte. Sie ahnte nicht, dass Peter eifersüchtig auf ihre Sprachbegabung war, dass er in gewisser Weise neidisch auf sie war, weil sie so schnell lernte. Aber sie hatte gespürt, dass ihn etwas bedrückte.

Nun konnte sie ihm helfen. Sie wusste, dass sie keinen Mitarbeiter mit Peters Qualitäten bekommen würde – und auf keinen Fall kurzfristig. Also blieb ihr nichts anderes übrig, ihm den Urlaub zu gewähren.

Sie dachte nach.

„Peter, ich muss über deinen Wunsch nachdenken. Lass uns eine Pause machen. Lass uns heute Nachmittag weiter sprechen", sagte sie zu ihm.

Peter war einverstanden. Er wusste, dass er Tanja mit dem kurzfristigen Urlaubsantrag für diese lange Zeit total überrascht hatte und dass sie sich vermutlich jetzt ebenfalls überfordert fühlte.

Er hatte die ganze letzte Nacht darüber nachgedacht. Mal wollte er sich selbst von seinen Urlaubsplänen wieder abbringen, mal beabsichtigte er wieder nach Deutschland oder die USA gehen, dann befürwortete er doch wieder den Urlaub als Kompromiss. Sechs Wochen nicht für die Firma da sein – oder aus dem Südamerikaprojekt ganz ausscheiden. Da musste doch Tanja einsehen, dass es für die Firma die beste Lösung war, ihm den Urlaub zu gewähren.

Das fand Tanja grundsätzlich auch. Doch sie dachte weiter. Was wäre, wenn Peter nach den sechs Wochen weiterhin nicht in Südamerika bleiben würde? Wenn er sich weiter verändern würde? Er war unzufriedener und wieder dicker geworden. Gut, er war lange nicht so dick wie bei der Ersteinstellung vor Jahren, aber ...

Tanja saß in ihrem Zimmer und wog Für und Wider ab. Sie machte sich eine Liste. Sie fühlte sich gekränkt und im Stich gelassen, aber sie wollte nur sachliche Gründe auf diese Liste schreiben.

Als ihr keine Gründe mehr einfielen, telefonierte sie mit Mark. Ihr amerikanischer Freund Mark war auch Peters Freund. Sie schilderte ihm Peters Anliegen und faxte ihm ihre Liste zu.

„Bitte überlege mit mir, was das Beste ist", sagte sie. „Ich brauche dich und deine Hilfe."

Nach diesem Gespräch fühlte sie sich wohler. Mark war beider Freund und ein Mann. Er konnte sich sicher besser in Peter hineinversetzen.

Mark hatte längst die Firma gewechselt und war inzwischen Manager eines mittelständischen Unternehmens in den USA. Mark verstand sich gut mit Peter. Oft hatten sie sich nicht mehr gesehen, aber sie telefonierten regelmäßig. Daher kannte Mark den Peter, mit dem er seit Jahren befreundet war, in Tanjas Schilderung nicht wieder. Bei den täglichen Telefonaten hatte Tanja nie erwähnt, dass sie das Gefühl hatte, Peter würde sich verändern und auch bei Peter selbst war ihm nichts aufgefallen.

Nach dem Gespräch mit Mark rief Tanja ihrem Vater in Deutschland an. Herr Berger ist das Urgestein der Firma. In der Regel sehr höflich und freundlich, setzt er aber auch bestimmt seine Wünsche und Ziele durch. Er lässt sich weder von Angestellten noch Kunden auf der Nase herumtanzen.

Jetzt war die Fertigungsstraße fertig, die Büroräume eingerichtet, Tanja und Peter sprachlich genug geschult, dass das Abenteuer „Unternehmen" begonnen werden konnte. Tanja schilderte ihm präzise die neue Situation und Herr Berger erklärte ihr, dass er darüber nachdenken und sich wieder melden würde.

Und wenn Herr Berger nachdachte, so tat er es gründlich. Auch er bekam Tanjas Liste zugefaxt und lächelte. Seine Tochter! Wie ein Schulmädchen hatte sie in zwei Spalten Punkte gegenüber gestellt, die mit Für und Wider fast gleich lang war. Ein kluges Mädchen war seine Tanja. Sie hatte sich wirklich Mühe gegeben und versucht sich in Peter hineinzuversetzen.

Er sah sich die Liste ein zweites Mal an, verschränkte dann seine Arme und lehnte sich auf seinem Chefsessel zurück. Er lachte leise, bevor er zum Hörer griff.

„Tanja, gib Herrn Aquin den Urlaub. Er war stets so motiviert, für unsere Firma zu arbeiten. Ich glaube, er braucht die Bestätigung von Land und Leuten, dass er sich verständigen kann. Ich bin mir ganz sicher, dass er dich nach den sechs Wochen nicht im Stich lassen wird. Und wenn doch, so wird sich eine Lösung finden. Es gibt für jedes Problem Lösungen. – Überleg dir nur selbst, ob du nicht auch Urlaub nehmen möchtest. Es kommt nicht auf sechs Wochen an, wenn wir dieses Unternehmen erfolgreich starten wollen. Ich brauche leistungsstarke Mitarbeiter und nicht erschöpfte. Denk daher wirklich auch über einen Urlaub nach und ruf mich wieder an."

Das Missverständnis

Peter fuhr mit einem geliehenen VW Golf auf der Küstenstraße nach Rio de Janeiro. Neben ihm saß Tomaz. Zwischen der Idee, diese Reise anzutreten und der tatsächlichen Ausführung lagen nur zehn Tage. Peter hatte seinen kompletten Jahresurlaub angetreten. Er fühlte sich inzwischen so ausgepowert, dass er mit der Entscheidung erleichtert war. Auch Tanja war anscheinend nicht mehr so böse oder enttäuscht, wie am Anfang. Sie schien ihn zu verstehen.

Tanja war jeden Tag in die Firma gegangen, um den Start vorzubereiten. Doch auch sie wollte sich zwei Wochen Urlaub nehmen und am Strand von Rio de Janeiro ausspannen. Sie hatte sich nicht weiter um Peters Urlaubsplanungen gekümmert und erst an dem Morgen, an dem Peter starten wollte und sie gemeinsam am Frühstückstisch saßen gefragt, was Peter geplant hatte. Als Peter ihr dann von seiner Rundreise auf eigene Faust erzählte, war sie nicht begeistert.

„Wenn du überfallen wirst? Die erkennen doch sofort, dass du einen Leihwagen hast", äußerte sie sich.

„Ich nehme keine Wertgegenstände mit und daher wird es wohl nicht gefährlicher werden, als wenn ich hier in Sao Paulo bleibe", entgegnete Peter und lächelte sie verbindlich an. „Außerdem werde ich in Begleitung sein."

Erst da erfuhr Tanja von Tomaz. Es gefiel ihr überhaupt nicht, dass Peter diesen fremden Jugendlichen mitnehmen wollte.

„Wenn er ich überfällt und ausraubt? Du weißt doch fast nichts über ihn."

„Du hast Recht. Ich habe Tomaz bisher nur dreimal getroffen. Er ist ein Straßenkind, doch ich habe nicht den Eindruck, dass er wirklich kriminell ist. Ich denke, wenn er eine Chance bekommt, findet er den richtigen

Weg. Wir haben eine Vereinbarung. Ich stelle ihn als Schuhverkäufer ein und er lehrt mich besser Portugiesisch zu sprechen."

„Wann hast du ihn kennen gelernt?"

„Vor zehn Tagen." Peter wollte Tanja nicht erzählen, dass Tomaz ihn quasi ausgeraubt hatte. „Ich hatte ihn zum Essen eingeladen und dann die Idee mit dieser Reise."

„Peter, du musst lebensmüde sein! Ein Straßenkind aus Sao Paulo! …"

„Tanja, ich weiß nicht, was mit mir zurzeit los ist. Ich weiß nur, dass ich diesen Urlaub brauche und irgendwie spüre ich, dass ich ihn mit Tomaz verbringen will. Ich habe keine Angst, dass er mir was antun will. Er hätte es längst tun können."

„Das verstehe ich nicht."

Peter fasste Tanjas Hand.

„Ich weiß nicht, was mit mir los ist. Ich kann es dir nicht erklären. Ich weiß nicht, was ich will, was meine Ziele sind. Du und dein Vater ihr wollt hier in Sao Paulo eine neue Fabrik aufbauen und erfolgreich Schuhe verkaufen. Ich habe das bisher auch immer gerne gemacht, aber seit Jahren suche ich nach dem Sinn des Lebens. Es muss doch auch für mich ein Ziel geben, das ich erreichen will. - Tanja, auf dieser Reise will ich versuchen es herauszufinden."

„Wirst du wiederkommen?"

Peter sah ihr in die Augen. „Ja. Du kannst dich auf mich verlassen. In sechs Wochen werde ich zurück sein. Dann stehe ich dir wieder zur Verfügung. Vielleicht bekomme ich ja unterwegs gute neue Ideen für die Firma." Peter lächelte.

Tanja lächelte zurück. „Alleine schaffe ich das sicher nicht. Ich brauche dich. Ich brauche jemanden, dem ich vertrauen kann. Jemanden, der anpacken kann. Peter, ohne dich wäre ich nicht nach Brasilien gegangen."

„Ich weiß."

Peter stand auf. „Ich gehe jetzt. Tomaz wartet auf mich bei der Firma. Du, ich habe die ganzen Jahre keinen richtigen Urlaub gemacht. Und ich freue mich jetzt auf dieses Abenteuer. - Ja, es wird wohl ein Abenteuer werden."

Tanja stand auch auf. Peter ging in die Diele, wo schon seine Reisetasche stand. Tanja folgte ihm. An der Dielentür umarmte sie ihn.

„Ich wünsche dir einen schönen Urlaub. Versteh mich nicht falsch. Komm gut zurück."

Peter war überrascht. Er hielt Tanja einen Moment im Arm. „Danke. Bis in sechs Wochen."

„Tschüs."

Peter ging zum Fahrstuhl und winkte Tanja noch einmal zu. Tanja ging durch ihr Zimmer auf den Balkon. Sie wollte sehen, wie Peter wegfuhr. Nach kurzer Zeit kam er und öffnete den Kofferraum seines roten VW

Golfs. Er legte seine Tasche hinein und stieg dann ein. Peter startete, ordnete sich in den Verkehr ein und fuhr zügig los. Er sah nicht nach oben, denn er dachte gar nicht daran, dass Tanja auf dem Balkon stehen könnte. Daran, dass sie ihm winken würde.

‚Komm gesund wieder', dachte Tanja. Dann ging sie in ihr Zimmer zurück und schloss die Balkontür. Sie lief in die Küche und entdeckte dort Peters Handy und auch seinen Wohnungsschlüssel auf der Arbeitsplatte. Würde er wirklich wiederkommen? – Ja. Tanja war sich sicher. Peter war zuverlässig. Er würde sie nicht im Stich lassen.

Peter fuhr zu der Fabrik. Am Tor wartete Tomaz – ohne Gepäck. Peter hielt an und Tomaz setzte sich auf den Beifahrersitz.

„Bom dia (guten Morgen) Tomaz!"

„Bom dia Pedro!"

„Hast du kein Gepäck?"

Tomaz schüttelte den Kopf.

„Bist du bereit?"

„Ja." Tomaz Augen strahlten.

„Gut. Dann fahren wir jetzt nach Rio de Janeiro. Warst du schon mal da?"

„Nein."

Peter erzählte Tomaz vom Zuckerhut und dem gigantischen Jesus, sowie vom Meer und einem der berühmtesten Strände der Welt.

„Du musst mir bei der Zimmersuche helfen", sagte er.

Tomaz nickte.

Peter hatte fast die ganze Zeit über gesprochen. Jetzt konzentrierte er sich auf den Verkehr.

In Moji das Cruzes fuhr er auf die Küstenstraße 101. Dort war der Verkehr nicht mehr ganz so dick. Peter fuhr trotzdem schweigsam. Es war merkwürdig. Er saß neben dem Jungen in einem Leihwagen und wollte mit ihm sechs Wochen lang durch ein Land fahren, über das er nicht sehr viel wusste. Peter hatte sich nicht besonders über Land und Leute erkundigt. Er wusste kaum etwas über Reisebedingungen. Als er beschlossen hatte mit Tomaz durch Brasilien zu fahren, hatte er sich zwar Reiseführer besorgt und informiert, wo man übernachten konnte, aber Hotels hatte er nicht gebucht. Er wollte das Leben auf sich zukommen lassen.

Er dachte sich, dass es nicht klug wäre mit dem armen Tomaz in teueren Hotels zu wohnen. Er wollte Land und Leute kennen lernen und nicht unbedingt als Tourist erkannt werden.

In Itaguai, knapp 50 Kilometer vor Rio de Janeiro leuchtete von weitem die Reklame für ein Motel. Peter folgte den Hinweisen und fuhr auf den Parkplatz. Aus den USA kannte er Motels als saubere und meist preiswerte Unterkünfte und hatte dort gerne übernachtet. Er ging mit Tomaz in Empfangshalle.

An der Rezeption stand eine Frau, die ein Shirt mit weit ausgeschnittenem Dekollete trug. Die Frau musterte ihn und Tomaz.

„Ein Doppelzimmer?"

„Ja."

„Wie lange?"

„Eine Nacht."

Die Frau tippte die Buchung in den Computer und Peter zahlte mit seiner Kreditkarte. Dann erklärte die Frau, wo sich das Zimmer befand. Sie sprach schnell und als sie merkte, dass Tomaz perfekt Portugiesisch sprach, wurde sie noch schneller. Tomaz bekam einen Lageplan, in den sie den Raum eingezeichnet hatte und auch den Schlüssel. Als die beiden den Empfangsraum verließen, kräuselte sie ihre Nase.

Peter und Tomaz sahen sich zusammen den Plan an und fuhren mit dem Auto direkt vor die Tür. Peter nahm seine Reisetasche mit ins Zimmer. Tomaz hatte ja kein Gepäck.

Das Zimmer war nicht sehr groß. In der Mitte stand ein Doppelbett, rechts und links waren Nachttische und an der gegenüberliegenden Wand stand ein kleiner Tisch mit zwei Stühlen. Eine Tür führte zu einem kleinen Bad, in dem sich einen Dusche, Waschbecken und Toilette befand. Über dem Waschbecken zog sich ein großer Spiegel über die gesamte Wand. Peter stellte seine Tasche auf den Boden.

„Wo möchtest du schlafen?"

Tomaz zeigte auf das rechte Bett. Es war näher an der Tür. „Da."

Peter stellte seine Tasche vor den Nachttisch des linken Bettes und setzte sich. Die Matratze war nicht die Beste und gab unter Peters hohem Gewicht sofort stark nach. Peter kramte in seiner Tasche und nahm seinen Schlafanzug heraus. Er legte ihn auf die Decke. Danach nahm er seinen Kulturbeutel und ging ins Bad. Er stellte ihn auf die Ablagefläche.

„Komm, lass uns nach einem Restaurant suchen", sagte er zu Tomaz.

Der nickte und ging zur Tür.

Peter und Tomaz fuhren in die Innenstadt. Peter fand einen Parkplatz. Er schloss den Wagen ab und ging mit Tomaz durch die Straßen. Auf der Suche nach einem Restaurant kamen sie an verschiedenen kleinen Läden vorbei.

„Du hast keinen Schlafanzug und auch keine Zahnbürste. Lass uns mal nach Wechselkleidung für dich sehen." Peter steuerte ein Geschäft an, das T-Shirts hatte. Er nahm an, dass Tomaz sich über ein neues T-Shirt freuen würde. Das, das er trug, war ebenso fleckig wie seine Jeans. Tomaz suchte sich ein T-Shirt aus. Da es nicht teuer war, bot Peter ihm noch eins an, doch Tomaz schüttelte den Kopf.

„Nein danke. Ich möchte nur dieses hier", sagte er zu Peter.

In einem anderen Geschäft bekamen sie eine Zahnbürste. Mehr wollte Tomaz nicht haben. Sie suchten ein Restaurant und wurden schnell fündig. Peter und Tomaz setzten sich nach draußen, da es angenehm warm war. Peter fragte Tomaz, was er essen wollte und bestellte das Gericht auch für sich. Er vermutete, dass Tomaz ein typisch brasilianisches Gericht gewählt hatte. Tomaz hatte sich eine Bohnensuppe ausgesucht. Als die Suppe kam, sah er traurig aus.

Peter versuchte sich mit Tomaz zu unterhalten. Tomaz gab aber immer nur kurze Antworten, so dass Peter, der vom Fahren müde war, nach wenigen Minuten schweigsam seinen Eintopf aß. Nach dem Essen fuhren sie schweigend in das Motel zurück und Peter war inzwischen sehr müde und ging ins Bad Zähne putzen. Als er fertig war, zog er sich um und legte sich ins Bett. Tomaz hatte sich auf einen Stuhl an den Tisch gesetzt.

Peter hatte die letzten drei Nächte oft wach gelegen und über Für und Wider nachgegrübelt. Sollte er die Fahrt tatsächlich machen? Er hatte sich ja letztendlich dafür entschieden und war jetzt wirklich sehr müde. Daher sagte er:

„Komm!", und klopfte auf das Bett neben sich. „Tomaz, ich bin wirklich müde. Bitte putz deine Zähne und leg dich auch hin."

Tomaz stand auf und ging ins Bad. Er ließ sich Zeit. Peter hörte das Wasser laufen und Geräusche vom Zähneputzen. Dann war es still im Bad. Aber Tomaz kam und kam nicht raus.

„Tomaz! Komm jetzt! Leg dich ins Bett!", rief Peter durch seine Müdigkeit jetzt genervt.

Langsam wurde die Tür aufgeschlossen und Tomaz kam aus dem Bad.

„Zieh dich um und leg dich hin", sagte Peter.

Langsam ging Tomaz zu seinem Bett und setzte sich auf den Bettrand. Er hob die Bettdecke hoch und wollte sich darunter legen.

„Tomaz, du hast eben ein neues T-Shirt bekommen. Zieh das doch an. Deins ist schmutzig."

Tomaz schüttelte den Kopf.

„Dann zieh wenigstens deine dreckige Hose aus."

Wieder schüttelte Tomaz den Kopf. Er hob die Bettdecke erneut hoch und wollte sich unter sie schieben. Dabei fiel ihm ein Klappmesser aus der Tasche. Tomaz griff danach, doch Peter hatte es gesehen und griff nach Tomaz Hand. Mit der anderen Hand nahm er Tomaz das Messer weg und warf es zu seiner Reisetasche. Beide rangelten ein wenig, aber Peter war stärker. Er hielt Tomaz fest.

„Was soll das?", fragte er scharf. „Was willst du mit dem Messer? Willst du mich töten?"

Peter redete sich in Rage. Er sprach zuerst in Portugiesisch. Da er sich aber immer mehr aufregte, wechselte er in Englisch und Deutsch. „Ich will dir helfen, mache eine Reise durch dein Land und was machst du? Du hast nichts Besseres zu tun, als mich töten zu wollen. Oder vielleicht nur verletzen? Willst du mich ausrauben? Willst du mein Geld? Oder mein Leben? Warum tust du das? ..."

Aber auch Tomaz war wütend. Er versuchte seine Hand loszumachen. Peter hatte ihm das Messer weggenommen. Tomaz schrie Peter an. Beide wurden immer lauter. Tomaz sprach in Portugiesisch und Englisch. Irgendwann begann Peter ihm zuzuhören. Er schnappte englische Wortfetzen auf. Er begriff, dass er einen Fehler gemacht hatte. Irgendwie hatte er Tomaz verletzt. Was hatte er getan? Er ließ Tomaz los. Beide standen sich jetzt wie Kampfhähne gegenüber. Als Tomaz registrierte, dass Peter ihn los gelassen hatte, wollte er zur Tür laufen.

„Tomaz, erklär mir, warum du das Messer mitgenommen hast. Erklär mir, was du damit tun wolltest", bat Peter. Er sprach laut, aber nicht mehr so aufgeregt und wütend, wie zuvor. Tomaz, der die Tür schon geöffnet hatte, drehte sich um. Er sah sein Messer auf Peters Reisetasche liegen. Doch die war am anderen Ende des Zimmers. Tomaz sah zu Peter, der seinem Blick gefolgt war.

„Porque? - Warum?", fragte der erneut.

Tomaz schloss die Tür, blieb aber davor stehen.

Dann begann er Peter zu erklären, dass er nicht für sexuelle Spiele zur Verfügung stehen würde. Peter verstand nicht alles, was Tomaz ihm mit immer schnelleren Worten mitteilen wollte. Aber irgendwie begriff er, dass er einen Fehler gemacht hatte, indem er das Motel gewählt hatte. Tomaz regte sich auf und wurde daher immer lauter. Im Nachbarzimmer schlug jemand an die Wand.

„Ich habe nicht alles verstanden", sagte Peter. „Was ist nicht richtig an diesem Motel?"

Tomaz erklärte Peter, dass in Brasilien Motels oft als Stundenunterkunft für eine sexuelle Nummer gebucht würden.

Jetzt verstand Peter die Blicke der Dame an der Rezeption. Tomaz tat ihm leid. Wie schlecht musste der sich gefühlt haben. Peter wurde klar, warum Tomaz beim Essen nichts erzählen wollte und wieso er so lange im Bad war. Er verstand, dass Tomaz nicht ins Bett mit ihm wollte. Er wollte lieber hungern und unter einem Baum schlafen, als Peter sexuell zu befriedigen.

Tomaz erfuhr von Peter, dass er dies alles nicht gewusst hatte. Er hatte in den USA gerne in Motels gewohnt und sich bei der Zimmerbuchung überhaupt nichts Böses gedacht.

Nachdem Peter Tomaz klar gemacht hatte, dass er keine sexuellen Bedürfnisse an ihn hatte, war Tomaz bereit sich in sein Bett zu legen.

Das Messer hatte Peter mit Tomaz Einverständnis in sein Auto geschlossen und den Autoschlüssel unter sein Kopfkissen gelegt. Beide lagen lange schweigend nebeneinander. Sie hörten ihren gegenseitigen

Atem, aber keiner mochte mehr etwas sagen. Peters Müdigkeit war verflogen. Er lag noch lange wach.

Am Morgen wurden beide dadurch geweckt, dass um neun Uhr eine Putzfrau das Zimmer fertig machen wollte. Die nächsten Gäste sollten, ebenso wie Peter und Tomaz einen sauberen Raum vorfinden. Da beide erst in den frühen Morgenstunden eingeschlafen waren, war weder Peter noch Tomaz auf.

Die Putzfrau rief mehrfach „Hallo!" ehe Peter wach wurde. In schnellen Worten redete sie auf ihn ein, doch er verstand überhaupt nichts. Glücklicherweise wurde Tomaz wach. Die Putzfrau verzog einen kurzen Augenblick das Gesicht, als sie den Jungen erblickte und sah Peter mit einem gewissen Vorwurf an. Dann redete sie schnell weiter und Tomaz antwortete ihr.

„Wir müssen das Zimmer in fünfzehn Minuten verlassen haben", sagte er. „Ich konnte die Frau dazu bringen, dass sie erst ein anderes Zimmer putzt. Aber länger wird sie nicht brauchen. Die Frau verließ das Zimmer und Peter ging ins Bad. Er rasierte sich und sprang kurz unter die Dusche. Dann zog er sich an. Tomaz hatte in seiner Kleidung geschlafen. Er wollte nicht duschen. Er ging zur Toilette und war fertig.

Peter packte seine Tasche und trug sie ins Auto. Er legte sie in den Kofferraum. Darin lag Tomaz Messer. Peter schob es in die rechte Ecke und stellte seine Tasche davor. Die Putzfrau kam. Tomaz gab ihr den Schlüssel und stieg dann in Peters Leihwagen.

Rio de Janeiro

Peter und Tomaz fuhren wieder in den Ort und suchten ein Restaurant, wo sie frühstücken konnten. Beide tranken Kaffee und Orangensaft. Sie aßen Baguette und queijo amarelo (Schnittlauchkäse).

„Heute werden wir nach Rio de Janeiro fahren", sagte Peter. „Warst du schon mal da?"

Tomaz schüttelte den Kopf.

„Nein. Ich habe bisher Sao Paulo nicht verlassen."

Peter wollte Tomaz wieder vom Zuckerhut der der riesigen Jesusstatue am Corcovado erzählen. Er dachte, dieser, aus den Favelas stammende, Junge hätte noch nie davon gehört. Doch nachdem Tomaz seine Furcht vor Peter verloren hatte, lebte er diesmal auf. Er wusste so viel über Rio de Janeiro, dass Peter erstaunt war. Er bekam zusätzlich zu seinem Sprachunterricht genaue Auskünfte über die Gründung und Geschichte der Stadt, sowie der wichtigsten Sehenswürdigkeiten.

Erstmals erlebte Peter Tomaz brasilianisches Temperament. Zwar hatte er auch gewusst, dass Rio de Janeiro vor Brasilia die Hauptstadt Brasiliens war, aber dass der gesamte portugiesische Hofstaat 1808 vor Napoleon nach Rio geflohen war und somit von hier aus das portugiesische Reich regiert wurde, hatte er vorher noch nie gehört. Der damalige König Joao VI gründete Schulen, Universitäten und Theater. Da er die Häfen für englische Waren öffnete und Eisenhütten und Druckereien erlaubte, wuchs die Bevölkerung schnell auf 15 Millionen Menschen an. Rio blühte auf und blieb bis 1960 die Hauptstadt Brasiliens.

Peter fuhr mit seinem Leihwagen die Serpentinenstraße durch den Urwald zum Corcovado mit der gigantischen Christusstatue. Tomaz war er tief beeindruckt. Als sie vor Jesus standen, bekreuzigte er sich.

„Sieh dir diese Aussicht an", sagte Peter. Beziehungsweise er versuchte es. Dann schwieg er. Tomaz stand neben ihm am Geländer und schweigend genossen sie den wunderbaren Ausblick auf die Stadt. Immer wieder gingen sie nur ein Stückchen weiter, bis sie einmal um die Statue herumgegangen waren. Sie hatten Glück mit dem Wetter. Keine Wolke trübte den Himmel. Die Fernsicht war optimal. Und keiner von beiden konnte genug von dieser Aussicht bekommen.

„Woher kannst du Englisch?", fragte Peter.

„Aus der Schule."

„Du sprichst gut."

„Nein, das tue ich nicht!", sagte Tomaz laut.

Peter sah ihn überrascht an. Er war sich keiner Schuld bewusst, dass Tomaz so heftig auf diese Frage reagierte.

„Was ist los?"

Tomaz zuckte mit den Schultern. Peter dachte, er würde weiter schweigen und befürchtete schon, dass er trotz der Begleitung eines Einheimischen nicht sehr viel besser portugiesisch sprechen lernen würde als er es durch José gelernt hatte. Doch Tomaz sprach diesmal weiter:

„Wenn ich gut Englisch könnte, wäre ich jetzt in der Schule."

„Du gehst doch in die Schule, um es da zu lernen. Wieso musst du denn schon gut sein?"

„Ich bin fertig mit der Schule. Aber ich lerne gerne. Pater Manuel hat mich unterrichtet. Er hat entdeckt, dass ich schnell denken und lernen kann. Er hat mir Englisch beigebracht – aber nicht genug." Tomaz verstummte.

Peter wartete, ob er weiter sprechen würde. Doch das tat er nicht.

„Tomaz, ich hab das nicht verstanden. Mein Portugiesisch ist zu schlecht. Du gehst doch auf die Schule, um zu lernen. Du gehst nicht dahin, wenn du schon alles weißt. Wieso ist dein Englisch zu schlecht?"

Tomaz sah traurig aus. „Ich wollte weiter lernen. Dazu brauche ich ein Stipendium. Ich bekomme das aber nur, wenn ich eine Fremdsprache kann. Und meine Englischkenntnisse sind zu gering. Ich bin durchgefallen."

Peter hatte Tomaz nicht verstanden. Er fragte nach. Er fragte so lange nach, bis dass er verstanden hatte, dass Tomaz gerne weiter zur Schule gegangen wäre. Eine private Schule können aber seine Eltern nicht bezahlen und für ein Stipendium war sein Wissen zu gering. Tomaz war auf einer städtischen Schule gewesen. Er hatte gute Noten gehabt und war als begabter Schüler bekannt. Erst zwei Jahre vor seinem Schulabschluss bekam er Pater Manuel als Religionslehrer. Dieser Lehrer stellte Tomaz besondere Begabungen fest und förderte ihn. Er gab Tomaz Texte zu lesen, die für die anderen Kinder langweilig waren. Tomaz verschlang alles, was Pater Manuel ihm gab. Da Tomaz keine Fremdsprache gelernt hatte, durfte er sonntags nach der Messe für eine Stunde bei Pater Manuel Englischunterricht nehmen. Die Zeit war zu kurz, um Tomaz Kenntnisse für ein Stipendium zu vermitteln. Er war durch die Aufnahmeprüfung gefallen und hatte jetzt nichts. – Keine Zukunftsperspektive. Tomaz hatte keine Lehrstelle bekommen. Er hatte sich so sehr auf die Schule, auf das Lernen gefreut. Pater Manuel hatte Tomaz starke Hoffnungen gemacht. Alle seine Wünsche waren mit dem Nichtbestehen geplatzt.

Peter hatte Schwierigkeiten, dies zu verstehen. Sein Portugiesisch war ebenso gering, wie Tomaz Englisch.

„Tomaz, als ich dir die Arbeit als Schuhverkäufer angeboten habe, wusste ich davon nichts. Ich dachte, du freust dich über Arbeit, über Geld, dass du nicht betteln musst."

Tomaz nickte nur. Er war wieder schweigsam geworden.

„Wieso bist du mit mir mitgekommen?"

Tomaz antwortete nicht. Schweigend blickte er auf die Jesusstatue. Als Peter selber wieder in Gedanken versunken war, antwortete er:

„Ich weiß nicht wieso. Es muss doch irgendeinen Sinn haben, dass ich dich getroffen habe. Es kann doch kein Zufall gewesen sein."

Jetzt war Peter schweigsam. Er dachte darüber nach. Welche Erwartungen hatte der Junge an ihn. Was für Hoffnungen machte er sich? Sollte Peter ihm die Ausbildung bezahlen?

„Was willst du von mir?"

Tomaz zuckte die Schultern. Er sah Peter an.

„Nichts. Du hast mir einen Job angeboten. Ich soll dein Sprachlehrer sein. Ich soll mit dir portugiesisch sprechen. Dafür gibst du mir Geld. Ich werde damit für mein Leben sorgen müssen. Ich werde arbeiten müssen."

„Wenn Geld nicht wichtig wäre, was würdest du dann machen?"

„Auf die Schule gehen. Lernen. Später studieren."

Tomaz antwortete wie aus der Pistole geschossen. Dieser Junge hatte anders als viele Jugendliche in seinem Alter genaue Vorstellungen von seinem Leben. Er konnte sie nur deshalb nicht ausführen, weil er arm war.

– Bedauerlich, aber so ist das Leben. Manche Kinder wohlhabender

Eltern nutzen ihre Möglichkeiten nicht und dieser Junge hier hatte keine Chance.

Peter und Tomaz saßen noch eine Weile schweigend nebeneinander. Beide waren in ihre Gedanken versunken und genossen gleichzeitig den herrlichen Blick auf die Stadt.

„Lass uns nach Rio fahren", sagte Peter. „Ich habe Hunger."

Tomaz nickte und stand auf. Er blickte zurück auf die Jesusstatue. Einen Moment lang schloss er die Augen.

‚Was er sich jetzt wohl gewünscht hat?', fragte sich Peter. Es war offensichtlich, dass Tomaz im Gespräch mit Jesus war. ‚Hoffentlich geht dein Wunsch in Erfüllung.'

Tomaz bekreuzigte sich und küsste seinen Daumen.

Peter und Tomaz fuhren nach Rio. Auf dem Weg dorthin kamen sie an einem Restaurant vorbei, das sehr einladend aussah. Peter fand einen Parkplatz und sie setzten sich in den sorgsam angelegten Garten.

Tomaz lachte. Er erzählte Peter wieder über Rio de Janeiro und lebte erneut auf. Peter verstand nur wenig, aber er registrierte die Lebensfreude, die auf einmal in diesem Jungen geweckt schien. Nach dem Essen fuhren sie weiter in die Innenstadt. In einem Parkhaus stellten sie den Wagen ab und schlenderten durch die Stadt. Peter wollte Tomaz eine Badehose kaufen. Er wollte unbedingt an der Copacabana schwimmen gehen. Tomaz suchte sich eine Badehose und ein Handtuch aus. Peters Angebot, ihm noch weitere Sachen zu kaufen, wie T-Shirts, Unterwäsche oder Schuhe, lehnte er ab. Also fuhren sie zum wohl berühmtesten Sandstrand der Welt.

Peter parkte direkt am Strand. Sie stiegen aus und nahmen nur ihre Badehosen und Handtücher mit. Die Schuhe ließen sie im Auto. Dann liefen sie über den breiten Strand zum Meer. Als sie am Wasser ankamen, liefen sie zunächst dort entlang und ließen sich die seichten Wellen über die Füße spülen. Peter erzählte Tomaz so gut er konnte von seiner Arbeit. Er sprach von manchen Erlebnissen schon recht anschaulich und lustig, dass Tomaz lachen musste. Jeder, der mit Menschen zusammen arbeitet, kann viel erzählen. Peter hätte gerne mehr erzählt. Er mochte es, wenn Tomaz lachte, aber sein Wortschatz reichte nicht dafür.

Dann suchten sie sich eine freie Stelle, wo sie sich umzogen und die Kleidung liegen lassen wollten. Schnell stand Tomaz in seiner neuen Badehose vor Peter. Der hatte bisher nur sein Hemd ausgezogen.

„Was ist?"

„Ich gehe nicht ins Wasser. Tut mir leid. Ich habe meine Kreditkarte, meinen Pass und alles dabei."

„Wenn du nicht gehst, geh ich auch nicht."

„Na komm schon. Tomaz, du hast dich doch darauf gefreut. Wir haben extra die Badehose gekauft."

„Ich gehe nicht alleine ins Wasser."

„Warum nicht?"

„Ich kann nicht schwimmen."

Peter staunte. „Wenn ich mit dir ins Wasser gehe, kannst du doch immer noch nicht schwimmen."

„Das stimmt, aber dann bist du neben mir und kannst mich rausziehen."

„Schau, es ist ganz flach."

Peter ging mit Tomaz zum Wasser. Er lief immer tiefer hinein. Seine kurze Hose wurde schon nass. Und trotzdem stoppte Peter nicht. Er ging immer weiter. Als das Wasser bis zu seinem Bauchnabel reichte, drehte er sich zu Tomaz um. Der war verwundert hinter ihm her gegangen.

„Na los, jetzt kannst du versuchen zu schwimmen."

Peter warf sich auf den Bauch, drehte sich dann um und ließ sich treiben. Tomaz lachte. Er spritzte Peter nass, ohne zu bedenken, dass der das Gleiche mit ihm machen würde. Tomaz war schnell nass, doch er wollte nicht weiter und tiefer ins Meer gehen. Peter fand das auch nicht weiter schlimm. Der Junge konnte nicht schwimmen und trotzdem war sein Wunsch erfüllt, am Strand der Copacabana im Wasser zu sein. Peter ließ sich noch ein wenig ins Tiefere treiben. Als er sah, dass Tomaz nicht nachkam, paddelte er mit den Füßen wieder in Richtung Strand.

„So, jetzt musst du dich auf den Rücken legen", sagte er zu Tomaz, dem das Wasser bis zur Hüfte ging.

Der schüttelte den Kopf. „Nie und nimmer!"

„Doch. Ich halte dich. Schau, du kannst hier stehen und ich halte dich am Po fest. Leg dich auf meine Hand."

Tomaz schüttelte erneut den Kopf. „Nein."

„Komm schon Tomaz, du brauchst doch keine Angst zu haben. Mut gehört im Leben dazu. Und du hast doch eine Menge Mut."

Tomaz sah Peter an. „Wie meinst du das?"

„Du bist mit mir mitgefahren. Du kennst mich nicht und wie ich seit gestern weiß, hast du genauso viel Angst vor mir gehabt, wie ich vielleicht vor dir. Was glaubst du denn, dass ich hier mit dir mache? Die untertauchen und ertrinken lassen? Bei all den Leuten? Los, komm und leg dich auf meine Hand. Lass dich treiben."

Tomaz sah Peter misstrauisch an. Doch der hatte Recht. Was sollte er ihm hier wohl antun?

Tomaz wusste nicht, wie er sich auf Peters Hände legen sollte. Es klappte nicht. Er rutschte weg und landete ganz im Wasser. Prustend und entsetzt guckend kam er wieder hoch.

„Komm noch mal."

„Nein."

„Mensch Tomaz, du bist mir weggerutscht. Du hast doch nicht etwa Angst vor hüfthohem Wasser. Los, versuch es noch mal!"

Tomaz ließ sich auf Peters Hand gleiten und diesmal konnte der den Jungen festhalten. Er hielt die eine Hand unter Tomaz Po und die andere unter seiner Schulter. Tomaz Blick war verkrampft.
„Jetzt lach doch wieder."
Doch Tomaz lachte nicht. Er lag ganz konzentriert auf Peters Händen. Seine eigenen Hände hatte er von den Schultern aus weggespreizt. Er bewegte die Beine.
„Soll ich eine Hand mal wegnehmen?", fragte Peter.
„Ja."
Peter nahm die Hand unter der Schulter weg. Sofort ging Tomaz unter. Aber als er diesmal wieder hoch kam, lachte er.
„Na komm, lass es weiter probieren."
Diesmal legte sich Tomaz bereitwillig auf Peters Hände. Immer wieder versuchte er sein Gleichgewicht zu finden und immer wieder ging er unter, aber die Zeiten, in denen er sich auf der Wasseroberfläche hielt, wurden länger.
„Ich möchte wieder am Strand lang gehen", sagte Peter. „Wir müssen noch eine Unterkunft finden und dazu muss meine Hose wieder trocken sein."
Peter fingerte nach seiner Brieftasche. Sie war nicht verloren gegangen. Immer, wenn Tomaz untergegangen war, hatte er kurz danach getastet. Jetzt war sein Geld gewaschen.
Beide liefen schweigend nebeneinander am Strand entlang. Peters Hose klebte an seinen Beinen. Sie liefen und liefen, bis Peter der Meinung war, dass die gleiche Laufzeit zurück ihn genug trocknen würde, damit er sich bedenkenlos ins Auto setzen konnte.

Tomaz hatte Peter von Jugendherbergen und Pousadas erzählt. Sie suchten im Telefonbuch danach und fanden die Pension Favelinha. Peter bat Tomaz telefonisch zu reservieren. Tomaz rief sofort an. Er sprach so schnell, dass Peter kaum ein Wort verstand. Erstaunt stellte er das fest. Den ganzen Tag über war er sprachlich ganz gut mit Tomaz klar gekommen. Doch bei diesem Telefonat hatte er das Gefühl, nichts von der Sprache zu verstehen.
„Pode-me reservar lá um quarto?", fragte Tomaz und Peter verstand dies: ‚Können Sie für mich reservieren?'
„Einen Moment, bitte." Tomaz unterbrach sein Gespräch. „Pedro, ich brauche deine Kreditkartennummer zur Reservierung. Ein Gast ist vor fünf Minuten abgesprungen. Das ist ein ungeheures Glück. Diese Pousada ist über Monate hin ausgebucht."
Peter zog seine Brieftasche aus der Hosentasche und reichte Tomaz die Kreditkarte. Der gab die Zahlen durch. Nach wenigen Sekunden beendete er das Gespräch. Er wollte Peter die Kreditkarte zurückgeben, doch dann

hielt er noch fest. Peter wollte sie nehmen, doch Tomaz hielt sie fest – nur einen Moment. Peter zog sie ihm aus der Hand. Tomaz sah ihn an.

„Was ist?", fragte Peter.

„Wir haben Glück gehabt. Für 50 Real bekommen wir das Zimmer." Und mit einem ängstlichen Blick auf Peter: „Ist das zu teuer?"

„Nein. Der Preis ist sehr günstig. Weißt du wo die Pousada liegt?"

„Ja. Sie haben mir den Weg beschrieben."

Tomaz, der noch nie in Rio de Janeiro gewesen war, hatte offensichtlich ein erstaunliches Gedächtnis. Er führte Peter zu der Pousada. Nicht ein einziges Mal verfuhren sie sich. Als sie dort geparkt hatten, stiegen sie erst einmal ohne Gepäck aus. Erstaunt blickte Peter auf das schöne, gepflegte Haus. An der Rezeption wurden sie bereits erwartet. Die Wirtin sah von Peter zu Tomaz. Verwunderung lag in ihrem Blick, denn Peter ist ein sehr hellhäutiger, sehr großer und sehr schwerer Weißer und Tomaz ist ein sehr dunkler, sehr schmächtiger fünfzehnjähriger Schwarzer.

„Wir haben ein Zimmer bestellt", sagte Tomaz. „Ich habe eben angerufen."

„Ja. Da haben Sie wirklich Glück gehabt", antwortete die Wirtin. „Wir sind auf Monate hin ausgebucht. Doch nur fünf Minuten vorher haben die Gäste absagen müssen. Sie haben eine Autopanne und schaffen es daher heute nicht mehr bis Rio." Sie lächelte ihre neuen Gäste an.

„Darf ich Ihren Pass haben?", bat sie Peter.

Der gab ihr seinen Reisepass und sie tippte die persönlichen Angaben in den Computer. Dann zahlte Peter mit seiner Kreditkarte.

„Können wir eventuell länger als nur eine Nacht bleiben?", fragte er.

„Das kommt darauf an, ob die Gäste, die vorhin stornieren mussten, es schaffen morgen Rio zu erreichen. Wenn ihr Auto repariert werden kann und sie rechtzeitig hier sind, dann kann ich Ihnen leider nicht das Zimmer länger als eine Nacht vermieten. Wenn sie es nicht schaffen, dann können Sie es gerne haben. Ich kann es Ihnen allerdings heute nicht zusagen, da die Gäste bisher nur für diese Nacht abgesagt haben. Sie wollen es versuchen, morgen hier anzukommen. Die Gäste hatten für heute Abend Essen bestellt. Normalerweise gibt es abends Essen nur bei Vorbestellung. Frühstück ist im Preis inbegriffen. Sind Sie an dem Abendessen interessiert?"

„Ja. Sehr gerne möchten wir hier essen, was Tomaz? Dann brauchen wir uns kein Restaurant mehr suchen."

Tomaz nickte bestätigend.

„Gut, dann zeige ich Ihnen Ihr Zimmer."

Die Wirtin lief voraus, Peter und Tomaz folgten. Sie bekamen ein schönes helles Zimmer mit Bad und Balkon. Und vor allem einen Blick, den Peter nie erwartet hatte: Die Aussicht über die Bucht von Rio, ebenso schön wie vom "Christo" (*Corcovado*) aus.

Peter und Tomaz saßen auf der großen Dachterrasse und genossen den Blick auf die Stadt, den Zuckerhut und die Bucht. Sie bekamen ihr Abendessen.

Tomaz sah Peter hin und wieder an. Ihm schien etwas auf dem Herzen zu liegen. Doch er sagte nichts. Peter war müde. Obwohl die Fahrt an diesem Tag nicht lang war, hatten ihn die Erlebnisse der letzten Nacht mit Tomaz doch mehr ermüdet, als er gedacht hatte. Es schien ihm, als könne er eine Last abwerfen, seit sie das Zimmer hatten. Jetzt war klar, wo sie diese Nacht verbringen würden. Offensichtlich belastete Peter es mehr als er gedacht hatte, dass er bisher nichts gebucht hatte. Schweigend saß er daher mit dem Gesicht zum Meer gerichtet und betrachtete die Aussicht. Nie im Leben hätte er sich träumen lassen, einmal an der Copacabana zu sein. Es war – ein Traum.

Peter trank ein Bier, Tomaz eine Cola. Peter nahm sein Glas und prostete Tomaz zu.

„Saúde! À nossa!" (Zum Wohl)

Dann kam das Essen. Es gab gegrillte Steaks mit gegrillten Kartoffeln und Gemüse.

„Bom apetite!", wünschte Peter.

„Bom apetite!", antwortete Tomaz.

Peter begann langsam sein Fleisch zu schneiden. Er aß wieder mit Bedacht und beobachtete, dabei dass auch Tomaz nicht sofort das Essen in sich hineinschlang, sondern einen Moment inne hielt. Er schien ein Gebet zu sprechen. Erst danach nahm er das Besteck und begann dann zügig zu essen.

Tomaz war zuerst fertig. Er sah Peter an, doch der hatte offensichtlich keine Lust mehr etwas zu erzählen. Peter saß immer noch schweigend und langsam kauend mit dem Blick auf Rio gerichtet.

„Ich bin Holger", sagte der Wirt, als er zum Abräumen kam. „Meine Frau hat gesagt, dass Sie Deutscher sind.", sprach er in akzentfreiem Deutsch.

Verwundert sah ihn Peter an.

„Aha. Ich bin Peter und das ist Tomaz. Woher sprechen Sie so gutes Deutsch?"

Holger erzählte, dass er Deutscher ist und ausgewandert sei, weil es ihm so gut gefallen habe – und wegen der Liebe. Er grinste über das ganze Gesicht.

Tomaz verstand kein Wort. Er saß mit am Tisch und hörte zu. Dann begann Peter portugiesisch zu sprechen.

„Das ist Tomaz. Er ist mein Sprachlehrer. Ich habe Urlaub und will das Land kennen lernen. – Na ja, einen Teil des Landes. Es ist ja riesig."

„Das kannst du wohl laut sagen", erwiderte Holger. „Ich habe mich in Brasilien verliebt, aber gesehen habe ich noch lange nicht alles. Doch lass dir eins gesagt sein: Überall ist es wunder- schön. Jede Stelle hat ihren Reiz. Ob du in ein Dorf in die Berge fährst oder hier die Küste entlang. Am Amazonas oder in der Wüste. Überall gibt es Faszinierendes zu sehen."

Holger sprach auch mit Tomaz. Er wollte wissen, wo der herkommt und sie plauderten ein wenig. Dann ging er zurück in die Küche.

Tomaz hatte Peter während des Essens und des Gesprächs mit dem Wirt dauernd angestarrt.

„Was ist?", fragte Peter, als er erstmalig diesen Blick bemerkte.

„Du heißt Aquin?"

„Ja. Und?"

„Mein Lehrer, Pater Manuel, hat mir ganz viel von Thomas von Aquin erzählt und zum Lesen gegeben. – Das kann kein Zufall sein."

„Ich habe dich nicht verstanden."

„Weißt du nicht, wer Thomas von Aquin war?"

„Nein."

„Thomas von Aquin war ein großer Gelehrter im Mittelalter. Er ist ganz berühmt und seine Lehren gelten auch heute noch. Er ist ein genau so großer Philosoph wie Sokrates und Aristoteles. Die kennst du doch?"

„Na ja, ich habe schon mal die Namen gehört. Aber ich bin ihnen noch nie begegnet." Peter grinste Tomaz an, kniff ein Auge zu und beide lachten. „Also ich habe mich noch nie mit ihnen und ihre Lehren beschäftigt."

„Du heißt Aquin und ich heiße Tomaz. Ich erzählte dir jetzt über Thomas von Aquin. Ich erzähle dir alles, was mir einfällt. Pater Manuel hat mich gelehrt…"

Tomas erzählte, dass ihr „Vornamens-„ und „Nachnamenspatron" von seinen Eltern ins Kloster gesteckt wurde, dass er sehr gebildet war und als Professor in Paris an der Universität Vorlesungen gehalten hat. Thomas von Aquin hat die Schriften von Aristoteles kommentiert. Tomaz wusste so viel über Thomas von Aquin, dass er sich wie am Morgen ereiferte und immer mehr und lebhafter erzählte.

Peter betrachtete den Jugendlichen. Beim Essen war er so still gewesen. Jetzt redete er ununterbrochen und in einem Tempo, dass Peter ihm nicht folgen konnte. Er verstand ab und zu einige Wortfetzen und konnte sich das eine oder andere zusammenreimen. Doch richtig viel verstand er nicht. Aber da Tomaz sich so in Rage redete und er ohnehin sehr müde war, wollte er ihn auch nicht unterbrechen. Er hörte zu, beziehungsweise schaltete ab und betrachtete die Gegend.

Er betrachtete sich selbst von außen. Er saß mit einem fremden Jungen in Rio de Janeiro in einer Pousada und sah sich die Landschaft an. Der

Junge redete in einer Sprache, von der er zwar inzwischen einiges gelernt hatte, die ihm aber in der Tiefe völlig fremd war. Und dieser Junge redete und redete.

Dieser Junge besaß weniger als er selbst jemals gehabt hatte. Er war ein Straßenkind. Was würde aus ihm werden, wenn der Urlaub beendet war. Ein Schuhverkäufer? Dieser Junge, der so gerne lernen würde. Ein Junge, der keine Chance auf dieser Erde hatte. Was hatte er gesagt? ‚Es könne kein Zufall sein?' Was hatte er damit gemeint?

Holger kam zu ihnen an den Tisch und Tomaz unterbrach seinen Redeschwall über Thomas von Aquin. Sie unterhielten sich bis tief in die Nacht. Sie sprachen portugiesisch und deutsch. Sie tranken Bier und Cola und hatten einen sehr lustigen Abend.

Am nächsten Morgen durften sie ihr Gepäck an der Rezeption stehen lassen und das Auto auf dem Parkplatz. Am Abend würde sich entscheiden, ob sie das Zimmer noch eine weitere Nacht haben konnten. Peter und Tomaz liefen ungefähr fünf Minuten bis zur U-Bahn und fuhren damit in nur weiteren fünfzehn Minuten bis zur Copacabana. An diesem Tag hatte Peter nur wenig Geld dabei. Seine Papiere, Kreditkarte und Wertgegenstände, hatte er in der Pousada deponieren dürfen. Er alberte mit Tomaz am Strand herum, der sich immer mehr traute. Peter zeigte ihm Brustschwimmen und Tomaz übte unermüdlich, bis er sich eine kurze Strecke über Wasser halten konnte. Holger hatte ihnen ein Lunchpaket mitgegeben und sie aßen seine Köstlichkeiten. Fremde Gerichte für Tomaz, Bekanntes für Peter.

Am späten Nachmittag fuhren sie zurück in die Pousada und mussten feststellen, dass die Gäste, die das Zimmer bereits für den Vortag gebucht hatten, bereits eingetroffen waren. Peter und Tomaz mussten sich daher eine andere Unterkunft suchen.

Salvador

Peter und Tomaz waren bis Salvador gefahren. Dort buchte Peter einen Flug nach Macapá und gab am Flughafen den Leihwagen zurück. Er wollte unbedingt den Amazonas sehen.

Tomaz hatte ihm in der bereits vergangenen Woche sehr viel über Brasilien erzählt. Er war wie ein wandelndes Lexikon und hatte ein ungeheueres Gedächtnis. Peters Sprachkenntnisse wurden immer besser.

Tomaz wusste über Brasiliens Geschichte sehr gut Bescheid und auch über die bekanntesten Sehenswürdigkeiten. Als sie nach Salvador kamen, erzählte er Peter wieder alles, was er über diese Stadt wusste.

Auf dem Weg dahin hatte er immer wieder vom Amazonas, dem wasserreichsten Fluss der Erde, geschwärmt. Zwar ist der Amazonas nicht so lang wie der Nil, aber durch seinen Wasserreichtum ebenso bedeutend. Als Peter die Reise mit Tomaz begonnen hatte, hatte er zunächst kein richtiges Ziel gehabt. Er wollte Rio de Janeiro besichtigen und dann mal weiter sehen. Er wollte sich treiben lassen. Einmal nicht planen. Der Urlaub war aus einer Laune heraus entstanden. Auf Grund seiner depressiven Stimmung wollte er das Land und seine Leute kennen lernen. Ihm hatte der Junge leid getan – aber was hatte er sich von ihm erhofft oder sogar befürchtet?

In der einen Woche war ihm Tomaz immer mehr ans Herz gewachsen. Er war ihm vertraut geworden. Das Zimmer mit ihm zu teilen, machte dem Einzelgänger Peter inzwischen Spaß. Er war so lange alleine gewesen, dass er sich gar nicht mehr erinnern konnte, wie es war, den ganzen Tag mit jemandem zu teilen. Zwar war er mit Tanja in Brasilien auch fast Tag und Nacht zusammen gewesen, aber jeder hatte auch seine Freiräume gehabt. Tanja hatte mit ihren Eltern oder Mark telefoniert, während Peter auf eigene Faust Sao Paulo erkundet oder zum Einkaufen gegangen war. Zumindest hatte jeder für sich ein Zimmer, in das er sich bei Bedarf zurückgezogen hatte.

Mit Tomaz war Peter wirklich rund um die Uhr zusammen. Sie waren lediglich im Bad getrennt. Tomaz war viel angenehmer, als Peter sich erhofft hatte. Sie verstanden sich wirklich sehr gut. Als Tomaz auf einer langen Autofahrt ununterbrochen vom Amazonas erzählte, kam Peter die Idee, diesen so wichtigen Fluss mit eigenen Augen sehen zu wollen.

„Tomaz, sollen wir zum Amazonas fahren?", unterbrach er daher dessen Redeschwall.

Tomas schwieg einen Moment und brach dann in lautes Gelächter aus.

„Du kannst doch nicht zum Amazonas fahren! Das ist viel zu weit. Wir brauchen mindestens zwei Wochen, um dahin zu kommen. Und dann musst du doch wieder zurück."

„So weit ist das?", fragte Peter. Er hatte sich noch nicht mit der Lage des Amazonas beschäftigt. Er hielt daher an und holte die Straßenkarte aus dem Handschuhfach. Ja, Tomaz hatte Recht. Es wäre viel zu weit gewesen, dahin zu fahren. Es waren wohl 2000 Kilometer Luftlinie von Salvador aus. Da nur wenige Straßen in Brasilien asphaltiert sind, braucht man erheblich länger, um diese Strecke mit dem Auto zurückzulegen, als es in Europa oder den USA der Fall ist.

„Du hast Recht. Das schaffen wir wirklich nicht. Ich habe gedacht, dass du dich freust, wenn wir am Amazonas stehen."

„Das ist ein großer Wunsch von mir", antwortete Tomaz. „Einmal im Leben möchte ich an der Mündung stehen. Ich will sehen, wie er ins Meer fließt. Ich möchte das Meer sehen und mit eigenen Augen sehen, ob das

Meer da anders aussieht als hier. Einmal im Leben werde ich da sein. –
Darf ich mal die Karte haben?"

„Ja."

„Siehst du: Hier. Genau hier oben möchte ich hin."

„Macapá", las Peter. Er sah sich die Entfernung von Salvador aus erneut
an und schüttelte den Kopf. „Das ist viel zu weit. Aber guck mal. Es gibt
dort einen Flughafen. Wir können nach Macapá fliegen. Was hältst du
davon?"

Tomaz sah Peter erschrocken an. Dann strahlte er über das ganze Gesicht.
„Du machst ja nur einen Spaß mit mir. Das wird doch viel zu teuer."

Peter betrachtete ihn. Dieser Junge war kein Träumer. Er hatte immer die
Realität im Blick. Ja, es würde teuer werden. Was so ein Flug wohl
kosten würde?

„Wir können uns in Salvador ja mal nach dem Preis erkundigen. Wohin
können wir sonst fahren?"

„Brasilia natürlich", kam die Antwort wie aus der Pistole geschossen.
„Die Hauptstadt Brasiliens müssen wir uns unbedingt ansehen. Sieh
hier…" Tomaz zeigte auf die Straßenkarte. „Wir können hier Richtung
Westen fahren, über die Chapada Diamantina und dann hier entlang nach
Brasilia. Dann kommst du in jedem Fall wieder rechtzeitig nach Sao
Paulo."

Der Junge hatte Recht. Peter wollte Land und Leute kennen lernen, aber
auch nicht nur im Auto sitzen. Wenn sie so wie Tomaz vorschlug nach
Brasilia fahren würden, würden beide einen schönen Einblick vom Land
erhalten, aber nicht in Zeitdruck geraten.

„Das ist eine gute Idee. So machen wir's", entschied daher Peter.

Sie setzten sich wieder in den Wagen und Peter fuhr weiter.

Nach einer Rast zwischen Sao Felix und Salvador, wo beide zusammen in
einem Restaurant zu Mittag gegessen hatten, konnte Peter auf einmal
nicht mehr richtig lenken. Er fuhr an den Straßenrand und bemerkte, dass
er einen Platten hatte.

„Tomaz, wir müssen das Gepäck ausladen. Ich muss den Reifen
wechseln", sagte Peter und ging nach hinten zum Kofferraum.

Peter hatte sich zwar kaum Gedanken über den Weg und das Ziel seiner
Reise gemacht, aber er hatte darauf bestanden, ein funktionstüchtiges
Reserverad zu erhalten. Er hatte schon irgendwo aufgeschnappt, dass
Reifenpannen in Brasilien nicht so selten sind, wie anderswo. Es gibt
unerwartete Schlaglöcher auf den Straßen und daher war ihm das
Reserverad sehr wichtig. Es passte nicht in die, für das Notrad
vorgesehene Vertiefung, so dass der Boden nicht bündig war. Aber jetzt
bewahrheitete sich ja seine Befürchtung und Peter war froh, dass er sich
bei der Anmietung durchgesetzt hatte und den Mehrpreis für dieses
vollwertige Reserverad und einen gescheiten Wagenheber nebst

111

Werkzeug gezahlt hatte und auch dafür, dass das Gemecker des Autovermieters grundlos gewesen war.

Tomaz nahm die Reisetasche aus dem Auto und half Peter mit dem Rad. Peter setzte den Wagenheber an und löste die Schrauben. Bevor er das lose Rad abnahm, drehte er es.

„Da ist ja der Übeltäter!", rief er und zeigte auf einen dicken Nagel, der im Reifen steckte. „Den haben wir uns eingefahren. Gut, dass wir dieses Reserverad haben." Er gab Tomaz das Rad und nahm das andere, das Tomas schon zwischen seinen Beinen hielt. Peter hob das Reserverad auf die Achse, als ein Auto angefahren kam, an ihnen vorbeifuhr und vor ihnen anhielt. Zwei Männer stiegen aus und kamen zu ihnen. Peter bemerkte sie gar nicht. Er war in seine Tätigkeit vertieft. Tomaz ging ihnen entgegen.

„Habt ihr eine Panne?", fragte der kleinere Mann.

„Ja, eine Reifenpanne", antwortete Tomaz.

„Da können wir bestimmt helfen", sagte der andere Mann.

Er ging zu Peter, der sich umdrehte und hinstellen wollte. Doch der Mann schubste Peter, so dass er auf seinen Hintern fiel. Er wollte sich auf ihn stürzen, doch Tomaz begann so laut zu schreien und auf Portugiesisch zu schimpfen, dass der Mann sich verdutzt zurückzog. Der andere, der noch vor dem Auto stand, ging ebenfalls zurück. Tomaz bückte sich blitzschnell, nahm den auf dem Boden liegenden Werkzeugschlüssel und ging drohend und laut schimpfend auf die beiden zu, die sich daraufhin zu ihrem Wagen trollten. Sie stiegen ein und fuhren mit durchgetretenem Gaspedal davon.

Peter war inzwischen auch schon wieder auf den Beinen. Er stand hinter Tomaz – der dicke Riese. Das war den Männern wohl doch zu riskant.

„Danke Tomaz. Du bist ganz schön mutig gewesen. Deinetwegen haben wir noch unsere Sachen. Denn die wollten uns bestimmt nicht helfen."

„Nein. Und ich kann mir auch vorstellen, dass die für den Platten verantwortlich sind", antwortete Tomaz und sah zornig aus.

Peter lachte. „Du bist so wütend auf die losgegangen. Hattest du keine Angst?"

„Zorn ist die Voraussetzung für den Mut.", antwortete Tomaz. „Das hat Thomas von Aquin gesagt. Ich war so zornig, dass die uns einfach so ausrauben wollten, dass ich nicht über die Gefahren nachgedacht habe. Die dachten bestimmt, wir wären beide Touristen. Doch ich bin Einheimischer.", sagte er stolz. „Die waren bestimmt nicht darauf gefasst, mit so vielen Schimpfwörtern überhäuft zu werden. Ich war wirklich wütend!"

„Zorn ist die Voraussetzung für den Mut. – Wer war noch mal Thomas von Aquin?" fragte Peter, als sie wieder im Auto saßen und auf dem Weg nach Salvador waren. Nach einer Woche mit Tomaz hoffte Peter diesmal

112

mehr zu verstehen, als bei Tomaz ersten Ausführungen auf der Terrasse in Rio. Da hatte er kaum etwas mitbekommen und irgendwann ganz abgeschaltet. Wer war dieser Mann, der den Jungen so beschäftigte?

Tomaz erzählte wieder von ihren Namensvettern. Dem heiligen Thomas, der von seinen Eltern im Alter von fünf Jahren in ein Benediktinerkloster gesteckt wurde, später allerdings gegen den Willen der Familie in den Dominikaner Orden eintrat und der als Professor zuerst in Köln, später in Paris und Italien lehrte, und zwar zu der Zeit, als Universitäten gegründet wurden. Peter hörte erstmalig von diesem Mann. Keiner seiner ehemaligen Lehrer hatte ihm jemals auf die Namensgleichheit hin angesprochen.

„…Ein Mönch, der so gelehrt war, dass seine Thesen noch heute Gültigkeit haben….", führte Tomaz aus. „Er hat Aristoteles kommentiert. – Du weißt doch wer Aristoteles war?"

„Naja." Peter nickte. „Ich weiß, dass er ein Gelehrter im alten Griechenland war."

„Thomas von Aquin lebte im 13. Jahrhundert und hat sich mit dem Geist, der Seele und der Wahrheit beschäftigt. Thomas war sehr groß, genau wie du. Er war ruhig. Daher nannte man ihn „der stumme Ochse" und er war dick." Tomaz schielte auf Peter.

Der lachte. „Du meinst, ich habe nicht nur den gleichen Nachnamen, sondern auch die gleiche Figur wie Thomas von Aquin?"

„Nein, nein. Thomas von Aquin war viel dicker als du. Er war so dick, dass man an seinem Tisch eine Bucht ausgesägt hat, damit er an die Speisen kam."

Peter lachte wieder: „Vielleicht waren ja seine Arme zu kurz."

Tomaz lachte auch und erzählte Peter weiter über Thomas von Aquin.

„Thomas von Aquin war der Vertreter der Lehre von der goldenen Mitte. Seiner Meinung nach liegt jede Tugend in der Mitte zwischen zwei Lastern. So liegt zum Beispiel der Mut zwischen Feigheit und Unbesonnenheit, die Mäßigung zwischen Gleichgültigkeit und Ausschweifung. Thomas hat sich viele Gedanken über Tugenden gemacht. Er hat die wichtigsten Tugenden „Kardinaltugenden" genannt. Es sind die Klugheit, Mäßigung, Stärke und die Gerechtigkeit."

Und so erfuhr Peter wieder von seinem kleinen und jungen Lehrer eine Menge. Dieser Junge! – Er erstaunte ihn immer wieder. Es war ein Jammer, dass der nicht studieren konnte. Dass er nicht weiter lernen durfte. Er würde ein guter Lehrer werden.

Peter folgte den Schildern zum Flughafen von Salvador. Er parkte und stieg mit Tomaz aus. An der Information und erkundigten sie sich nach einem Flug nach Macapá und hatten Glück. In drei Tagen würde eine Privatmaschine dorthin fliegen. Tomaz war überglücklich, als Peter den Flug für beide gebucht hatte. Er war noch nie geflogen. Er hatte noch nie so viel gesehen wie in der letzten Woche und würde seinen ersten Flug zu einem von ihm so sehr ersehnten Ort machen.

Sie waren in die Innenstadt von Salvador gefahren und liefen durch die Altstadt. Baufällige Häuser aus dem 17. und 18. Jahrhundert wurden in den neunziger Jahren des letzten Jahrhunderts restauriert. Der historische Kern der Oberstadt Salvadors ist das größte zusammenhängende Barockensemble Lateinamerikas und wurde von der UNESCO zum Kulturerbe der Menschheit erklärt. Jede Nacht wird aus dem Stadtteil die beliebte Barock-Flaniermeile mit kleinen, poppigen Musik-Kneipen, guten Restaurants mit afro-brasilianischer Küche, lebhaften Straßencafes und Theateraufführungen. Es duftete nach Kokosmilch und reifer Ananas, als sie an einigen Garküchen vorbeikamen. Peter wurde hungrig.

„Hast du auch Hunger?", fragte er Tomaz.

„Ja", antwortete der und sie gingen in ein Restaurant. Sie bestellten Vatapá, ein traditionelles Eintopfgericht, das mit Meeresfrüchten oder mit Hühnchenfleisch zubereitet und mit Kokosnuss, gemahlenen Erdnüssen und fein gehacktem grüner Pfefferschoten abgerundet wird. Während sie noch aßen, kam eine Gruppe Musiker in das Restaurant. Eigentlich kamen sie als Gäste, doch die anderen Gäste erkannten die jungen Männer und da sie ihre Instrumente dabei hatten, wurden sie gebeten ein Lied zu spielen. Schon nach den ersten Klängen, war die Stimmung fantastisch. Einige der Gäste stellten sich um die Musiker und begannen zu tanzen. Auch Tomaz wiegte sich im Rhythmus. Ob es durch die gute Laune der anderen Gäste kam, wusste später keiner mehr zu sagen. Jedenfalls hörte die Gruppe überhaupt nicht mehr auf zu spielen. Die übrigen Gäste begannen zu tanzen und auch Tomaz gesellte sich dazu. Er war sehr musikalisch. Wie vielen Schwarzen lag auch ihm der weltbekannte Rhythmus der west-afrikanischen Traditionen im Blut. Tomaz lachte und tanzte ausgelassen.

„Komm, tanz mit!", rief er Peter zu, der daraufhin tatsächlich aufstand und sich auch im Rhythmus der Musik bewegte. Sein Bauch schwabbelte und Tomaz zeigte lachend darauf. Durch Paul hatte Peter gelernt über sich selbst zu lachen. Er tippte daher auf seinen Bauch und lachte mit. Die ausgelassene Stimmung lockte immer mehr Gäste in das Restaurant. Das Personal schob die Tische zusammen, so dass eine größere Tanzfläche entstand. Peter und Tomaz tanzten immer ausgelassener. Als Peter nicht mehr konnte, ging er zu seinem Platz zurück. Er bestellte cerveja.

„Möchten Sie cerveja oder chope?", fragte der Kellner.

„Was ist der Unterschied?"

„Cerveja ist Flaschenbier und chope ist Bier vom Fass."

‚Wieder was gelernt', dachte Peter, nachdem er chope bestellt hatte. Er trank sein Bier und beobachtete Tomaz, der weiterhin ausgelassen tanzte und lachte. Der Junge strahlte so eine Lebensfreude aus, dass Peter nicht aufhören konnte, ihm zuzusehen. Auch die anderen Gäste wurden auf Tomaz aufmerksam. Sie schoben ihn zur Band und Tomaz tanzte dann vor der Band, so als würde er dazu gehören. Die Bandmitglieder waren nicht nur in Salvador bekannt. Sie waren alle dunkelhäutig und spielten abwechselnd Samba, Reggae und Axé-Musik, die hier Samba-Reggae genannt wird.

,Nutze stets den Augenblick – vergangene Zeit kehrt nie zurück', fiel Peter ein. Ein Sprichwort aus seinem roten Kasten, der in seinem Zimmer in Sao Paulo stand. *,Freu dich über jede Stunde, die du lebst auf dieser Welt...'* Ja, dies waren Momente der Freude. Peter nahm mit allen Sinnen diese Stunden auf. Er wollte sie festhalten. Er wollte sich sein ganzes Leben lang darin erinnern können. Er betrachtete den glücklichen Jungen, hörte die Reggae-Musik, roch die Kokosnuss und Ananas, er fühlte die Hitze, die sich durch die vielen tanzenden Menschen ausbreitete und – dann lächelte er über sein Gesicht – schmeckte er sein chope, das kühle Bier vom Fass. ,Das ist wahres Glück', dachte Peter. ,Und es kostet fast nichts.'

Als sie in der Nacht in ihr Zimmer kamen, war Tomaz immer noch so ausgelassen. Er kam gar nicht zur Ruhe. Er freute sich so sehr und war so aufgeregt, dass er auch Peter ansteckte. Der betrachtete wie so oft den Jugendlichen. Ob sich ein Kind in Deutschland auch so freuen konnte?
Am nächsten Vormittag erwachten beide erst spät. Da Tomaz so aufgekratzt gewesen war, konnte keiner von ihnen schnell einschlafen. Peter wurde zuerst wach. Um Tomaz nicht zu wecken, setzte er sich an den Tisch und sah sich die Landkarte an.
Als Tomaz kurz nach Peter erwachte, sagte der:
„Tomaz, wir kommen von Macapá gar nicht weg. Die Straße dort ist so klein und schlecht. Ich glaube, wir müssen die Buchung stornieren."
Tomaz kam und setzte sich neben Peter.
„Schau. Wir würden dort an der Mündung nicht mehr weg kommen. Die Straße führt nach Westen, doch wir müssen nach Südosten. Lass uns zum Flughafen fahren und das ändern."
Tomaz Gesichtsausdruck wurde traurig. Doch er sah ein, dass es keinen Zweck hatte, nach Macapá zu fliegen.
Am Flughafen fand sich eine andere Lösung. Peter und Tomaz konnten nämlich von Macapá aus einen Flug nach Santarém buchen. Dort würden Sie in einer Lodge für zwei Tage wohnen und sogar eine Schiffstour mitmachen, die zum Zusammenfluss von Amazonas und des Rio Tapajos führt. Nachdem das geklärt war, war Tomaz vollkommen aus dem Häuschen. Peter freute sich an dem Jungen. Er lernte durch ihn so viel von Brasilien und sah das Land mit den Augen des Einheimischen. Kaum

hatten sie die Buchungen erledigt, begann Tomaz schon wieder zu erzählen, was er über diese Orte wusste.

„Sag mal Tomaz", unterbrach ihn Peter, „Weißt du über alle Städte in Brasilien so gut Bescheid?"

„Nein, nein. Natürlich nicht. Ich weiß ein bisschen was über den Amazonas, weil ich diesen Fluss anbete. Ich bewundere die Vielfalt der Natur, die er bietet. Ich habe viel von Pater Manuel zum Lesen bekommen. Nur deshalb kenne ich diese Städte. Du weißt doch, dass es ein Lebenstraum von mir ist: Einmal an der Mündung vom Amazonas zu stehen."

Dann schwieg er plötzlich.

„Was ist los? Warum bist du jetzt so still?"

„Ich möchte einmal im Leben an den Amazonas. Ob ich sterben werde, wenn wir da waren?"

Peter war erschrocken. Darauf war er nicht gefasst gewesen. Eben war Tomaz noch ganz aufgeregt vor Freude und jetzt dachte er an seinen Tod.

„Ja, du wirst danach sterben. Wenn du Glück hast, aber erst in achtzig Jahren", antwortete er nach der Schrecksekunde. Tomaz sah ihn an und lachte wieder.

Was ist der Sinn des Lebens?

Am Nachmittag gingen sie an den Strand der 2,2 Millionen Einwohnerstadt. Salvador wurde 1530 gegründet und 19 Jahre später bis 1763 die erste Hauptstadt Brasiliens. Aber bis heute ist sie das Herz der brasilianischen Nation. Salvador ist der Ort, an dem afrikanische, europäische und indianische Elemente zu etwas prickelnd Neuem verschmolzen sind, wo aus Portugal Brasilien wurde: Die schwarze Seele Brasiliens.

Am Strand trainierten einige junge Männer.

„Lass uns zusehen", bat Tomaz. „Schau, dies ist Capoeira. Das ist eine Kampsportart, die von verschleppten Banto-Sklaven eingeführt wurde. Sie tanzten ihre Stammestänze und entwickelten sie zur Kampfsportart weiter. Die schwarzen Leibeigenen gestalteten ihre ursprünglichen friedlichen Tänze zu einer Verteidigungstechnik um, bei der der ganze Körper als Waffe eingesetzt werden kann. Die musikalische Begleitung kam hinzu, um das heimliche Kamptraining zu tarnen. Diese Kampfart war durchaus von den Sklavenhaltern gefürchtet."

Sie sahen den Kämpfern eine Weile zu und setzten sich dann ein Stückchen weiter weg in den Sand. Beide sahen aufs Meer hinaus und jeder von ihnen hing seinen eigenen Gedanken nach.

Tomaz sah traurig aus.

116

„Ist es hier nicht wunderschön?", fragte Peter, als er das bemerkte.

„Ja", antwortete der Junge und wischte sich eine Träne weg.

„Tomas, was hast du?"

„Ist schon gut. Wollen wir ins Wasser gehen?"

Peter hatte alle Wertsachen dabei. Er wollte deshalb nicht ins Wasser und er wollte auch nicht, wie in Rio de Janeiro, wieder mit seinen Shorts hineingehen.

„Geh du. Ich laufe neben dir am Strand lang. Wenn du nicht mehr stehen kannst und Hilfe brauchst, springe ich ins Meer und ziehe dich raus. Das verspreche ich dir."

„OK."

Tomaz stand auf und ging zum Wasser. Kurz davor zog er sich aus und legte seine Kleidung ordentlich auf einen Haufen. Peter ging ihm nach. In der Woche, die sie jetzt zusammen waren, waren sie täglich im Meer gewesen. Tomaz hatte gelernt, sich über Wasser zu halten. Er hatte das Vertrauen, das der Schwimmer braucht, und die Gewissheit: Ich kann es. Da Peter neben ihm war, traute er sich sogar soweit, dass er nicht mehr stehen konnte. Als er es bemerkte, schwamm er ohne Panik zurück. Er lachte und seine schönen weißen und ebenmäßigen Zähne blitzten in seinem Mund.

„Ich komme jetzt raus!", rief er und lief auf den Strand. Dann setzten sich beide auf den Sand. Tomaz rutschte so weit nach vorne, dass seine Füße ab und zu ein wenig nass wurden.

„Bist du glücklich?", fragte er Peter.

Diese Frage kam so unvermittelt, dass der verblüfft schwieg.

„Bist du glücklich mit deinem Leben?", fragte Tomaz daher noch einmal.

„Ja." Peter sah Tomaz an.

„Was machst du, wenn du nicht Urlaub hast?"

Peter erzählte von seinem Tagesablauf, wie er in Deutschland und den USA war: aufstehen, arbeiten, essen, fernsehen oder lesen und schlafen. Tomaz hörte zu und schwieg.

„Und du? Bist du auch glücklich?", stellte Peter daher die Gegenfrage.

„Ich weiß nicht. Im Moment bin ich sehr glücklich. Aber was kommt nach diesem Urlaub? Wo werde ich hingehen? Was kann ich werden? Werde ich satt werden oder muss ich hungern? – Aber: Im Moment bin ich so glücklich, wie noch nie. – Für Thomas von Aquin war Glück das große Ziel. Er behauptete, dass Glück nicht mit Annehmlichkeiten, Reichtum, Ehren oder irgendeinem physischen Gut gleichgesetzt werden kann, sondern, dass es aus einer Tätigkeit entstehen muss, die sich aus verstandesmäßiger Tugend entwickelt. Auch Aristoteles hat gesagt, dass Glück das Tätigsein der Seele in Übereinstimmung mit der Tugend ist." Kaum hatte Tomaz dies ausgesprochen, verdüsterte sich allerdings seine Miene wieder.

„Meinst du, der Sinn des Lebens liegt im Arbeiten?"

Das war schon wieder so eine Frage, über die Peter zuvor noch nie nachgedacht hatte. Was war der Sinn des Lebens.

„Ich weiß es nicht. Ich weiß nur, dass ich arbeite um satt zu werden. Und weil mir die Arbeit großen Spaß macht."

„Würdest du glücklich sein, wenn du keine Arbeit hättest?"

„Ich war früher lange arbeitslos. Ich war damals fast depressiv. Ich hatte keinen Antrieb. Ich glaube, die Arbeit ist wie eine Art Motor. Seit ich wieder Arbeit habe, geht es mir viel besser. Ich brauche niemandem sagen wofür ich mein Geld ausgebe und ich kann mir Dinge kaufen, die ich früher nicht kaufen konnte. Ich kann diese Reise machen, was ich ohne Arbeit ohne Bezahlung und ohne Geld nicht tun könnte. Also, ich bin glücklich mit meiner Arbeit."

„Wärst du auch glücklich, wenn dir deine Arbeit keinen Spaß machen würde?"

„Jedes Ding hat zwei Seiten, Tomaz. Wenn ich eine Arbeit habe, kann ich mir Dinge kaufen. Wenn ich eine Arbeit habe, die mir keinen Spaß macht, kann ich mir immer noch Dinge kaufen, und zwar mehr, als wenn ich keine Arbeit hätte. Also werde ich doch auch durch eine Arbeit glücklich, die ich nicht so gerne ausübe – oder?"

„Vielleicht."

Beide schwiegen wieder und sahen auf das Wasser. Die Wellen plätscherten ganz friedlich vor sich hin. Ab und zu kam eine, die es über Tomaz Knöchel schaffte.

„Es ist erstaunlich, wie lange man auf die Wellen sehen kann, wie lange man beobachten kann, wie weit das Wasser kommt. Es ist gar nicht langweilig. Es ist beruhigend zu wissen, dass das Wasser immer wieder kommt. Es ist wie Arbeit. Jeder Arbeitstag ist ähnlich. Mal kürzer, mal länger, mal eintönig, mal spannender."

„Glaubst du, dass das hier alles erschaffen wurde oder schon da war?"

„Nun, die Wissenschaftler haben doch herausgefunden, dass die Erde aus dem Urknall entstanden ist. Sie haben doch inzwischen nachgewiesen, dass alles Lebende aus dem Wasser kommt. Dass auch die Landtiere aus dem Meer kamen und sich dann weiterentwickelt haben. Ich glaube, dass das stimmt."

„Tomas von Aquin hat gesagt, dass man nur glauben kann, dass die Schöpfung zu einem bestimmten Zeitpunkt stattgefunden hat. Man kann es nicht beweisen."

„Aber der hat ja auch im Mittelalter gelebt. Damals konnte man dies eben nur glauben. Heute wissen wir vieles besser."

„Thomas glaubte, die Vernunft könne zeigen, dass die Welt erschaffen sei, aber nicht, dass die Welt in der Zeit einen Anfang hat."

„Ich habe in den USA einen Fernsehbericht gesehen, wonach die modernen Physiker der gleichen Ansicht waren."

Schweigend saßen sie wieder nebeneinander und blickten auf das Meer.

„Hast du schon mal bewusst deine fünf Sinne benutzt?", fragte Peter nach einer Weile

„Ja. Natürlich. – Wie meinst du das?"

„Du hast mich gefragt, ob ich glücklich bin. In diesem Augenblick bin ich es und wenn ich diesen Augenblick festhalten will, dann muss ich ihn mir mit allen fünf Sinnen einprägen. Also: Ich sehe das Meer, den Strand, die Capeira-Kämpfer. Ich sehe dich, die Sandkörner. Ich höre mich, ich höre die Wellen plätschern, und die Menschen hinter uns. Ich fühle den Wind, aber ich rieche nichts und ich schmecke auch nichts. Doch dadurch, dass ich diesen Augen- blick so einpräge, bleibt er länger in meinem Gedächtnis, als die anderen Augenblicke von der letzten Woche, in denen wir mit dem Auto gefahren sind, in denen wir über Straßen und auch an Stränden gelaufen sind. Diesen speziellen Augenblick teile ich jetzt mit dir und wenn ich nächste Woche frage, ob du dich daran erinnern kannst, wirst du es können. Du wirst es aber auch noch in Monaten und Jahren können."

Auch an diesem Abend gingen sie wieder in Salvadors Altstadt. Peter profitierte von Tomaz. Nicht nur, dass der als Einheimischer perfekt sprach, nein: Tomaz hatte eben den für Salvador so speziellen Rhythmus im Blut, diese Leichtigkeit, wenn er die Axe-Musik hörte, dass ihn viele ansahen und Freude hatten, wenn er sich zu der Musik bewegte. Und Tomaz liebte Salvador.

Am Äquator

Und nun saßen sie im Flugzeug nach Macapá und sahen seit Stunden schon unter sich nichts als den Teppich des Regenwaldes, unterbrochen allein von Flüssen, die sich ihren Weg durch das Geflecht der Bäume bahnen. Da der Amazonas keine Eiszeiten erlebt hat, gibt es noch Indianergruppen, an deren Leben sich seit vielen Jahrhunderten nichts geändert hat und die noch nie Berührung mit der Außenwelt hatten.

„Vielleicht liegt hier irgendwo „El Dorado", murmelte Tomaz.

„El Dorado?"

„Ja. Der Sage nach soll es irgendwo im Regenwald ein Dschungelreich geben, in dem gewaltige Reichtümer liegen. Der König soll am ganzen Körper mit Goldstaub bedeckt gewesen sein. Die Spanier tauften ihn daher „El Dorado" - den Goldenen. Legenden über seine enormen Reichtümer kursierten in Europa schon kurz nach Brasiliens Entdeckung. Anfang des zwanzigsten Jahrhunderts fielen Oberst Percy Fawcett

Aufzeichnungen in die Hände, nach denen der schiffbrüchige Abenteurer Diego Alvarez im sechzehnten Jahrhundert zahlreiche Gold – und Silbermienen sowie Edelsteine gefunden hatte. Er suchte den Ort, aber ob er ihn gefunden hat, ist unbekannt. Jedenfalls kam er von der letzten Expedition nicht zurück. Der portugiesische Forscher Francisco Raposo hat möglicherweise Spuren des von einem Erdbeben verwüsteten Königreichs von El Dorado entdeckt. Im Jahr 1754 beschrieb er Ruinen einer prächtigen Stadt mit gepflasterten Straßen und Plätzen, Wandmalereien und Statuen sowie Goldmünzen. Und deshalb kommen auch heute noch Tausende Garimpeiros (Goldsucher) nach Amazonien, um El Dorado zu finden. Vielleicht liegt es genau unter uns."

Sie flogen also über den Regenwald und dann sahen sie den Amazonas. Als riesiger, breiter Fluss lag er unter ihnen. Im Mündungsbereich bildet er ein 300 km breites Delta, ein Labyrinth von Kanälen und Inseln. Eine der Inseln ist größer als die Schweiz erfuhr Peter von Tomaz.

„Wusstest du, dass selbst 180 km vor der Küste im Meer das Wasser noch süß schmeckt, weil die Wassermassen, die hier in das Meer fließen, so groß sind?"

„Nein."

Nach der Landung fuhren sie mit dem Taxi in das Novotel, das direkt am Ufer des Amazonas liegt.

Tomaz war so begeistert, dass er am liebsten sofort zum Fluss gegangen wäre. Doch Peter wollte erst das Zimmer beziehen. Danach gingen sie am Ufer entlang und erkundeten den Ort. Nahe beim Circulo Militar liegt eine kleine Festung am Amazonasufer von der lediglich einige Kanonen übrig geblieben sind und im Zentrum war gerade Markt.

Am nächsten Tag fuhren sie mit dem Bus „Santana" zum Äquator, der nur fünfzehn Kilometer entfernt verläuft. Peter und Tomaz sprangen von der einen Seite auf die andere und Peter bedauerte nicht zum ersten Mal, dass er keine Kamera hatte. Er beschloss sich in Macapá eine zu kaufen.

Dann hatten sie noch einen weiteren Tag vor dem Flug nach Santarém. Peter kaufte sich eine Digitalkamera und ließ sich die Bedienung erklären. Danach fuhr er mit Tomaz erneut zum Äquator, wo die beiden wieder über die Linie sprangen und Aufnahmen machten. Sie setzten sich auf den Boden und betrachteten die Landschaft. Beide schwiegen.

„Tens filhos? (Hast du Kinder)?", fragte Tomaz nach einer Weile.

„Nein."

„Warum nicht?"

Peter zuckte mit den Schultern und antwortete: „Es hat sich nicht ergeben. Ich habe keine Frau."

„Wolltest du nie Kinder haben?"

Peter dachte nach: „Ich weiß nicht. Nicht unbedingt."

„Was machst du denn den ganzen Tag?"

„Ich arbeite."

„Den ganzen Tag?"

„Nein. Aber ich arbeite viel und ich habe deshalb auch keine Zeit für Kinder."

„Aber abends. Was machst du dann?"

„Fernsehen, Essen gehen, lesen."

„Immer alleine?"

„Ja, meistens schon."

Beide schwiegen wieder.

„Ich will auf jeden Fall mal Kinder haben", sagte Tomaz nach einer Weile. „Ohne Kinder ist das Leben doch langweilig und sinnlos."

„Liegt der Sinn des Lebens darin Kinder zu haben?"

„Liegt der Sinn des Lebens darin den ganzen Tag zu arbeiten und so viel Geld zu verdienen, dass man es nicht ausgeben kann?"

„Was möchtest du denn in deinem Leben machen?"

„Ich möchte keinesfalls alleine bleiben. Kinder sind so wichtig, wie das Salz in der Suppe. Ich will eine Familie haben. Und Arbeit. So viel Arbeit, dass alle satt werden. Weißt du was für ein Glück es ist, wenn Kinderaugen einen ansehen? Mein Bruder Sandro ist ein Jahr alt. Wenn der mich sieht, beginnen seine Augen zu strahlen. Wenn ich ihn hoch hebe und er mir seine kleinen Arme um den Hals schlägt, dann bin ich glücklich."

Tomaz schwieg. Er dachte an den kleinen Bruder und eine Träne tropfte aus seinem rechten Auge. Er wischte sie weg.

Auch Peter schwieg.

„Kennst du Hunger?", fragte ihn Tomaz.

„Ja. Ich habe auch vor noch nicht allzu langer Zeit Hunger gehabt. Ich hatte zu wenig Geld, um mir genug zu essen zu kaufen."

Tomaz sah auf Peters Gestalt und konnte dies nicht wirklich glauben.

„Ich meine den Hunger, wenn man nicht genug zum Essen hat."

„Ich hatte damals nicht genug zum Essen und auch kein Geld, um satt zu werden."

„Wo hast du gelebt?"

„In Deutschland."

Peter erinnerte sich an die Mengen, die er gegessen hatte, als er noch arbeitslos war und Hartz IV bekam. Er erzählte Tomaz, dass er wahrscheinlich aus lauter Verzweiflung darüber, dass er keine Arbeit, keine Freunde und auch sonst niemanden gehabt hatte, immer mehr gegessen hatte, bis es endlich so viel war, wie er es nicht mehr bezahlen konnte. Er erzählte von seinen Schulden, die er gemacht hatte, um Essen zu bekommen.

Tomaz hörte zu. Er konnte sich nicht vorstellen, dass dieser riesige und schwere Mann noch viel schwerer gewesen war. Er konnte sich auch nicht vorstellen, dass man von den Essensmengen, von denen Peter sprach, nicht satt werden konnte. Tomaz hatte sich schon immer gewundert, wie viel Peter essen konnte. Und Peter erzählte jetzt, das sei wenig im Gegensatz zu dem, was er früher gegessen hatte.

Sie saßen wieder schweigend nebeneinander. Tomaz dachte über Peters Geschichte nach und Peter über den Sinn seines Lebens. Wieso kam es, dass er jetzt immer so nachdenklich war. Gut, es hatte nichts mit Tomaz zu tun, denn er war ja in die Favelas von Sao Paulo gelangt, indem er über sein Leben nachdachte.

Was war der Sinn seines Lebens? Kinder hatte er nicht. Arbeit hatte er. Er hatte sogar eine Arbeitsstelle, um die ihn viele beneiden würden und seine Arbeit machte ihm in der Regel auch viel Spaß. Sie füllte ihn aus. Er hatte mit Menschen zu tun und dadurch schon sehr viele interessante Erlebnisse gehabt.

War es der Sinn seines Lebens Schuhe zu verkaufen oder Menschen als Schuhverkäufer auszubilden?

Wenn es so wäre, was wird dann der Sinn sein, wenn er mal Rentner ist? Wenn er wieder zu Hause sitzen und keine Arbeit haben wird? Wenn er nicht mehr zu arbeiten braucht, weil er so alt sein wird und von seiner Rente leben kann. Wird die Rente überhaupt für sein Essen reichen? Wo wird er dann wohl leben? In Brasilien, in den USA oder in Deutschland? Oder vielleicht ganz woanders auf dieser weiten Erde? Und was wird er tun, so ganz alleine? Wieder, so wie zur Zeit seiner Arbeitslosigkeit nur essen, trinken und fernsehen?

Es musste doch noch etwas anderes für ihn geben. Sollte er eine Familie gründen? Eine Frau und Kinder haben? Es wäre ein Vorteil, wenn man jemanden hat, den man mag. Doch wie viele Ehen werden geschieden. Wenn er wirklich eine Familie gründen würde, wer würde ihm garantieren, dass er dann im Alter nicht trotzdem alleine wäre. Wenn seine Kinder in anderen Ländern leben würden. Oder wenn sie arbeitslos wären, dann müsste er noch Geld für sie zahlen. Ist es erstrebenswert eine Familie zu haben?

Was hatte er jetzt?

Er hatte so viel Geld, dass er ohne Probleme für sich und seinen Gast diesen sechswöchigen Urlaub zahlen konnte. Er brauchte sich nicht um die Preise zu kümmern, denn er hatte inzwischen so viele Ersparnisse, die ihm ein großes Polster boten. Er war nicht einsam, weil Tomaz bei ihm war. Er verstand sich ausgezeichnet mit dem Jungen. Tomaz war ein sehr angenehmer Jungendlicher. Peter hätte es sich es nie vorgestellt, dass er so eine schöne Zeit mit ihm verbringen würde. Sie waren verschieden und trotzdem in wichtigen Wesenszügen gleich.

Im Gegensatz zu Peter hatte Tomaz genaue Vorstellungen von seinem Leben. Und er hatte Ziele.

‚Genau', dachte Peter. ‚Ich habe überhaupt kein Ziel. Welchen Sinn hat mein Leben, wenn ich keine Ziele habe? Muss man überhaupt Ziele haben? Wieso kann ich nicht einfach so weiterleben, wie vor Brasilien? Als ich in den USA war, kamen mir diese Gedanken nicht. Ich war am Tag beschäftigt und am Abend oft in der Natur. Das war doch schön.'

Peter sah zu Tomaz, der träumerisch auf die Linie sah. Ja, Tomaz hatte Ziele. Aber konnte er die verwirklichen? Eine Arbeit, eine Familie und Geld genug zum Essen. Das waren doch bescheidene Wünsche. Das wird er wohl erreichen.

Liegt der Sinn des Lebens drin Familie zu haben?

So viele Menschen haben keine Kinder. Auch deren Leben muss doch einen Sinn haben. Andere haben Kinder und kümmern sich nicht darum. Worin liegt dann ihr Sinn?

Der Amazonas

Tomaz und Peter saßen im Flugzeug auf dem Weg nach Santarém und betrachteten aus der Luft den Zusammenfluss des kristallgrünen Tapaiós in die lehmgelben Fluten des Amazonas. Einige Kilometer lang hält sich diese Farbtrennung. Nach der Landung wurden sie am Flughafen abgeholt und in ihre Lodge gebracht. Sie bekamen ein schönes Zimmer mit einem herrlichen Blick. Da es erst früher Nachmittag war, entschlossen sie sich zu einem Ausflug.

In dieser Region findet man die schönsten und längsten Süßwasserstrände der Welt. Daher nennen die Brasilianer diese Gegend auch die Karibik Amazoniens. Circa vier Kilometer von der Lodge entfernt liegt der kleine Badeort Alter-do-Chao, der zurzeit fast nur von einheimischen Touristen besucht, unter Weltenbummlern aber bereits als Geheimtipp gehandelt wird.

Peter und Tomaz liefen dorthin und besichtigten den Ort und den Strand. Dort saßen sie wieder eine lange Weile und betrachteten die herrliche Landschaft. Tomaz erzählte alles, was er wusste. Über den Zusammenfluss des Tapaiós in den Amazonas deren Wasserfarben sich nicht vermischen, über die Gründung der Stadt Santarém, die er unbedingt auch besichtigen wollte, und die Indianer, die hier ursprünglich beheimat waren.

Peter hörte zu. Er verstand zwar weiterhin nicht alles was Tomaz erzählte, doch er liebte den Klang dieser Sprache und er konnte sich aus den Wortfetzen das eine oder andere zusammenreimen. Immer wenn Tomaz sein Wissen preisgab, lebte der regelrecht auf. Er sprudelte los wie ein

Wasserfall und sein Wortschwall wurde immer schneller. Wenn Peter gar nichts mehr verstand, bremste er Tomaz und bat um Wiederholung.

Und auch an diesem Nachmittag wurde Peter es wieder bewusst, was für ein angenehmer Begleiter Tomaz war. Er störte ihn nicht, war aber zugleich ein unterhaltsam und trotzdem still. Tomaz genoss es ebenso wie Peter ab und zu nur irgendwo zu sitzen, zu schauen und den eigenen Gedanken nachhängen.

Am nächsten Tag machten sie die angebotene Bootstour mit und fuhren zum Zusammenfluss von Tapaiós und Amazonas. Sie bekamen die Erläuterungen von der Reiseleitung und Tomaz war sehr ruhig. Er hatte einen sehr ehrfürchtigen Gesichtsausdruck. Peter ließ ihn in Ruhe. Er dachte, dass Tomaz mit sich alleine sein wollte, da ja einer seiner Lebensträume gerade in Erfüllung ging. Er fuhr mit einem Boot auf dem von ihm so verehrten Amazonas.

Am späten Nachmittag kamen sie erst zurück in die Lodge. Zuvor hatten sie auch noch die Stadt Santarém besichtigt. Sie waren in der Kirche Igreja Matriz. Andächtig stand Tomaz vor dem Kreuz.

„Guck mal, es sieht aus, als wäre Jesus noch am Leben", flüsterte Peter.

„Das ist er auch", flüsterte Tomaz zurück. „Das ist eins der wenigen Kreuze, bei dem Jesus noch lebend dargestellt wird. Es ist von Martius.", fügte er hinzu. Nach dem Kirchgang gingen sie auch noch auf den Markt, wo Früchte, Gemüse, Maniokprodukte, Fleisch, Fische, sowie "Urwaldmedizin" angeboten werden, aber auch Haushaltswaren, Reise-utensilien, Handwerkswaren und Anglerausrüstung . Sie beobachteten das bunte Treiben. Es war kurz vor Schluss und die Händler überboten sich mit Tiefstangeboten. Sie wollten ihre Waren noch loswerden.

Tomaz zeigte auf eine Frucht.

„Weißt du, wie gut eine frische Mango schmeckt?"

„Nein. Ich habe noch nie eine probiert. Sollen wir die kaufen?"

Tomaz nickte.

Peter kaufte eine schöne Mango und schlenderte mit Tomaz weiter. Santarém ist keine kleine Stadt. Sie ist mit über 260.000 Einwohnern die drittgrößte Stadt im Amazonasgebiet. Als sie an einem Reisebüro vorbeikamen erkundigten sie sich nach einem Flug nach Brasilia. Am nächsten Nachmittag konnten sie fliegen. Außerdem buchten sie dort für drei Nächte in einer Pousada.

Nach der Buchung setzten sie sich an das Flussufer und betrachteten das herrliche Wasser des Rio Tapajós. Tomaz zog sein Messer aus der Tasche und grinste Peter an.

Der verstand. Beide erinnerten sich an das Missverständnis ihrer ersten Nacht. Damals hatte Peter ihm das Messer weggenommen und in den Kofferraum seines Leihwagens gelegt. Bei der Rückgabe am Flughafen in

Salvador hatte er bereits so viel Vertrauen zu Tomaz, dass er es ihm zurückgab. Tomaz hatte es bisher nicht mehr benutzt. Jetzt teilte er die Mango und Peter sah, wie scharf das Messer war. Tomaz reichte Peter das erste Stück. Der hatte noch nie zuvor eine Mango probiert. In Deutschland war sie ihm zu teuer gewesen und in den USA hatte er nur selten Bananen, Äpfel oder Orangen gekauft. Obstsorten, die er kannte.

„Schau, da drüben stehen Mangobäume", erklärte Tomaz und zeigte auf die Uferpromenade.

„Die Weisheit, ohne die aller Reichtum, alle Gesundheit und Schönheit nichts ist, ist die Weisheit, die mein Leben verwandelt. Es ist die Weisheit, die mich Schönheit erkennen lässt, weil mein Leben durch sie schön ist. Es ist die Weisheit, die mich wahren Reichtum erkennen lässt, weil sie mich reich und unabhängig macht. Es ist die Weisheit, durch die ich das wichtigste Medikament erkennen kann: dass Gott selbst in mir ist, sein Leben, seine Liebe, sein Christus.", sprach Tomaz leise.

„Ich habe dich nicht verstanden. Was hast du gesagt?"

Tomaz wiederholte seinen auswendig gelernten Spruch. „Pater Manuel hat mir Schriften von Thomas von Aquin gegeben. Diese Aussage hat mir so sehr gefallen, dass ich es auswendig gelernt habe. Weißt du, Thomas von Aquin war so ein großer und bedeutender Philosoph. Und jetzt, hier an dieser Stelle erkenne ich, wie Recht er hat. – Schau es dir an. Die Schönheit unserer Erde. Ob du reich bist oder so arm wie ich – Schau und du wirst es auch erkennen."

„Erst mal muss ich dich verstehen. Kannst du wiederholen was du gesagt hast und es mir erklären? Ich habe fast nichts verstanden." Peters Portugiesischkenntnisse waren viel zu gering, um die Aussage, die Tomaz gemacht hatte, zu begreifen.

Tomaz brauchte daher auch eine Weile, ehe Peter halbwegs erfasst hatte, was der ihm sagen wollte. Sie saßen dann noch einen kurzen Moment am Flussufer und fuhren dann in die Lodge. Dort gab es sowohl gegrillten Fisch mit Shrimps und Kapernsoße und auch Frikassee vom Riesenfisch Pirarucú. Wie immer hielt Tomaz vor Beginn der Mahlzeit einen Moment inne und betete. Peter wartete, bis er fertig war und zu essen begann. Dann fing er auch an.

‚Wir essen um zu leben. Wir leben nicht um zu essen', dachte er wie inzwischen wieder öfters und genoss diese neuen Speisen.

„Tomaz, du arbeitest jetzt ungefähr zwei Wochen für mich. Ich möchte dir das erste Geld geben. Bist du mit 30 Real pro Woche einverstanden?"

Tomaz sah Peter überrascht an. Das war sehr viel Geld, denn Peter übernahm sämtliche Kosten für die Unterbringung, Essen, die Flug – und Ausflugskosten.

„Ist das nicht zu viel?"

„Vielleicht ist das zu viel. Ich weiß es nicht. Aber ich möchte, dass du deine Pläne verwirklichen kannst. Wenn du studieren möchtest, brauchst du Geld."

„Du hast mir doch schon Geld gegeben", sagte Tomaz und sah verschämt auf den Boden. Er dachte an das Geld vom Überfall.

Auch Peter wusste sofort, woran er dachte.

„Du hattest ja kein Dach über dem Kopf. Du musstest ja leben. Schau, du hast keine Wechselkleidung. Du nimmst von mir nichts an. Und daher denke ich, dass du mit dem Geld morgen eine neue Hose und Unterwäsche kaufen solltest."

„Danke", sagte Tomaz, als Peter ihm 60 Real gab. „Vielen Dank."

Brasilia, die Wasserfälle von Foz do Iguacu und Blumenau

Bevor sie zum Flughafen fuhren, kaufte sich Tomaz wirklich eine neue Jeans, zwei neue T-Shirts und Unterwäsche. Er war stolz und kein Schmarotzer. Darum hatte er bisher nichts von Peter angenommen. Er wollte für seinen Lebensunterhalt arbeiten.

Brasilia, die neue Hauptstadt Brasiliens, lag unter ihnen. Tomaz und Peter saßen im Flugzeug und genossen den Anblick aus der Luft. Brasilia wurde in 1000 Tagen aus dem Boden gestampft und am 21.4.1960 Präsident Kubitschek eingeweiht. Zunächst lebten dort 60.000 Beamte. Inzwischen sind es mehr als 1,7 Millionen Menschen. Ebenso wie in Sao Paulo und Rio de Janeiro können sich viele die Miete nicht leisten und leben in Favelas.

Am nächsten Tag machten sie eine Stadtrundfahrt, besichtigten den Fernsehturm und die Kathedrale Metropolitana. Tomaz wurde wie immer, wenn er in einer Kirche war, ganz still. Er setzte sich auf einen der Klappstühle und betete eine Weile.

Als sie die Kathedrale verließen, wurde es dunkel. Sie hatten sich recht lange in der Kirche aufgehalten und das Abendlicht auf sich wirken lassen. Peter hatte die Erfahrung gemacht, dass er in Begleitung mit Tomaz nicht als Tourist wirkte. Daher liefen sie zu ihrer Pousada zurück. So konnten sie sich ein Bild von der Stadt machen, wie es eben nur ein Fußgänger bekommen kann. Auf dem Weg dorthin aßen sie in einem Restaurant.

„Was schlägst du vor, wohin wir als nächstes fahren sollen?", fragte Peter beim Essen.

„Wie viele Wochen haben wir noch?"

„Ungefähr drei."

„Kann ich mal die Karte haben?"

Peter nahm die Karte aus seiner Tasche und legte sie auf den Tisch.

„Wir können hier im inneren Teil des Landes bleiben und an einem oder dem anderen Fluss anhalten oder wenn du weit fahren möchtest an die Grenze zu Argentinien und Paraguay. Hier befindet eins der eindruckvollsten Naturschauspiele Südamerikas; nämlich die Wasserfälle von Foz do Iguacu…"
Als sie in der Pousada zurück waren, lag dort ihre fertig gewaschene und gebügelte Wäsche in dem kleinen Zimmer. Die Wirtin hatte auf diesen Service des Hauses hingewiesen. Deshalb hatten sie bereits am Ankunftstag ihre Wäsche an der Rezeption abgegeben. Sie war noch am Abend in eine nahe gelegene Lavanderia gebracht worden. Dort wurde sie gewaschen und gebügelt von der Wirtin wieder abgeholt.

Peter und Tomaz standen auf dem schmalen Steg unmittelbar vor den Wasserfällen von Foz do Iguacu und wurden von Nebel und spritzender Gicht und auch vom Grollen der Fälle umgeben. Um sie herum war das üppige Grün des Dschungels. Immer wieder blieben sie stehen und sahen sich die Fälle an. An Stellen, wo es zu nass wurde, gingen sie schnell vorbei, bis auf zwei Ausnahmen, wo der Blick besonders schön war.
Die Iguacu-Wasserfälle sind von einem Nationalpark umgeben, der zur Hälfte zu Brasilien und zur anderen Hälfte zu Argentinien gehört. Da es sich um ein besonders schönes Naturschauspiel handelt, entschloss sich Peter zusätzlich noch eine Bootstour zu buchen. Er freute sich über den Entschluss, denn er konnte sich wieder an seinem Begleiter, der voller Lebensfreude auf dem Schiff abwechselnd nach rechts und links sah, begeistern. Die Freude dieses Jungen machte ihm mehr Spaß, als die Wasserfälle selbst.
‚Die Weisheit, ohne die aller Reichtum, alle Gesundheit und Schönheit nichts ist, ist die Weisheit, die mein Leben verwandelt. Es ist die Weisheit, die mich Schönheit erkennen lässt, weil mein Leben durch sie schön ist…', wie wahr das ist, dachte Peter, als er auf dem Boot stand und die Wasserfälle, die wunderbare Natur betrachtete. ‚Wirklich ein kluger Mann, dieser Thomas von Aquin.'

Sie waren sehr gut und schnell von Brasilia bis an die Grenze Argentiniens gekommen und hatten noch zehn Tage Zeit, um nach Sao Paulo zurückzukehren. Tomaz hatte von der Stadt Blumenau gesprochen, die einst von deutschen Einwanderern gegründet wurde und in der bis heute Deutsch gesprochen wird. Peter wollte deshalb auch noch diese Stadt ansehen. Sie fuhren daher durch den Bundesstaat Santa Catarina bis Blumenau.
Peter lachte, als sie durch die Stadt fuhren. Tatsächlich kam er sich vor, als wäre er in einer deutschen Stadt. Tomaz sah ihn erstaunt an.

„Willkommen in Deutschland", sagte Peter und erklärte Tomaz, dass es in seinem Heimatland ähnlich aussehen würde. Als sie durch die Stadt gingen, hörten sie allerdings kaum jemanden Deutsch sprechen. Nach dem Stadtbummel setzten sie sich in ein Restaurant, in dem nach kurzer Zeit eine Blaskapelle aufspielte. Es gab Eisbein mit Sauerkraut, das Peter für beide bestellte und fino (Bier vom Fass), das nach deutschem Reinheitsgebot gebraut wird. Tomaz kostete neugierig und war skeptisch. Es würde wohl nicht sein Lieblingsessen werden. Die Wirtin sprach in akzentfreiem Deutsch. Sie erzählte, dass sie in Deutschland aufgewachsen und dann ausgewandert war. Das Oktoberfest, das hier auch gefeiert wird, ist weltweit das zweitgrößte nach München.

„Tomaz, deine Idee hierhin zu fahren, tut mir gut. Ich fühle mich jetzt in Brasilien ein bisschen mehr zu Hause. Immer, wenn ich Heimweh bekomme, werde ich hierhin fahren. Ich möchte hier ein paar Tage bleiben und dann sehr zügig zurückfahren."

Die Wirtin ihrer Pousada hatte ihnen von dem Park Ecológico Spitzkopf erzählt. Den besichtigten sie am nächsten Tag. Sie parkten und gingen auf dem Wanderweg zum Aussichtspunkt von 936 m. Da ein wunderbarer Tag war, konnten sie von hier oben bis hin zum Meer sehen. Auf dem Rückweg machten Sie mehrfach Halt an den natürlichen Swimmingpools und sprangen hinein. Peter kam sich vor, als wäre er in Bayern. Er genoss die Sonne, die Wärme, die Natur, die herrliche Sicht, das kühle Nass und vor allem Tomaz. Wie jeden Tag hatten sie wieder viel Spaß zusammen. Am Nachmittag schlenderten sie wieder durch die Fußgängerzone. In einem Geschäft kaufe Peter für Tanja eine schöne Blumenvase. Auch das gab es in Blumenau: handgefertigte Glaskunst. Er schrieb noch eine Karte an Tanja. Es war sein letzter Gruß. In jeder Woche hatte er ihr einmal geschrieben. Eine Karte aus Rio de Janeiro, eine aus Salvador, eine aus Santarém, eine aus Brasilia und die vorletzte von den Wasserfällen Foz du Iguacu.

Nun begannen die letzten Urlaubstage. In dem kleinen Ort Peruibe übernachteten sie zum letzten Mal vor ihrer Rückkehr nach Sao Paulo. Peter und Tomaz saßen am Strand und schauten auf das Meer.

„Tomaz, wohin gehst du, wenn wir wieder in Sao Paulo sind?"

„Ich weiß es nicht. Ich glaube, ich gehe nach Hause."

„Zu deinen Eltern?"

„Ja."

„Du hast doch erzählt, dein Vater hat dich rausgeworfen."

„Das hat er auch. Aber er war betrunken. Vielleicht hat er seinen Fehler eingesehen. Ich will meine Mutter wieder sehen und meine Geschwister. Ich möchte ihnen sagen, dass ich Schuhe verkaufen werde. Wenn mein Vater immer noch trinkt, wenn er mich wieder vor die Tür setzt, dann …"

Tomaz schwieg. Es entstand eine Pause.

„Tomaz, wir haben ein Gästezimmer. Wenn Tanja nichts dagegen hat, kannst du bei uns wohnen. Wenn Gäste kommen, schläfst du in meinem Zimmer. Wir kaufen eine Liege. Was hältst du davon?"

„Danke Pedro. Ich werde darüber nachdenken."

„Tomaz, du hast mir solche Freude bereitet. Du bist mir ans Herz gewachsen. In den sechs Wochen bist du mir zum Freund geworden, ja sogar - . Ich empfinde etwas, was ich noch nie empfunden habe. – Ich möchte für dich sorgen. Du bist so etwas – wie ein kleiner Bruder oder wie ein Sohn."

Tomaz starrte aufs Meer. Mit der rechten Hand wischte er sich über die Wange.

„Danke", sagte er mit rauer Stimme. Dann schwiegen beide wieder.

Beide waren ergriffen an diesem letzten Abend. Die Urlaubszeit war zu Ende. In den nächsten Tagen begann der Alltag wieder. Ein Alltag, der für alle neu werden würde. Peter musste sich auf seine Arbeit konzentrieren. Er hatte es Tanja versprochen. Er wollte sich aber jetzt auch um Tomaz kümmern. Er wollte dem Jungen eine Ausbildung ermöglichen.

„Tomaz, du hast mir Portugiesisch beigebracht. Wenn ich dir Englisch beibringe, dann könntest du doch vielleicht im nächsten Jahr die Schule weitermachen. Was hältst du davon?"

„Das wäre mein größter Wunsch. Aber was willst du dafür haben?"

„Nichts. Ich habe dir gesagt, dass du mir zum Freund, zum kleinen Bruder geworden bist. Ich möchte, dass du eine Zukunft hast. Ich will, dass du glücklich wirst."

„Danke."

Wieder wischte sich Tomaz eine Träne von seiner Wange. „Das waren so schöne Wochen für mich. Ich war immer satt und durfte so viel sehen. Das waren die ersten und schönsten Ferien meines Lebens. Ich danke dir so sehr dafür."

„Es waren auch die schönsten Wochen meines Lebens. Obrigado (danke) Herr Lehrer."

Die Rückkehr nach Sao Paulo

Tomaz und Peter erreichten Sao Paulo und Peter gab den Leihwagen zurück, den er in Brasilia gemietet hatte. Sie fuhren mit der U-Bahn in die Firma. Dort hatte sich eine Menge geändert. Es herrschte eifriger Geschäftsbetrieb, als sie das Büro betraten. Tanja hatte zwei Schreibkräfte eingestellt, die in der Empfangshalle hinter der Rezeption ihr Büro hatten. Eine Dame kam sofort an die Rezeption, als sie Peter und Tomaz sah.

Sie schaute verwundert mit leicht abwertendem Blick. Der riesige dicke Weiße und der magere Schwarze. Tomaz war nach den sechs Wochen mit Peter allerdings nicht mehr ganz so mager. Er hatte sich immer satt essen können.

„Boa tarde! Guten Tag! Ich heiße Peter Aquin und möchte gerne zu Frau Berger", trug er sein Anliegen vor.

„Sind Sie angemeldet?"

„Nein, aber ich denke trotzdem, dass Frau Berger uns empfängt. Bitte melden Sie mich an."

„Ihr Name ist Ain?"

„Nein, Aquin. Hier ist meine Karte. Wir sind Kollegen. Ich arbeite auch hier. Ich bin derjenige, der jetzt sechs Wochen lang Urlaub genommen hatte. Frau Berger hat Ihnen bestimmt von mir erzählt." Peter sprach langsam aber in gut verständlichem Portugiesisch.

„Ah! O senhor Akino! Sim. Ich sage sofort Bescheid."

Die Sekretärin meldete Peter über die Sprechanlage an und Tanja kam sofort aus ihrem Büro.

„Olá, Peter! Como estás? (Hallo Peter! Wie geht es dir?)", fragte sie und ging auf ihn zu. Sie freute sich, dass er wieder gekommen war und umarmte Peter spontan.

„Bem obrigado. E a-sra. Tu? (Danke, gut. Und dir?)

„Mir geht es ebenfalls gut. Ich bin in den letzten Startvorbereitungen. Wir liegen gut in der Zeit und es kann jetzt wirklich bald losgehen. Ich freue mich so, dass du wieder da bist. Und das ist dein Begleiter? Como te chamas? (Wie heißt du?)"

„Chamo-me Tomaz. Ola!"

„Tanja, ich möchte dir Tomaz vorstellen. Er ist mir in den sechs Wochen zum Freund geworden. Ich hatte dir ja schon gesagt, dass ich ihm einen Job angeboten habe. Den nimmst du doch an?"

„Ja, natürlich."

„Vielen Dank für euere Ansichtskarten. Ich habe mich immer gefreut, wenn eine kam. Wo ihr überall gewesen seid! Peter, ich möchte eben meinen Schreibtisch aufräumen. Dann höre für heute auf zu arbeiten. Ich lade euch zum Essen ein. Erzählt ihr mir dann von euerer Reise"

„Gerne. Wo können wir auf dich warten?"

„Gleich hier vorne. Ich mache wirklich nur meinen Computer aus und komme in fünf Minuten."

Tanja verschwand in ihrem Büro und etwa eine halbe Stunde später saßen sie in einem schönen Restaurant unter Glasdächern um einen vierzehn Meter hohen und 300 Jahre alten Feigenbaum.

„Jetzt erzählt mal, wo ihr überall ward und was ihr erlebt habt", sagte Tanja, als sie Platz genommen hatten.

Peter sah Tomaz an. „Soll ich Englisch sprechen?"

Der lachte herzlich: „Ja. – Aber nicht so schnell. Du weißt ja, ich verstehe nicht so gut."

Als die Getränke kamen, stießen sie an. Dann erzählten Peter und Tomaz abwechselnd von ihrer Reise. Peter in Englisch und Tomaz in Portugiesisch. Und jedes Mal, wenn Tomaz sich begeisterte, sprach er immer schneller.

„Halt! Stopp! Du sprichst mir zu schnell. Ich habe dich nicht verstanden!", unterbrach ihn Tanja öfters. Dann sah sie zu Peter: „Sag mal, verstehst du alles, was Tomaz sagt?"

„Nein. Wenn er so schnell spricht, verstehe ich ihn nicht. Aber er ist ein guter Portugiesischlehrer und ich habe sehr viel von ihm gelernt. Und dabei denke ich nicht nur an die Sprache. Danke Tomaz."

„Dafür ist Pedro mein neuer Englischlehrer. Ich will genauso gut Englisch sprechen können, wie du Portugiesisch."

Tanja sah Peter an.

„Wieso lernt Tomaz Englisch?"

Peter erklärte Tanja, dass Tomaz Englisch für sein Stipendium braucht. „Nächstes Jahr soll er nicht durch die Prüfung fallen. Nicht wahr, Tomaz?"

„Nächstes Jahr schaffe ich es", stimmte der Junge zu.

„Du möchtest also nur für ein Jahr bei Globetreter arbeiten?"

„Ja. Ich brauche das Geld für meine Schule und mein Studium."

„Tomaz ist sehr intelligent. Ich habe von ihm nicht nur Portugiesisch gelernt, sondern auch viel über Land und Leute, über die Geschichte und aktuelle Politik. Er ist der perfekte Reiseleiter. – Tomaz, möchtest du Reiseleiter werden?"

„Nein. Ich will lernen und dann studieren. Ich will Lehrer werden und Kinder unterrichten. Ich will so ein guter Lehrer werden, wie Pater Manuel. Aber vielleicht verdiene ich mir als Reiseleiter Geld für mein Studium. Das ist keine schlechte Idee."

„Oder als Schuhverkäufer?"

„Danke, Peter. Ich werde für dich arbeiten. Ich will so viele Schuhe wie möglich verkaufen. aber nur so lange, bis ich lernen kann. Halte mich nicht für undankbar, aber die Chance, die du mir gibst, möchte ich dazu nützen, um das lernen zu können, was mir meine selige Zufriedenheit bringt."

Tanja staunte. Sie begegnet Menschen in der Regel ohne Vorbehalte. Sie ist offen und hatte auch Tomaz herzlich begrüßt. Aber sie hatte nicht erwartet, dass dieser Junge, der in seiner schmuddeligen Jeans und einem fleckigen T-Shirt vor ihr saß, solche Ziele hatte. – Wie man sich doch mit der Vorurteilung von Menschen täuschen kann.

Lange nach dem Essen saßen sie noch in dem Restaurant und erzählten. Es war längst dunkel.

„Lasst uns jetzt gehen", sagte Tanja endlich und winkte nach dem Kellner. Sie zahlte alles.

„Tomaz kann heute nicht zu seinen Eltern zurück", erklärte Peter. „Tanja, hast du was dagegen, wenn er diese Nacht in unserem Gästezimmer schläft?"

Verwundert sah Tanja von Peter zu Tomaz. „Nein, ich habe nichts dagegen. Wohnst du nicht in Sao Paulo?"

„Ich wohne im Moment nirgendwo."

„Oh."

„Tomaz will morgen zu seinen Eltern zurückgehen Wenn die ihn weiterhin ablehnen, möchte ich ihn aufnehmen. Tanja, Tomaz ist wie ein kleiner Bruder für mich – oder: Wie ein Sohn. Ich werde nicht zulassen, dass er auf der Straße wohnt. Wenn er nicht zurück nach Hause kann, dann werde ich mir eine eigene Wohnung suchen und mit Tomaz zusammen wohnen."

Tanja nickte. Sie war überrascht und verwundert. Alles kam so plötzlich. Peter, der immer nur gearbeitet hatte, der nur für die Firma da gewesen war, hatte auf einmal einen Angehörigen. Da war jemand, um den er sich sorgte.

Sie fuhr zu ihrem Wohnhaus und parkte in der Tiefgarage. Der Portier begrüßte der Peter und Tanja. Peter stellte Tomaz als Gast vor und sie fuhren mit dem Aufzug nach oben. Dort führte er Tomaz durch die Wohnung und zeigte ihm das Gästezimmer. Danach ging er in sein eigenes Zimmer und brachte Tomaz ein T-Shirt von sich zum Schlafen.

Tomaz lachte. In das riesige T-Shirt passte er fast dreimal hinein. Peter und Tomaz duschten und kamen dann umgezogen ins Wohnzimmer. Tomaz staunte über die, für ihn riesige, Wohnung. Sie setzten sich auf die Couch und diesmal erzählte Tanja. Sie wechselte von Portugiesisch in Englisch. Nach einer Weile merkte sie, dass Tomaz die Augen zufielen.

„Tomaz, leg dich ins Bett. Du bist so müde. Ruh dich aus."

„Até amanha e bom noite! (Bis Morgen und gute Nacht)", sagte Tomaz und verließ den Raum.

Dann waren Peter und Tanja alleine. Tanja erzählte, dass auch sie zwei Wochen lang Urlaub an der Copacabana gemacht hatte. Auch ihr hatte das Nichtstun gut getan. Sie hatte sich sehr gut erholt, dadurch selbst auch neue Kraft geschöpft und in den weiteren Wochen nach Personal gesucht. Sie hatte José eingestellt, der die Einstellungsgespräche geführt hatte. Sie hatten inzwischen fast alle Arbeiter, die für die Schuhproduktion erforderlich waren und die beiden Sekretärinnen, die Peter schon gesehen hatte.

Tanja hatte auch mit zwei Fernsehsendern Kontakt aufgenommen und besprochen, wie und wann die Werbespots mit Peter und Paul gesendet werden sollten. Zunächst sollte ausschließlich der lange Spot mit Peter und Paul drei Wochen lang zu unterschiedlichen Zeiten relativ häufig gesendet werden. Danach sollten die kürzeren Spots den langen immer mehr ablösen. Bis zum Sendebeginn mussten noch Leute gefunden und für den Verkauf geschult werden. Tanja hatte die Stellenanzeige für den kommenden Samstag inseriert, so dass Peter bereits in der darauf folgenden Woche mit den Einstellungsgesprächen beginnen konnte.

Peter freute sich. Kaum, dass Tanja ihm zu Ende erzählt hatte, was in der Firma passiert war, sprudelte er vor Ideen und war ganz „der Alte". Der Peter, den Tanja so schätzte. Der, der vor Tatkraft nicht in die Knie gezwungen werden konnte.

„Ich freue mich, dass du dich so gut erholt hast", sagte sie. „Tomaz und du – man sieht, wie gut ihr euch versteht. Er ist wirklich sehr nett, soweit ich das nach den paar Stunden beurteilen kann. Aber es ist so schön, euch zusammen zu sehen. Ihr habt in den paar Wochen eine Vertrautheit entwickelt, die sonderbar ist. Toll, wie ihr miteinander umgeht. – Hat es nie Streit oder Unstimmigkeiten gegeben?"

Peter dachte nach. Nur am ersten Tag hatte es dieses Missverständnis zwischen Tomaz und ihm wegen des Motels gegeben. Danach nicht mehr.

„Nein, wenn man von einem Missverständnis absieht. Es ist, als würde ich Tomaz schon ewig kennen. Natürlich war es am Anfang ein Beschnuppern. Aber schon nach einer Woche war mir Tomaz so vertraut – er ist mir nie auf die Nerven gegangen und du weißt ja, dass ich eigentlich ein Einzelgänger bin."

„Seelenverwandte?"

„Vielleicht."

Der verlorene Sohn kehrt zurück

Am nächsten Tag ging Tomaz nach Hause in die Favelas. Als sein Vater ihn weggejagt hatte, war er betrunken und zornig gewesen.

Er hatte seine Arbeit verloren und zu Trinken angefangen. Er hatte angefangen die Mutter und die Kinder zu schlagen. An jenem Tag hatte er wieder zu viel getrunken. Als einem Kind ein Teller aus der Hand gefallen und zu Bruch gegangen war, war er ausgerastet. Ein neuer Teller war teuer. Vor Wut hatte er sich auf den fünfjährigen Sohn gestürzt und wie besessen auf ihn eingeprügelt. Die Mutter, die dazwischen ging, hatte er brutal weggeschubst. Sie war an den Schrank gefallen und hatte sich einen Moment lang nicht mehr rühren können.

Tomaz war dann schützend vor den Bruder getreten. Er hatte den Vater angeschrieen, doch der war nicht zur Besinnung gekommen. Er hatte auf Tomaz eingeschlagen, ihn am Arm gezerrt und aus der Wohnung geworfen. Er solle sich nie wieder blicken lassen, hatte er ihm nachgerufen. Er sei alt genug für sich selbst zu sorgen.

Tomaz war auf die Straße gelaufen und hatte von unten gerufen, der Vater solle ihn wieder hineinlassen. Doch der war immer noch so sehr im Zorn gewesen, dass er eine Plastikschüssel aus dem Fenster nach Tomaz geworfen und weiter getobt hatte. Tomaz solle für immer verschwinden. Er wolle nicht mehr für ihn aufkommen. Tomaz würde ihm nur auf der Tasche liegen. Er bräuchte keinen Sohn, der nichts zum Familienhaushalt beitrage. In dieser Art schrie und schimpfte er und verletzte Tomaz damit sehr.

Tomaz war dann weinend durch die Straßen gelaufen. Er war alleine. Es gab zwar jede Menge Verwandtschaft, doch da wollte er nicht hin. Wenn der Vater ihn hinauswarf, dann wollte er keine Familie mehr haben. In dieser Nacht war er wie benommen gewesen.

Während der Fahrt mit Peter war Tomaz klar geworden, dass der Vater damals nicht bei Verstand gewesen war. Er konnte ihn doch nicht wirklich verstoßen wollen. Tomaz wünschte sich, dass der seine Worte doch nicht so gemeint hatte und er hoffte darauf, dass der Vater ihn wieder aufnehmen würde. – Wo er doch jetzt sieben Wochen lang nichts von ihm gehört hatte. Er wollte einfach nicht glauben, dass sein Vater nichts mehr von ihm wissen wollte. Er war das erstgeborene Kind der Familie. Er konnte sich an so viele schöne Stunden mit dem Vater erinnern, damals, als er noch Arbeit hatte.

Tomaz hatte in den Stunden, in denen er mit Peter in Gedanken versunken auf die Landschaft geschaut hatte, an seine Familie und dabei oft an seinen Vater gedacht. Der war ein liebenswerter Mann gewesen, der mit den Kindern lachte, in den Straßen Fußball kickte und sich liebevoll um alles kümmerte. Er war meist fröhlich gewesen, bis er seine Arbeit verlor. Dann hatte Tomaz das Stipendium nicht geschafft und blieb als weiterer Esser in der Familie. Das Geld reichte hinten und vorne nicht. Die Kinder klagten über Hunger, doch der Vater, der sich seine Reals von der Regierung abholte, die er als Arbeitsloser auch für seine Kinder bekam, gab der Mutter viel zu wenig davon. Er brauchte einen großen Teil des wenigen Geldes für seinen águardente (klaren Schnaps). In den Zeiten seiner Nüchternheit schämte er sich und bekämpfte die Scham und seine Sucht mit weiterem Schnaps. So kam er in diesen schrecklichen Teufelskreis.

Dieser nette Mann, der fürsorgliche Vater und fröhliche Mensch war zum Tyrann geworden und hatte im Suff und Zorn seinen ältesten Sohn aus dem Haus gejagt. Tomaz war so gekränkt gewesen, denn er hatte seinen Vater früher immer angebetet, dass er wirklich nicht mehr nach Hause ging. Auf der Fahrt durch das riesige Land war ihm klar geworden, dass er dem Vater eine Chance geben musste.

Deshalb wollte er zurück – nach Hause.

Glaube, Liebe, Hoffnung – die drei großen Begriffe, über die er gelesen hatte in den Schriften, die er von Pater Manuel erhalten hatte, über die Thomas von Aquin geschrieben hatte. Tomaz konnte nicht mehr glauben, dass sein Vater, der ihn doch liebte und den er auch liebte, verehrte und immer bewundert hatte, ihn wirklich verstoßen wollte. Er hatte schon längst die Hoffnung, dass er wieder willkommen war. So ging er frohen Mutes, aber doch mit klopfendem Herzen nach Hause.

Tomaz hatte von Peter zweihundert Real erhalten für seine Arbeit als Lehrer. Es war mehr als der ausgemachte Betrag, aber Peter bestand darauf, dass Tomaz das Geld nahm. Wenn der Vater ihn nicht aufnahm, so wollte er der Mutter das Geld geben – für Essen und Kleidung für sie und die Geschwister.

Tomaz Schritte wurden langsamer, als er in seine Straße einbog. Er ging in das Haus, dessen Haustür immer offen war und klingelte in der zweiten Etage. Die Mutter öffnete, stieß einen Schrei aus und umarmte ihren Sohn. Beide weinten. Die Mutter zog Tomaz in die Wohnung. Der Vater hatte den Schrei gehört und war in die Diele gekommen. Als er Tomaz sah, öffnete er nur die Arme. Auch er hatte Tränen in den Augen. Er drückte Tomaz an sich und weinte. Beide weinten.

Nach einer längeren Weile ließ der Vater Tomas los und sagte: „Desculpe me! Verzeih mir!"

„Ja, Papa", sagte Tomaz und wischte sich die Tränen weg.

Die Mutter kochte einen café und sie saßen in der Küche um den großen Tisch. Tomaz hatte seine beiden kleinen Brüder auf dem Schoß. Das Baby und auch der einjährige Sandro schliefen und die anderen Geschwister waren in der Schule.

Und dann erzählte er.

Die Eltern staunten. Und sie staunten immer mehr, je länger Tomaz erzählte. Er erzählte und erzählte immer schneller und immer eifriger. Gegen elf Uhr stand die Mutter auf, um das Essen zuzubereiten. Sie hatte ein Huhn aufgesetzt und löste es von den Knochen. Es würde Hühnersuppe geben. – Eins von Tomaz Lieblingsessen.

Sie lachten bei manchen Erlebnissen, über die Tomaz sprach und am Ende erzählte er dem Vater von seinem Job als Schuhverkäufer.

„Papa, mein Freund Peter wird dich auch einstellen, wenn du willst."

Der Vater war sprachlos. Er schämte sich so. Wieder traten Tränen in seine Augen. „Desculpe me!", sagte er. „Ich habe dir so wehgetan Wie kann ich das je wieder gut machen?"

„Papa, indem du mich hier wieder leben lässt. Indem ich wieder dein Sohn sein darf, ist alles wieder gut. Und bitte: Trink nicht mehr."

„Seit du weg bist, habe ich keinen Tropfen mehr angerührt. – Was hätte dir passieren können. Oh! Mein Gott. Wie konnte ich nur so etwas tun." Er weinte. Die kleinen Brüder schauten verlegen auf den Vater.

„Wie geht es Sébastian? Du hast ihm sehr wehgetan – und Mama."

„Das ist längst vergessen", sagte die Mutter. „Vater trinkt seit dem Tag nicht mehr. Es war vielleicht sogar ein Segen. Und wenn du diese Arbeit annimmst, dann kann doch alles wieder gut werden?"

„Was muss ich denn da tun?"

„Ich weiß nicht, welche Arbeit du bekommen kannst. Aber Pedro hat auch ganz wenig Geld gehabt, als er damit angefangen hat. Und er hat ganz fleißig gearbeitet. Jetzt muss er viel verdienen. Schaut: Er hat alle Flüge, die Pousadas, alle Ausflüge und das Essen bezahlt und ich habe noch zweihundert Real bekommen. Hier."

Tomaz zog das Geld aus der Tasche und legte es auf den Tisch. Vater und Mutter sahen sich an.

„Du glaubst gar nicht, wie nötig wir das jetzt brauchen", sagte die Mutter. „Wir konnten die letzte Miete nicht zahlen. Jetzt wird der Hauswirt uns wohl hier wohnen lassen. Es kommt ja wieder Geld."

„Ja."

Ein Geräusch kam aus dem Schlafzimmer. Sandro wurde wach.

„Darf ich ihn holen?", fragte Tomaz.

Die Mutter lachte. „Ja, er wird sich sehr freuen. Er hat dich vermisst. Wir alle haben dich vermisst." Sie hielt die beiden anderen Brüder fest, die mit Tomaz gehen wollten. „Bleibt hier. Celina schläft noch. Tomaz kommt gleich wieder."

Leise ging Tomaz in das Schlafzimmer, um das Baby nicht zu wecken. Er sah in Sandros kleines Bettchen und als der ihn sah und erkannte, quietsche er laut vor Freude. Tomaz legte den Zeigefinger auf die Lippen und machte:

„Pst. Celina schläft."

Dann nahm er die leichte Zudecke weg und hob Sandro hoch. Der streckte ihm schon seine Arme entgegen. Als Tomaz seinen Bruder auf dem Arm hatte, drückte er ihn ganz fest an sich. Sandro legte wie immer seine kleinen runden Ärmchen um Tomaz Hals und drückte ihn auch ganz fest. Sandro wollte Tomaz gar nicht mehr loslassen. So blieben sie eine ganze Weile im Schlafzimmer stehen und hielten einander fest. Tomaz liefen Tränen über sein Gesicht. Wie schön es war ein Zuhause zu haben. Einen Ort an dem Menschen, die einen lieben und die man selber liebt, leben und sich freuen, wenn alle da sind und wenn einer, der lange weg war, wieder kommt. Und dieses Gefühl, wenn ein kleines Kind seine unbändige Freude zeigt, weil es lieben kann, dieses Gefühl ist nicht mit Geld zu bezahlen.

Das Baby wurde auch wach. Der Vater kam ins Schlafzimmer und nahm seine kleine Tochter hoch. Er strich Tomaz über den Kopf und ging in die Küche.

„Wollen wir auch in die Küche gehen?", flüsterte Tomaz in Sandros Ohr. Der schüttelte den Kopf, denn er wusste, dass er in der Küche Tomaz nicht mehr für sich alleine haben würde. So standen die beiden Brüder noch eine Weile im Schlafzimmer und kuschelten zusammen. Als Sandro langweilig wurde, pustete Tomaz ihm an den Hals. Das kitzelte den Kleinen und er lachte fröhlich. Tomaz wollte Sandro auf den Boden setzen, doch der hielt sich an ihm fest. So trug Tomaz seinen jüngsten Bruder in die Küche und setzte sich mit ihm auf einen Stuhl.

Als die anderen Geschwister aus der Schule kamen, freuten die sich auch. Tomaz musste immer wieder von seiner wunderbaren Reise erzählen. Elena holte ihren Atlas und er zeigte darin die Reiseroute. Alle staunten und konnten es fast nicht glauben, was der in den sieben Wochen, die er nicht zu Hause gewesen war, alles gesehen hatte und wo er überall gewesen war. Danach erzählten auch die Geschwister von der Schule, den Freunden und was sich so ereignet hatte. Später kamen Nachbarn vorbei und Tomaz musste seine Geschichten erneut erzählen. Es wurde immer voller in der Küche. Und es wurde viel gelacht. Die Mutter schickte die elfjährige Elena mit etwas Geld weg. Sie kam nach kurzer Zeit mit bolo de coco und broa (Kokoskuchen und Maisbrot) zurück. Auch die Nachbarn brachten Essen. Es reichte für alle.

Das Konzert

Die Schuhproduktion lief bereits seit Monaten sehr gut. Tanja hatte eine Tageszeitung abonniert und sagte eines Morgens zu Peter:
„Nächste Woche singen die Don Kosaken in Sao Paulo. Ich war als Kind mit meiner Oma auf einem Konzert. Damals war ich sieben Jahre alt und ganz stolz, dass sie mich mitnahm. – Ich würde gerne wieder hin gehen. Kommst du mit? Ich möchte nicht abends alleine in die Altstadt fahren."
„Ja, ich begleite dich.", antwortete Peter und lächelte sie an.
„Danke." Tanja lächelte zurück. „Das Konzert ist in der Sao Bento, in der von dienstags bis freitags gregorianischen Gesänge stattfinden. Hoffentlich bekommen wir noch Karten."

Peter saß mit Tomaz in dessen Büro. Sie unterhielten sich, als die Sekretärin anklopfte, um Peter mitzuteilen, dass sie zwei Karten für die Donkosaken erhalten hatte. Als sie die Tür schloss, erkundigte sich Tomaz.
„Wo gehst du hin?"

„Ich begleite Tanja in ein Konzert von den Donkosaken. Das ist ein russischer Chor. Hast du schon mal vom Don gehört?"

„Nein", Tomaz schüttelte den Kopf.

„Das ist ein ziemlich langer Fluss in Europa. Sehr viel weiß ich auch nicht darüber. Die Donkosaken singen Volkslieder. Tanjas Großmutter hat sie als kleines Kind in Konzert eingeladen. Es war ihr erstes Konzert überhaupt und daher kann sie sich so gut daran erinnern. Tanja hat gelesen, dass die Donkosaken hier in Sao Paulo auftreten und mich gebeten, sie zu begleiten. Hast du Lust mitzukommen? Du kannst da etwas von der europäischen Kultur kennen lernen."

„Ja. Ich würde gerne mitgehen."

„Warte hier, ich sage im Vorzimmer Bescheid, dass wir noch eine Karte brauchen."

Peter ging aus dem Büro und erteilte der Sekretärin den Auftrag, noch eine Karte für Tomaz zu kaufen. Er hätte auch durch die Telefonanlage mit ihr sprechen können, aber er nutzte die Möglichkeit, sich zu bewegen. Auch wenn es sich nur um wenige Schritte handelte. Er hatte gemerkt, dass ihm das gut tat.

Tanja, Peter und Tomaz saßen in der alten Kirche Sao Bento. Sie besitzt mehrere russische Ikonen. Die berühmteste ist die Ikone der Heiligen Jungfrau von Kasperovo. Außerdem gibt es dort ein Kruzifix aus dem Jahr 1777. Peter und Tanja sahen sich um. Sie saßen etwa in der Mitte.

Die Donkosaken kamen von hinten durch das Portal, liefen zum Altar und stellten sich vor. Es waren nur acht Männer; also nicht der ganze Chor. Alle waren schwarz gekleidet. Sie sangen á Capella zunächst Kirchenlieder der russisch orthodoxen Kirche und nach der Pause russische Volkslieder. Peter war erstaunt, dass diese acht Sänger so klangvoll und laut singen konnten. Ohne musikalische Begleitung sangen sie die ersten Lieder. Nach der Pause spielte einer der Musiker Akkordeon. Dazu sangen alle acht.

Mit Tomaz geschah etwas während des Konzerts. Zunächst hörte er nur zu. Je länger die Männer sangen, desto andächtiger wurde er. Als sie das Lied „Abendglocken" sangen, bekam auch Peter eine Gänsehaut. Der Zauber der russischen Seele sprang auf ihn über. Peter war wie elektrisiert.

Als das Konzert zu Ende war, blieb er auf seinem Stuhl sitzen. Tomaz ging zur Gottesmutter und kniete sich vor die Kerzen. Er betete andächtig. Tanja hatte das Konzert genossen. Sie hatte sich daran erinnert, wie sie damals mit ihrer Oma in Oberhausen in ihr allererstes Konzert gegangen war. In der Pause hatte sie sich eine CD gekauft und jetzt wartete sie auf Peter und Tomaz. Sie hatte nicht bemerkt, dass Peter nicht hinter ihr her gekommen war. Direkt hinter ihr war zunächst Tomaz, der dann zur Maria gegangen war. Mit den anderen Menschen, die nach draußen strömten, war Tanja aus der Kirche gelangt. Als niemand mehr heraus kam, ging sie in die Kirche zurück. Sie sah Tomaz betend vor der Maria knien und Peter auf seinem Platz sitzen. Er wischte sich mit der Hand über seine Backe.

Weinte er?

Wieso?

Tanja setzte sich in die letzte Reihe. Sie wartete. Sie beobachtete, wie Peter auf seinem Stuhl saß und sich ab und zu mit der Hand über die Wangen wischte. Tomaz tat das Gleiche kniend vor der Maria. Tanja sah sich wieder in der Kirche um.

Lange, so schien es ihr, saß sie da, bis Peter aufstand und langsam zum Ausgang kam. Da es in der Kirche dunkel war, sah sie sein Gesicht nicht besonders gut. Peter bemerkte Tanja nicht. Daher sprach sie ihn an.

„Entschuldige", flüsterte er.

Sie lächelte ihm zu. „Alles klar?", flüsterte sie.

„Ja. Wo ist Tomaz?"

Tanja deutete zur Maria, doch Tomaz war verschwunden. So verließen sie die Kirche, um zu sehen, ob Tomaz draußen wartete.

„Tomaz!", rief Peter. „Ich sehe ihn nicht. Lass uns noch mal drinnen nach ihm suchen."

Tanja und Peter gingen zurück in die Kirche, doch sie fanden Tomaz nicht

„Tomaz!", rief Peter draußen wieder, doch Tomaz war wohl schon weg.

„Meinst du, dass er alleine nach Hause geht?", fragte Tanja.

„Ich denke ja. Er hat Geld für die U-Bahn und kennt den Weg. Tomaz geht bestimmt nicht verloren."

„Hat dir das Konzert gefallen?", fragte Tanja.

„Ja. – Ja, es hat mir gefallen. Niemals hätte ich gedacht, dass es mir so gut gefallen würde. „Die Abendglocken" sind mir so nahe gegangen, dass ich eine Gänsehaut bekommen habe. Mir kamen die Tränen. So etwas habe ich noch nie erlebt."

„Ich habe dich weinen gesehen. – Und Tomaz auch. Ich glaube, ihr ähnelt euch sehr. Ihr seid wirklich Seelenverwandte."

„Meinst du, dass es so etwas gibt?"

„Ja, das meine ich. Überleg doch mal: Du kennst Tomaz nicht mal ein halbes Jahr lang und ihr geht so vertraut miteinander um."

„Du hast Recht. Tomaz ist wie ein Bruder für mich. Oder wie ein Sohn?"

„Seelenverwandter?"

„Seelenverwandter. – Tomaz hat auch geweint?"

„Er kniete vor der Marienfigur, betete und ich denke schon, dass er auch weinte. Ist bei seiner Familie alles in Ordnung?"

139

„Soweit ich weiß, ja. Tomaz und sein Vater arbeiten. Die älteren Geschwister gehen zur Schule und die Mutter kümmert sich um die kleinen Kinder und den Haushalt. Sie bekommen regelmäßig Geld."

„Wie oft sprichst du mit Tomaz Englisch?"

„Jeden Tag. In unserer gemeinsamen Mittagspause sprechen wir ausschließlich in Englisch. Tomaz hat vorgestern seine Bücher mitgebracht. Aber mit der Grammatik bin ich überfordert. Da will er sich an Pater Manuel wenden und weiterhin jeden Sonntag bei ihm lernen. – Er ist so ein toller Junge."

„Wollen wir hier noch was essen?"

„Das ist eine gute Idee."

Peter und Tanja aßen Steaks, Peter trank ein Bier, Tanja Wein. Es wurde ein sehr schöner Abend. Tanja erzählte von ihrem ersten Konzert und schwärmte von den Großeltern. Sie hing an ihnen und erzählte manche Anekdote. Tanja hatte ein sehr gutes Verhältnis zu ihren Großeltern. Sie redete und erzählte so viel über sie, dass Peter das Gefühl bekam, sie zu kennen. Er sah Tanja an.

Er hatte gelernt zuzuhören. Als Vertreter war das wichtig. Die Menschen wollen, dass man ihre Probleme wahrnimmt. Peter hatte oft seinen Kunden einfach nur zugehört. Sie erzählten manchmal Dinge, die man nur einem Fremden anvertraut. Und Peter hatte sich zu einem guten Zuhörer entwickelt, der allerdings darauf hoffte, dass sich dann doch der eine oder andere verpflichtet fühlte, ihm ein oder zwei Paar Schuhe abzukaufen. Oft hatte sich so sein Zeitaufwand dann auch in finanzieller Hinsicht gelohnt. Da Peter aber auch so viel zugetragen wurde, hatte er sich zu einem guten Psychologen entwickelt. Manch einem, der ihm sein Herz ausschüttete, konnte er mit praktischen Ratschlägen zur Seite stehen und Tipps geben. Vielen war aber einfach dadurch geholfen worden, dass einer zuhörte, dass sie jemand ernst zu nehmen schien.

Peter betrachtete Tanja. Sie sah gut aus und hatte rote Wangen bekommen, als sie nach einem Glas Wein über ihre Kindheit und Erlebnisse mit den Großeltern erzählte. Je mehr sie redete, desto jünger schien sie zu werden.

Als es etwa 23 Uhr war, zahlte Tanja. Sie bestand darauf, da sie Peter ja um seine Begleitung gebeten hatte. Für Tanja war es ein wundervoller Abend gewesen. – Die Erinnerung an das erste Konzert, an die Oma, an Kindheitserlebnisse mit den Großeltern…, die sie jetzt mit Peter teilte. Ihr gefiel es, dass Peter so gut zuhören konnte.

Für Peter war es auch ein schöner Abend gewesen. Er hatte Dinge über sich erfahren, die er nicht gewusst und die er auch nicht geahnt hatte. Musik löst etwas aus. Menschen werden fröhlich, traurig, melancholisch … Die russische Seele der Musik hatte eine Gänsehaut bei ihm ausgelöst.

140

Sie hatte ihn zu Tränen gerührt – und Tomaz, seinen Seelenverwandten, auch.

Tanja und Peter fuhren in die Wohnung. Beide liefen die drei Etagen nach oben. Sie hatten sich an diesem Tag nicht viel bewegt. Beide kamen leicht außer Atem in der dritten Etage an, aber keiner war total erschöpft. Peter schloss die Tür auf.

„Wollen wir uns noch einen Moment auf den Balkon setzen und noch ein Glas Wein trinken?", fragte Tanja. „Es war so ein schöner Abend."

Eigentlich war Peter müde gewesen. Die Autofahrt als Beifahrer hatte ihn schläfrig gemacht. Durch das Treppensteigen war er wieder wach geworden. Daher stimmte er zu.

Er ging in die Küche um eine Flasche Wein zu öffnen, während Tanja den Tisch und die Stühle abwischte. Durch die Industrie und die vielen Verkehr mussten die Stühle täglich abgewischt werden, wenn man sich wohl fühlen wollte.

Peter nahm die Weinflasche und zwei Gläser nach draußen und holte dann die Stuhlkissen aus der Diele. Tanja brachte den Lappen in die Küche und nahm ein Windlicht mit hinaus.

Sie setzten sich und tranken den Wein.

Tanja erzählte weiter von ihren Großeltern und aus ihrer Kindheit. Sie wurde immer lustiger und ausgelassener, je mehr Wein sie trank. Sie stellte sich hin und trat ganz nah an das Balkongeländer.

„Ist es nicht herrlich hier?", fragte sie und blickte auf die immer noch verkehrsreiche Straße hinunter. Man sah viele Lichter brennen und doch schien keine Ruhe in die Stadt zu kommen. „Schau doch nur Peter, wie schön es hier ist!"

Peter stellte sich neben sie und sah auf den Verkehr. In der dritten Etage sah man nicht sehr weit, da viele Häuser höher waren. Es gab keinen Park in ihrer unmittelbaren Nähe, keine Grünfläche – eigentlich nur Häuser. Er fand den Blick nicht so schön. Er fand ihn auf keinen Fall besonders.

Tanja streckte die Arme weit aus und stellte sich auf ihre Zehenspitzen.

„Ach könnte ich doch nur fliegen!"

Sie beugte sich weit vor, so dass Peter befürchtete, sie würde vom Balkon fallen. Erschrocken trat er hinter sie und hielt sie fest.

„Vorsicht Tanja! Du fällst noch runter."

Tanja war zusammengezuckt, als Peter sie um die Taille fasste. Sie drehte sich um und sah ihn an. Beide standen ganz dicht voreinander. Tanja stellte sich wieder auf die Zehenspitzen und küsste Peter.

Einen Moment. Sie sah ihn an. Dann schloss sie die Augen und küsste Peter erneut und ausgiebig. Eng umschlungen standen sie aneinandergeschmiegt und küssten sich. Peter nahm diesen ersten Kuss mit allen seinen Sinnen auf. Er roch und schmeckte Tanja, er fühlte ihre Wärme und er hörte den Verkehr.

Am nächsten Morgen erwachte Peter neben Tanja. Sie war schon wach und betrachtete ihn.
„Hast du gut geschlafen?"
„Sehr gut. Und du?"
„Ich habe auch sehr gut geschlafen, aber nur kurz." Sie lachte und küsste Peter erneut. Der erwiderte den Kuss und wäre in einem weiteren Liebesspiel versunken, wenn Tanja nicht gemahnt hätte: „Heute ist ein Arbeitstag!"

Die große Liebe

Seit dem ersten Kuss waren Tanja und Peter ein Paar. Tanja hatte sich schon lange in Peter verliebt. Wie es manchmal so ist. Sie wollte auch aus diesem Grund, dass Peter mit nach Brasilien kommt. Sie schätzte seinen Fleiß, sein Engagement für die Firma. Nach wie vor war es für Tanja ein Phänomen, wie jemand, dem nur zweihundert Euro als Monatsgehalt geboten wurden, sich so in diese Aufgabe reinsteigern konnte.
In den Jahren, in denen sie mit Peter zusammen gearbeitet hatte, konnte sie von ihm lernen. Er hatte zwar einerseits die freundliche Art von ihr übernommen, aber inzwischen hatte Peter die Freundlichkeit so verinnerlicht, dass er Tanja aufmuntern konnte. Wenn sie mal nervös wurde oder gereizt war, was eben vorkommt, so wurde sie durch Peters Lächeln immer wieder froh. Peter hatte längst gelernt, dass er mit Freundlichkeit an die Menschen heran kam.
Peter, der große, schwere Mann war der Fels in der Brandung. Derjenige, dem sie blind vertrauen konnte. Und einen Vertrauten, den brauchte sie in diesem neuen Land. Ein Mensch, auf den sie sich verlassen konnte. Jemanden, der für sie da war, für die Interessen der Firma – einen Freund. Im tiefen Inneren hatte sie Peter so gesehen. Tatsächlich war sie immer die Chefin gewesen – nicht die Freundin. Wann war es Liebe oder Verliebtheit geworden?
Letzte Nacht?
Als es Zoom gemacht hat?

Und Peters Gefühle?
Peters Freunde?
Peter arbeitete so viel, dass er keine Freunde hatte. Er hatte aus diesem Grund seit Jahren auch keine Freundin gehabt. Peters persönliche Erfahrungen mit Menschen, die ihn zum Freund haben wollten, die an

seiner Person interessiert waren, und zwar ohne Vorbehalte, eben so, wie ein Freund sein sollte – ein Geben und Nehmen, eine innerliche Verbundenheit, eine Anteilnahme am gegenseitigen Schicksal ohne Neid – so einen Freund oder Freundin hatte er nicht.

Peter hatte in seiner Jugend nicht gelernt Freundschaften zu schließen. Er war schüchtern gewesen und hatte sich einen Schutzpanzer angefressen. Der hatte den schüchternen Jungen, den späteren Mann noch einsamer werden lassen. Durch Paul hatte Peter den Mut gefunden, zu seiner Figur zu stehen und gelernt über seinen Kummerspeck zu lachen.

Tanja war für Peter unerreichbar und unantastbar gewesen.

Als er sie kennen lernte, war sie so freundlich zu ihm. Der erste freundliche Mensch, der ihn vorbehaltlos anzunehmen schien.

Tanja.

Die Tochter des Chefs.

Sie wurde seine Chefin.

Sie war seine Vorgesetzte in den USA und wollte ihn als Mitarbeiter in Brasilien haben. Die Stelle, die sie ihm angeboten hatte, war verantwortungsvoller, als alle anderen zuvor. Er wurde Führungskraft. Er verdiente mehr. – Geld, als Lockmittel, dass er mitging. Als Lockmittel, dass er wieder von vorne anfing, dass er wieder eine Firma aufbauen sollte. Immer, wenn er Erfolg hatte, sollte er neu anfangen.

Es zehrte langsam an seinen Kräften. – Daher war der Urlaub mit Tomaz so wichtig gewesen. Das Aussteigen, das Ausspannen und doch neue Eindrücke zu gewinnen.

Peter hatte nie, nicht im Traum daran gedacht, dass Tanja mehr an ihm liegen könnte, als nur seine Arbeitskraft.

Als Mensch, als Freundin war sie einfach unerreichbar für ihn gewesen.

Er dachte darüber nach.

War Tanja in ihn verliebt gewesen?

Wollte sie ihn deshalb in Brasilien dabei haben?

„Peter, ohne Sie werde ich nicht nach Sao Paulo gehen", hatte sie damals gesagt. Sie hatte das zur Bedingung gemacht. Mit welcher Absicht? War die Wohngemeinschaft mehr als nur eine preiswerte Zweckgemeinschaft für die Firma von Tanja geplant gewesen? Wollte sie damals schon mehr?

Was war mit Mark? – Tanjas Freund. Er war in den USA.

Peters Freund. – Was man so als „Friend" bezeichnet. Der ehemalige Englischlehrer, mit dem sich Peter gut verstand.

Peter wollte um Tanja kämpfen. Er wollte sich nicht wegschieben lassen.

Mark war in den USA und dort sollte er bleiben.

Peter und Tanja waren in Sao Paulo und lebten hier. Sie waren jetzt ein Paar.

Wie lange?

Bis eine neue Firma gegründet werden sollte?

Würde Tanja dann wieder sagen: „Ich gehe nur, wenn Peter Aquin mitkommt." Oder würde sie alleine gehen. Alleine, weil sie genug von ihm hätte?

,Nutze den Tag', ,Freu dich über jede Stunde, die du lebst auf dieser Welt', ,nimm dein Leben selber in die Hand und mache niemanden außer dir selbst für dein Tun verantwortlich'...
Sprichwörter, Redensarten und gute Wünsche aus seinem Karton fielen Peter wieder ein.
„Wer bin ich? Was will ich? Wo ist meine Heimat? Habe ich ein Zuhause?", fragte er sich. – Wieder einmal.
Er genoss es jetzt so sehr mit Tanja zusammen zu sein.
Er war so verliebt, wie nie zuvor in seinem Leben. Und doch war da die Angst:
Was würde Tanja tun, wenn er ihr überdrüssig werden würde? Ihn nach Deutschland schicken, in die USA oder gar entlassen?
Er wollte nicht darüber nachdenken.
,Jeder Tag ist ein Geschenk. Nutze ihn, als wäre er der Letzte.' – Er wollte sich über seine Verliebtheit und die junge Liebe freuen und nicht um die Zukunft sorgen.

Peter und Tanja arbeiteten wie bisher als gutes Team weiter. Die anderen Mitarbeiter in der Firma merkten zunächst nicht, dass die beiden mehr, als nur Chefin und Mitarbeiter waren. Peter führte wie in den USA Schulungen durch. Er hatte zu Beginn Tomaz gebeten dabei zu sein, um ihm bei der Wortfindung zu helfen. Gleichzeitig lernte Tomaz dadurch selbst zu schulen. Nach nur wenigen Wochen konnten Peter und Tomaz durch diese Methode gleichzeitig je eine Gruppe neuer Bewerber schulen. In der Mittagpause, die Tomaz und Peter in der Regel zusammen verbrachten, sprachen sie Englisch.
Peters Portugiesischkenntnisse waren inzwischen wirklich gut und Tomaz sprach gutes Englisch. Beide genossen ihre Pausen – ihre gemeinsame Zeit. Peters Gefühle dem Jungen gegenüber waren nach wie vor viel enger, als die gegenüber einem Freund. Er würde sich darum kümmern, dass Tomaz eine gute Ausbildung bekam. Seinen angenommenen „kleinen Bruder" wollte er nicht im Stich lassen.

Mark?
Als Peter mit Tomaz durch Brasilien fuhr, verbrachte Tanja ihren Urlaub in Rio de Janeiro mit Mark. Sie waren in einem schönen Hotel, doch Tanja war so unruhig. Sie schob ihre Unruhe auf den Beginn der Produktion. Sie war angespannt, ob sie die Erwartungen ihres Vaters erfüllen konnte.

Mark wurde nervös durch Tanjas Angespanntheit. Beide entschieden, sich zu trennen. Die Entfernung USA – Sao Paulo war zu groß. Sie wollten Freunde bleiben, gaben sich aber gegenseitig frei. Mark hatte in den USA eine Frau kennen gelernt, die in seiner Nachbarschaft wohnte. Er wollte frei sein. Er wollte eine Freundin haben, die er täglich sehen kann.

Tanja war nicht traurig über seine Entscheidung.

Sie sollte nicht böse sein. Und sie war es nicht.

Sie wusste nicht warum.

Jetzt wusste sie es.

Sie wollte damals schon Peter.

Sie war enttäuscht, dass er so lange Urlaub genommen hatte. Aber sie hatte gespürt, dass er nur zurückkommen würde, wenn sie ihm die Auszeit gewähren würde. Doch sie hatte noch nicht begriffen, dass sie ihn liebte.

Seit sie ein Paar waren, war alles so klar. Es war so einfach. Sie lebten, als wären sie schon lange zusammen.

Beide hatten gedacht, die WG funktioniere auf Grund der Zweckgebundenheit. Tanja als Chefin hatte das Sagen, Peter ordnete sich unter. Aber Peter musste sich nicht unterordnen. Tanja hatte direkt am ersten Abend bewiesen, dass sie ein Freund war. Sie hatte Peters Kotze weggewischt. Wie eine Ehefrau – wie eine Freundin – wie ein guter Freund.

Ein Team – in Beruf und zu Hause.

Zuhause?

War Sao Paulo sein Zuhause?

Wieder ein neuer Anfang

Die Schuhproduktion hatte längst begonnen. Tomaz Vater war in der Fabrik tätig. Er hatte Arbeit, bekam Geld und konnte wieder die Miete und den Lebensunterhalt für seine Familie zahlen. Auch Tomaz unterstützte seine Eltern. Er gab fast sein gesamtes Gehalt ab. Während der Arbeitslosigkeit hatte der Vater Schulden gemacht.

Die ersten Schulungen, die Tomaz und Peter durchgeführt hatten, waren abgeschlossen. Die Mitarbeiter bekamen Musterschuhe und zogen genau wie Peter vor einigen Jahren von Haus zu Haus.

Zwar gibt es in Sao Paulo Millionen von Menschen, die sich die Schuhe nicht kaufen können, aber es gibt auch sehr viele, die sie sich leisten können.

Fünf Mitarbeiter, die eine kaufmännische Ausbildung hatten, wurden gesucht. Sie sollten Bestellungen über ein Call-Center aufnehmen. Tanja hatte die Idee gehabt, eine Telefonnummer bei der Fernsehwerbung einblenden zu lassen. Der Werbespott sollte acht Wochen nach Produktionsbeginn ausgestrahlt werden und Tanja erhoffte sich telefonische Bestellungen.

Den Abend vor der ersten Ausstrahlung standen Peter und Tanja wieder auf dem Balkon. Beide waren nervös.
Wie würde der Spot ankommen?
„Hoffentlich werden wir hier auch so erfolgreich, wie in den USA", sagte Tanja. „Ich fühle mich im Moment sehr unter Druck. Ich bin so rappelig. Das kannst du dir gar nicht vorstellen. Ich fühle mich, wie ein Löwe im Käfig und möchte ständig hin und her laufen."
Peter nahm sie in den Arm.
„Wir haben alle Vorbereitungen getroffen und können nur hoffen, dass es gut läuft. Die Schuhe sind nach wie vor sehr gut. Ihr habt einfach ein tolles Produkt. Und wir haben eine Marktlücke entdeckt, die eure Konkurrenten bisher ignoriert haben. Ich denke, dass der Vorsprung erst mal so groß ist, dass wir auch hier erfolgreich werden."
„Ich möchte nur so schnell wie möglich schwarze Zahlen schreiben."
„Mach dich doch nicht so verrückt. Bisher ist alles so gut vorbereitet und hat immer geklappt. Wieso sollten wir hier kein Glück haben?"
„Es tut mir leid", sagte Tanja und machte sich los. „Ich muss mal zur Toilette. Das ist immer so, wenn ich eine Prüfung habe oder aufgeregt bin. Bevor wir hierher flogen, war ich so oft zur Toilette, wie davor als wir in die USA gingen und davor vor meinen Prüfungen. Immer wenn etwas ganz Wichtiges auf mich zukommt, muss ich zum Klo."
Sie verschwand und kam nach kurzer Zeit zurück. Peter hatte derweil auf die Straße gesehen und den Verkehr beobachtet.
‚Wie man sich an Verkehrslärm gewöhnen kann', dachte er.
Als Tanja wiederkam, unterhielten sie sich weiter und tranken Wein.

Die Fernsehwerbung führte zu etwas, dass sich weder Tanja, noch Peter hätten ausdenken oder erwarten können. Wegen der immensen Kosten hatte sich die Firma entschlossen, den Spot nur zweimal am Abend bei Amaury JR, dem allgemeinen Fernsehsender aus Sao Paulo senden zu lassen. Das Publikum war so begeistert, dass die Telefone heiß liefen. Peter und Tanja stellten vier weitere Telefonkräfte ein, die die Bestellungen aufnehmen sollten. Die Vorlaufproduktion von acht Wochen war in kurzer Zeit bestellt worden.

Peter und Tanja freuten sich über den Erfolg. Tanja jubelte:
„Jetzt fällt mir erst mal ein ganz großer Stein vom Herzen. Ich werde gleich ein Fax nach Hause senden, damit mein Vater auch Bescheid weiß. Ich bin so froh, dass das so gut anläuft. Wenn das so weiter geht, werden

wir nach kurzer Zeit schon schwarze Zahlen schreiben. – Ohne dich Peter, wäre das nie gelungen!"

„Doch natürlich. Ich kann mich da immer nur wiederholen: Euere Schuhe sind einfach wunderbar. Dein Vater hat die richtige Entscheidung getroffen, als er damals mit der Herstellung des viscoelastischen Schaums in den Schuhen begonnen hat. Ich will nie wieder andere tragen."

„Das stimmt. Sie sind gut, doch ohne dein Engagement und deinen Fleiß wären wir niemals so weit gekommen. Es ist zum großen Teil dein Verdienst. Wenn du in Deutschland nicht so losgegangen wärst, wenn du nicht so sehr abgenommen hättest und nicht auf die Idee mit dem Spot mit dir und Paul gekommen wärst. – Ach, ich kann dir gar nicht genug danken. – Für den Unternehmenserfolg."

„Und ich danke dir für die Chancen, die du mir gegeben hast."

Peter war in Tanjas Büro. Er strahlte sie an. Beide freuten sich, dass alles so gut anlief. Viel besser, als sie es sich erträumt hatten und viel besser, als sie es nach ihren Erfahrungen in den USA erwartet hatten.

„Wir müssen die Produktion steigern", sagte Tanja. „Wir müssen einen Termin mit Herrn Zilah und meinem Vater machen. Der Werbespot sollte landesweit ausgestrahlt werden."

So machten sie es. Weitere Fertigungsstraßen wurden gebaut und die Produktion erhöht. Der Werbespot wurde landesweit ausgestrahlt und so geschah das Unglaubliche:

An einem Freitagvormittag bekam Peter einen Anruf.

„Mein Name ist Manuel Caspari. Ich rufe an von Televisione Cancao Nova", meldete sich ein Herr am anderen Ende.

Peter wusste nichts damit anzufangen. Herr Caspari erklärte ihm, dass es sich um einen Fernsehsender in Sao Paulo handelt und bat Peter um einen Gesprächstermin. Er sollte am folgenden Mittwoch um zehn Uhr zum Sender kommen. Peter sagte den Termin zu.

Abends erzählte er Tanja von dem Gespräch.

„Ich habe mich gewundert, dass er mit mir sprechen wollte. Warst du nicht im Büro?"

„Heute Vormittag war ich beim Friseur."

„Möchtest du am Mittwoch dorthin gehen?"

„Nein, nein. Mach du das nur. Ich habe im Moment so viel zu tun, da ist es mir lieb, wenn du den Termin wahrnimmst. Ich bin immer noch so nervös und kribbelig. Obwohl alles so gut angelaufen ist. Ich glaube, das Ganze ist für mich eine Nummer zu groß."

„Lass dich nicht unterkriegen. Du machst das toll."

„Danke. – Peter, du bist ein Schatz. Ohne dich wäre ich hier ganz alleine. Ich kenne wirklich niemanden, dem ich so sehr vertrauen kann, wie dir."

Sie unterhielten sich noch eine Weile, dann wollte Tanja ins Bett.

„Seit wir mit dem Verkauf begonnen haben, bin ich immer so müde. Ich möchte mich ausruhen, um nicht in der Firma schlapp zu machen. Vielleicht sollte ich noch jemanden einstellen, der mich entlastet. Entschuldige mich." Sie küsste Peter sanft und ging ins Bad, um sich fertig zu machen.

Peter sah sich einen deutschen Sender an. Es begann ein James Bond Film.

„Sie sind Herr Aquin, nicht wahr?", wurde Peter vom Portier des Fernsehsenders Cancao Nova erkannt. „Ich möchte auch solche Schuhe kaufen. Sind die wirklich ausverkauft?"

„Ja, aber Sie können bestellen. Wir haben allerdings zurzeit Wartezeiten. Ich habe einen Termin bei Manuel Caspari. Wo ist sein Büro?"

Der Portier schrieb ihm Stockwerk und Zimmernummer auf einen Zettel und beschrieb den Weg. Dann ging Peter zu den Aufzügen. Als er davor stand, sah er sich nach der Treppe um. Da er keine sah, drückte er den Knopf, um den Aufzug zu rufen.

Als er in der fünften Etage ankam und das Büro suchte, in dem er erwartet wurde, kamen ihm einige Mitarbeiter entgegen. Die erkannten ihn und grüßten, als wäre er ein Kollege.

Peter klopfte und trat durch die offene Tür in ein Büro, in dem eine Sekretärin saß und am Computer arbeitete. Als die den Besucher bemerkte, sah sie von der Arbeit auf.

„Sie sind Herr Aquin, nicht wahr?", sagte sie beim Aufstehen.

„Ja. Ich habe einen Termin."

„Das ist richtig. Kommen Sie bitte mit mir mit. Sie werden erwartet. Der Chef hat mit dem Meeting bereits begonnen."

Peter folgte der Sekretärin durch einen Flur, der in einen offenen Raum führte in dem Tische und Stühle standen. Es gab sowohl kleinere als auch größere Sitzgruppen um diese Tische. Sie waren ganz willkürlich zusammenstellbar. Die Sekretärin ging zu der dahinter liegenden Tür und klopfte. Sie betrat den Raum und meldete Peter an.

„Bitte kommen Sie herein", sagte ein hoch gewachsener Mann und ging auf Peter zu. Mein Name ist Manuel Caspari. Ich bin Produzent der neuen Kochsendung: „Genießen ist der größte Spaß". Nennen Sie mich Manuel."

„Ich heiße Peter."

„Gut, Peter. Dies hier sind Mitarbeiter in meinem Team: Elena Santiago, die Regisseurin und Miguel Rodrigez der Autor der Sendung. Wir möchten, dass Sie für das Publikum kochen."

„Manuel, ich kann aber gar nicht kochen. Ich habe es nie wirklich gelernt und auch nie Spaß daran gefunden. Ich kann Pizza aus der Tiefkühltruhe und Dosen warm machen. Vielleicht auch noch Nudeln kochen. Ich bin daher nicht geeignet dem Fernsehzuschauer kochen beizubringen."

„Wir wollen eine Sendung machen, in der einfach gekocht wird. Das ist ja das Tolle daran. Die Spitzenköche, die die Steaks auf den Punkt genau hinbekommen, die alle möglichen Soufflés und wer weiß wie tolle Raffinessen kochen, die haben wir schon genug. Unser Konzept ist anders. Wir suchen jemanden, der bisher nicht im Fernsehen als Koch aufgetreten ist. Wir sind auf Sie gekommen, weil uns allen der Werbespot mit den Schuhen so gut gefällt. Waren Sie wirklich so dick oder ist das Fotomontage?"

„Leider war ich so dick. Und da ich mich zurzeit nicht allzu viel bewege, muss ich aufpassen, dass ich nicht wieder zu viel zunehme."

„Das ist absolut perfekt. Wie haben Sie es geschafft so viel abzunehmen?"

„Ich habe anders gegessen und mich mehr bewegt."

Elena unterbrach ihn: „Haben Sie mehr Obst und Gemüse gegessen?"

„Ja, das auch, aber ich habe meine Einstellung zum Essen verändert. Als ich so sehr dick war, hatte ich keine Aufgabe. Es war eine Art von Kummerspeck, den ich mir angefressen habe. Ich war dick und schwerfällig und weil ich mich nicht schnell bewegen konnte, habe ich aus Langeweile immer mehr gegessen. Es steigerte sich, bis dass ich am Ende nur noch gegessen habe."

„Wie haben Sie es denn geschafft, dass Sie jetzt so viel Gewicht verloren haben? Durch Diäten?", fragte Elena, die ebenfalls nicht allzu schlank war, nach.

„Nein, durch Arbeit."

Peter erzählte in kurzen Sätzen, wie er den preiswerten Job angenommen hatte und mit den Schuhen, die er verkaufen sollte, seinen Lebensinhalt komplett geändert hatte. Er erwähnte seinen Zettelkasten mit dem Spruch: „Wir essen um zu leben und wir leben nicht um zu essen."

„Als ich über diesen Spruch nachdachte, wurde mir klar, dass ich Essen nicht mehr genieße. Ich habe es nur in mich hineingestopft. Seitdem esse ich anders. Wenn ich Steak esse, stelle ich mir vor, wie dieses Tier geweidet hat. In Brasilien gibt es so viele Weideflächen. Ich stelle mir vor, wie es glücklich gegrast hat und nur deshalb leben durfte, um Fleisch für die Menschen zu produzieren. Ich stelle mir Landschaften vor, wo es geweidet haben könnte und wenn ich einen Bissen abschneide, dann achte ich das Tier. Ich kaue viel länger und versuche Gewürze herauszuschmecken. Wie gesagt: Meine Einstellung zum Essen hat sich geändert. Bei fast allen Nahrungsmitteln denke ich an die Orte, an denen sie gewachsen sind und beim Fleisch halt daran, wo das Tier gelebt hat. Dadurch habe ich ein Genussempfinden entwickelt, das ich früher kannte."

„Das ist ja wunderbar!", rief Manuel. „Das ist ja viel besser, als wir gedacht haben! – Peter, wir haben uns folgendes Projekt überlegt: Wir wollen eine Kochsendung machen, in der jemand, der bisher nicht kochen kann, kochen lernt und dies dem Publikum auch vermittelt. Wir haben dabei an Sie gedacht, weil Sie mit Ihrem Werbespott mit den Schuhen dem Fernsehpublikum bekannt sind und gleichzeitig mal sehr dick waren und erheblich abgenommen haben. Wenn Sie es jetzt noch schaffen zu kochen und dabei dem Zuschauer Genuss zu vermitteln, denke ich, dass das sehr gut angenommen werden wird. Für den Anfang haben wir fünf Sendungen vorgesehen, die an zwei Tagen aufgezeichnet werden sollen. Das heißt: Sie kochen vor der Kamera. Es hilft Ihnen unser Fernsehkoch Alfredo bei den Handgriffen. In jeder Folge wollen wir ein ganz einfaches Gericht und auch ein aufwändigeres kochen. In jeder Folge soll der Schwierigkeitsgrad etwas gesteigert werden, bis Sie nach den fünf Folgen bereits ein gutes Menu fertig stellen. Sie brauchen wirklich keine Vorkenntnisse zu haben. Für unsere Idee wären Vorkenntnisse sogar schlecht.

Da Sie nach Ihrer Aussage eben nicht kochen können, sieht der Zuschauer, wie Sie in jeder Folge besser werden. Lachen Sie über Missgeschicke und genießen Sie Ihr eigenes Essen. Zeigen Sie den Genuss. Sagen Sie, wie Sie sich vorstellen, wo ein Tier geweidet hat, wo ein Fisch geschwommen ist, wie Gemüse wächst und geerntet wird. Das ist fabelhaft! -

In jeder Folge soll Ihnen jemand zur Hand gehen. Wir haben in der ersten Folge an eine Hausfrau gedacht, in der letzten Folge soll es Alfredo persönlich sein. Alfredo wird aber bei jeder Sendung dabei sein – sozusagen als Publikumsmagnet."

Sie diskutierten noch eine Weile, doch Peter war schon sehr erfreut von der Aussicht, dass er eine Fernsehrolle bekommen sollte. Nirgendwo in der Welt scheint das Fernsehen so wichtig zu sein, wie in Brasilien. Um dort so ein Angebot zu bekommen, muss man extremes Glück haben. Diese Chance wollte Peter in jedem Fall wahrnehmen.

‚Nutze rasch den Augenblick, vergangene Zeit kehrt nie zurück', dachte er und: *‚Freu dich über jede Stunde, die du lebst auf dieser Welt.* Und*: Lebe jeden Tag, als wäre es der Letzte.'*

Sie vereinbarten zwei Drehtage, da Peter Anfänger war. Er sollte am kommenden zehnten um acht Uhr im Studio sein. Da der Vertrag vorbereitet war, brauchte Peter nur zu unterschreiben und wurde dann von Manuel zum Essen eingeladen. Elena und José kamen mit.

Es war eine sehr unterhaltsame und lustige Runde. Sie schienen ein gutes Team zu werden. Als das Essen kam, wunderten sich alle, wie langsam Peter aß und wie sehr er die Mahlzeit genoss. Auf Grund seiner Erfahrungen als Außendienstmitarbeiter war er inzwischen zum guten

Unterhalter geworden. Er erzählte einige seiner Erlebnisse, schmückte manches aus und brachte die anderen zum Lachen. Als sie fertig waren, bot Manuel Peter an, ihn nach Hause zu fahren. Doch der lehnte ab. Er wollte zu Fuß gehen. Es war zwar ein langer Weg, doch Peter war so glücklich erfreut, dass er seine Freude durch das Laufen länger auskosten wollte.

Sehr glücklich verließ Peter daher das Restaurant. Er lief auf seinen neuen Schuhen, natürlich von der Firma Globetreter, in zügigen Schritten. Er brauchte über eine Stunde um zur Firma zu gelangen.

Gut gelaunt grüßte er die Sekretärin an der Rezeption und ließ sich bei Tanja anmelden. Er durfte natürlich sofort in ihr Büro.

„Hallo Schatz", sagte Peter und ging zu ihr. Sie küssten sich und er setzte sich vor ihren Schreibtisch auf einen Stuhl. „Ich werde Fernsehkoch!", platzte er als nächstes heraus. Stell dir vor, der Produzent Manuel Caspari hat mir einen Vertrag für fünf Kochsendungen angeboten."

„Du kannst doch gar nicht kochen."

„Das ist kein Problem – oder er findet es sogar gut, denn er will eine Kochsendung machen, in der ein Nichtkönner zum Könner wird. Manuel will fünf Sendungen produzieren, in denen ich vom einfachen Gericht bis zum dreigängigen Menu kochen lernen werde. Stell dir vor, davon profitierst du auch."

Tanja lachte: „Als wenn du nach fünf Sendungen kochen könntest."

„Aber besser als jetzt kann ich es dann bestimmt."

„Wie kommt der denn auf dich?"

„Durch den Spot, der jetzt in der Werbung läuft. Es gefiel ihm, dass ich so dick war. Er will mit der neuen Sendung zeigen, dass ein Anfänger kochen lernen und gleichzeitig Genuss vermitteln kann. Ich soll daher kochen und essen. – Nein, ich soll kochen lernen und mein Essen genießen und versuchen den Genuss dem Publikum nahe zu bringen."

Tanja und Peter gingen am Abend wieder zum Essen. Sie unterhielten sich lange über Peters große Chance. Tanja freute sich sehr für ihn. Was für ein Glück der hatte.

Als der zehnte kam, war Peter pünktlich im Studio. Er bekam eine Kochmütze auf und eine Schürze umgebunden. Er sollte mit der Hausfrau Elvira einen Eintopf kochen. Elvira hatte Bohnen mitgebracht, die sie am Vorabend bereits in Wasser eingelegt hatte. Zusammen mit Peter schnitt sie Fleisch in Würfel. Dann bekam Peter Zwiebeln, die er häuten und ebenfalls in kleine Würfel schneiden sollte. Da Peter dies noch nie gemacht hatte, stellte er sich ungeschickt an. Alfredo schritt ein und zeigte, wie man professionell und superschnell eine Zwiebel in kleine Stücke schneiden kann. Danach mussten Elvira und Peter Möhren schälen. Elvira zeigte Peter, wie man das am besten macht oder wie sie es macht. Dann schnitten sie die Möhren in Würfel. Peter lernte Knoblauch zu schälen und in ganz feine Stücke zu schneiden.

Er roch an seinen Händen und bemerkte, dass die den Knoblauchgeruch angenommen hatten. Er lernte Tomaten zu häuten und zu entkernen und er schnitt zwei Paprikaschoten in Stücke. Zum ersten Mal in seinem Leben hielt er einen Weißkohl in der Hand.

Elvira zeigte Peter, wie man die äußeren schlechten Blätter entfernt, den Strunk ausschneidet und ihn in feine Streifen schneidet. Peter schnitt ein kleines Stück, Elvira schnitt den Großteil des gesamten Gemüses.

Drei Kameramännern filmten Peter und Elvira aus unterschiedlichen Perspektiven. Später sollte das Ganze geschnitten und auf die Sendezeit gekürzt werden. Daher konnte Peter schon für die zweite Fernsehfolge kochen, obwohl der Eintopf noch auf kleiner Stufe gar werden musste.

Der Jungkoch Felipe, der beim Sender angestellt und im zweiten Lehrjahr war, sollte ihm assistieren. Man hatte ein Fischgericht gewählt. Peter und Felipe sollten den Flussfisch „Pintado", einen Hautfisch ohne Schuppen und ohne Gräten, zubereiten. Es handelt sich bei diesem Fisch um eine Delikatesse aus der Region des "Pantanal". Der Pintado sollte traditionell als „Mojica" zubereitet werden. Dazu werden Filet-Würfel des Fisches, zusammen mit Tomaten, Zwiebeln, Maniok-Stücken gekocht und mit Suppengrün und Koriander gewürzt. Gekochten Reis und gebratene Bananen waren als Beilagen vorgesehen.

Peter war am Morgen vor dem Drehen sehr nervös gewesen. Auch als er ins Studio kam, war er noch sehr aufgeregt. Aber von dem Zeitpunkt, als man ihm die Mütze und die Schürze gab und er Elvira vorgestellt wurde, verschwand die Nervosität. Peter spürte, dass Elvira viel nervöser war als er und er rutschte automatisch in seine Rolle als Vertreter. Er hatte sich im Laufe der Jahre ein Konzept erdacht, mit dem ihm gelang, dass die Leute zuhörten. Während er Elviras steigende Nervosität spüren konnte, plapperte er mit ihr und brachte sie dazu, dass sie ihm zuhörte. Sie konzentrierte sich auf ihn und wurde ruhig. Peter machte lustige Sprüche und brachte Elvira zum Lachen. Und durch das Lachen wurden beide locker und entspannt.

Diese Entspannung, die Freude und die, für das Aufnahmeteam unbekannte und unerklärliche Gelassenheit der beiden Laienköche, konnten die Kameras festhalten. Peter und Elvira vergaßen fast, dass sie für das Fernsehen kochten. Sie machten gegenseitig Witze und alberten herum, während sie das Gemüse oder Fleisch schnitten, dass selbst das Team lachen musste.

In der zweiten Folge kochte Peter mit dem Kochlehrling Felipe. Der lernte in der Kantine und war im zweiten Lehrjahr. Felipe war ein schüchterner Junge und sehr nervös. Er hatte sich natürlich über das Angebot, vor der Kamera kochen zu dürfen gefreut. Die Anerkennung für seine Arbeit gefiel ihm gut, aber Felipe war im Moment, als er das Studio betreten hatte so nervös, dass er ständig an seinen Händen spielte. Da Peters Aufregung bei dem Kochen mit Elvira ganz verschwunden war, gingen seine Gelassenheit und seine Ruhe, auch auf den Jungen über. Peter begann auch mit Felipe zu scherzen und foppte ihn ein wenig.

Als der Jungkoch Peter zeigen wollte, wie man den Fisch bearbeiten muss, versteckte der ihn, indem er eine Traube von Strauchtomaten darauf legte. Der Junge hatte sich gerade umgedreht, um ein Messer zu nehmen und dann war der Fisch weg. Er sah ihn nicht. Da er noch nervös war, drehte er sich wieder um und suchte den Fisch. Dabei machte er einen so lustigen Gesichtsausdruck, dass wieder auch die Leute im Team lachten.

Für die ersten beiden Sendungen kochten sie an diesem ersten Tag. Als das Essen fertig war, wurde es serviert und Peter, Elvira und Alfredo kosteten ihren Eintopf. Alfredo erklärte ihnen, was sie sehr gut gemacht hatten und was sie seiner Meinung nach verbessern konnten. So bekamen die Hausfrauen vor dem Bildschirm nützliche Tipps. Als Peter mit Alfredo und Felipe aß, gab es einen trockenen brasilianischen Weißwein zum Essen. Die brasilianische Weinproduktion hat sich inzwischen nicht nur an Quantität sondern vor allem auch in ihrer Qualität bedeutend verbessert. Peter und Alfredo scherzten aber auch mit dem Jungkoch. Sie lachten mit ihm über seine Fischsuche. Wieder gab Alfredo Verbesserungstipps und der Junge bekam einen roten Kopf. Peter genoss seinen Fisch und erzählte seine Gedanken. Er erzählte, wo und wie der Fisch geschwommen war, wie er gefangen wurde und wie er ins Kochstudio gelangte. Alfredo und Felipe sahen ihn staunend an. Alfredo warf kurze Kommentare ein, die die Zuschauer zum Lachen bringen würden.

Am nächsten Tag wurde weiter gedreht. Peter konnte das am Vortag Gelernte zum Teil einsetzen. Als er für die letzte Folge mit dem Meister Alfredo kochte, hätte man nicht sagen können, wer von ihnen besser war. Alfredo zeigte typische Bewegungen, die nur Köchen mit sehr viel Erfahrung gelingen, wie zum Beispiel eine Pfanne mit Gemüse einhändig so zu schütteln, dass nichts daneben fällt. Er war Peter im Kochen natürlich weit überlegen, doch Peter versuchte auch die Pfanne mit Gemüse in einer Hand zu schütteln. Teils gelang es ihm ganz gut, teilweise überhaupt nicht. Da Peter aber immer den passenden Spruch auf den Lippen hatte, war er der bessere Entertainer.

Peter bekam zu jedem Essen die Preisliste und erzählte den Zuschauern, wie teuer die Mahlzeit war und wie viele davon satt werden konnten. Er aß langsam und bedächtig, kostete und beschrieb den Geschmack sehr genau. Er wurde von den Mitköchen unterbrochen, die ihre Geschmacksempfindungen mitteilten. Auch dabei wurde stets herumgealbert und dem Zuschauer die Lebensfreude der Köche übermittelt. Daher hatte das ganze Team auch am zweiten Drehtag viel Spaß bei der Arbeit. Die Sendungen mussten geschnitten und bearbeitet werden. Die Erste sollte acht Wochen später im Fernsehen ausgestrahlt werden. Peter und Tanja waren sehr gespannt.

Die Schuhproduktion lief so gut, wie nie zuvor. Sowohl in den USA und auch in Brasilien, wo die Werbespots jeweils im Fernsehen ausgestrahlt wurden, waren die Leute sehr kauffreudig. Die Aufträge erhöhten sich um 300 %, so dass kein Herstellungswerk die Nachfrage befriedigen konnte. Obwohl die Preise nach wie vor hoch waren, wollten die Menschen die neuen Schuhe kaufen.

In den USA kauften sie die Schuhe, weil sie sich versprachen, dünner und fitter zu werden. Es gibt dort sehr viele dicke Menschen. Da es sich um ein so sehr gutes Produkt handelt, wurde auch durch die Mund zu Mund Propaganda der Verkauf angekurbelt. Auch schlankere Leute wollten die Schuhe tragen, da ihnen von Bekannten, Kollegen und Freunden versichert wurde, dass ihre Beine auch nach einem ganzen Tag lang stehen oder laufen nicht weh taten, dass man in den Schuhen wie auf Watte läuft und dass sie einfach nur unglaublich bequem sind, dazu noch gut verarbeitet und schick.

Die Firma Globetreter produzierte längst sehr viele verschiedene Modelle, so dass für alle Geschlechter sowohl Freizeitschuhe, als auch festliche Schuhe, welche mit flachem oder hohem Absatz, Sandalen und Sportschuhe… nahezu alle Modelle vertreten waren. Man konnte sogar längst schon die Schuhe selbst zusammenstellen. Bei allen Modellen gab es die Möglichkeit, sowohl die Ledersorte, als auch die Farbe zu wählen. Die Schuhe wurden dann entsprechend diesen Wünschen angefertigt. Teuerste und edelste Variante waren Schuhe aus Elchleder. Die gut Situierten trugen diese Modelle wie Statussymbole.

In den USA war Florian nach der Ausstrahlung des Werbespots dazu übergegangen, per Internet Bestellungen anzunehmen. Das Geschäft boomte. Aber die bereits ausgebildeten Außendienstmitarbeiter waren auch weiterhin fleißig. Sie hatten es jetzt erheblich leichter die Schuhe zu verkaufen. Oft brauchten sie nur klingeln und kaum etwas zu sagen. Wenn jemand die Tür öffnete und das Logo der Firma Globetreter sah, waren oft mindestens ein Paar Schuhe verkauft. Die Bestellungen der Außendienstmitarbeiter wurden bevorzugt, so dass sie gute Abschlüsse machten. Florian ließ daher ebenfalls eine weitere Halle bauen, um die Produktion zu erhöhen.

Auch in Deutschland wurden die Produktionsstraßen ausgebaut, denn Herr Berger hatte sich entschieden, auch da den Werbespot im Fernsehen ausstrahlen zu lassen. Er wollte ihn in allen Ländern, in denen er die Schuhe anbot, senden lassen. Und so wie es schien, war die Konkurrenz immer noch nicht so weit, um ebenfalls Schuhe oder Sohlen mit viskoelastischem Schaum herzustellen. Sie hatten die Firma Globetreter, die teuere Produkte verkaufte, bisher nicht als ernstzunehmende Konkurrenten erkannt.

In Brasilien wurden die Produktionsstätten erheblich ausgebaut. Da Tanja regelmäßig mit ihrem Vater und Bruder telefonierte, waren sich alle drei einig, überall die Bestellungen per Internet und auch per Telefon zu ermöglichen. Aus diesem Grund mietete Tanja ein neues Büro an. Dort sollten ausschließlich Mitarbeiter sitzen, die Bestellungen per Telefon und per E-Mail annahmen und diese an die Verkaufsabteilung weiterleiteten. Gleichzeitig wollte Tanja in mehreren Großstätten Geschäfte eröffnen, die ausschließlich Schuhe der Firma Globetreter führen sollten und wo die Kunden ebenfalls Modelle nach eigenen Wünschen bestellen konnten. Mit Hilfe von Joaquim Zilah, dem Teilhaber in Sao Paulo, fand sie entsprechende Mitarbeiter.

Auf der weltgrößten Schuhmesse wurde die Firma Globetreter sehr stark besucht. Herr Zilah, Herr Berger, Tanja, Florian und auch Peter hatten alle Hände voll zu tun, um Aufträge anzunehmen. Sie sprachen ausschließlich mit Großabnehmern. Kleinere Auftraggeber wurden von anderen Angestellten bedient.

Von morgens bis abends arbeiteten Tanja und Peter. Tanja telefonierte viel und versuchte durch Makler und Mitarbeiter, die Herr Zilah ihr schickte, Verkaufsräume zu finden. Nach der Messe führte Peter weiter seine Schulungen durch und half Tanja, wenn diese beendet waren. Beide waren fleißig, beide bestrebt, dass der Unternehmenserfolg weiter stieg. Wenn sie die Arbeit beendeten, war es in den letzten Wochen meist so spät geworden, dass sie oft nur noch in ein Restaurant fuhren und dort etwas aßen, sich über den Tag austauschten und nach dem Essen in die Firmenwohnung fuhren.

Die „Betriebswohnung" war ihr Zuhause geworden. Sie setzten sich dort oft nur noch ins Wohnzimmer und sahen fern. Meist saß Peter auf der Couch und Tanja kuschelte sich in seinen Arm. Dort schlief sie inzwischen fast immer bereits nach wenigen Minuten ein. Wenn Peter das bemerkte, betrachtete er sie. ‚Wie schön Tanja ist', dachte er oft. ‚Dass sie sich in mich verliebt hat…'

Er genoss diese Abende. Da er wieder so viel arbeitete, hatte er kein Interesse am Feierabend noch viel zu unternehmen. Er war auch froh, dass er sich in dieser anstrengenden Zeit auf das Sofa setzen und nur fernsehen konnte.

Wenn er sich selbst darin sah, freute er sich über den gelungenen Spot. Paul und er bewirkten den explosionsartigen Schuhverkauf der Firma Globetreter. Er, der einst so dicke, faule und antriebslose Mann, war „weltberühmt" und hatte zu dem großen Erfolg beigetragen. Peter sah auch seine Schwachpunkte in dem Spot. Er wusste, was er beim nächsten Mal besser machen wollte.

Oft sah Peter Deutsches Fernsehen, weil er an den Abenden nur noch abschalten wollte. Er fand es nach wie vor sehr interessant, dass es in Brasilien deutsche Fernsehsender gab.

Weihnachten

„Peter, meine Eltern wollen, dass wir Weihnachten nach Hause kommen. Ist dir das Recht?"

„Nach Hause?" Peter hatte so oft über „Zuhause" nachgedacht, dass er inzwischen ganz aufmerksam auf dieses Wort reagierte.

„Also nach Deutschland, zu meinen Eltern", verbesserte Tanja. „Florian kommt aus St. Louis und wir haben bisher immer zusammen gefeiert. Ich möchte gerne fliegen. Wir sind jetzt fast ein Jahr hier und ich denke, es wird Zeit mal wieder Urlaub zu machen. Ich bin so erschöpft und müde, wie noch nie in meinem Leben. Wir arbeiten viel, ja. Aber in den USA habe ich genauso viel gearbeitet und ich bin Joggen gegangen und hab auch am Wochenende mit Mark immer etwas unternommen. Ich bin so verliebt in dich und möchte in der Freizeit fast immer nur ausruhen. Die Feiertage auszuspannen wird uns gut tun." Tanja küsste Peter.

Als sie fertig waren, stimmte der der Fahrt nach Deutschland zu. In drei Wochen würden sie fliegen und sechzehn Tage in Deutschland bleiben. Tanja freute sich wirklich. Diese Freude war so stark, dass sie munterer erschien. Sie schaffte es fünf Tage hintereinander mit Peter in einem Park zu walken. Doch sobald sie in der Wohnung waren und auf der Couch saßen, schlief sie ein.

Nach wie vor nutzte Peter die Mittagpause, um mit Tomaz Englisch zu sprechen. Der machte gute Fortschritte. Peter hatte sich in den USA einen bestimmten Akzent angewöhnt, den Tomaz jetzt übernahm. Manchmal brachte Tomaz Texte mit, die ihm Pater Manuel gegeben hatte. Die lasen sie zusammen oder Peter diktierte den Text. Tomaz wollte unbedingt das Stipendium erhalten, um weiter lernen zu können. Seine Eltern hatten inzwischen zwar keine Schulden mehr, aber Geld für die Berufsausbildung, die Tomaz sich wünschte, konnten sie nicht aufbringen. Geld war knapp und die jüngeren Kinder würden ohne

Stipendium auch keine gute Schule besuchen können. Und Tomaz wollte keine Unterstützung von Peter annehmen. Er war stolz und wollte aus eigener Kraft, aus seinem Fleiß und seiner Intelligenz das Studium schaffen. Aber dazu war das Stipendium zwingend erforderlich.

Tomaz erzählte Peter ab und zu über Thomas von Aquin. Auf Grund der Texte, die ihm Pater Manuel einst gegeben hatte, war er sehr beeindruckt von diesem großen Philosophen. Tomaz bewunderte ihn. Er las alles darüber, das er bekommen konnte. Pater Manuel suchte nach wie vor Texte aus. Er wählte sie sorgsam, da er der Meinung war, dass vieles noch zu schwer für Tomaz war. Doch der las sich auch durch die schwierigen Texte und dachte über deren Inhalt nach.

„Stell dir vor, Thomas von Aquin konnte viele Dinge gleichzeitig tun. Er diktierte zum Beispiel den Novizen seine Ideen. Aber er diktierte nicht nur einem etwas, Thomas von Aquin konnte mehreren Novizen gleichzeitig zu unterschiedlichen Themen diktieren. Er ließ durch diese Methode so viele Bücher schreiben, dass sich die Nachwelt fragt, wie er das geschafft hat. Es ist fast unvorstellbar. Alle Bücher sind von einer geistigen Tiefe, dass ich mich immer wundere, wie er dazu in der Lage war.

Als Tomaz erfuhr, dass Peter mit Tanja zusammen war, freute er sich sehr.

„Dann hast du endlich eine Frau. Das wurde ja auch Zeit. Jetzt brauchst du nur noch Kinder zum Glücklich sein."

„Glaubst du wirklich, dass man ohne Kinder nicht glücklich sein kann?"

„Ich könnte es nicht werden. Und du auch nicht. Du bist ein Mann mit einer tiefen Seele. – Erst wenn du Kinder hast, wirst du verstehen, was ich meine."

Peter hatte Tomaz mehrfach zu Hause besucht. Er hatte gesehen, wie Sandro angerannt kam, um den großen Bruder zu umarmen und zu begrüßen. Peter hatte Sandros strahlende Augen und sein Lachen gesehen, aber auch seinen Schmutz und seine Rotznase. Er hätte das Kind nicht umarmen wollen. Er konnte sich auch nicht vorstellen eigene Kinder zu haben. – Er hatte ja auch keine Frau dafür gehabt. Bis jetzt. Und nun? Momentan war er damit beschäftigt zusammen mit der Frau, die er liebte, eine Firma aufzubauen. Erst die Firma, dann vielleicht Kinder?

Tanja und Peter kamen in Düsseldorf am Flughafen an und wurden von Frau Berger abgeholt. Florians Maschine landete nur 45 Minuten später. Daher warteten sie im Flughafenrestaurant. Tanja war noch satt und bestellte sich nur einen Kaffee. Frau Berger und Peter nahmen ein Stück Kuchen dazu. Schwarzwälderkirschtorte – eine deutsche Spezialität. Ja, Peter fühlte sich jetzt auch ein bisschen nach Hause gekommen.

Frau Berger hatte Peter im letzten Jahr kennen gelernt, als es um die Frage ging, ob er mit Tanja nach Brasilien gehen würde. Nie hätte sie es für möglich gehalten, dass sich Tanja in diesen großen und schweren Mann verlieben würde, aber da sie sowohl von ihrem Mann als auch von der Tochter bisher nur Positives über Peter gehört hatte, akzeptierte sie ihn sofort als neuen Lebensgefährten. Sie hatte bereits registriert, dass sich Peter von allen Freunden, die Tanja vorher hatte, unterschied. Peter war freundlich, aber nicht so offen, so natürlich, wie ihre früheren Freunde.

Da Peter inzwischen geübter Small Talker war, mochte Frau Berger ihn sofort gerne leiden. Sie unterhielten sich über alles Mögliche und schnell war die Zeit vergangen, bis auch Florians Maschine gelandet war. Zu viert fuhren sie nach Oberhausen in das Haus der Bergers. Dort war genug Platz für alle.

Herr Berger, der an diesem Nachmittag auch früher Schluss gemacht hatte als sonst, begrüßte Peter so freundlich wie immer. Er hatte ihn immer geschätzt und gemocht. Herr Berger war jemand, der von seiner Großmutter erzogen worden war. Die Eltern waren damals beide im Betrieb gewesen, die Oma hatte Zeit für ihn. Sie hatte ihn gelehrt, nicht auf das Geld oder die Stellung in der Gesellschaft zu achten, sondern auf den Menschen selbst.

Nachdem Herr Berger von Peter so angenehm überrascht worden war, als der damals seinen zweihundert Euro Job mehr als gut und sorgfältig ausübte, wusste er, welchen Menschentyp er vor sich hatte. Und er schätzte gute, fleißige Mitarbeiter, die um das Wohl Anderer oder der Firma besorgt waren, sehr.

Dass Tanja sich für Peter als neuen Freund entschieden hatte, hatte Herrn Berger zwar auch überrascht, weil er eben äußerlich ein ganz anderer Typ war, als alle Freunde, die Tanja je gehabt hatte. Alle waren groß, aber keiner war riesig, alle waren sportlich, Peter war dick. Dennoch spürte Peter, dass der Chef auch mit ihm als Tanjas neuen Lebensgefährten sehr zufrieden war.

Am Abend gingen sie essen und erzählten alle Neuigkeiten. Als sie nach Hause kamen, war Tanja so aufgeregt, dass sich alle noch ins Wohnzimmer setzten und weiter erzählten. Am nächsten Tag schliefen die „Amerikaner" erst einmal aus. Sie frühstückten spät – bis auf Herrn Berger – wieder alle zusammen und erzählten und lachten.

„Was habt ihr denn heute so vor?", fragte Florian seine Schwester.

„Was wollen wir machen? Weihnachtseinkäufe im CentrO?"

„Ja, warum nicht. Das ist eine gute Idee."

„Und was machst du?", fragte Frau Berger ihren Sohn.

„Ich fahre zu Monika. Die ist auch zu Weihnachten zu ihren Eltern gekommen. Ich habe sie seit dem Studium nicht mehr gesehen und bin mit ihr auch im CentrO verabredet. Vielleicht treffen wir uns ja?"
„Sollen wir uns verabreden?"
„Nein, lass mal. Wenn wir uns sehen, dann zufällig. Wir hängen ja die nächsten Tage noch genug zusammen."

Tanja und Peter bummelten durch das CentrO, einem großen Einkaufszentrum in Oberhausen, in dem sich sehr viele große und kleinere Geschäfte befinden. Sie freuten sich an den herrlichen adventgeschmückten Geschäften und genossen ihren Nachmittag. Sie alberten, wie frisch Verliebte es tun, und kamen mit mehreren Tüten an der Oase vorbei. Hier kann man Fast Food von vielen Restaurantketten und anderen Anbietern kaufen.
„Wollen wir hier eine Kleinigkeit essen?", fragte Peter, der ja immer viel mehr Hunger hatte, als Tanja.
„Ich mag das Restaurant die Ecke rum lieber", antwortete Tanja. So verließen sie das CentrO, um in einem Restaurant einzukehren, das man nur von außen erreichen kann. Draußen war der Weihnachtsmarkt aufgebaut. Arm in Arm schlenderten sie darüber, um sich dann in das, von Tanja gemeinte, Restaurant zu schieben. Sie saßen am Fenster in der ersten Etage und konnten das Treiben der Menschen auf dem Weihnachtsmarkt unter ihnen beobachten. Außerdem hatten sie eine gute Aussicht in den Park, der dahinter angelegt ist.

Tanja und Peter genossen ihre Zeit in Deutschland. Heiligabend feierte Peter wieder einmal in einer Familie. Die Großeltern kamen, man ging in die Messe, es gab Gänsebraten, alle sangen Weihnachtslieder und es wurde viel erzählt und gelacht. Peter fühlte sich so wohl, wie im Jahr zuvor bei Paul: – Vorbehaltlos angenommen, geliebt von Tanja, von der Familie geschätzt. Geschenke gab es natürlich auch. Peter bekam von Tanja ein neues Handy, von den Eheleuten Berger eine Aktentasche, von Florian eine Flasche amerikanischen Whisky und sogar von den Großeltern Rasierwasser.

Drei Tage später ging Tanja zum Arzt. Sie war immer noch so müde und wollte sich daher untersuchen lassen. Sie ließ ein Blutbild machen. Vielleicht hatte sie nur zu wenig Eisen. Gegen Eisenmangel hatte sie als Jugendliche eine Zeit lang Tabletten bekommen. Wegen ihrer Müdigkeit hatte Tanja daher bereits in Sao Paulo begonnen Eisentabletten einzunehmen. Trotzdem war sie ständig müde. In Brasilien schob sie es auf die Arbeit, danach auf die Zeitverschiebung aber nach Weihnachten wollte sie abklären lassen, ob sie krank war. Mit Peter hatte sie sich wieder im CentrO verabredet. Sie wollten dort zusammen essen, danach durch die Geschäfte streifen und am Nachmittag ins Kino gehen.

Peter bekam einen Anruf auf seinem neuen Handy.

„Hi, ich bin's.", meldete sich Tanja. „Wo bist du gerade?"

„Ich bin beim Kaufhof in der Buchabteilung. Ist alles in Ordnung?"

„Das erzähle ich dir gleich. Warte da auf mich, ja? Ich bin gleich da."

„OK! Bis dann." Peter legte auf und betrachtete das neue Handy. Er konnte so viel damit machen. Es war eine Neuheit aus diesem Jahr und die Bedienungsanleitung war dicker und größer als das Gerät. Tanja hatte ihm eine große Freude machen wollen. Peter fand das Handy auch schön, aber er hatte wenig Lust, Bedienungsanleitungen zu lesen. Ob er all das nutzen würde, was das Handy bot, bezweifelte er. Aber es sah sehr edel aus.

Von hinten wurden ihm die Augen zugehalten.

„Tanja", riet Peter.

„Falsch", sagte eine Männerstimme. „Weiterraten."

„Florian?"

„Wieder falsch. Es ist ganz lange her, dass wir uns kannten."

„Ich weiß nicht. Ich habe keine Ahnung."

Peters Augen wurden freigegeben und er sah Matthias vor sich. Seinen früheren besten Freund und Klassenkameraden.

„Matthias? – Matthias Ratemal?"

„Ja. Der Kandidat erhält 100 Punkte. Sehen kannst du wenigstens. Erzähl mal, wie geht es dir?"

„Gut. Und dir?"

„Wie du siehst, bestens. Wollen wir irgendwo was trinken gehen?"

„Meine Freundin kommt gleich. Ich bin hier mit ihr verabredet. Aber dann gerne."

Matthias war Peters bester und einziger Freund gewesen. In der Grundschule bis zum fünften Schuljahr waren sie meist täglich zusammen gewesen. Dann war Matthias weggezogen und Peter vereinsamt. Als Tanja kam, stellte Peter ihr den Freund seiner Kindheit vor. Zusammen gingen sie wieder in Tanjas Lieblingslokal. Sie erzählten und aßen zu Mittag.

Matthias war in Oberhausen, weil seine Großeltern ihn zu Weihnachten eingeladen hatten. Die lebten in einem anderen Stadtteil als Peter damals. Während der Schulzeit hatte Matthias die Großeltern auch regelmäßig besucht. Sie hatten sich immer viel mit Matthias beschäftigt. Gespielt und Ausflüge gemacht. Matthias war abgelenkt und hatte nicht mehr an den Freund gedacht. – Aus den Augen, aus dem Sinn. Als er sechzehn war, wollte er Peter mal besuchen, doch der wohnte nicht mehr in dem Haus von früher und niemand kannte seine Anschrift. Matthias hatte sich danach nicht weiter bemüht, Peter zu finden.

Umso mehr freuten sich die beiden über ihr zufälliges Wiedersehen. Sie quatschten und redeten, wie Tanja Peter noch nie erlebt hatte. Matthias und Peter fielen ab und zu in ihre „Kindersprache". Es war, als wären beide in ihre Kindheit eingetaucht.

„Weißt du noch?" oder „Kannst du dich noch an … erinnern?", waren die meist gebrauchten Sätze an diesem Nachmittag. Peter und Matthias erzählten gegenseitig was sie damals gemacht hatten und Matthias schmückte so manchen Streich noch aus. Tanja musste oft lachen. Sie sah dann Peter an oder nahm seine Hand. Tanja erzählte auch von Jugenderlebnissen und die Zeit verging im Flug. Tanja hatte das Gefühl, Matthias schon lange zu kennen.

„Was machst du denn jetzt so? Ich meine beruflich?", fragte Matthias irgendwann am Nachmittag.

„Ich bin Mitarbeiter der Firma Globetreter", sagte Peter.

„Davon habe ich gehört. Die haben doch die teueren Schuhe, nicht wahr? Sind die wirklich so gut?"

„Natürlich. Schau her, ich trage keine Anderen mehr. Wenn ich den Schuh ausziehe…"

„Ne, du lass deine Mieffüße mal lieber da drin. Ich kann mich noch gut an deine Käsemauken erinnern." Matthias zwinkerte Tanja zu.

„Jetzt guck schon. Wenn ich den Fuß aus dem Schuh nehme, siehst du, wie sich die Sohle glatt zieht."

„Unter Ächzen und Stöhnen, wenn ich mir vorstelle, was deine Schuhe an Gewicht aushalten müssen." Wieder zwinkerte Matthias zu Peter und Tanja.

„Genau. Jetzt schau hin!"

Peter zog den Fuß aus dem Schuh, die Sohle zog sich langsam glatt, bis die Innensohle ganz gerade war. Matthias nahm den Schuh hoch und sah sich die Sohle an.

„Das ist Schaumstoff."

„Nein, es ist ein viskoelastischer Schaum, der ursprünglich für die Raumfahrt entwickelt wurde. Er passt sich jedem Fuß an und unterstützt ihn ganz individuell. Wenn du Einlagen trägst, brauchst du sie mit diesen Schuhen nicht mehr. Wir haben ganz viele Modelle, die in verschiedensten Farben und Ledersorten bestellt werden können. Du wirst beim Gehen und Stehen nicht mehr müde und du kannst die Schuhe den ganzen Tag anhaben, ohne dass dir die Füße wehtun. Probier den Schuh ruhig an. – Und riech mal dran: Er stinkt nicht." Diesmal zwinkerte Peter. Matthias hielt den Schuh vor seine Nase und roch daran.

„Sind die neu?"

„Ich trage die seit drei Wochen – aber täglich."

„Das ist ja noch neu. Welche Schuhgröße hast du?"

„47."

„Dann sind sie mir zu groß."

„Das ist ja besser als zu klein. Dann drücken sie nicht. Also: Zieh den Schuh mal an!"

Matthias zog den Schuh an und staunte: „Der passt ja. Der sitzt ja so, als wäre es mein Schuh. Gut vorne ist noch Platz, aber ich trage wirklich Einlagen und habe das Gefühl, das die eingearbeitet sind. – Das ist ja toll! Da werde ich mir wohl auch mal so ein Paar leisten. Ich habe ja Weihnachtsgeld bekommen. – Was machst du denn so, Tanja? Beruflich meine ich."

„Ich arbeite auch für die Firma Globetreter."

„Aha, wieder eine Ehe, die am Arbeitsplatz geschlossen wurde.", sagte Matthias.

„Wir sind nicht verheiratet.", sagte Peter.

„Was! Du traust dich nicht eine so tolle Braut zu heiraten?" Matthias nahm Tanjas Hand, sah ihr in die Augen und sagte: „Dann kann ich das ja tun. Liebste Tanja, wenn mein Freund Peter zu dämlich ist, so eine wunderschöne und tolle Frau wie dich zu heiraten, frage ich dich jetzt: Möchtest du meine Frau werden?"

Tanja lachte. Sie zog ihre Hand zurück und antwortete: „Es tut mir sehr leid Matthias, aber das möchte ich nicht."

„Da hast du aber Schwein gehabt, was?", fragte Matthias und lachte Peter an.

Der lachte zurück.

„Das kannst du wohl laut sagen. Also bist du demnach auch nicht verheiratet?"

„Ich war's. Acht Jahre lang hatte ich eine wundervolle Ehefrau. Dann kam ein Raubritter und hat sie mir weggeschnappt. Ich bin seit November geschieden."

„Aha und da wolltest du auch einmal den Raubritter spielen?"

„Wahrscheinlich." Matthias wurde traurig. „Tut mir leid, Peter."

„Ist schon OK."

„Habt ihr Kinder?"

„Nein.", antwortete Peter.

„Wollt ihr keine?"

„Wir sind noch nicht so lange zusammen, dass ich mir darüber Gedanken gemacht hätte. Hast du Kinder?", entgegnete Peter.

„Ja. Zwei wunderbare Töchter und einen kleinen Sohn. Jetzt haben sie einen neuen Papi. Meine Ex ist zu ihrem Neuen nach Meckpom gezogen. Ich wohne in Sigmaringen. Das ist eine große Entfernung. Ich telefoniere mit den Kindern, aber der Kleine ist erst drei und kann sich bestimmt nicht gut an mich erinnern. Die Mädchen sind sechs und acht Jahre alt. – Ich vermisse sie sehr. – Aber was soll's." Matthias machte eine Handbewegung, sein Gesichtsausdruck war traurig geworden.

162

„Kinder sind so was Tolles.", fuhr er fort. „Ihre Augen, die weichen Ärmchen, die sich einem um den Hals schlingen, ihre schmatzigen Küsschen... - Du bist wie ein Star, wenn du kleine Kinder hast. – Aber es ist halt nicht zu ändern. Ich kann sie nicht sehen. Sie sind so weit weg, als wenn ich am anderen Ende der Welt wohnen würde."

„Aber du kannst sie doch im Urlaub besuchen oder ab und zu am Wochenende", sagte Tanja erschüttert.

„Vom Gesetz her ja. Tatsächlich lässt mich meine Ex weder in ihr Haus noch an die Kinder. Selbst wenn ich die weite Fahrt regelmäßig an den Wochenenden machen würde, würde sie mir die Kinder nicht geben."

„Wo liegt denn Meckpom?", fragte Peter?

„Mecklenburg Vorpommern – ich sage Meckpom."

„Was machst du denn beruflich?", fragte Tanja, um das traurige Thema zu beenden.

„Ich bin arbeitslos. – Sagt mal, braucht die Firma Globetreter vielleicht einen neuen Mitarbeiter? – Ich mache alles. Das Alleinsein und Grübeln macht mich noch ganz wahnsinnig."

„Welchen Beruf hast du denn gelernt?"

„Ha, da wirst du staunen, Peter. Wir waren ja hier auf der Realschule. Als wir nach Baden Württemberg gezogen waren, musste ich mich ganz schön durchbeißen, um das Schuljahr zu schaffen. Ich wollte nicht sitzen bleiben und lernte und lernte. Erst war ich ziemlich schlecht. Die hatten ein ganz anderes Englischbuch. Aber dann wurde es besser. In der zehnten Klasse bekam ich die Qualifikation und machte sogar Abitur. Ich habe Betriebswirtschaftlehre studiert und einen guten Job gehabt. Ich war im Management tätig. Stell dir das mal vor! Ich als Manager. Weißt du noch, wie schlechte Noten ich hier hatte?"

„Ja. Wir waren nicht die besten Schüler. Wieso bist du arbeitslos?"

„Ich bin Arbeit suchend. Als meine Ex mir geraubt wurde und ich das geschnallt hatte, fiel ich in ein tiefes Loch. Ich bekam Depressionen und war ein Jahr krankgeschrieben. Jetzt löst der Chef aus Altersgründen die Firma auf und ich muss mir halt eine neue Stelle suchen."

„Aber dann könntest du doch leicht nach Mecklenburg-Vorpommern gehen."

„Ja, wenn ich dort was finden würde, schon. Aber meine Ex gibt mir trotzdem nicht die Kinder. Sie meint, ich sei eine Gefahr für die, weil ich depressiv war. Dass sie das verursacht hat, sieht sie nicht. Zahlen soll ich. Mein Geld, das will sie wohl."

„Matthias, würdest du in Brasilien arbeiten?", fragte Tanja.

„Klar, sofort. In Schanghai, Rio, Tokio auch. Ha, ha, ha", lachte er.

„Ich meine das ernst. Die Firma Globetreter hat in Sao Paulo eine neue Produktionsstätte gebaut. Wir sind damit beschäftigt, in allen größeren

Städten Geschäftsfilialen zu eröffnen und suchen zurzeit nach Mitarbeitern mit Kenntnissen im Management."

Matthias lachte so laut, dass die Leute vom Nebentisch zu ihnen sahen.

„Ha, ha, ha! Ha, ha, du bist gut! Klar, ihr baut ein Werk in Brasilien und Peter ist der Chef der Firma Globetreter, was?"

„Nein, ich bin die Chefin."

Matthias hörte auf zu lachen. Er sah von Tanja zu Peter und wusste, dass sie die Wahrheit gesagt hatte.

„Du bist die Chefin der Firma Globetreter?"

„In Brasilien. Hier in Deutschland ist es mein Vater und in den USA mein Bruder. Du hast gesehen, wie die Sohle in unseren Schuhen arbeitet. Daher verkaufen sie sich so gut, dass wir in Brasilien in allen Großstädten Verkaufsfilialen eröffnen wollen."

„Du willst mich hier jetzt nicht vergackeiern?"

„Nein, Matthias. Ich brauche gute, qualifizierte Mitarbeiter. Überleg es dir und melde dich, wenn du dich entschieden hast. Ich kann gut verstehen, dass du in Deutschland bleiben möchtest, wenn du Kinder hier hast. Wenn du die aber eh nicht sehen darfst, und wenn du hier keine Arbeit bekommst, komm zu uns nach Sao Paulo. Wir brauchen fleißige, einsatzfreudige und arbeitswillige Mitarbeiter."

„Ich fass es nicht. Die meint das ernst!"

„Ja. Ich meine das ernst. Wir haben seit Wochen bereits in verschiedenen Fachzeitschriften Stellenangebote annonciert. Wir sind im Aufbau und ich denke, es wäre eine Chance für dich."

„Ich habe dir von meinen Depressionen erzählt. Schreckt dich das nicht ab?"

„Vielleicht hilft dir die Arbeit ja, dass du dich wieder fängst. Außerdem weiß ich ja auch nicht, was du sonst für Krankheiten hast oder welche du bekommen wirst? Wenn du unser Mitarbeiter wirst und die Arbeit nicht schaffst, dann müssen wir uns eben trennen. So ist das im Geschäftsleben. Aber eine Chance will ich dir sofort geben."

„Klasse! Ich gehe nicht nach Rio, nicht nach Schanghai und auch nicht nach Tokio, sondern nach Sao Paulo. Ha, ha! Das kommt mir spanisch vor!"

„Portugiesisch."

„Wie?"

„In Brasilien spricht man portugiesisch."

„Ich spreche nur Deutsch und Englisch."

„Als Manager der Firma in Süddeutschland kannst du vermutlich Wirtschaftsenglisch?"

„Natürlich - aber portugiesisch: Nicht ein Wort."

„Das kann man im Intensivtraining sehr schnell lernen, nicht wahr Peter."

„Ja und ich kenne einen wunderbaren Lehrer. Ich denke an Tomaz."

„Natürlich."

Sie unterhielten sich noch eine Weile über die Aufgaben, die auf Matthias zukommen würden. In dem Gespräch wurde schnell klar, dass Matthias sich auskannte. Er hatte gute Erfahrungen im Management gesammelt und war daher der ideale Mitarbeiter. Jemanden mit Matthias Qualitäten suchte Tanja. Sie gab ihm ihre Telefonnummer in Brasilien und die Telefonnummer der Firma Globetreter in Oberhausen. Dann verabschiedeten sie sich. Per Handy teilte Matthias seinen Großeltern mit, dass er sich verquatscht hatte und auf dem Rückweg wäre.

Peter und Tanja liefen in Richtung Kino. Es war schon dunkel. So lange hatten sie im Restaurant gesessen. Peter legte seinen Arm um Tanja und zog sie an sich. Er hielt sie fest. Sie roch so gut. Als er sie los ließ, sah er, dass sie Tränen in den Augen hatte. Er blieb stehen und küsste sie ihr weg.

„Mäuschen, was ist?"

Tanja lächelte. „Was hättest du gemacht, wenn ich „ja" gesagt hätte zu Matthias Antrag?"

„Ich hätte dich vor dem Traualtar entführt." Peter lächelte sie an und strich ihr über die Wange. „Weißt du, dass ich noch nie jemanden so sehr geliebt habe wie dich? Aber ich kann dich nicht anbinden. Wenn du mich verlassen willst, kann ich das nicht ändern. Ich wünsche mir…" Peter stockte. „Ich wünsche mir von ganzem Herzen mit allen Sinnen und in allen Zellen, dass wir zusammen alt werden. Tanja, ich liebe dich."

Noch nie hatte er so zu ihr gesprochen. „Ich liebe dich." Diese drei Worte, die man so oft hört: im Fernsehen, im Kino, in so vielen Liedern. Peter hatte sie noch nie zu Tanja gesagt. Daher wusste sie, dass er es ernst meinte.

„Ich liebe dich auch, Peter.", entgegnete sie. „Ich liebte dich schon, als ich noch mit Mark zusammen war. Nur war mir das nicht bewusst. Ich wollte, dass du mit nach Brasilien kommst – ich dachte, als treuen Mitarbeiter, aber es war wohl damals schon mehr. Liebe kann man eben nicht ergründen."

Sie umarmten und küssten sich wieder. Es war kalt und an ihren Füßen stieg die Kälte langsam die Beine hoch.

„Es wird kalt. Komm, lass uns ins Kino gehen, damit wir uns nicht erkälten", schlug Peter vor.

„Einen Moment noch", entgegnete Tanja. „Peter, von dir habe ich gelernt, dass es so unvergesslich ist, wenn man sich manchmal auf alle Sinnen konzentriert. Lass uns mal da vorne an das Wasser gehen."

Arm in Arm schlenderten sie dahin.

„Bei Matthias tut mir leid, dass er seine Kinder nicht sehen darf."

„Ja. Schlimm."

165

„Magst du eigentlich Kinder?", fragte Tanja.

Sie hatten sich noch nie über Kinder unterhalten.

„Bevor ich Tomaz kennen lernte, habe ich mir nie Gedanken über Kinder gemacht. Tomaz liebt Kinder. Er hat mir beschrieben, wie es ist, wenn einem ein kleines Kind seine Arme um den Hals legt und ich habe gesehen, wie Sandro an Tomaz hängt und Tomaz an Sandro, dem zweijährigen Bruder. Tomaz weiß jetzt schon ganz genau, dass er später eine Familie gründen will."

„Und du?"

„Ich hatte nie eine Frau, die ich geliebt habe – vor dir. Ich – Tanja, ich kann es gar nicht in Worte fassen, was ich für dich empfinde. Das ist so … so unbeschreiblich. So tief. Ich liebe dich so sehr, dass ich manchmal fürchte, dich zu verlieren. Ich genieße jeden Tag, den wir als Paar zusammen sind. Danke dafür. Und Kinder? – Ich glaube… - Ich kann mir gut vorstellen, mit dir eine Familie zu gründen."

„Das ist schön."

Sie waren am Wasser angekommen und Tanja sagte zu Peter:

„Lass uns alle Sinne nutzen: Siehst du das Wasser? Hörst du es plätschern?"

„Ja. Was schmeckst du?"

„Nichts. Aber ich fühle den Wind und die Kälte. – Und ich rieche dich. Du riechst gut."

„Du auch."

„Weißt du was der Arzt gesagt hat?"

„Tanja! Entschuldige bitte! Ich habe ganz vergessen, dass du ja beim Arzt warst. Bist du krank?"

„Ich denke nicht. Das Ergebnis der Blutuntersuchung muss ich natürlich noch abwarten. Aber bei der Untersuchung hat er nichts Schlimmes festgestellt."

„Das ist ja wunderbar. Aber was sagt er denn zu deiner Müdigkeit? Bist du überarbeitet? Hast du zu wenig Eisen?"

„Wir bekommen ein Baby."

Das war der Grund für Tanjas Müdigkeit. In der ersten Nacht, als sie mit Peter zusammen war, hatten sie nicht verhütet. Es war ein Volltreffer. Tanja hatte die Pille abgesetzt, als sie sich von Mark getrennt hatte und sie weiter genommen, nachdem sie mit Peter zusammen war. Aber da war es schon passiert. Ihre Müdigkeit und ab und zu mal Magengrummeln kamen von der Schwangerschaft.

Sie hatte für den nächsten Tag einen Termin bei ihrem Frauenarzt bekommen. Peter begleitete sie. Sie bekamen die ersten Ultraschallbilder und erfuhren, dass Tanja bereits im vierten Monat war.

„Die Sittlichkeit der Handlung"

Herr Berger hatte in der Frankfurter Allgemeinen Stellenanzeigen für Brasilien annonciert. Die Bewerber sollten sich zwischen Weihnachten und Neujahr vorstellen. Es hatten sich fünf Männer und drei Frauen beworben. Bis auf einen Herrn, handelte es sich mehr oder weniger um Berufsanfänger. Sie schienen allesamt sehr engagiert zu sein. Deshalb stellte Herr Berger alle ein. Zum ersten Februar würden sie nach Sao Paulo fliegen. Matthias meldete sich auch noch vor Sylvester. Er wollte die Chance nutzen.

Peter und Tanja flogen am vierten Januar nach Sao Paulo zurück und stürzten sich mit viel Elan wieder in die Arbeit. Sie suchten nach Wohnungen für die neuen Mitarbeiter aus Deutschland. Eine fanden sie in dem Haus, in dem sie selbst wohnten, eine zwei Straßen weiter. Die neuen Manager sollten ebenfalls Wohngemeinschaften bilden. Sie sollten zunächst in Sao Paulo die Produktion, die Eigenschaften der Schuhe, den Be- und Vertrieb kennen lernen, bevor man sich für Städte entschied, in denen sie tätig werden sollten. Tanja und Peter suchten für sich selbst nach einem Haus. Sie wollten ein Nest für ihre Familie und daher ein Haus mit Garten. Ein Makler war eingeschaltet worden, der verschiedene Angebote vorlegte. Sie entschieden sich für ein Haus, das ab dem ersten April frei wurde.

Ihre Arbeitstage waren genauso lang wie vor der Weihnachtspause. Peter ging allerdings öfters in Tanjas Büro und ermahnte sie, sich nicht zu übernehmen. Doch seit Tanja wusste, dass sie schwanger war, konnte sie mit der Müdigkeit besser umgehen. Liebevoll streichelte sie ihren Bauch. Sie freute sich sehr auf das Baby.

Auch Peter freute sich sehr. Er wurde Vater.

Vater. - Ein großes Wort. Eine große Verantwortung stand dahinter. Peter wollte ein Vater werden. Er wollte für das Kind da sein. Jeden Tag, den die Schwangerschaft voranschritt, freute er sich mehr.

Tanjas und Peters Liebe wurde entsprechend tiefer. Sie waren direkt am ersten Wochenende in Sao Paulo in ein Geschäft gegangen, in dem man Babykleidung und Zubehör kaufen kann. Tanja konnte nicht widerstehen und kaufte zwei kleine Strampelanzüge. – Mehr nicht, denn sie meinte, es sei noch viel zu früh und bringe Unglück.

Matthias, Peters alter Freund, erwies sich als Segen. Er hatte den Schritt ins neue Leben ganz bewusst gemacht. Er brachte die Erfahrung mit, die sie benötigten und er wurde von Tanja so eingearbeitet, dass er sie ohne große Probleme vertreten konnte. Er sollte ihre Aufgaben übernehmen können, wenn Tanja wegen der Schwangerschaft ausfallen würde und wenn das Kind geboren war.

Peter schulte weiter Mitarbeiter. Mit Hilfe von Herrn Zilath hatte die Firma Globetreter in allen Großstädten Brasiliens Geschäftsräume angemietet und für neue Mitarbeiter geworben. Peters Aufgabe war es jetzt, diese neuen Mitarbeiter, die ausschließlich von ihm in Sao Paulo geschult wurden, in die Besonderheiten der Produktreihe einzuweisen. Er erklärte ihnen, weshalb sich die Preisunterschiede ergaben, wie die viscoelastische Sohle arbeitete, welche Produkte wie bestellt werden konnten... Er schulte nach wie vor die Freundlichkeit, mit der die Firma Globetreter an die Kunden herantreten wollte. Die geschulten Mitarbeiter sollten dann Filialen ihrer Heimatstädte übernehmen und dort weitere Mitarbeiter gegebenenfalls selbst schulen. Anders als in den USA, unter anderem wegen Tanjas Schwangerschaft und ihrer neuen, jungen Liebe, hatten sie sich dazu entschlossen, dass Peter nicht in den einzelnen Städten, sondern ausschließlich in Sao Paulo die Schulungen durchführen sollte. Für die jeweiligen neuen Mitarbeiter waren moderne Wohncontainer in Fertigbauweise auf dem Firmengelände aufgestellt worden.

Außendienstmitarbeiter wurden nicht mehr eingestellt. Nach dem Erfolg der Werbung waren sich alle ziemlich sicher, dass die Bestellungen künftig überwiegend per Telefon, Internet und in den Geschäftsfilialen der Großstädte erfolgen würden.

Peter saß mit Tomaz auf einer Bank im Park. Sie hatten wie immer ihre Mittagspause zusammen verbracht und Englisch gesprochen. Tomaz war inzwischen richtig gut. Peter war sich sicher, dass er die neue Aufnahmeprüfung schaffen und das Stipendium erhalten würde. Nun saßen beide schweigsam nebeneinander. Sie konnten gut zusammen schweigen. Seelenverwandte – eben.

Tomaz hatte gespürt, dass Peter nicht ganz bei der Sache war. Er hatte einen Satz in Englisch gesagt und dabei selbst gemerkt, dass der keinen Sinn ergab. Peter hatte ihn nicht korrigiert. Daher wusste Tomaz, dass Peter ihm nicht zugehört hatte. Deshalb hatte er aufgehört zu sprechen.

Peter hatte dies zwar registriert, doch er vermutete, dass Tomaz auch Zeit für seine eigenen Gedanken brauchte. Zeit, in der er ebenfalls nichts sagen wollte. So saßen beide schweigend nebeneinander. Für Peter war das nicht unangenehm.

Tomaz blickte auf den kleinen Teich vor ihnen und die Menschen, die hier vorbeigingen. Doch er sah auch immer wieder zu Peter.

„Was für ein Problem hast du?", fragte er nach einer Weile.

Peter war in seine Gedanken versunken. Ihn beschäftigte Tanjas Schwangerschaft.

Er sah Tomaz an und fragte: „Welches Problem? – Wie kommst du darauf, dass ich ein Problem habe?"

„Ich sehe es."

„Aha."

Beide schwiegen.

„Wir kennen uns lange genug, dass ich spüre, dass du dir Sorgen machst. Wenn ich dein kleiner Bruder bin oder ein Freund, kannst du sie mir anvertrauen. - Du weißt doch: Geteiltes Leid ist halbes Leid."

„Tomaz, ich denke nicht, dass du mir helfen kannst. Es sind private Sorgen, über die ich nicht mit dir sprechen möchte."

„Ich sehe aber, dass sie dich quälen. Vielleicht kann ich dir helfen."

„Nein. Du bist viel zu jung dazu."

„Aha."

Beide schwiegen wieder.

„Ich werde Vater", unterbrach Peter das Schweigen. Die Mittagpause wäre eigentlich jetzt zu Ende gewesen, doch Peter hatte sich entschlossen, dem Jugendlichen seine Sorge anzuvertrauen.

„Du wirst Vater? Und das erfreut dich nicht?"

„Doch schon. Einerseits ja, aber andererseits habe ich große Angst, dass etwas schief geht. Was ist, wenn das Kind nicht gesund ist? Tanja will keine Fruchtwasseruntersuchung machen lassen. Sie sagt, dass sie das Baby liebt. Sie sagt, dass sie es um jeden Preis haben will."

„Und du?"

„Ich will nur ein gesundes Kind haben. – Verstehst du? Ich will kein behindertes Kind. Wir bauen die Firma hier auf. Ein behindertes Kind kostet so viel Zeit und Arbeit… - Das geht gar nicht."

Beide schwiegen wieder.

„Ich verstehe dich.", antwortete Tomaz auf Peters Aussage nach wenigen Minuten. „Niemand wünscht sich ein Kind mit Fehlern. Eine Behinderung ist ein großer Fehler. - Aber wir sind nicht die Herrscher über Leben und Tod und nicht über Gesundheit und Krankheit. Wir können uns nur freuen und dankbar sein, wenn wir gesund sind. Wenn wir genug zum Essen haben, wenn wir die Miete zahlen können. Wir haben es nicht in der Hand, ob jemand krank wird oder gesund bleibt. Es sei denn, jemand mutet sich extreme Dinge zu. Dann muss er eben auch diese Konsequenzen tragen.

– Übrigens: Meine Mutter war nie zu einer Fruchtwasseruntersuchung. Wir haben kein Geld für einen Arzt. Bei uns kommt nur ab und zu die Hebamme."

Sie schwiegen wieder.

„Pedro, bald wirst du es selbst erleben, wie es ist, wenn ein Mensch einen anderen bedingungslos liebt. Wenn dein Kind dich anlacht, wenn es seine kleinen Arme um deinen Hals legt und sich an dich kuschelt, dann wirst du ein Glücksgefühl erleben, das du nicht in Worte fassen kannst. Ein

169

Glücksgefühl, das du nicht für Geld kaufen kannst. Freue dich auf dein Kind."

„Tomaz, ich habe gesehen, wie dein Bruder sich freut, wenn er dich sieht. Ich habe den Glanz in seinen Augen gesehen – und auch in deinen. Aber deine Geschwister sind gesund. Ich mache mir Sorgen darüber, was werden wird, wenn das Kind behindert ist. Tanja will diese Untersuchung nicht machen lassen. Sie sagt, ihr liegt dieses Leben am Herzen – egal wie es sein wird. – Aber was wird, wenn es behindert oder krank auf die Welt kommt? Wir haben doch jetzt schon so wenig Zeit. Und... – ach! - Es ist doch nur die eine Untersuchung, die uns Gewissheit bringt."

Wieder schwiegen sie.

Nach einer Weile sagte Tomaz: „Ich habe dir noch nie von Thomas von Aquins Gedanken über die Sittlichkeit der Handlung erzählt. - Thomas von Aquin unterscheidet Handlungsarten in gute und schlechte. Tötung in Notwehr oder im Krieg beurteilt er anders, als Mord und den gewöhnlichen Raub anders als den Raub von heiligen Gegenständen. Wer angesichts eines Verunglückten den Rosenkranz betet, statt zu Hilfe zu kommen, macht sich seiner Ansicht nach schuldig. Aber niemals können Umstände oder gute Absichten seiner Auffassung nach die Tötung eines unschuldigen Menschen rechtfertigen. – Wenn Tanja also nicht zur Fruchtwasseruntersuchung geht, weil sie sagt, dass sie das Kind bedingungslos annimmt, entspricht das den Ethikgrundsätzen, die in allen Zeiten gegolten haben. Schau, es kann so viel passieren. Du kannst über die Straße laufen und einen Unfall haben und dabei so schwer und dauerhaft verletzt werden, dass es dir viel schlechter geht, als einem behindert geborenen Kind. -

Pedro, es geht dir so gut! Du hast Geld, du hast Arbeit, du hast eine Frau, die du liebst. Sie bekommt ein Kind von dir. Dein Kind. Du solltest das alles schon als großes Glück empfinden und dankbar sein. Dränge Tanja nicht zu einer Untersuchung, die sie in einen großen Gewissenskonflikt stürzt. Unterstütze sie. Sorge für sie und sorge dich um sie. Sie spürt deine Liebe und das Kind spürt die auch. – Du kannst dein Schicksal nicht ändern und deiner Vorherbestimmung nicht entrinnen. Du kannst einige Entscheidungen treffen, aber wenn dein Kind behindert ist, dann kannst du nichts mehr tun, außer es zu unterstützen und zu fördern. Die Entscheidung über Gesundheit oder Krankheit, über Behinderung oder Unversehrtheit, die tragen wir nicht."

Wieder schwiegen sie und Peter dachte über Tomaz Worte nach. Mit messerscharfem Verstand hatte der Jugendliche ihm sein Problem dargelegt. Tomaz hatte nur durch Peters einen Satz erkannt, dass der über Leben und Tod seines ungeborenen Kindes grübelte. Er hatte ihm aufgezeigt, wie viel schöne Dinge er hatte – wie glücklich er war. Er hatte Arbeit, eine Wohnung, eine Frau, die er sehr liebte und sie waren gesund.

Peter machte sich Gedanken um die Gesundheit des Ungeborenen. Er hatte sich gefreut, als Tanja ihm erzählte, dass sie schwanger war. Von der ersten Minute an hatte er sich gefreut. Es war doch ein Kind der Liebe. Nicht geplant, aber erwünscht. Und dann hatte Tanja ihm von der Untersuchung erzählt, die sie nicht machen lassen wollte.

Er, der nie eine Familie gehabt hatte, jedenfalls keine, wie Tanja sie hatte, war bereit gewesen das Kind ihrer Liebe zu töten.

‚Tanja will es haben, so wie es werden wird. Mit allen Fehlern und Mängeln, aber auch mit seinen Stärken.', dachte er.

Das Kind, das er schon liebte. Das Kind, das Tanja nicht mehr hergeben wollte. Die Mutter, die eine stärkere Bindung hatte? Er würde sich nach Tomaz Ausführungen schuldig machen. Vielleicht sollte er Tanja wirklich in Ruhe lassen. Vielleicht sollte er tatsächlich sein Kind so annehmen, wie es war. Perfekt war er selbst ja schließlich auch nicht.

Peter dachte ziemlich lange über Tomaz Worte nach. Er blieb auf dieser Bank sitzen und bemerkte nicht, dass Tomaz zurück in die Firma ging. Er hatte die Mittagpause überzogen und entschuldigte Peter bei Tanja. ‚Er sitze im Park und müsse nachdenken', erklärte er ihr.

Tomaz Aufgaben hatten sich geändert. Zuerst hatte er Peter mit den Schulungen geholfen. Er war anfangs als Sprachlehrer eingesprungen und lernte dabei selbst zu schulen. Nachdem Peter selbst auch in Portugiesisch schnell sicher geworden war, bekam Tomaz eigene Gruppen. Peter wollte aber, dass Tomaz die Aufnahmeprüfung schaffen sollte. Er arbeitete daher inzwischen fast nur noch als Botenjunge. Je nachdem für welche Aufgaben er gebraucht wurde, wurde er angefordert, um die zu erledigen. In der Zwischenzeit war er zwar anwesend, konnte aber für die Aufnahmeprüfung lernen.

Tomaz lernte gerne. Er übte Mathematik und las englische Texte. Aber er las auch weiterhin Bücher über Geschichte und Philosophie und war aber auch immer über die aktuelle Tagespolitik informiert. Wenn Pater Manuel Zeit für ihn hatte, ging er nach der Arbeit zu ihm und diskutierte über Ethik und Moral, über Glaube und Vernunft. Pater Manuel hätte es gerne gesehen, dass Tomaz Geistlicher würde, doch der lehnte stets ab. „Ich möchte mal eine Familie haben", sagte er. Tomaz wollte Lehrer werden. Er wollte Kindern, die in den Favelas wohnen, Bildung vermitteln, damit sie bessere Chancen bekommen. Pater Manuel fand, dass Tomaz zu sehr gebildet war und zu wissbegierig und in dieser Aufgabe unterfordert sein würde, aber Tomaz Wunsch stand fest. Er verfolgte mit der Aufnahmeprüfung das Ziel weiter zu lernen und zu studieren, um eines Tages Kindern Bildung und damit Hoffnung auf eine bessere Zukunft geben zu können, indem er sie unterrichtete.

Peters erste Kochsendung wurde ausgestrahlt. Er saß mit Tanja auf der Couch. Er hielt sie im Arm und sie streichelte ihren Bauch. Da Peter bisher nichts verraten hatte, war Tanja sehr überrascht. Es war wirklich eine unterhaltsame Sendung. Sehr witzig und dennoch lehrreich. Tanja lobte Peter und freute sich mit ihm.

Ja, die Leute verstanden ihr Handwerk. Peter registrierte zum ersten Mal, dass die Leute, die Schneidearbeiten und Filmnachbearbeitungen machen, genau solche Meister sind, wie die, die vor der Kamera stehen. Er war überrascht, wie gut die Sendung geworden war. Er freute sich, denn er fand sich auch selber gut – lustig und dennoch natürlich. Er war richtig locker gewesen. Er hatte die Kameras teilweise vergessen und daher kam die natürliche Lebensfreude über den Bildschirm.

Auf Grund der Emails, die an den Sender geschickt wurden, war ersichtlich, dass die Sendung den Zuschauern gefallen hatte. Auch die weiteren vier Sendungen wurden ausgestrahlt. Immer kamen danach jede Menge Reaktionen an den Sender, die überwiegend positiv waren. Als die letzte Sendung ausgestrahlt wurde, bekam der Sender eine solche Flut von Emails und Briefen, mit der niemand gerechnet hatte. Viele wollten, dass die Sendung fortgesetzt wird. Aus diesem Grund wurde Peter erneut zum Sender bestellt.

„Kümmert Tanja sich nach der Geburt um das Baby?", fragte Tomaz, als sie ihre Mittagpause verbrachten und auf dem Weg in den kleinen Park waren.

„Natürlich. Aber sie ist ja auch Chefin und wird sehr schnell wieder arbeiten. Deshalb ist Matthias ja so eine große Hilfe und Unterstützung für sie. Wir werden ein Kindermädchen einstellen, wenn Tanja wieder zu arbeiten anfängt. Tanjas Eltern suchen in Deutschland nach einem Aupairmädchen."

„Und du?"

„Was ist mit mir?"

„Warum kümmerst du dich nicht um euer Kind? Meinst du nicht, dass es gut ist, dass ein Elternteil immer da ist?"

Peter war überrascht. Er hatte nie gedacht, dass Tomaz sich Gedanken über die Erziehung seines Kindes machen würde.

„Ich werde weiter die Schulungen durchführen."

„Meinst du nicht, dass die sich inzwischen erübrigen? Es erfolgen doch jetzt schon die meisten Aufträge auf Grund der Fernsehwerbung, den Geschäften in den Großstädten und durch die Bestellmöglichkeiten über Telefon und Internet?"

„Das ist richtig. Wir beabsichtigen auch keine Schulungen mehr für Haustürverkäufer. Vielmehr will ich die neuen Mitarbeiter in den einzelnen Geschäftsfilialen schulen, und zwar so lange wie Bedarf danach besteht."

„So lange der Bedarf danach besteht? – Welcher Bedarf?"

„Na, zum Beispiel, so lange in den Städten nicht mindestens ein Mitarbeiter einer Filiale über die besonderen Eigenschaften der Schuhe informiert ist. Er muss doch Informationen darüber an die Kunden weitergeben können. Und dafür muss er eben geschult werden.

„So lange der Bedarf besteht", wiederholte Tomaz wieder. „Welchen Bedarf hat dein Kind?"

„Ach Tomaz, mach dich nicht lächerlich. Das Kind schläft doch zuerst nur. Tanja ist Chefin und muss arbeiten. Wir bauen die Firma noch auf. Tanja ist diejenige, die die meiste Verantwortung trägt. Ohne Tanja stirbt die Firma in Brasilien. Dann sind viele wieder arbeitslos. Dein Vater und du vielleicht auch."

„Gut. Sie ist die Chefin. Aber was ist mit dir? Du bist der Vater. Du gibst dein Kind auch weg. Du bist verantwortlich, dass es ihm gut geht. Ein Kind braucht ein Elternteil. Jeder braucht ein Nest, wo er hingehört. Das muss nicht groß sein. Vielfach ist es schmutzig, aber es muss jemand da sein. Was willst du mit all dem Geld? Peter, wenn dein Kind groß ist, hast du es nicht aufwachsen gesehen. Ich verstehe, dass Tanja arbeiten muss. Aber du? Du bist überflüssig geworden. Du hast deine Arbeit getan, indem du mit viel Erfolg den Verkauf der Schuhe vorangetrieben hast. Jetzt bist du über das Fernsehen präsent. Du arbeitest, indem du täglich mehrfach über den Bildschirm läufst. In der Firma kannst du ersetzt werden. Für dein Kind bist du unersetzlich. Kein Kindermädchen der Welt kann einem Kind die Liebe der Eltern geben. Es kann dein Kind versorgen und es auch mögen, aber nach einem oder zwei Jahren geht es weg. Dann kommt ein Neues. Eine neue Bezugsperson. Und wo bist du? Du siehst dein Kind nicht weinen, lachen, die ersten Schritte tun. Du bist nur morgens da und abends. Abends bist du müde, dein Kind muss schlafen, Tanja ist müde. So kann es kein Vertrauen entwickeln. Unter solchen Bedingungen wachsen noch nicht einmal die brasilianischen Kinder der Favelas auf."

„Entschuldige Tomaz, es gibt noch mehr Eltern, die Kindermädchen engagieren. Wir sind nicht die einzigen. Und es sind immer Leute, die viel Geld haben. Die, die wenig Geld haben, ziehen ihre Kinder selber groß und manch ein Kind ist den ganzen Tag alleine. Da ist weder Mutter noch Vater noch Kindermädchen zu Hause."

„Ja! Und was wird aus diesen Kindern? Die den ganzen Tag alleine sind und keinen Ansprechpartner haben? Viele werden kriminell. Das ist überall auf der Welt so. Du kannst das für alle Länder nachlesen. Da, wo weder Mutter noch Vater sich um die Kinder kümmern und noch nicht

173

mal ein Kindermädchen oder eine Tante oder die Großeltern, da werden Menschen aus Einsamkeit oder Langeweile kriminell."

„Das ist doch Quatsch. Ich war auch als Kind sehr einsam und bin nicht kriminell geworden."

„Nicht kriminell, aber dick. Du hast selbst erzählt, dass du so viel gegessen hast, dass du dich nicht mehr rühren konntest. Du warst einsam und alleine. Dein einziger Freund war damals das Essen. Willst du das wirklich deinem Kind antun? – Du bist reich. Du bist gesund. Du wirst nicht die bedingungslose Liebe deines Kindes bekommen, wenn du es abgibst. Die bekommt das Kindermädchen, sofern dein Kind überhaupt lieben lernt."

„Tomaz, das ist wirklich totaler Blödsinn. Viele Eltern nutzen Kindermädchen und viele Kinder sind glücklich damit. Sie lieben die Eltern und das Kindermädchen."

„Das stimmt. Sie lieben. Wenn das Kindermädchen lange genug bleibt, liebt das Kind es. Und es lernt die Eltern zu respektieren. – Die Liebe dem Kindermädchen, der Respekt den Eltern."

Der Fernsehstar

Peter wurde beim Sender wieder freundlich empfangen. Wie beim ersten Mal musste er in das gleiche Büro zur Anmeldung und wurde danach von der Sekretärin in das Zimmer des Produzenten geführt.

„Guten Morgen, Peter", begrüßte der seinen neuen Küchenstar.

„Guten Morgen Manuel."

Nachdem sie sich ein wenig im Small Talk unterhalten hatten, trug Manuel sein Anliegen vor. Auf Grund der hohen Emails und Briefeingänge hatte sich der Sender entschlossen, dass Peter weiterhin für das Fernsehen kochen sollte.

„Wir werden einen Sendeplatz zur Mittagzeit bekommen und haben vor, dass du Essen kochst, das man in dieser Zeit herstellen kann. Wir wollen das Rezept und die Zutatenliste im Videotext veröffentlichen und die Hausfrauen können direkt mit kochen. Du bekommst eine Stunde Zeit und musst nach dem Kochen deine Mahlzeit essen und genau beschreiben, wonach es schmeckt."

„Wird die Sendung wieder aufgezeichnet?"

„Ja. Dann haben wir mehr Möglichkeiten. Mit Schneiden können wir deine Fehlversuche „vernichten"."

„- Oder lassen. Wenn es lustig ist?", entgegnete Peter auf Manuels fragenden Blick. „Wie viele Sendungen wollt ihr denn machen?"

Peter erfuhr, dass zunächst zehn Sendungen geplant waren, die diesmal an sieben Tagen gedreht und die dann donnerstags im Mittagprogramm ausgestrahlt werden sollten. Mit allem einverstanden unterschrieb er den Vertrag und verließ den Sender. Er ließ sich mit dem Taxi bis etwa fünf Kilometer vor der Firma fahren und lief den Rest des Weges zu Fuß. Das Gehen tat ihm immer gut, denn er konnte dabei gut nachdenken.

Tanja freute sich, dass Peter eine Vertragsverlängerung unterschrieben hatte. In der nächsten Woche waren seine Schulungen zu Ende, da würde er zum Sender fahren. Erst danach wollte er mit weiteren Schulungen der künftigen Geschäftsinhaber in den Großstädten beginnen.

Tanja war inzwischen im sechsten Monat schwanger. Es ging ihr sehr gut. Sie hatte Matthias eingearbeitet und daher beendete sie ihre Arbeit spätestens um siebzehn Uhr. Zusammen mit Peter walkte sie durch einen Park. Die Bewegung war ihr wichtig. Auch Peter tat das Laufen gut. Früher war Tanja schneller gegangen. Jetzt lief sie bewusst langsamer.
Wenn sie in der Wohnung ankamen, legte Tanja sich hin und Peter kochte. Er hatte so eine Freude am Kochen bekommen, dass er die Gerichte, die für das Fernsehen gekocht hatte, inzwischen auch alle für Tanja gemacht hatte. Er bekam ein Auge für Zutaten, für Gemüse, Obst und Salat. Meist kaufte er am Wochenende ein, lagerte Obst und Gemüse im Kühlschrank. Er kochte täglich.
Er hatte sich ein Kochbuch gekauft und schon einige Rezepte ausprobiert. Auch einer Einladung zur Tomaz Eltern war er mit Tanja gefolgt. Tomaz Mutter hatte er nach typischen brasilianischen Gerichten befragt, sich die Rezepte aufgeschrieben und inzwischen ausprobiert. Durch die praktische Hilfe des Kochs Alfredo am Set hatte Peter sich ebenfalls wertvolle Tipps zu Eigen gemacht. Wenn er zum Beispiel Fleisch wusch, wusch er sich danach die Hände. Er säuberte das Schneidebrett vom Fleischschneiden vor der laufenden Kamera. Der Regisseur wollte nach Rücksprache mit dem Koch auch, dass die Hausfrauen Hygienetipps bekamen.
Inzwischen probierte Peter bereits seine eigenen Gerichte aus. Er versuchte ohne Rezept zu würzen oder Speisen zusammenzustellen. Er hatte große Freude am Abschmecken gefunden und von Alfredo Würztipps erhalten.
Tanja mochte Peters Kreationen. Sie freute sich, einen Partner zu haben, der kochen konnte und genoss es von Peter verwöhnt zu werden. Während sie auf der Couch lag und sich ausruhte, schnitt Peter in der Küche Gemüse, säuberte Fisch und bereitete leckere Speisen vor. Manchmal schlief Tanja ein, manchmal kam sie nach einer Weile dazu und sie kochten gemeinsam. Wie alle frisch Verliebten blödelten und alberten sie auch dabei herum und erfreuten sich an dem frisch zubereiteten Essen.

Peter aß weiterhin mit Bedacht. Er aß langsam, kostete sein Selbsterdachtes und versuchte die Zutaten herauszuschmecken. Dadurch trainierte er den Geschmacksinn. ‚Wir essen, um zu leben; wir leben nicht, um zu essen.' Dies hatte er sich zum Wahlspruch gemacht. Dies war ihm in Fleisch und Blut übergegangen. „Die Mäßigung", über die er sich nach Tomaz Ausführungen von Thomas von Aquin Gedanken gemacht hatte, passte mit seinem Spruch aus dem roten Kasten: *„Wenn's am besten schmeckt soll man aufhören"* zusammen.

Im April zogen sie in das angemietete möblierte Haus um und lebten sich schnell ein. Die Kochsendungen waren alle ausgestrahlt worden und ebenso erfolgreich gewesen, wie die ersten. Auf Grund der Einschaltquoten entschloss sich der Sender weitere Sendungen zu machen. Peter bekam daher wieder einen Termin.

Im Sitzungssaal erläuterte ihm Manuel, dass er für den Rest des Jahres die tägliche Sendezeit von 11.30 – 13 Uhr erhalten könnte. Er plante daher neue Sendungen, die wie bisher im Studio vorab aufgenommen werden sollten. Peter behielt sich zum ersten Mal Bedenkzeit vor.

„Von meinem Chef, Herrn Berger, habe ich gelernt, dass man wichtige Entscheidungen nicht sofort trifft, sondern mindestens eine Nacht darüber schlafen muss.", war seine Begründung gegenüber dem Produktionsteam.

„Ich möchte diese Entscheidung außerdem mit meiner Freundin und Chefin absprechen. Sie wissen ja, dass ich auch noch Schuhe verkaufe." Peter kniff ein Auge zu.

Das Fernsehteam hatte Verständnis und man einigte sich für ein neues Treffen nach fünf Tagen. Längere Bedenkzeit konnte Manuel nicht gewähren, da er den Sendeplatz sonst anders einplanen oder abgeben musste.

„…Vater sein, dagegen sehr"

Peter hatte über sein Gespräch mit Tomaz nachgedacht.

‚Dein Kind wird so schnell groß. Es respektiert die Eltern und liebt das Kindermädchen.'

Diese Sätze gingen ihm nicht mehr aus dem Kopf.

Mit messerscharfem Verstand hatte der Junge Tomaz längst erkannt, dass Peters Arbeit wie er sie bisher für die Firma Globetreter ausübte, überflüssig sein würde. Und er hatte dies als Erster in Worte gefasst. Daher kam das Angebot von Manuel im richtigen Moment. Peter war sich ziemlich sicher, dass er es annehmen wollte.

War nicht die erste Reaktion oft auch die Richtige? Trotzdem war es gut, mindestens eine Nacht darüber zu schlafen. Würde Tanja sich sonst im

Stich gelassen fühlen? Könnte er sie durch andere Tätigkeiten in der Firma unterstützen und entlasten? Könnte er die Arbeit von Matthias übernehmen und sich nach der Geburt die Arbeit mit Tanja teilen? Wollte er das überhaupt?

Peter hatte „Blut geleckt". Der Erfolg im Fernsehen hatte ihn so erfreut und stolz gemacht.

Wenn er an seine Vergangenheit dachte, als er nur auf dem Sofa saß und gegessen hatte, zu hilflos, um auf gemeine Bemerkungen von Menschen zu kontern, ausgelacht und verschmäht, angestarrt und als überflüssiges Mitglied der Gesellschaft ausgegrenzt. Ein Fresser auf Staatskosten – und jetzt: Am anderen Ende der Welt ein Fernsehstar. – Na gut, ein ganz Kleiner, aber der Anfang war gemacht.

Was erwarteten die Zuschauer von ihm? Konnte er dem gerecht werden? Würde er immer witzig und schlagfertig sein können? Würde er wieder zunehmen und dann nicht mehr gemocht werden? Ließen ihn die Fernsehleute fallen, wenn die Einschaltquoten wieder sinken würden? Wie lange würden die Zuschauer sich seine Kochkünste ansehen wollen und gab es überhaupt so viele unterschiedliche Gerichte, die man in der kurzen Sendezeit zubereiten konnte?

Und trotzdem: Es war die Chance. Es hatte solchen Spaß gemacht. Das Team hinter der Kamera war fantastisch. Manch einer war zwar auch nervös und hektisch, doch Peter strahlte eine solche Ruhe aus, dass alle angesteckt wurden. Während sonst Neulinge eher für Unruhe sorgen, so war es bei Peter umgekehrt. Er versuchte seine „Mitkocher" zu beruhigen und hatte vergessen, dass die Kameras auf ihn gerichtet waren. So war vom ersten Dreh an bereits eine wirklich entspannte Situation entstanden. Auch bei den weiteren Aufzeichnungen konnte Peter die Nervosität nehmen. Es war für alle Beteiligten stets sehr unterhaltsam und lustig gewesen.

Beim Schnitt und der Nachbereitung für die Sendung kam die Stimmung über den Bildschirm zu den Zuschauern. Deshalb schlossen sie den dicken Deutschen sofort in ihr Herz. Sie liebten seinen Akzent und seine Scherze.

‚Es hat so viel Spaß gemacht', dachte Peter wieder.

An diesem Tag lief er den gesamten Weg vom Studio bis zur Firma. Er ging zügig. Und trotzdem brauchte er lange. Aber er konnte gründlich nachdenken.

‚Was wird Tanja sagen?'

„Oh, Peter! Das ist ja ein super Angebot! Hast du unterschrieben?"
„Noch nicht. Ich habe mir Bedenkzeit vorbehalten."
„Bei so einem Angebot Bedenkzeit?"

„Ja." Peter schaute Tanja verwundert an. – „Ich wollte deine Meinung hören. Ich weiß nicht, ob ich das Angebot annehme, wenn du dadurch in solchen Stress gerätst und keine Zeit mehr hast. Dann helfe ich dir lieber hier in der Firma. Außerdem habe ich habe durch deinem Vater gelernt, dass alle wichtigen Lebensentscheidungen überschlafen werden müssen."

„Oh!", entfuhr es Tanja. Sie lächelte ihm zu. Dann dachte sie nach. „Du hast Recht. Wenn du ausfällst, brauchen wir hier einen neuen Mitarbeiter. Doch wer ist in der Lage, deinen Platz zu ersetzen?" Tanjas Herz war voll Liebe für Peter. Er hatte sich ihretwegen Bedenkzeit erbeten. Er wollte sie nicht im Stich lassen. Was für ein Mann. Einer, der seine Karriere wegen seiner Freundin aufs Spiel setzte. Ein Mann, dem die Karriere nicht über alles ging. – Ein toller Mann.

„Siehst du? Wir müssen alles bedenken. – Klar, ich würde einerseits so gerne weiter im Fernsehen kochen, aber nicht um jeden Preis. Weißt du, ich bin den ganzen Weg zu Fuß gegangen und habe darüber nachgedacht. Mal will ich unbedingt die Sendungen machen, mal wieder nicht. – Gut, ab und zu eine, das auf jeden Fall, aber nicht unbedingt täglich. Andererseits wird meine Arbeit, so wie ich sich jetzt mache, überflüssig. Ich könnte daher einen Teil deiner Aufgaben übernehmen und dich sicher entlasten. – Oder: morgens drehen, nachmittags hier arbeiten? – Auch das habe ich überlegt, weil ich das Angebot so reizvoll finde. Doch ist das womöglich zu viel Stress?"

Tanja antwortete nicht. Sie dachte nach.

Peter holte sich Wasser. Er trank das Glas in einem Zug aus. Dann brachte er ein weiteres Glas und füllte beide mit Wasser. Er musste grinsen.

‚Ist das Glas halb voll oder halb leer?', dachte er. Es kommt immer auf den Standpunkt an. Er trank das volle Glas leer, bevor er es zum dritten Mal füllte. Da Tanja nicht trank, reichte er ihr das Glas.

„Danke", sagte sie und lächelte ihn erneut an. „Ich finde, du solltest die Chance nutzen. Peter, es findet sich immer für alles eine Lösung. Du hast Recht. Durch die Fernsehwerbung und die vielen Geschäfte brauchst du künftig nicht mehr zu schulen. Wenn mal eine Schulung nötig ist, kann man die vielleicht wirklich auf den Nachmittag legen. Ich glaube sogar, du wirst der Firma Globetreter mehr nutzen, wenn du Fernsehstar bist."

„Ich bin doch kein Star."

„Noch nicht, aber vielleicht wirst du ja einer. Und sonst bist du regelmäßig auf dem Bildschirm zu sehen. Du kochst und in der Werbepause wirbst du mit Schuhen. Die Zuschauer werden dich daher immer mit den Schuhen in Verbindung bringen, so dass wir noch mehr Werbung bekommen. – Jedenfalls musst du gut kochen. Wenn du da gut bist, wenn ihr euch für Rezepte entscheidet, die lecker sind und die jeder nachkochen kann, stehst du auch da für Qualität. Du wirst eine Marke."

„Tanja, ich möchte dir nutzen."
„Du bist nicht mein Eigentum. Du hast dein eigenes Leben. Es ist einzigartig. Du musst dich für das entscheiden, was für dich am schönsten ist. Wenn du eine Tätigkeit ausübst, die dir Spaß macht, strahlst du gute Laune aus. Du machst ein glückliches Gesicht. Du wirst alles mit viel Freude erledigen. Ich denke, du wirst es bereuen, wenn du dieses Angebot sausen lässt. Nutze einfach diese Chance."
,Nutze rasch den Augenblick, vergangene Zeit kehrt nie zurück', dachte Peter. Dieses Sprichwort aus seiner roten Kiste fiel ihm zu Tanjas Antwort spontan ein. Er sagte:
„Du bist mir nicht böse, wenn ich das Angebot annehme?"
„Nein. Ich will einen Mann haben, der glücklich ist, der seine Arbeit gerne macht und darin möglichst Erfüllung findet. Ich glaube, du hast genug Schuhe verkauft."

Am nächsten Morgen war sich Peter ganz sicher, dass er das Angebot annehmen würde. Trotzdem wartete er noch einen weiteren Tag, bevor er zusagte. Dann freute er sich auf die neuen Sendungen. Er kochte jetzt so gerne und fühlte sich in der neuen Arbeit mit Menschen sehr wohl.

Ronald - Ronaldo

Tanja arbeitete bis zum letzten Tag ihrer Schwangerschaft. Manchmal legte sie sich mittags auf eine Liege, die sie für ihr Büro gekauft hatte. So konnte sie besser ausruhen. Manchmal schlief sie auch eine, selten sogar zwei Stunden lang. Niemand störte sie. Alle hatten die Anweisung erhalten, in der Mittagpause nicht das Büro zu betreten, damit Tanja ungestört war. Am Nachmittag meldete sie sich bei den Sekretärinnen. Die wussten dann, dass Tanja wieder am Arbeitsplatz zur Verfügung stand.
Tanja hatte Peter einen Teil ihrer Aufgaben erklärt und wenn Peter seine täglichen Aufzeichnungen im Studio beendet hatte, übernahm er diese Arbeiten. Wenn er eine Frage hatte, holte er sich Rat bei Tanja oder Matthias. Der kannte sich wirklich bestens aus und konnte Peter immer sofort helfen. Und Peter wurde täglich besser – in beiden Jobs.
Nachdem Tanja das Kind bekommen hatte, war sie nur kurz im Krankenhaus und zu Hause. Sie wollte unbedingt wieder arbeiten.
„Tanja, schau dir das kleine Wesen an. Es braucht dich. In der Firma schaffen Matthias und ich alles. Genieße unseren Sohn. Er wird so schnell groß. Schau, sein Füßchen ist schon gewachsen."
Tanja lachte. Sie freute sich über ihren großen Sohn und war stolze Mutter. Mit 59 cm und 4380 g war er wirklich kein kleiner Neugeborener.

Es schien ein angenehmer Zeitgenosse zu werden. Er schlief viel und schrie nur wenig. Er trank zügig und Tanja wollte ihn mit in ihr Büro nehmen. Sie wollte ihn in den Kinderwagen legen und im Büro stillen. Sie würde ihn auf der Liege wickeln und in der Zeit, während er schlief, arbeiten. So hatte sie es sich vorgestellt. So hatte sie es Peter erklärt.

Doch als der Junge da war, bemerkte Peter, wie erschöpft Tanja war. Sie hatte sich kaum geschont. Sie hatte bis zum letzten Tag gearbeitet. War es Zufall, dass der Junge ein Sonntagskind war? Am Samstag war Tanja bereits unruhig gewesen. Abends fuhren sie ins Krankenhaus und in der Nacht um 3.24 Uhr erblickte ihr gesunder Sohn Ronald das Licht der Welt.

Den Namen hatte ihm Tomaz gegeben. Der hatte immer gelacht, wenn er auf Tanjas Bauch sah.

„Wie ein kleiner Fußball. Bestimmt ist ein Fußballspieler darin." Oder „Na, wie geht es Ronaldo?" hatte er gesagt.

Tanja und Peter gefiel der Name immer besser. Allerdings ließen sie das ‚o' weg. Ronald war geboren und Tomaz stolz, dass er den Namen gegeben hatte.

Peter bat ihn, die Patenschaft für Ronnie anzunehmen und Tomaz fühlte sich geehrt. Der andere Pate wurde Florian.

Herr und Frau Berger flogen noch am Geburtstag nach Sao Paulo. Sie hatten unmittelbar nach Peters Anruf den nächsten Flug von Düsseldorf gebucht. Am frühen Abend fuhren sie mit dem Taxi ins Krankenhaus.

Dort lag Tanja ganz erschöpft aber glücklich mit ihrem Söhnchen. Die Bergers waren ganz begeistert von ihrem ersten Enkel. Sie fuhren nach nur kurzem Besuch bei Tanja und Ronald mit Peter in das neu angemietete Haus. Dort befanden sich drei Gästezimmer.

Bisher war Herr Berger immer der Hausherr gewesen. Peter und Tanja hatten in seiner, für die Firma gemieteten, Wohnung gelebt. Jetzt war Peter der Hausherr und er lud Tanjas Eltern ein. Während sie sich frisch machten, schrubbte er Kartoffeln, salzte sie und legte sie auf ein geöltes Blech in den Backofen. Dann schnitt er Tomaten für einen Tomatensalat und rührte mit Essig und Öl, Pfeffer, Salz und Kräutern eine Salatsoße an. Zuletzt legte er Steaks in die Pfanne.

Frau Berger nahm Teller und Besteck mit auf die Terrasse und deckte da den Tisch. Herr Berger suchte im Keller nach einem passenden Wein und öffnete die Flasche. Dann aßen sie gemütlich und unterhielten sich. Sie stießen mehrfach auf Ronald an. Alle wünschten sich für ihn Gesundheit und ein schönes Leben.

Sie wünschten ihm, dass er sich immer so geliebt und geborgen fühlen kann, wie jetzt.

Ein Kind, ein gesundes Kind, das ist das allerhöchste Glück auf der Welt

Als das Kind da war, war Peter überwältigt. Tanja hatte schwer gekämpft. Es war ein großer Junge und eine schwere Geburt gewesen. Dann hielt sie das Kind im Arm und lächelte es an. Ronnie sah seine Mutter an und die beiden flüsterten zusammen, das heißt: Tanja flüsterte mit ihrem Sohn. Sie lächelte wirklich. Minuten zuvor war ihr Gesicht schmerzverzerrt gewesen und jetzt lächelte sie, während die Ärztin an ihrem Damm nähte. Peter war fassungslos. Er hatte sich kaum mit dem Thema Geburt beschäftigt. Tanja war der Meinung gewesen, dass früher auch die Kinder ohne große Vorbereitung geboren wurden. Dennoch hatte sie in den letzten sechs Wochen vor der Entbindung einen Atemtechnikkurs besucht. Das hatte ihr anscheinend gut geholfen. Sie atmete, wenn eine Wehe kam, zuerst aus. Dadurch hielt sie nicht die Luft an. Sie musste in die Wehe einatmen und so öffnete sich der Muttermund relativ schnell.
Peter bangte sehr, während Tanja in den Wehen lag. Seine Geliebte hatte diese Schmerzen. Sie musste das ertragen, was er verursacht hatte. Dann fielen ihm wider Tomaz Worte ein: „Während der Geburt kann auch so viel schief gehen, dass das Kind nicht gesund auf die Welt kommt." Er hoffte und wünschte so sehr, dass das Kind gesund sein würde. Nach den bisherigen ärztlichen Befunden während der Schwangerschaft sah es so aus. Vater werden ist überhaupt nicht so leicht.
Peter freute sich, dass Tanja ihr gemeinsames Kind liebte. Er konnte nicht aufhören, die beiden zu betrachten. Als Tanja sagte: „Guck, mal da ist der Papa", drehte Peter sich um, weil er an Herrn Berger dachte. Als er wieder zurückblickte, schaute er in Tanjas Augen, die ihn anstrahlten. „Geh mal zu deinem Papa", gurrte sie und reichte Peter das Bündel.
Vorsichtig und ungeschickt nahm er es.
Wie hält man ein Neugeborenes?
Peter hielt seinen großen Sohn auf seinen riesigen Händen. Er hielt ihn ganz fest und betrachtete ihn. Er hatte noch nie ein so kleines Kind gesehen. Es war rot und blutig. Die dunklen Haare waren verklebt. Das soll niedlich sein?
Das Kind sah ihn an.
Peter sah zurück. Er lächelte.
„Hallo, mein Kleiner! Sei willkommen auf dieser Welt", so begrüßte er seinen Sohn. Er hatte sich diese Worte zu Recht gelegt. Genau so wollte er das Kind begrüßen. Egal wie es war und werden würde. Es war willkommen. Ein Kind, das neugierig die Welt entdecken wird. Ein Kind, von Vater und Mutter geliebt.

Tränen schossen Peter in die Augen. Sie liefen an seinen Wangen herunter, während er das Kind ansah. Welche Gefühle dieses Bündel in ihm auslösten.

Die Hebamme nahm ihm das Baby weg, um es zu wiegen und es dann dem Arzt für die Untersuchung zu bringen. Peter ging hinter ihr her. Er ließ Ronnie nicht aus den Augen. Er musste ihn beschützten. Er sollte nicht das Gefühl haben, alleine zu sein.

‚Keine Angst, mein Kleiner. Papa ist da', dachte er.

Als Mutter und Kind versorgt waren, rief Peter in Oberhausen an. Tanjas Eltern freuten sich sehr. Sie gratulierten ihm. Sie sagten nichts davon, dass sie sofort kommen wollten. Es ergab sich. Sie nahmen den ersten Flug und der ging noch an diesem Sonntag. Sie mussten sich beeilen, um noch mitzukommen. Sie hatten kein Gepäck, nur ihre Pässe und waren weniger als zwei Stunden vor Abflugzeit am Flughafen.

Aber jetzt waren sie hier. Extra für Ronnie gekommen – und für Tanja. – Behütete Tanja. Vier Menschen, die sie über alles lieben: ihre Eltern, Peter und Ronnie. Tanja war in ihrem Nest geblieben. Immer geborgen von den Eltern, später ihrer Liebe. Genauso gut sollte es Ronnie gehen.

Tomaz nahm das Patenamt gerne an. Er fühlte der sich sehr geehrt und stimmte sofort zu. Als er Ronald das erste Mal sah, machte er ihm ein Kreuzzeichen auf die Stirn. Dann nahm er ihn vorsichtig hoch. Peter hatte keine Angst, dass Tomaz mit Ronald nicht richtig umgehen würde. Der hatte schon so viele Babys auf dem Arm gehabt; viel mehr, als er selber. Tomaz nahm Ronald auch nicht so ungeschickt, wie Peter. Er fasste mit geübten Griffen.

„Hallo Ronaldo", sagte Tomaz. „Bald werden wir beide Fußball spielen."

„Na, das dauert wohl noch eine Weile."

„Nein, das geht ganz schnell. Nächstes Jahr können wir anfangen."

„Ja, dann wird er laufen."

„Man kann auch nach einem Ball krabbeln. – Du wirst merken, wie schnell er wächst." Tomaz sah Peter fest an. „Die Zeit vergeht so schnell. – Nutze sie."

Peter war verwundert. „Was meinst du damit?", fragte er. „Wie soll ich sie nutzen?"

„So, wie ich es dir gesagt habe. Ein Kind braucht seine Eltern. Nur die Eltern werden es lieben, nicht das Kindermädchen. Werde Chef oder bleibe bei Ronaldo. Gib ihn nicht weg."

„Tomaz, ich werde ihn nie weg geben. Er ist mein Sohn. Er wird immer bei mir wohnen, aber ein Kindermädchen wollen wir uns suchen."

„Bald wird er mit mir Fußball spielen. Ronaldo, dann brauchen wir den Papa gar nicht dazu. Wir stellen das Kindermädchen ins Tor."

Tanjas Eltern blieben zehn Tage. Sie halfen Peter mit dem Kinderzimmer und besuchten Tanja jeden Tag. Am vierten Tag wollte sie schon nach Hause. Regelmäßig kam dann noch eine Hebamme, die nach Tanja und Ronald sah.

Peter ging in die Firma solange Tanja im Krankenhaus war. Er arbeitete so gut er konnte für sie. Herr Berger kam häufig mit. Als Tanja nach Hause kam, arbeitete Peter weniger. Matthias erledigte fast alles. - Man muss auch mal Urlaub machen.

Aber nach einer weiteren Woche wurde Tanja so kribbelig, dass sie unbedingt wieder arbeiten wollte. Sie dachte, sie könne dort zumindest nach dem Rechten sehen. Selbst wenn sie nur viel weniger arbeiten würde, behielte sie doch den Überblick über alles.

Peter war nicht einverstanden. Er sah, wie die Geburt an Tanjas Kräften gezehrt hatte. Er sah, wie viel sie in den letzten Tagen geschlafen hatte. Tanja lag zwar nicht die ganze Zeit im Bett, aber sie lag dann auf der Couch und ruhte sich aus. Sie liebte es auch, in Ronalds Wiege zu sehen. Wenn er vor sich hin lächelte, als hätte er einen schönen Traum.

Können Babys schon träumen?

Tanja tat das Sitzen weh. Erst nach zehn Tagen ging es wieder halbwegs. Sie genoss es mit Ronnie zu kuscheln. Wenn der wach war und sie ihn wickelte, sang sie ihm Kinderlieder vor. Frau Berger kümmerte sich viel um Tanja. Sie half ihr und verwöhnte sie. Das erwachsene Kind, das immer noch den Schutz des Nestes spüren durfte. Daher konnte Tanja auch die Nestwärme und Liebe an Ronnie weitergeben. Geliebtes Kind, erwünschtes Kind.

Gibt es etwas Schöneres, als auf der Welt willkommen zu sein? Geliebt von beiden Eltern?

Oft stand auch Peter vor der Wiege und betrachtete das Kind. Wie klein die Fingerchen sind. Wie hilflos der Mensch ist. Wie kann man so einem Wurm nur etwas antun wollen?

„Kannst du dir vorstellen, dass wir mal mit ihm schimpfen?", fragte Tanja. Sie trat hinter Peter und umarmte ihn.

„Nein."

„Ich auch nicht, aber Kinder sollen einen ja zur Weißglut bringen können."

„Das stimmt auch", mischte sich Frau Berger ein. „Man möchte sie manchmal zum Mond schießen und freut sich kurz danach, dass es nicht geht. Aber alle Kinder sind anstrengend."

„Ich finde nicht, dass Tanja anstrengend ist", sagte Peter und zwinkerte ihr zu.

Frau Berger lachte. „Ja, Peter. Große Kinder sind auch nicht mehr so anstrengend. Freut euch über eueren gesunden Sohn. Ich wünsche, dass er immer gesund bleibt."

„Ja, das ist das Wichtigste", seufzte Tanja.

Ronald lächelte im Schlaf.

„Schaut, mal: Ist das nicht süß?", fragte Frau Berger. „Man möchte doch den ganzen Tag vor der Wiege stehen und auf so ein Lächeln warten."

„Ich hätte nie gedacht, dass ein Kind, das so viel schläft trotzdem so viel Spaß macht", sagte Tanja.

„Tomaz sagt, wir sollen diese Zeit genießen. Sie geht so schnell vorbei."

Frau Berger sah Peter an.

„Das ist richtig", bestätigte sie. „In wenigen Wochen schon ist dieses Engelslächeln vorbei. Dafür lernt Ronald richtig zu lachen. Er erwidert euer Lächeln. Jeden Tag kann man seine Fortschritte beobachten. Nie ist die Veränderung größer als bei einem Baby."

Nach zehn Tagen flogen die stolzen Großeltern wieder nach Deutschland. Herr Berger musste zurück in die Firma und da Tanja unbedingt arbeiten wollte, flog Frau Berger mit. Tanja hielt es nur noch wenige Tage zu Hause aus. Dann bestand sie darauf, mit Ronald zusammen in die Firma zu gehen. Sie wollte ihn mitzunehmen. Sie hatte den Vorteil, dass sie Chefin war und daher bestimmen konnte, wie lange sie arbeiten wollte. Zuerst schlief Ronnie viel. Tanja fuhr zur Arbeit, wenn sie am Morgen gestillt hatte und das Baby gewickelt war. Dann konnte sie ungefähr zwei Stunden lang arbeiten. Danach fütterte sie Ronald, wickelte und schmuste im Büro. Peter fuhr mit dem Jungen in der Mittagpause spazieren. Tomaz ging mit, um sich weiter mit Peter über Gott und die Welt zu unterhalten – wie immer in Englisch.

Tomaz sah in den Kinderwagen und betrachtete Ronald, während er mit Peter auf einer Bank saß.

„So ein kleiner Mensch. Wie lieb ihn alle haben."

„Ja, da hast du Recht. Niemand will ihm etwas Böses tun."

„Das wäre ja auch mehr, als unfair. Dieses unschuldige Leben. Dieser hilflose Mensch. Er hat die besten Voraussetzungen, die ein Mensch haben kann."

„Ja."

„Warst du als Kind auch so behütet?"

„Nein."

„Ich schon. Meine Eltern lieben uns Kinder alle gleich. Jeder von uns ist willkommen. Wir haben zwar nie viel Geld gehabt und manchmal nur wenig zu essen, aber wir wurden immer geliebt. Immer alle gleich. Und alle geben diese Liebe weiter. Jedes meiner Geschwister scheint mehr geliebt zu werden, weil mehr da sind, die sie lieben. Als Sandro geboren wurde, waren neben meinen Eltern sechs Geschwister da, die sich über ihn freuten. So ist er mehr geliebt worden, als wir älteren Kinder. Aber dadurch lernen die Kleinen schon zu lieben. Sie geben ihre Liebe an uns zurück."

Peter schwieg.

„Hoffentlich geht es Ronaldo immer so gut, wie jetzt. Ich wünsche ihm, dass er, wohin er auch immer kommen mag, willkommen ist. Dass überall Menschen sind, die ihn mögen."

„Danke Tomaz, das hast du so wunderbar gesagt. – Ja, ich wünsche es ihm auch. Ich hätte nie gedacht, dass man so ein kleines Kind so lieb haben kann. Es ist so wunderschön so geborgen aufwachsen zu können."

„Du solltest auch anderen Kindern diese Geborgenheit ermöglichen."

„Wie meinst du das?"

„Du bist doch jetzt ein Fernsehstar. Du hast daher eine öffentliche Verantwortung."

„Ich bin kein Fernsehstar. Ich habe bisher einige Kochsendungen gemacht."

„Ja, aber du bist beliebt. Du kommst beim Publikum an. Du kannst etwas für Kinder tun, denen es nicht so gut geht, wie Ronaldo."

„Wie meinst du das?"

„Du kannst im Fernsehen auf die Missstände in unserer Welt hinweisen. Du, als Ausländer, kannst sagen, dass in einem Land wie Brasilien etwas für die Kinder in den Favelas getan werden muss. Du kannst mahnen. Du musst mahnen. Du bist eine beliebte Person, die in der Öffentlichkeit steht. Du trägst Verantwortung."

„Aber ich trage nur Verantwortung für Ronnie."

„Ja, für Ronnie. Geliebtes, behütetes Kind. Er ist mit einem goldenen Löffel auf die Welt gekommen. Er ist ein Schatz. Ein gesunder Junge. Das höchste Glück auf Erden."

„Ja, das stimmt."

„Meinst du nicht, dass du so dankbar darüber sein solltest, dass du auch für das Glück, die Gesundheit und Bildung anderer Kinder eintreten kannst?"

„Ich weiß nicht, wie ich das öffentlich tun soll. Ich bin nämlich kein Fernsehstar. Ich bin nur ein kleiner Fernsehkoch. Wie soll ich mich in einer Kochsendung zu den Missständen in den Favelas äußern? Ich bin dazu noch Ausländer."

„Eben darum. Du kommst aus einem der reichsten Länder der Erde. Du könntest erwähnen, wie gut es den Kindern in Deutschland geht."

„Ach Tomaz! In Deutschland geht es doch auch nicht allen Kindern gut. Was meinst du, was da in Abständen diskutiert wird. Ständig reden Leute, die sich für wichtig halten darüber, dass Kinder früher in Kindergärten

185

sollen, dass sie dreijährig bereits eine Fremdsprache lernen sollen, dass sie in der Schule mehr leisten sollen und so weiter. Die Kinder in Deutschland haben es auch schwer. Manche sind nicht so willkommen, wie du, deine Geschwister oder Ronald. Einige werden von den Eltern misshandelt, genauso wie hier in Brasilien und überall auf der Welt. Sie werden zwar in der Regel alle satt, aber es gibt auch in Deutschland Eltern, die ihre Kinder verhungern lassen. – Und es gibt ein Sprichwort bei uns, das heißt: *„Wer im Glashaus sitzt, soll nicht mit Steinen werfen."* Wenn ich etwas gegen die Umstände sage, in denen hier manche Kinder aufwachsen, kann das doch wie ein Bumerang zurückkommen."

„Ja, das wäre gut."

„Inwiefern?"

„Du kannst dann eine Diskussion auslösen, in der darüber gesprochen wird, wie man die Lebensbedingungen verbessern kann. – In Deutschland und in Brasilien."

„Aber dann wird doch wieder nur geredet. Das ist doch das Schlimme. Viele Menschen reden und reden, anstatt etwas zu tun. Wenn man schon den Mund aufmacht, dann muss man auch anpacken. Ich kann doch nicht auf Missstände aufmerksam machen und nichts tun. Dann kann ich doch besser die Klappe halten."

„Dann tu doch was."

„Was denn?"

„Du könntest mit Straßenkindern kochen. Mach eine Sendung, in der du für diese Kinder eine warme Mahlzeit kochst. Wenn du mit ihnen isst, kannst du die Diskussion auslösen."

Peter schwieg.

Tomaz schwieg auch.

„Deine Idee finde ich gut.", sagte Peter nach einer Weile.

Tanja war ein Arbeitstier. Sie arbeitete sehr zügig, wenn Ronnie schlief. Sie mutete sich mehr zu, als ihr gut tat. Als der Junge älter war und länger wach, legte sie ihn auf eine dicke Decke auf den Boden. Darauf war Spielzeug verteilt. Das Kind war sehr lieb. Zum Glück weinte Ronald nicht viel.

Peter ging regelmäßig zu den Aufzeichnungen ins Fernsehstudio. Das Leben der kleinen Familie war gut organisiert. Peter fand es perfekt. Seine große Liebe, sein Sohn, die neue Arbeit, die ihn viel mehr erfüllte, als er erwartet hatte. Er hatte schon eine Kochsendung mit Kindern aus dem Favelas gemacht. Obwohl Manuel zuerst Bedenken hatte, hatte Peter sich durchgesetzt und wie erwartet eine Diskussion ausgelöst. Da Peters Kochsendung aber hohe Einschaltquoten hatte, wollte er, dass in regelmäßigen Abständen Gäste aus Randgruppen mit ihm kochen sollten.

Immer wieder lud er Menschen ein, die nicht auf der Sonnenseite des Lebens standen. Andererseits kochte er ab und zu mit brasilianischen Stars.

Der vierzigste Geburtstag

Drei Jahre später ging Ronnie in den Kindergarten. Sie hatten ein deutsches Aupairmädchen, das mit Ronnie deutsche Kinderlieder sang. Peter war ein Publikumsliebling geworden. Viele Sender luden den riesigen Deutschen mit dem Akzent in Ihre Sendungen ein. Das Publikum mochte Peters Schlagfertigkeit, weil von ihm meist eine passende Antwort mit Witz oder Biss zu erwarten war.
Tanja hatte das zweite Kind bekommen.
Ein kleines Mädchen.
Und wieder war es für Peter ein kleines Wunder, wie dieses Wesen in Tanjas Bauch Platz gehabt hatte. Er hielt Carmen nicht so ungeschickt, wie Ronnie bei dessen Geburt. Aber wieder hatte er Tränen in den Augen.
Wenn ein Kind geboren wird, das erwünscht ist, ist es schon sehr ergreifend. Peter nahm Carmens Händchen. Sie griff nach seinem Finger und hielt ihn fest. Peter betrachtete die kleinen Fingerchen. So lang wie Streichhölzer waren sie. Dass so ein kleines Wesen leben konnte, verwunderte ihn, wie damals bei Ronnies Geburt.
Tanja nahm sich diesmal länger Zeit, bevor sie in die Firma zurückging. Die Zeit, als Ronnie so klein war, war so schnell vergangen. Manchmal dachte sie, sie habe ihn gar nicht aufwachsen sehen. Jetzt war er schon drei Jahre alt. Er hatte Termine. Er ging in den Kindergarten, zur Musikschule und wollte in einen Fußballverein für Winzlinge.

Tanja plante Peters Geburtstagsfeier. Er wurde vierzig Jahre alt. Ein Einschnitt? Eine Null mehr und weiter nichts? Die Hälfte des Lebens? So plus / minus. Peters Leben war etwa zur Hälfte vorbei, während das von Ronnie und Carmen erst begann.
Peter wusste nichts von Tanjas Planung. Er hatte, so lange er denken konnte, noch nie seinen Geburtstag gefeiert. - Noch nicht einmal in seiner Kindheit. Seit Ronnie in den Kindergarten ging, bestand der darauf, dass sie Peters Geburtstag feierten. Ronnie selbst hatte sich so sehr gefreut, als er drei Jahre alt wurde. Endlich Geburtstag haben! Das Geburtstagskind bekam eine Krone, einen kleinen Kuchen und ein Geschenk. Und am allerschönsten war, dass es sich im Stuhlkreis drei Spiele aussuchen durfte, die dann gemacht wurden. Bevor Ronnie Geburtstag hatte, war er ganz aufgeregt gewesen.

Tanja und das Aupairmädchen übten mit ihm Geburtstagslieder. Als Peter Geburtstag hatte, sang Ronnie sie ununterbrochen für ihn. Er kam schon singend ins Schlafzimmer. Dann kletterte er ins Bett der Eltern und drückte Peter einen sabbernden Kuss auf die Wangen. "Herzlichen Gückwunsch zum Geburtstag", sagte er und schlang seine weichen runden Arme um Peter.

Der nahm Ronnie in seine Arme und stemmte ihn dann hoch. Peter hat so lange Arme, dass Ronnie mit den Beinen in der Luft zappelte und vor Vergnügen schrie. „Lass mich runter!"

Als Peter ihn dann runter ließ, sagte er:

„Papa, hör zu!

Ich lieb dich so fest, wie der Baum seine Äst.

Wie der Himmel die Sterne, so hab ich dich gerne.

Beib immer gesund, werd niemals krank,

dein ganzes Leben lang."

Dann schlang er seine dünnen Ärmchen um Peters Hals und drückte ihn, so fest wie er konnte. Peter war ganz gerührt. Er erwiderte Ronnies Umarmung.

„Wer hat dir das denn beigebracht?"

„Die Carolin."

„Das hast du aber schön gelernt. Kannst du das noch mal sagen?"

„Ja."

Ronald wiederholte das Gedicht, das das deutsche Aupairmädchen ihm beigebracht hatte und Peter wischte sich eine Träne von der Wange. ‚Respekt den Eltern, die Liebe dem Kindermädchen', fielen ihm Tomaz Worte von vor mehr als drei Jahren ein. Er hatte die Mahnung verstanden und ernst genommen. Er hatte sich viel Zeit für Ronald genommen und nicht bereut. Drei Jahre war das kleine Baby schon. Wie Tomaz vorhergesagt hatte, konnte Ronnie lieben. - Wie schön war sein Leben geworden.

Jetzt war er vierzig und eine Entscheidung stand bevor. Herr Berger wollte sich in Deutschland zur Ruhe setzen und suchte einen Nachfolger. Tanja und Florian waren noch nicht sicher, wer zurückgehen wollte.

Nächtelang hatten Peter und Tanja schon Für und Wider abgewogen, waren aber noch nicht zu einem Entschluss gekommen. Peter arbeitete seit zwei Jahren nicht mehr für die Firma Globetreter und für Tanja. Er arbeitete nur noch für das Fernsehen und war in ganz Brasilien bekannt. Er machte immer noch die täglichen Kochsendungen und war inzwischen ein sehr guter Koch geworden. Um mehr Zeit für die Familie zu haben, wurden die Sendungen nicht mehr täglich gedreht, sondern in Staffeln aufgezeichnet. In der Zeit, in der er nicht arbeitete, kümmerte er sich um Ronnie.

Tomaz Worte waren Peter nie aus dem Kopf gegangen. ,Einer muss da sein, sonst respektiert er dich nur und liebt sein Kindermädchen.' – Das wollte Peter nicht. Tomaz hatte Recht. Die Zeit, die man mit einem kleinen Kind verbringt, geht so schnell vorbei.

Als Ronnie mehr Aufmerksamkeit brauchte, übernahm er eine aktive Vaterrolle. Daher hatte er eine ganz starke Bindung zu seinem Sohn. Tanja war nur in den ersten Wochen aufgestanden, als sie stillte. Aber Peter war später aufgestanden. Er war da, wenn Ronnie nachts einen Zahn bekam oder wenn er krank war. Er hatte ihn getröstet und mit ihm gespielt. Tanja hatte daher den Rücken frei. Sie trug die große Verantwortung, dass in der Firma alles gut lief. Und Tanja wusste, dass Ronnie bei Peter bestens aufgehoben war. Sie hatte daher kein schlechtes Gewissen gegenüber ihrem Jungen.

Bei der neuen Schwangerschaft hatte sie einen weiteren Mitarbeiter eingearbeitet, da sie auch bemerkt hatte, wie die Zeit rast. Sie wollte bei der zweiten Schwangerschaft so früh wie möglich ihr Kind spüren. Sie wollte alle Veränderungen ihres Körpers registrieren. Und sie war diesmal unglaublich müde. Es strengte sie mehr an, als bei Ronald. Daher wollte sie nicht nur in der Firma sein. Sie wollte auch für Ronnie da sein. Vor allem, wenn Peter zum Fernsehen ging, kümmerte sie sich oft selbst um ihn. Natürlich brauchten sie ein Kindermädchen, weil es anders einfach nicht ging. Aber dennoch nahm sie sich viel Zeit für ihren Sohn.

Was sollten sie tun? Wie würden sie sich entscheiden? In Deutschland ist Peter unbekannt. Er würde vermutlich Hausmann werden. In Brasilien war er fast ein Star – zumindest aber ein Publikumsliebling. Wenn Florian nach Deutschland gehen würde, könnten sie wieder nach St. Louis gehen. Auch da wäre Peter Hausmann. Unbekannt und unzufrieden?

Was dachte Peter?

Er liebte seinen Sohn. Er hatte die Gedanken an seine eigene Kindheit immer verdrängt. Er war nie ein behütetes Kind gewesen. Keiner hatte ihn geliebt. Er hatte gestört. Das war Peter bewusst geworden.

Er wollte ein guter Vater sein, weil er selbst erleben musste, wie es ist, wenn man keinen guten Vater hat. Wenn man dem Vater gleichgültig ist.

Und Peter musste Tomaz Recht geben. Nichts war für ihn schöner, als dass Ronnie mit strahlenden Augen auf ihn zu lief, wenn er von einer Fernsehaufzeichnung kam und seine Arme um ihn schlang. Es war ihm egal, wenn sein Kind eine Rotznase hatte oder ihn mit schmierigem Mund einen schmatzigen Kuss gab.

Jetzt war wieder ein Baby da. Carmen. Geliebtes, gewünschtes und ersehntes Kind. Wie eine Prinzessin lag sie in ihrer kleinen Wiege und oft standen Peter und Tanja nur davor und sahen sie an. Das Baby schlief, aber es lächelte so oft im Schlaf, wie es nur Neugeborene tun. So beschützt sollten die beiden Kinder immer bleiben.

Ronnie war ein prima großer Bruder. Er half beim Wickeln und sah beim Füttern zu. Er gab auch schon mal einen Ratschlag und immer wenn er Carmen weinen hörte, lief er sofort zu Peter, Tanja oder dem Aupairmädchen Carolin, um es zu melden.

Peter liebte seine Fernsehauftritte. Aber er war inzwischen so bekannt, dass er überall erkannt wurde. In Deutschland kannte ihn niemand. Könnte er darauf verzichten? Er kochte regelmäßig mit und für Kinder aus den Favelas. Dies nahm zwar nicht allzu viel seiner Zeit ein, aber er hatte in Brasilien eine Diskussion ausgelöst.

Ein Ausländer, ein Deutscher, sorgt sich um einheimische, verwahrloste Kinder. Um Kinder, die keine Lobby haben. Es gab zwar schon vor Peters Einsatz viele Hilfsorganisationen, die diesen Kindern helfen, aber nie wurde so viel und öffentlich von allen politischen Parteien darüber diskutiert. Und erstmalig seit langem bewegte sich etwas in der Politik. Tatsächlich stiegen die Spenden an die Organisationen und zwar nicht nur die Spenden aus dem Ausland. Die Brasilianer hatten ihre Verpflichtung und auch ihre Verantwortung gegenüber den Schwachen ihrer Gesellschaft erkannt und so spendeten viele Wohlhabende an die Organisationen. Die Hilfsprojekte wurden im Fernsehen vorgestellt und die Spender konnten sehen, dass ihre Gelder angekommen waren. Man sah strahlende Kinderaugen und für einen Moment schien die Welt zu lächeln.

Tanja hatte einen Ausflug für Peter geplant. Da sein Geburtstag auf einen Freitag fiel, hatte sie sich frei genommen und nach dem Frühstück die Autos gepackt. Peter war mit Ronnie im Garten. Sie spielten zusammen Fußball. Tomaz und Sandro kamen dazu.

„Bom dia, meu amigo", (guten Tag mein Freund) grüßte er Ronnie. Der rannte auf seinen Paten zu und Tomaz fing ihn auf und drehte sich mit ihm. „Wollen wir ein bisschen Fußball spielen, bevor es los geht, Ronaldo?", fragte er.

„Sim, Tomaz." (Ja, Tomaz), antwortete der sofort und rannte zum Ball. Peter und Ronnie spielten auf der einen Seite, Sandro und Tomaz auf der anderen. Sie hatten großen Spaß und ließen sich nur ungern unterbrechen. Aber Tanja bestand auf der sofortigen Abfahrt.

„Alle noch mal zur Toilette", sagte sie und hielt dann Tomaz zurück, um ihn einzuweihen. So wusste Tomaz, für den Fall, dass sie sich verlieren würden, das Ziel. Tanja fuhr mit Carmen und Carolin, Peter mit Ronald, Tomaz und Sandro im Auto nach Rio de Janeiro. Peter fuhr hinter Tanja her. Am späten Nachmittag kamen sie an.

Peter war zwar nur einmal hier gewesen, und zwar ganz am Anfang seines Aufenthaltes in Brasilien mit Tomaz. Er erinnerte sich sofort. Der Blick war unvergesslich gewesen. Er hatte Tanja so oft von dieser Pousada vorgeschwärmt und immer gesagt, dass sie dort mal zusammen hinfahren müssten, aber es hatte sich bisher noch nicht ergeben. Sie stiegen aus und wurden an der Rezeption erwartet. Tanja hatte für alle Zimmer bestellt. Sie bezogen die Zimmer und trafen sich dann auf der Terrasse. Die Fahrt hatte lange gedauert, denn der Kinder wegen hatten sie öfters Pause gemacht. Jetzt durften die Kinder auf der Terrasse spielen und toben. Die brauchten Bewegung und liefen ausgelassen herum. Nur Carmen schlief.

Sie bestellten sich Getränke und Holger, der Chef, brachte sie persönlich. Er erinnerte sich an Peter und freute sich, Landsleute aus Deutschland als Gäste zu haben. Wie damals erzählte man zusammen – diesmal ohne Probleme in Portugiesisch. Tanja hatte das Abendessen bei Holger vorbestellt und alle sollten sich vorher noch mal frisch machen. So verließen sie die Terrasse. Peter kümmerte sich um Ronnie, Tanja um Carmen.

Als sie wieder auf die Terrasse gingen, waren dort die Tische zu einem großen Tisch zusammengestellt worden. Der war schön dekoriert und festlich eingedeckt worden. Es würde demnach ein großes Essen geben. Peter staunte und registrierte, dass ungefähr 20 Stühle um den Tisch standen. Sie waren mit zwei Autos gefahren, aber selbst mit Carmen nur sieben Personen. Was hatte Tanja vor?

„Ist das nicht ein herrlicher Blick?", fragte Tomaz, der ebenfalls auf die Terrasse trat. „Weißt du noch, als wir beide zum ersten Mal hier waren?"

„Natürlich. Wie könnte ich das jemals vergessen? Der Blick ist wirklich traumhaft schön. Es ist fast märchenhaft. – Danke. Das war eine sehr schöne Idee. Wir können hier das Wochenende ausspannen. Ronnie und Sandro, habt ihr Badehosen mit? Wir können morgen im Meer schwimmen gehen. Der Tomaz hat hier schwimmen gelernt. Nicht wahr, Tomaz?"

„Ja. Hier habe ich mich zum ersten Mal getraut. Die ersten Züge habe ich hier gemacht. Badehosen haben wir beiden aber nicht dabei. Es tut mir leid. Ich habe nicht gewusst, dass wir schwimmen gehen."

„Macht ja nichts. Dann kaufen wir eben welche. Das haben wir ja schon einmal geschafft. Es gibt hier ge - - nug…"

„Happy Birthday! Peter", sagte ein dicker schwarzer Mann, der auf Peter zukam. Es war Paul. Paul aus Sankt Louis.

„Paul? Bist du das? Wie kommst du denn hier her?", fragte Peter und umarmte den Freund. Sie telefonierten regelmäßig, aber gesehen hatten sie sich seit Peter die USA verlassen hatte, nicht mehr.

„Oh, ich mache hier Urlaub. Ich habe dieses Jahr noch keinen Urlaub gemacht und mir gedacht: Fährst du mal nach Rio. – Hey, du Alter. Wie geht es dir? Du siehst gut aus. Aber ich bin dünner als du!!!"

Peter lachte, denn Paul war es tatsächlich. Zumindest war auf den ersten Blick nicht erkennbar, wer von den beiden Männern dicker war. Paul hatte weiter Gewicht verloren und Peter durch seine Kochsendungen wieder zugenommen. Doch keiner von beiden war mehr so dick, wie zu Beginn ihres Kennen Lernens. Die Vertrautheit war sofort wieder da.

Ronnie zupfte an Peters Hand: „Spielst du mit mir Fußball?"

„Ronaldo, das machen wir beide mit Sandro. OK?", fragte Tomaz.

„Ja."

„Warte mal. Ronnie, das ist mein Freund Paul aus Amerika. Sag mal Hallo zu ihm. Paul, der kleine Knirps hier ist mein Sohn Ronnie."

„Nice to meet you", sagte Paul.

Dann lief Ronnie mit Sandro und Tomaz mit. Sie spielten zusammen Fußball. Peter und Paul erzählten eine Weile und standen dabei am Rand der Terrasse mit dem Blick in Richtung Meer. Von hinten stupste Peter jemand an die Schulter.

„Guten Abend. Ist das nicht eine herrliche Aussicht?" Es war Mark, der ebenfalls mit seiner Frau Laura in Rio war.

„Mark? Was machst du denn hier? Ich freue mich, dich zu sehen. Wie geht's?"

„Ich mache Urlaub. Das ist meine Frau Laura", stellte er vor. „Wir sind auf der Hochzeitsreise und daher geht es uns gut. – Sehr gut sogar. Und alles Gute zum Geburtstag!"

Auch Laura gratulierte Peter. Dann wurde er wieder an die Schulter getippt. Nach und nach kamen weitere Freunde auf die Terrasse. Matthias Ratemal, der Tanja immer noch als Vertreter zur Hand ging mit seiner zweiten Frau Celina, zwei Kollegen, mit denen Peter im Fernsehen immer zusammen arbeitete und weitere Freunde, die er im Laufe der letzten Jahre mit Tanja zusammen gefunden hatte. Nach kürzester Zeit, waren sie so viele, dass der Tisch voll war. Sie waren alle heimlich von Tanja eingeladen worden. Die wollte Peter damit überraschen, und ihm eine große Freude machen. Und das war ihr gelungen! Was für ein schöner Geburtstag! Ja, so gefiel es ihm. Fast alle Menschen, die ihm persönlich sehr wichtig waren, waren da.

Holger war aufgetaucht und hielt zwei Gläser Sekt in der Hand. Er reichte Peter eins und stieß mit ihm auf den Geburtstag an.

„Herzlichen Glückwunsch zum Geburtstag", sagte er. „Bist du jetzt auch „Brasilianer"?"

Peter lachte. „Danke. - Brasilianer? Ich weiß nicht."

„Na, inzwischen bist du doch auch hier wegen der „Amore", oder?"

„Ich war immer nur wegen der Arbeit hier", war die Antwort, doch Peter zwinkerte.

Andreia trug Sekt auf einem Tablett auf die Terrasse und reichte ihn den Gästen. Sie stießen auf Peter an und alberten weiter herum.

Alle lachten.

„Papi, du musst erst ein Gedicht aufsagen", quiekte Ronnie und hob seine Ärmchen zu Peter. Der nahm ihn auf und stupste ihn auf die Nase.

„So, ein Gedicht soll ich sagen?"

„Ja. Das mit den Freunden."

Peter dachte nach. „Ich weiß nicht, was du meinst Ronnie. Mir fällt kein Gedicht mit Freunden ein."

Ronnie flüsterte in Peters Ohr und der lächelte. Er sah seinen dreijährigen Sohn stolz und liebevoll an.

„Das hast du dir gemerkt? Ja, das ist wirklich schön. - Ihr kennt meine Vorliebe für Sprichwörter oder weise Ratschläge. Aus meinem roten Karton, der die Änderung meines Lebens bewirkt hat, kenne ich ein Gedicht, das ich Ronnie manchmal aufsage, wenn er schlafen geht. Hört zu:

Freu dich über jede Stunde, die du lebst auf dieser Welt.
Freu dich, dass die Sonne aufgeht und auch das der Regen fällt.
Du kannst atmen, du kannst fühlen, du kannst auf neuen Wegen gehen.
Freu dich, dass dich andre brauchen und dir in die Augen sehn. - Peter
machte eine kurze Pause und sah zuerst Ronnie in die Augen, dann Tanja
und danach den anderen Freunden.

Freue dich an jedem Morgen, dass ein neuer Tag beginnt.
Freu dich an den Frühlingsblumen und am kalten Winterwind.
Du kannst hoffen, du kannst kämpfen, du kannst dem Bösen widerstehen.
Freu dich, dass die dunklen Wolken irgendwann vorübergehn.

Freue dich an jedem Abend, dass du ein Zuhause hast.
Freu dich an den stillen Stunden und freu dich, wenn du Freunde hast.
Du kannst lieben, du kannst träumen und jemand kann dich gut verstehn.
Peter ließ wieder den Blick über seine Freunde schweifen und verharrte
bei Tanja.
Freu dich über jede Stunde, denn das Leben ist so schön. "

Ronni schlang seine Arme ganz fest um Peters Hals und auch Peter drückte seinen Sohn. Die anderen klatschten.

Peter erfasste Tomaz Blick. - Ja, Seelenverwandte. Beide dachten das Gleiche. Wenn einem ein kleines Kind seine runden Ärmchen um den Hals drückt und lacht, dann kann das ein riesiges Glücksgefühl auslösen.

„Ich freue mich, dass ihr alle gekommen seid. Ich freue mich auf einen schönen Abend mit euch und ich wünschte, die Zeit würde jetzt stehen bleiben."

„Ne, jetzt noch nicht. Erst, wenn wir essen.", sagte Paul. „Guck doch mal, was es alles Leckeres gibt."

Die anderen lachten. Holger hatte mit Andreia inzwischen ein großes Buffet auf die Terrasse geschoben. Außerdem hatte er einen Grill angemacht und davor verschiedene Fleisch- und Fischsorten in Schalen gestellt.

„Gut, dann soll beim Essen die Zeit stehen bleiben", stimmte Peter zu. „Ich freue mich jedenfalls sehr, dass wir heute alle zusammen sind und ich hoffe, dass es für euch alle ein schöner Abend wird. Die Überraschung ist euch gelungen. Also erst mal: Prost!"

„Prost!", stimmten die Gäste ein und Maria begann zu singen: „Zum Geburtstag viel Glück…"

Die anderen fielen ein und Ronni hatte danach die Idee das neue Geburtstagslied aus dem Kindergarten zu singen. Leider konnte keiner den Text, so dass Ronnies helles Stimmchen alleine über die Terrasse klang: „Wie schön, dass du geboren bist, wir hätten dich sonst sehr vermisst…"

„Also, bevor wir hier jetzt nur stehen und singen, möchte ich, dass Peter unser Geschenk bekommt", sagte Mark. „Peter, lass dir bitte mal die Augen verbinden und Tanja und Maria, ihr führt ihn in hier ein bisschen rum. Wir rufen euch, wenn wir fertig sind."

Nach einigen Minuten wurde Peter zur Terrasse zurückgeführt.

„Setz dich, alter Freund"; sagte Mark. Er schob Peter einen Stuhl in die Kniekehlen und Peter setzte sich. Dann wurde ihm das Tuch abgenommen. Um ihn herum saßen seine Freunde. Sie hatten ihm einen Tisch geschenkt, der bei ihm eine Ausbuchtung hatte. Peter sah zu Mark, der wie die anderen Freunde lachte.

„Mein lieber Peter, du bist inzwischen Meister darin, irgendwelche Sprichwörter oder gute Sprüche zu benutzen. Manchmal nervt das schon ein wenig. – Wieder lachten die anderen.

„Ich habe mir mal die Mühe gemacht und nachgelesen, wer Thomas von Aquin war. Das war ein ganz wichtiger Mann. Er lebte im Mittelalter und hat die Philosophie des Aristoteles mit der christlichen verknüpft. Den christlichen Tugenden von Glaube, Liebe, Hoffnung fügte er die Glückseligkeit hinzu. Aber: Thomas von Aquin war so dick, dass man in den Tisch an seinem Platz eine Einbuchtung geschnitten hat, damit er besser an die Speisen kam."

Wieder lachten alle anderen.

„Wir haben uns gedacht, dass ist ein tolles Geschenk für jemanden, der so ein guter Freund ist wie du es bist. Du hast den Platz mit der Kerbe, damit du in der Mitte sitzen kannst. Peter Aquin – ein Tisch nach der Vorgabe von Tomas von Aquin."

Wieder lachten alle. Es war eine fröhliche Runde. Peter war sehr glücklich. Neben ihm saß Tanja, die ihn liebevoll anlächelte. Die anderen Freunde waren alle um ihn herum. Er besaß eine Familie und Freunde.

„Tomaz weiß noch viel mehr über Thomas von Aquin als ich. Bei dem könnt ihr euch richtig informieren. Aber ich sehe, dass Holger nervös wird. Ich glaube er hat Fleisch fertig. Greift daher tüchtig zu und esst euch richtig satt! Das Buffet ist eröffnet."

Paul ging zum Grill, andere standen auf und bestaunten das Buffet und manche waren in ein Gespräch mit dem Tischnachbarn vertieft, so wie Tomaz und Mark.

„Ich bewundere Thomas von Aquin sehr. Er konnte seine hoch geisteswissenschaftlichen Gedanken gleichzeitig mehreren Novizen diktieren, und zwar zu vollkommen unterschiedlichen Themen.

„Ich weiß, dass du die Info-Quelle von Peter bist."

„Ja. Thomas von Aquin war ein großer Mann. Und sein Können ist einzigartig. Ich bewundere ihn sehr."

„Nur hat er nicht immer Recht gehabt."

„Wer kann schon von sich behaupten, immer das Richtige zu tun und alles recht zu machen."

„Das kann sicher niemand, da hast du Recht. Aber ich habe mich für heute Abend vorbereitet. Peter kann mir heute nicht das Wasser reichen hinsichtlich meines Wissens über Thomas von Aquin. Wusstest du, dass er auch totalen Blödsinn gesagt hat?"

„Ich weiß nicht, was Sie meinen", antwortete Tomaz und sah Mark verwundert an.

„Na, dein toller und bewundernswerter Thomas von Aquin soll doch tatsächlich gesagt haben, dass - . Warte mal. Ich hab mir das aufgeschrieben. Das ist so ungeheuerlich."

Mark nahm aus seinem Jackett ein Blatt Papier. Er faltete es auseinander und las:

„Hör zu, er soll gesagt haben: „Das Weib ist dem Mann untertan – das ist ja schon mal nicht schlecht – aber: Das Weib ist dem Mann untertan wegen der Schwäche seiner Natur und wegen der Kraft des Geistes und der des Körpers im Manne. Und: Das Weib verhält sich zum Mann, wie das Unvollkommene und Defekte zum Vollkommenen. Und, das ist das Allerschärfste überhaupt: Ein männlicher Fötus wird nach 40 Tagen, ein weiblicher nach 80 Tagen ein Mensch. Mädchen entstehen durch schadhaften Samen oder feuchte Winde. – Das ist der absolute Oberhammer, finde ich."

Tomaz lachte, aber seine Augen blieben ernst. Zu groß war seine Bewunderung für den heiligen Mönch. Er konterte daher:

„Vielleicht hat er das gesagt. Aber man muss ihm zu Gute halten, dass er im Mittelalter gelebt hat, wo das Wissen über diese biologischen Vorgänge noch nicht vorhanden war. Außerdem", jetzt lächelten auch seine Augen, „soll er nach seinem Zusammenbruch während der Messfeier am Nikolaustag 1273 gesagt haben, dass ihm alles, was er aufgeschrieben habe verglichen mit dem, was er geschaut habe, wie Stroh erschienen sei. Nach diesem Zusammenbruch soll er nichts mehr gesagt oder geschrieben haben. Kurze Zeit danach ist er gestorben. Aber noch heute diskutieren die Geisteswissenschaftler über seine Ansichten und seine Philosophie. In den christlichen Kirchen stellen sie immer noch eine wichtige Grundlage dar. Das finde ich so faszinierend, ebenso wie die Tatsache, dass er so unglaublich viel geschrieben hat."

Mark hätte nicht mit Tomaz ein Gespräch über Thomas von Aquin beginnen sollen, denn Tomaz war jetzt ganz in seinem Element. Er erklärte Mark verschiedene Ansätze aus den Lehren und Mark, der sich eigentlich nur einige Informationen aus dem Internet gezogen hatte, staunte nicht schlecht über das hohe Wissen und die Schärfe des Geistes dieses Jugendlichen. Tomaz hätte mit Mark gerne über Thomas von Aquin diskutiert, doch er merkte schnell, dass der Gesprächspartner nicht viel von dem Mönch wusste. Als Sandro und Ronald kamen, um Tomaz zum Fußballspielen zu holen, wurde sein Monolog unterbrochen. Er entschuldigte sich bei Mark, der ihm bewundernd zugehört hatte und ging mit den beiden Kleinen zum hinteren Teil der großen Terrasse.

Peter lächelte Mark zu. Er hatte Tomaz auch zugehört. Er erinnerte sich an die meisten seiner Ausführungen und Zitate:

„Nicht der Mensch mit guter Erkenntnis ist gut, sondern der mit gutem Willen.

Zorn ist die Voraussetzung für den Mut.

Mag auch das Böse sich noch so sehr vervielfachen, niemals vermag es das Gute ganz aufzuzehren.

Steuern sind ein erlaubter Fall von Raub.

Unter allen Leidenschaften der Seele bringt die Traurigkeit am meisten Schaden für den Leib. Das, was wir aus Liebe tun, tun wir im höchsten Grad freiwillig.

Dem Frieden steht eine doppelte Zwietracht entgegen: Die Zwietracht des Menschen mit sich selbst und jene zwischen den Menschen untereinander.

Durch das Weinen fließt die Traurigkeit aus der Seele heraus."

196

„Kannst du jetzt verstehen, welchen Zauber der Junge auf mich ausübt, wenn er Thomas von Aquin zitiert?", fragte er Mark mit einem Augenzwinkern.

„Ja.", erwiderte der nur. „Ja, der hat was. Ich wollte dich eigentlich nur ein bisschen foppen. Aber jetzt bin ich wirklich beeindruckt. - Wie alt ist Tomaz?"

„Neunzehn."

„Alle Achtung. – Aus dem wird was. Aber jetzt geh ich noch mal zum Grill."

„Ich komme mit."

Mark bekam das letzte Stück Fleisch, das fertig war. Alles andere war noch nicht gar. Peter stellte daher seinen Teller neben den Grill und ging zum Ende der Terrasse. Er sah auf die Bucht von Rio. Die vielen Lichter der Stadt leuchteten bereits. Der Blick war fantastisch. Peter drehte sich um, um sich mit allen Sinnen Ort und Zeit einzuprägen. Zuerst betrachtete er, wie Tomaz mit Ronnie und Sandro Fußball spielte. Dann sah er zum großen Tisch. Seine Freunde aßen und spaßten. Sie kannten sich gar nicht alle untereinander und dennoch gingen sie miteinander um, als gehörten sie zusammen. Sie erschienen ihm wie eine große Familie. Tanja sah zu ihm herüber und winkte ihm zu. Er winkte zurück und drehte sich wieder um. Den Blick auf die Bucht wollte er noch einen Moment genießen, bevor er sich sein Fleisch holte.

Tanja trat zu ihm. Sie umarmte Peter.

„Es ist wirklich so traumhaft schön, wie du immer erzählt hast."

„Danke für die Überraschung."

„Gern geschehen. Ich liebe dich doch."

Peter drehte sich zu Tanja um. Er sah zu ihr herunter und schaute ihr tief in die Augen. „Ich liebe dich auch. Ich liebe dich über alles. ‚Lieben heißt: Jemandem Gutes tun wollen. Das Gute ist der einzige Grund der Liebe', sagte Thomas von Aquin."

Tanja lachte.

„Es war so interessant Tomaz zuzuhören. Wie er sich verändert, wenn er von diesem alten Mönch redet. Ich kann jetzt auch gut verstehen, dass du da so viel von behalten hast. Ich war auch sehr beeindruckt."

„Ja."

Sie schwiegen einen Moment. Tanja wollte zurück zu den anderen gehen, da fragte Peter:

Wo ist Zuhause?

„Wie werden wir uns entscheiden, Tanja?"

„Ich weiß noch nicht, wie wir uns entscheiden werden. Jetzt ist nicht der richtige Zeitpunkt, darüber nachzudenken. Heute wollen wir nur einen wunderschönen Abend verbringen."

„Wo ist dein Zuhause?"

„Na da, wo du bist und die Kinder.", antwortete sie und ging zum Tisch zurück.

So einfach war das für Tanja.

Jetzt wusste Peter, wo sein Zuhause war. Egal, wie sie sich entscheiden würden: Deutschland, USA oder Brasilien. Sein Zuhause war da, wo Tanja und die Kinder waren.

Draußen vor der Tür stand ein Bodyguard. Er war erforderlich, um auf die Kinder aufzupassen. Entführungen bekannter Persönlichkeiten kommen in Sao Paulo eben vor. Ein Punkt, der für Deutschland spricht, denn da wäre der überflüssig. Die Kinder könnten frei aufwachsen.

„Willst du wirklich in das Land zurückkehren, in dem du Hunger gehabt hast?", hatte Tomaz Peter gefragt, als er ihm erzählt hatte, dass eine Entscheidung bevorstand.

Peter hatte gelacht. Gehungert hatte er in Deutschland. Aber das war seine eigene Schuld gewesen.

Ein letztes Mal blickte er auf die Bucht. Dann drehte er sich mit einem Lächeln um und ging zum Grill. Holger erwiderte das Grinsen, als er Peter sein Fleisch gab.

‚Die kürzeste Verbindung zwischen zwei Menschen ist ein Lächeln', erinnerte sich Peter. Das war einer der ersten Sprüche aus seinem roten Karton, den er damals gelesen hatte. Einer der Sprüche, die sein Leben verändert hatten.

„Danke", sagte Peter und ging zu seinem Platz. In die Mitte seiner Freunde, weil sein Tisch ausgeschnitten war. Während er vom Grill dorthin ging, fiel ihm das Lied von Udo Jürgens ein: ‚Nur ein Lächeln und ein Fremder wird zum Freund und viel leichter trägt sich manche schwere Last...' summte er, bis er sich setzte und begann von seinem Fleisch ein kleines Stück abzuschneiden.

‚Wir essen, um zu leben, wir leben nicht, um zu essen?' Aber an diesem Abend mit allen seinen Freunden, da stimmte der Spruch nicht, fand er, als er das Stück Fleisch in den Mund steckte. Er hatte den Sinn seines Lebens gefunden. Das wusste er in diesem Moment. Dann beteiligte er sich an der Unterhaltung.

Wem nichts zu schwer ist, gelingt alles

Quellen: Thomas von Aquin
- Über die Herrschaft der Fürsten (Reclam, Universal-Bibliothek)
- Prologe zu den Aristoteles-Kommentaren (Klostermann Texte Philosophie)
- Über Seiendes und Wesenheit (Lateinisch-Deutsch) Felix Meiner Verlag) Philosophische Bibliothek
- Von der Wahrheit – De veritate Quaestio I Lateinisch - Deutsch (Felix Meiner Verlag Philosophische Bibliothek)
- Über die Sittlichkeit der Handlung Sum. Theol. I – II q. 18 – 21 Einleitung von Robet Spaemann, Übersetzung und Kommentar von Rolf Schöneberger, VCH – Verlag   Acta humaniora Collegia, Philosophische Texte

Brasilien, Polyglott APA GUIDE
Brasilien, Stefan Loose Travel Handbücher (Nicolas Stockmann, Hemuth Taubald, Jochen Östereicher, Carl D. Goerdeler)

Internet: Mitten in Rio de Janeiro (*Laranjeiras/Santa Teresa*) liegt in einer der schönsten und ruhigsten Favelas der Stadt die einzigartige Pension **"Favelinha"**, die es Rucksack-Touristen und anderen Interessierten aus aller Welt ermöglicht, preiswert mitten in Rio zu wohnen... eine 120 qm große Dachterrasse, und absolut keinen Lärm! Die deutsch-brasilianischen Besitzer Holger und Andreia geben ihr Bestes, damit es den Gästen...

Gedicht: Freu dich über jede Stunde, die du lebst auf dieser Welt...
(Verfasser unbekannt)

IMPRESSUM:
Herstellung und Verlag: Books on Demand GmbH, Norderstedt
(ISBN: 9783837017878)